HEYNE

Das Buch
Der Vampirkrieger Phury hat es nach Jahrhunderten des Zölibats auf sich genommen, der Primal der Vampire zu werden. Als solcher ist er verantwortlich dafür, mit den sogenannten Auserwählten, besonderen Vampir-Priesterinnen, möglichst viele Nachkommen zu zeugen und so den Erhalt ihrer Art zu gewährleisten. Seit der Primalzeremonie lebt die Auserwählte Cormia auf dem Anwesen der Bruderschaft in Caldwell, New York. Doch obwohl Phury sich zu ihr hingezogen fühlt, kann er nicht vergessen, dass seine Liebe eigentlich Bella gilt, der Frau seines Zwillingsbruders Zsadist. Hin- und hergerissen zwischen Pflicht und Leidenschaft, bringt Phury sich im Krieg gegen die unbarmherzige Gesellschaft der Lesser in immer größere Gefahr und steuert so unaufhaltsam auf eine Katastrophe zu …

Die BLACK DAGGER-Serie
Erster Roman: Nachtjagd
Zweiter Roman: Blutopfer
Dritter Roman: Ewige Liebe
Vierter Roman: Bruderkrieg
Fünfter Roman: Mondspur
Sechster Roman: Dunkles Erwachen
Siebter Roman: Menschenkind
Achter Roman: Vampirherz
Neunter Roman: Seelenjäger
Zehnter Roman: Todesfluch
Elfter Roman: Blutlinien
Zwölfter Roman: Vampirträume
Sonderband: Die Bruderschaft der BLACK DAGGER
Dreizehnter Roman: Racheengel
Vierzehnter Roman: Blinder König

Die FALLEN ANGELS-Serie:
Erster Roman: Die Ankunft

Die Autorin
J. R. Ward begann bereits während ihres Studiums mit dem Schreiben. Nach ihrem Hochschulabschluss veröffentlichte sie die BLACK DAGGER-Serie, die in kürzester Zeit die amerikanischen Bestseller-Listen eroberte. Die Autorin lebt mit ihrem Mann und ihrem Golden Retriever in Kentucky und gilt seit dem überragenden Erfolg der Serie als neuer Star der romantischen Mystery. Besuchen Sie J. R. Ward unter: www.jrward.com

J. R. Ward

BLUTLINIEN

Ein BLACK DAGGER-Roman

WILHELM HEYNE VERLAG
MÜNCHEN

Titel der Originalausgabe
LOVER ENSHRINED (Part 1)

Aus dem Amerikanischen übersetzt von Astrid Finke

FSC
Mix
Produktgruppe aus vorbildlich
bewirtschafteten Wäldern und
anderen kontrollierten Herkünften

Zert.-Nr. SGS-COC-001940
www.fsc.org
© 1996 Forest Stewardship Council

Verlagsgruppe Random House FSC-DEU-0100
Das für dieses Buch verwendete FSC-zertifizierte Papier
Holmen Book Cream liefert Holmen Paper, Hallstavik, Schweden.

6. Auflage
Deutsche Erstausgabe 9/09
Redaktion: Natalja Schmidt
Copyright © 2008 by Jessica Bird
Copyright © 2009 der deutschen Ausgabe und der
Übersetzung by Wilhelm Heyne Verlag, München,
in der Verlagsgruppe Random House GmbH
Printed in Germany 2010
Umschlagbild: Dirk Schulz
Umschlaggestaltung: Animagic, Bielefeld
Autorenfoto © by John Rott
Satz: Buch-Werkstatt GmbH, Bad Aibling
Druck und Bindung: GGP Media GmbH, Pößneck

ISBN 978-3-453-53306-6

www.heyne.de
www.heyne-magische-bestseller.de

Gewidmet: Dir.
Du warst der perfekte Gentleman und eine Wohltat.
Und ich glaube, dass Freude dir gut bekommt –
du hast sie definitiv verdient.

DANKSAGUNG

Mit unendlicher Dankbarkeit den Lesern der Bruderschaft der Black Dagger und ein Hoch auf die Cellies!

Ich danke euch so sehr: Karen Solem, Kara Cesare, Claire Zion, Kara Welsh.

Danke S-Byte und Ventrue und Loop und Opal für alles, was ihr aus der Güte eures Herzens tut!

Wie immer Dank an meinen Exekutivausschuss: Sue Grafton, Dr. Jessica Andersen und Betsey Vaughan. Und meinen größten Respekt für die unvergleichliche Suzanne Brockmann.

DLB – RESPEKT. Ich hab dich lieb ××× Mami
NTM – wie immer in Liebe und Dankbarkeit. Du bist wahrhaftig der Prinz unter den Männern.
P. S. – gibt es irgendetwas, was du nicht findest?

An LeElla Scott – Haben wir's geschafft? Haben wir's geschafft? Haben wir's geschafft?
Remmy: der Tempomat ist unser Freund, und ohne LeSunshine sind wir nichts.
Alles Liebe, mein Herzblatt.

An Kaylie – herzlich willkommen in der Welt, kleines Mädchen. Du hast eine sensationelle Mutter – sie ist mein absolutes Idol, und das nicht nur, weil sie mich mit Haarpflegeprodukten versorgt.

An Bub – danke für *schwasted!*

Nichts von alldem wäre möglich ohne:
meinen liebenden Mann, der mir mit Rat und Tat zur Seite steht, sich um mich kümmert und mich an seinen Visionen teilhaben lässt;
meine wunderbare Mutter, die mir mehr Liebe geschenkt hat, als ich ihr je zurückgeben kann;
meine Familie (die blutsverwandte wie auch die frei gewählte);
und meine liebsten Freunde.
Ach ja, und die bessere Hälfte von WriterDog natürlich.

Glossar der Begriffe und Eigennamen

Ahstrux nohtrum – Persönlicher Leibwächter, der vom König ernannt wird.

Attendhente – Auserwählte, die der Jungfrau der Schrift aufwartet.

Die Auserwählten – Vampirinnen, deren Aufgabe es ist, der Jungfrau der Schrift zu dienen. Sie werden als Angehörige der Aristokratie betrachtet, obwohl sie eher spirituell als weltlich orientiert sind. Normalerweise pflegen sie wenig bis gar keinen Kontakt zu männlichen Vampiren; auf Weisung der Jungfrau der Schrift können sie sich aber mit einem Krieger vereinigen, um den Fortbestand ihres Standes zu sichern. Sie besitzen die Fähigkeit zur Prophezeiung.

In der Vergangenheit dienten sie alleinstehenden Brüdern zum Stillen ihres Blutbedürfnisses, aber diese Praxis wurde von den Brüdern aufgegeben.

Bannung – Status, der einer Vampirin der Aristokratie auf Gesuch ihrer Familie durch den König auferlegt werden kann. Unterstellt die Vampirin der alleinigen Aufsicht ihres Hüters, üblicherweise der älteste Mann des Haushalts. Ihr Hüter besitzt damit das gesetzlich verbriefte Recht, sämtliche Aspekte ihres Lebens zu bestimmen und nach eigenem Gutdünken jeglichen Umgang zwischen ihr und der Außenwelt zu regulieren.

Die Bruderschaft der Black Dagger – Die Brüder des Schwarzen Dolches. Speziell ausgebildete Vampirkrieger, die ihre Spezies vor der Gesellschaft der *Lesser* beschützen. Infolge selektiver Züchtung innerhalb der Rasse besitzen die Brüder ungeheure physische und mentale Stärke sowie die Fähigkeit zur extrem raschen Heilung. Die meisten von ihnen sind keine leiblichen Geschwister; neue Anwärter werden von den anderen Brüdern vorgeschlagen und daraufhin in die Bruderschaft aufgenommen. Die Mitglieder der Bruderschaft sind Einzelgänger, aggressiv und verschlossen. Sie pflegen wenig Kontakt zu Menschen und anderen Vampiren, außer um Blut zu trinken. Viele Legenden ranken sich um diese Krieger, und sie werden von ihresgleichen mit höchster Ehrfurcht behandelt. Sie können getötet werden, aber nur durch sehr schwere Wunden wie zum Beispiel eine Kugel oder einen Messerstich ins Herz.

Blutsklave – Männlicher oder weiblicher Vampir, der unterworfen wurde, um das Blutbedürfnis eines anderen zu stillen. Die Haltung von Blutsklaven ist heute zwar nicht mehr üblich, aber nicht ungesetzlich.

Chrih – Symbol des ehrenhaften Todes in der Alten Sprache.

Doggen – Angehörige(r) der Dienerklasse innerhalb der Vampirwelt. *Doggen* pflegen im Dienst an ihrer Herrschaft altertümliche, konservative Sitten und folgen einem formellen Bekleidungs- und Verhaltenskodex. Sie können tagsüber aus dem Haus gehen, altern aber relativ rasch. Die Lebenserwartung liegt bei etwa fünfhundert Jahren.

Ehros – Eine Auserwählte, die speziell zur Liebeskunst ausgebildet wurde.

Exhile Dhoble – Der böse oder verfluchte Zwilling; derjenige, der als Zweiter geboren wird.

Gesellschaft der *Lesser* – Orden von Vampirjägern, der von Omega zum Zwecke der Auslöschung der Vampirspezies gegründet wurde.

Glymera – Das soziale Herzstück der Aristokratie, sozusagen die »oberen Zehntausend« unter den Vampiren.

Gruft – Heiliges Gewölbe der Bruderschaft der Black Dagger. Sowohl Ort für zeremonielle Handlungen wie auch Aufbewahrungsort für die erbeuteten Kanopen der *Lesser*. Hier werden unter anderem Aufnahmerituale, Begräbnisse und Disziplinarmaßnahmen gegen Brüder durchgeführt. Niemand außer Angehörigen der Bruderschaft, der Jungfrau der Schrift und Aspiranten hat Zutritt zur Gruft.

Hellren – Männlicher Vampir, der eine Partnerschaft mit einer Vampirin eingegangen ist. Männliche Vampire können mehr als eine Vampirin als Partnerin nehmen.

Hohe Familie – König und Königin der Vampire sowie all ihre Kinder.

Hüter – Vormund eines Vampirs oder einer Vampirin. Hüter können unterschiedlich viel Autorität besitzen, die größte Macht übt der Hüter einer gebannten Vampirin aus.

Jungfrau der Schrift – Mystische Macht, die dem König als Beraterin dient sowie die Vampirarchive hütet und Privilegien erteilt. Existiert in einer jenseitigen Sphäre und besitzt umfangreiche Kräfte. Hatte die Befähigung zu einem einzigen Schöpfungsakt, den sie zur Erschaffung der Vampire nutzte.

Leahdyre – Eine mächtige und einflussreiche Person.

Lesser – Ein seiner Seele beraubter Mensch, der als Mitglied der Gesellschaft der *Lesser* Jagd auf Vampire macht, um sie auszurotten. Die *Lesser* müssen durch einen Stich in die Brust getötet werden. Sie altern nicht, essen und trinken nicht und sind impotent. Im Laufe der Jahre verlieren ihre Haare, Haut und Iris ihre Pigmentierung, bis sie blond, bleich und weißäugig sind. Sie riechen nach Talkum. Aufgenommen in die Gesellschaft werden sie durch Omega. Daraufhin erhalten sie ihre Kanope, ein Keramikgefäß, in dem sie ihr aus der Brust entferntes Herz aufbewahren.

Lewlhen – Geschenk.

Lheage – Respektsbezeichnung einer sexuell devoten Person gegenüber einem dominanten Partner.

Lielan – Ein Kosewort, frei übersetzt in etwa »mein Liebstes«.

Mahmen – Mutter. Dient sowohl als Bezeichnung als auch als Anrede und Kosewort.

Mhis – Die Verhüllung eines Ortes oder einer Gegend; die Schaffung einer Illusion.

Nalla – Kosewort. In etwa »Geliebte«.

Novizin – Eine Jungfrau.

Omega – Unheilvolle, mystische Gestalt, die sich aus Groll gegen die Jungfrau der Schrift die Ausrottung der Vampire zum Ziel gesetzt hat. Existiert in einer jenseitigen Sphäre und hat weitreichende Kräfte, wenn auch nicht die Kraft zur Schöpfung.

Phearsom – Begriff, der sich auf die Funktionstüchtigkeit der männlichen Geschlechtsorgane bezieht. Die wörtliche Übersetzung lautet in etwa »würdig, in eine Frau einzudringen«.

Princeps – Höchste Stufe der Vampiraristokratie, untergeben nur den Mitgliedern der Hohen Familie und den Auserwählten der Jungfrau der Schrift. Dieser Titel wird vererbt; er kann nicht verliehen werden.

Pyrokant – Bezeichnet die entscheidende Schwachstelle eines Individuums, sozusagen seine Achillesverse. Diese Schwachstelle kann innerlich sein, wie zum Beispiel eine Sucht, oder äußerlich, wie ein geliebter Mensch.

Rahlman – Retter.

Rythos – Rituelle Prozedur, um verlorene Ehre wiederherzustellen. Der Rythos wird von dem Vampir gewährt, der einen anderen beleidigt hat. Wird er angenommen, wählt der Gekränkte eine Waffe und tritt damit dem unbewaffneten Beleidiger entgegen.

Schleier – Jenseitige Sphäre, in der die Toten wieder mit ihrer Familie und ihren Freunden zusammentreffen und die Ewigkeit verbringen.

Shellan – Vampirin, die eine Partnerschaft mit einem Vampir eingegangen ist. Vampirinnen nehmen sich in der Regel nicht mehr als einen Partner, da gebundene männliche Vampire ein ausgeprägtes Revierverhalten zeigen.

Symphath – Eigene Spezies innerhalb der Vampirrasse, deren Merkmale die Fähigkeit und das Verlangen sind, Gefühle in anderen zu manipulieren (zum Zwecke eines Energieaustauschs). Historisch wurden die Symphathen oft mit Misstrauen betrachtet und in bestimmten Epochen auch von den Vampiren gejagt. Sind heute nahezu ausgestorben.

Tahlly – Kosewort. Entspricht in etwa »Süße«.

Transition – Entscheidender Moment im Leben eines Vampirs, wenn er oder sie ins Erwachsenenleben eintritt. Ab diesem Punkt müssen sie das Blut des jeweils anderen Geschlechts trinken, um zu überleben und vertragen kein Sonnenlicht mehr. Findet normalerweise mit etwa Mitte Zwanzig statt. Manche Vampire überleben ihre Transition nicht, vor allem männliche Vampire. Vor ihrer Transition sind Vampire von schwächlicher Konstitution und sexuell unreif und desinteressiert. Außerdem können sie sich noch nicht dematerialisieren.

Triebigkeit – Fruchtbare Phase einer Vampirin. Üblicherweise dauert sie zwei Tage und wird von heftigem sexuellem Verlangen begleitet. Zum ersten Mal tritt sie etwa fünf Jahre nach der Transition eines weiblichen Vampirs auf, danach im Abstand von etwa zehn Jahren. Alle männlichen Vampire reagieren bis zu einem gewissen Grad auf eine triebige Vampirin, deshalb ist dies eine gefährliche Zeit. Zwischen konkurrierenden männlichen Vampiren können Konflikte und Kämpfe ausbrechen, besonders wenn die Vampirin keinen Partner hat.

Vampir – Angehöriger einer gesonderten Spezies neben dem Homo sapiens. Vampire sind darauf angewiesen, das Blut des jeweils anderen Geschlechts zu trinken. Menschliches Blut kann ihnen zwar auch das Überleben sichern, aber die daraus gewonnene Kraft hält nicht lange vor. Nach ihrer Transition, die üblicherweise etwa mit Mitte Zwanzig stattfindet, dürfen sie sich nicht mehr dem Sonnenlicht aussetzen und müssen sich in regelmäßigen Abständen aus der Vene ernähren. Entgegen einer weit verbreiteten Annahme können Vampire Menschen nicht durch einen Biss oder eine Blutübertragung »verwandeln«; in seltenen Fällen aber können sich die beiden Spezies zusammen fortpflanzen. Vampire können sich nach Belieben dematerialisieren, dazu müssen sie aber ganz ruhig werden und sich konzentrieren; außerdem dürfen sie nichts Schweres bei sich tragen. Sie können Menschen ihre Erinnerung nehmen, allerdings nur, solange diese Erinnerungen im Kurzzeitgedächtnis abgespeichert sind. Manche Vampire können auch Gedanken lesen. Die Lebenserwartung liegt bei über eintausend Jahren, in manchen Fällen auch höher.

Vergeltung – Akt tödlicher Rache, typischerweise ausgeführt von einem Mann im Dienste seiner Liebe.

Wanderer – Ein Verstorbener, der aus dem Schleier zu den Lebenden zurückgekehrt ist. Wanderern wird großer Respekt entgegengebracht und sie werden für das, was sie durchmachen mussten, verehrt.

Zwiestreit – Konflikt zwischen zwei männlichen Vampiren, die Rivalen um die Gunst einer Vampirin sind.

PROLOG

Vor fünfundzwanzig Jahren, drei Monaten, vier Tagen, elf Stunden, acht Minuten und vierunddreißig Sekunden ...

In Wahrheit versickerte die Zeit nicht unwiederbringlich in der Unendlichkeit. Bis unmittelbar zur jeweiligen Sekunde in der Gegenwart war sie formbar, nicht starr. *Lehm, nicht Beton.*

Wofür Omega dankbar war. Denn wäre die Zeit starr, dann hielte er jetzt nicht seinen neugeborenen Sohn in den Armen.

Kinder zu haben, war eigentlich nie sein Ziel gewesen. Und doch vollzog sich in diesem Augenblick eine Wandlung in ihm.

»Ist die Mutter tot?«, fragte er, als sein Haupt-*Lesser* die Treppe herunterkam. Komisch, hätte man den Vampirjäger gefragt, was für ein Jahr es seiner Einschätzung nach war, hätte er gesagt: 1983. Und damit hätte er auf gewisse Weise Recht gehabt.

Der Haupt-*Lesser* nickte. »Sie hat die Geburt nicht überlebt.«

»Das tun Vampire selten. Eine ihrer wenigen Tugenden.« Und in diesem Fall besonders rücksichtsvoll von ihr. Die Mutter zu töten, nachdem sie ihm einen solch guten Dienst erwiesen hatte, wäre ihm etwas rüde erschienen.

»Was soll ich mit ihrer Leiche machen?«

Omega sah seinem Sohn dabei zu, wie er ein Händchen ausstreckte und seinen Daumen umschloss. Der Griff war kräftig. »Wie eigenartig.«

»Was denn?«

Was er empfand, war schwer in Worte zu fassen. Oder vielleicht war das genau der Punkt: Er hatte nicht erwartet, überhaupt etwas zu empfinden.

Sein Sohn war als Verteidigungsmaßnahme gegen die Prophezeiung des Zerstörers geplant gewesen, ein sorgsam kalkuliertes Manöver im Krieg gegen die Vampire, eine Strategie, um Omegas Überleben zu sichern. Sein Sohn würde seine Schlachten auf eine völlig neue Weise schlagen und diese Wilden ausrotten, bevor der Zerstörer Stück für Stück Omegas Wesen vernichtete, bis nichts mehr von ihm übrig war.

Und bis zu eben diesem Moment hatte der Plan fehlerfrei funktioniert – angefangen mit der Entführung einer Vampirin, die Omega besamt hatte, bis hin zu diesem Neuankömmling in der Welt.

Der Säugling sah ihn an, das kleine Mündchen bewegte sich lautlos. Er roch süß, aber nicht, weil er ein *Lesser* war.

Plötzlich wollte Omega ihn nicht mehr loslassen. Dieser Junge in seinen Armen war ein Wunder, ein lebendiges, atmendes Schlupfloch. Omega war – im Gegensatz zu seiner Schwester – kein Akt der Schöpfung gewährt worden, doch die Fortpflanzung war ihm auch nicht verwehrt geblieben.

Zwar war er nicht imstande, eine völlig neue Spezies zu erschaffen; doch er konnte einen Teil von sich selbst in den Genpool einbringen.

Und das hatte er getan.

»Meister?«, sagte der Haupt-*Lesser*.

Er wollte dieses Baby wirklich nicht abgeben, aber damit sein Plan funktionierte, musste sein Sohn bei seinen Feinden leben, musste als einer von ihnen aufgezogen werden. Er musste ihre Sprache und ihre Kultur und ihre Gebräuche kennen lernen.

Sein Sohn musste wissen, wo sie lebten, damit er sie finden und abschlachten konnte.

Omega zwang sich, den Säugling seinem Haupt-*Lesser* auszuhändigen. »Leg ihn an dem Sammelplatz ab, den zu zerstören ich dir verboten habe. Wickle ihn in Windeln und lass ihn dort, und wenn du zurückkehrst, werde ich dich zu mir emporziehen.«

Woraufhin du sterben wirst, da dies mein Wille ist, beendete Omega den Satz im Stillen.

Es durfte keine undichten Stellen geben. Keine Fehler.

Während der Haupt-*Lesser* dienstfertig katzbuckelte, was Omega zu jedem anderen Zeitpunkt durchaus amüsiert hätte, ging die Sonne über den Äckern von Caldwell, New York, auf. Von oben steigerte sich ein leises Zischen zum Fauchen eines ausgewachsenen Feuers. Der Brandgeruch kündete von der Einäscherung der weiblichen Leiche, die mitsamt dem ganzen Blut auf dem Bett verbrannte.

Was doch ganz wunderbar war. Reinlichkeit war wichtig, und dieses Bauernhaus war nagelneu, war extra für die Geburt seines Sohnes errichtet worden.

»Geh«, befahl Omega. »Geh und tu deine Pflicht.«

Der Haupt-*Lesser* ging mit dem Säugling davon, und als Omega die Tür ins Schloss fallen sah, sehnte er sich nach seinem Sprössling. Verspürte ein geradezu körperliches Verlangen nach ihm.

Die Lösung für seine Beklemmung lag allerdings auf der Hand. Omega erhob sich kraft seines Willens in die Luft und katapultierte das, was er an körperlicher Gestalt besaß, in die »Gegenwart«, in exakt das Wohnzimmer, in dem er sich gerade befand.

Der Zeitenwandel manifestierte sich in einem rapiden Alterungsprozess des Hauses um ihn herum. Tapeten verblassten und lösten sich in trägen Streifen von der Wand ab. Möbel verschlissen und wiesen mehr und mehr Spuren von über zwanzig Jahren Gebrauch auf. Die Decke trübte sich von einem hellen Weiß zu einem schmutzigen Gelb, als hätten Raucher hier jahrelang ihrem Laster gefrönt. Holzdielen bogen sich im Flur an den Kanten auf.

Im hinteren Teil des Hauses hörte er zwei Menschen miteinander streiten.

Omega schwebte in die dreckige, abgenutzte Küche, die noch vor wenigen Sekunden blitzblank und nagelneu gewesen war.

Als er in den Raum kam, hörten der Mann und die Frau auf zu schimpfen und erstarrten vor Schreck. Und er setzte die ermüdende Arbeit fort, das Bauernhaus von neugierigen Augen zu reinigen.

Sein Sohn kehrte zu seinem Ursprung zurück. Und Omegas Bedürfnis, ihn zu sehen, war beinahe noch stärker als das, ihn seinem Zweck zuzuführen.

Als das Böse ihn mitten auf der Brust berührte, fühlte er sich leer und musste an seine Schwester denken. Sie hatte eine völlig neue Spezies hervorgebracht – eine Spezies, die sie durch eine Kombination ihres Willens und der verfügbaren Biologie geschaffen hatte. Sie war so stolz auf sich gewesen.

Genau wie ihr gemeinsamer Vater.

Omega hatte eigentlich nur begonnen, die Vampire zu töten, um die beiden zu ärgern, doch schnell hatte er gelernt, dass er sich von seinen Untaten nährte. Ihr Vater konnte ihn nicht aufhalten, wie sich herausstellte, denn Omegas Taten – vielmehr seine Existenz selbst – waren notwendig, um die Güte seiner Schwester auszugleichen.

Das Gleichgewicht musste aufrechterhalten werden. Das war das Grundprinzip seiner Schwester, die Existenzberechtigung Omegas und der Auftrag, den ihr Vater von seinem Vater erhalten hatte. Das Fundament der Welt.

Und so kam es, dass die Jungfrau der Schrift litt, und Omega daraus Genugtuung zog. Jeder Tod, den er ihrem Volk zufügte, schmerzte sie, und das war ihm wohl bewusst. Der Bruder war immer in der Lage gewesen, sich in die Schwester einzufühlen.

Jetzt war das allerdings mehr denn je der Fall.

Als Omega sich seinen Sohn draußen in der Welt vorstellte, machte er sich Sorgen um den Jungen. Aber so waren Eltern nun mal, oder nicht? Es gehörte sich für einen Vater, für seinen Nachwuchs zu sorgen, sich um ihn zu kümmern und ihn zu beschützen. Was auch immer sein innerstes Wesen war – ob Tugend oder Sünde –, man wollte das Beste für diejenigen, die man in die Welt gesetzt hatte.

Es war verblüffend festzustellen, dass er trotz allem doch etwas mit seiner Schwester gemeinsam hatte ... ein Schock, zu erkennen, dass sie beide sich wünschten, die von ihnen gezeugten Kinder mögen überleben und gedeihen.

Omega betrachtete die menschlichen Körper, die er gerade zerstört hatte.

Wobei sich seine und ihre Absichten natürlich gegenseitig ausschlossen, nicht wahr.

1

Der Zauberer war zurück.

Phury schloss die Augen und ließ sich gegen das Kopfteil des Bettes sinken. Ach, Quatsch, was erzählte er denn da. Der Zauberer war nie weg gewesen.

Mein Freund, manchmal willst du mich verarschen, spöttelte die dunkle Stimme in seinem Kopf. *Aber mal ehrlich – nach allem, was wir zusammen erlebt haben?* Alles, was sie zusammen erlebt hatten ... wo er Recht hatte, hatte er Recht.

Der Zauberer war die Ursache für Phurys drängendes Bedürfnis nach dem roten Rauch; er spukte nonstop in seinem Kopf herum, hackte darauf rum, was Phury hätte tun sollen, nicht getan hatte, hätte besser machen können.

Sollte. Würde. Könnte.

Hübscher Refrain. Die Wahrheit war, dass einer, der aussah wie ein Nazgûl aus dem *Herrn der Ringe,* ihn dem roten Rauch so unerbittlich in die Arme trieb, als hätte ihn der Dreckskerl an Händen und Füßen gefesselt und ihn in den Kofferraum eines Wagens geworfen.

In Wirklichkeit, mein Freund, wärst du die vordere Stoßstange an dem Wagen.

Genau so war es.

Vor seinem geistigen Auge erschien der Zauberer in Gestalt eines Ringgeists inmitten einer ausgedehnten, grauen Ödnis aus Schädeln und Knochen. Mit seinem vornehmen englischen Akzent sorgte der Mistkerl dafür, dass Phury niemals seine Misserfolge vergaß. Die hämmernde Litanei war schuld daran, dass er sich einen Joint nach dem anderen ansteckte, nur um nicht in seinen Waffenschrank zu steigen und am Lauf einer Vierziger zu knabbern.

Du hast ihn nicht gerettet. Du hast sie nicht gerettet. Den Fluch hast du allein auf sie alle heraufbeschworen. Die Schuld liegt bei dir ... bei dir ...

Phury griff nach der nächsten Tüte und zündete sie mit seinem goldenen Feuerzeug an.

Er war das, was man im Alten Land einen *Exhile Dhoble* nannte.

Der zweite Zwilling. Der *böse* Zwilling.

Dadurch, dass er drei Minuten nach Zsadist lebendig auf die Welt gekommen war, hatte Phury den Fluch des Ungleichgewichts über die Familie gebracht. Zwei adelige Söhne – beide gesund geboren – bedeuteten zu viel Glück; und tatsächlich war schon bald die Balance wiederhergestellt worden: Bereits nach wenigen Monaten war sein Zwilling entführt, in die Sklaverei verkauft und ein Jahrhundert lang auf jede erdenkliche Art und Weise missbraucht worden.

Dank seiner kranken, boshaften Herrin trug Zsadist Narben im Gesicht und auf seinem Rücken, an seinen Handgelenken und am Hals. Und noch viel schlimmere Narben trug er im Inneren.

Phury schlug die Augen wieder auf. Den Körper seines Zwillings zu befreien, hatte nicht ausgereicht; erst das Wunder von Bellas Liebe hatte Zs Seele gerettet. Und nun war sie selbst in Gefahr. Wenn sie Bella verlören …

Dann ist alles, wie es sein soll, und das Gleichgewicht bleibt über die kommende Generation hinweg intakt, sagte der Zauberer. *Du glaubst doch nicht ernsthaft, dass dein Zwilling den Segen einer gesunden Geburt erleben wird? Du wirst Kinder ohne Zahl bekommen. Er wird keine haben. So ist das eben mit der Balance.*

Ach ja – und seine Shellan *werde ich mir auch nehmen, hatte ich das schon erwähnt?*

Phury nahm die Fernbedienung und drehte »Che Gelida Manina« auf.

Hatte keinen Zweck. Der Zauberer mochte Puccini. Die Musik hatte nur das Ergebnis, dass der Ringgeist begann, auf dem Skelettfeld im Kreis zu tanzen. Seine Stiefel zermalmten alles, was ihm unter die Füße kam, der schwarze Fetzenumhang wirbelte durch die Luft wie die Mähne eines Hengstes, der das majestätische Haupt zurückwirft. Vor dem endlosen, grauen Horizont tanzte und lachte der Zauberer.

So was von nicht richtig im Kopf.

Ohne hinsehen zu müssen, griff Phury auf dem Nachttisch nach seiner Tüte Rauch und dem Drehpapier. Den Abstand hatte er im Gefühl.

Während der Zauberer sich blendend mit *La Bohème* amüsierte, drehte Phury sich zwei dicke Prügel, um seine Kette nicht unterbrechen zu müssen, und er rauchte ununterbrochen weiter, solange er seinen Nachschub vorbereitete. Was er ausatmete, roch nach Kaffee und Schokolade, aber um den Zauberer zum Schweigen zu bringen, hätte er das Zeug auch genommen, wenn es in der Nase beißen würde wie brennende Autoreifen.

Zum Henker – inzwischen war er so weit, dass er eine ganze verdammte Müllkippe angezündet hätte, wenn ihm das ein bisschen Frieden verschaffen würde.

Ich kann nicht fassen, dass dir unsere Freundschaft nicht mehr wert ist, sagte der Zauberer.

Phury konzentrierte sich wieder auf die Zeichnung in seinem Schoß, an der er in der letzten halben Stunde gearbeitet hatte. Er tauchte die Feder in das Sterlingsilberfass, das an seiner Hüfte lehnte. Mit ihrem schweren, öligen Glanz sah die Tusche darin aus wie das Blut seiner Feinde. Auf dem Papier jedoch war sie von einem tiefen Rötlichbraun. Kein niederträchtiges Schwarz.

Niemals würde er Schwarz für jemanden benutzen, den er liebte. So etwas zu tun, brachte Unglück.

Außerdem entsprach die blutfarbene Tusche exakt der Farbe der helleren Strähnen in Bellas Mahagonihaar. Passend zum Thema.

Sorgfältig schattierte Phury den Schwung ihrer perfekten Nase, die feinen Linien der Feder überkreuzten einander, bis genau die richtige Dichte erreicht war.

Tuschezeichnen hatte viel Ähnlichkeit mit dem Leben: Ein Fehler, und die ganze Sache war ruiniert.

Mist. Bellas Auge war noch nicht gut genug.

Den Unterarm erhoben, um nicht mit dem Handgelenk die frische Tusche zu verschmieren, versuchte er, den Fehler zu korrigieren, und formte das untere Lid so, dass die Wölbung schräger ausfiel. Sicher strich seine Feder über das kostbare Papier. Aber das Auge war immer noch nicht richtig.

Ja, und das sollte ihn eigentlich nicht überraschen, wenn man bedachte, wie viel Zeit er in den vergangenen acht Monaten damit verbracht hatte, sie zu zeichnen.

Der Zauberer verharrte mitten im Plié und wies Phury darauf hin, dass diese Feder-Tusche-Nummer an sich keine so tolle Idee war. Die schwangere *Shellan* seines Zwillingsbruders zu zeichnen. Mit Verlaub.

Nur ein wirklich erbärmlicher Vollidiot würde eine Frau an-

schmachten, die seinem eigenen Zwilling gehört. Und trotzdem machst du das. Du musst ja so stolz auf dich sein, mein Freund.

O ja, aus irgendeinem Grund sprach der Zauberer immer mit englischem Akzent.

Phury nahm noch einen Zug und legte den Kopf schief, um zu probieren, ob ein neuer Blickwinkel ihm weiterhelfen würde. Leider nein. Immer noch falsch. Genau wie übrigens auch die Frisur. Wie er auf die Idee gekommen war, Bellas langes, dunkles Haar zu einem Knoten im Nacken geschlungen – mit zarten, losen Strähnen, die ihre Wangen umspielten – zu zeichnen, wusste er selbst nicht mehr. Sie trug es stets offen.

Egal. Sie war sowieso mehr als schön, und der Rest ihres Gesichts war so, wie er ihn immer darstellte: Ihr liebevoller Blick war nach rechts gerichtet, die Wimpern zeichneten sich als Silhouette ab, ihre Miene drückte eine Mischung aus Wärme und Hingabe aus.

Zsadist saß bei den Mahlzeiten rechts von ihr. Um die Kampfhand frei zu haben.

Phury zeichnete sie nie mit den Augen auf sich gerichtet. Was logisch war. Denn im echten Leben zog er ebenfalls nie ihren Blick auf sich. Sie liebte seinen Zwillingsbruder, und er hätte niemals etwas unternommen, das diese Tatsache ändern könnte, ganz gleich, wie sehr er sich nach ihr sehnte.

Der Bildausschnitt reichte von ihrem Scheitel bis hinab zum Schulteransatz. Nie zeichnete er ihren Schwangerschaftsbauch. Das machte man nicht – schwangere Vampirinnen vom Brustbein abwärts darzustellen. Auch das brachte Unglück. Außerdem würde es ihn an das erinnern, was er am meisten fürchtete.

Todesfälle bei der Geburt waren sehr häufig.

Phury strich mit den Fingerspitzen über ihr Gesicht, wobei er die Nase mied, wo die Tusche noch nicht trocken war. Sie war wundervoll, selbst mit dem nicht ganz richtigen Auge und der falschen Frisur und den Lippen, die weniger voll aussahen als in Wirklichkeit.

Dieses Bild war fertig. Zeit für ein neues.

Er setzte unten auf dem Blatt auf ihrer Schulterwölbung mit dem ersten Efeukringel an. Erst ein Blatt, dann ein wachsender Stängel ... mehr Laub, das sich wand und dicker wurde, ihren Hals bedeckte, von unten gegen ihren Kiefer drängte, zu ihrem Mund emporleckte, sich über ihre Wangen ausbreitete.

Hin und her zum Tintenfass. Efeu umrankte sie. Efeu verwischte die Spuren seiner Feder, verhüllte sein Herz und die Sünde, die darin lebte.

Das Schwierigste für ihn war, ihre Nase zu übermalen. Das machte er immer zuletzt, wenn es nicht länger zu vermeiden war, und dann brannten seine Lungen, als wäre er selbst es, der im dichten Laub keine Luft mehr bekam.

Als der Efeu sich über das ganze Bild ausgebreitet hatte, zerknüllte Phury das Blatt und warf es in den Messingpapierkorb in der anderen Zimmerecke.

Was für ein Monat war inzwischen ... August? Genau, August. Was bedeutete ... Ihre Schwangerschaft würde noch ein gutes Jahr dauern, vorausgesetzt, sie konnte das Kleine halten. Wie viele Vampirinnen musste sie jetzt schon das Bett hüten, weil vorzeitige Wehen eine häufige Komplikation darstellten.

Im gleichen Zug, in dem er einen Joint ausdrückte, griff er nach einem der beiden neuen, die er gerade gedreht hatte, und stellte fest, dass er sie bereits geraucht hatte.

Er streckte das vollständige Bein aus, legte die kleine Staffelei zur Seite und holte sich seine Überlebensausrüstung vom Nachttisch: ein Beutel roter Rauch, Drehpapier und sein massives goldenes Feuerzeug. Sich eine neue Tüte zu drehen dauerte nur Sekunden, und als er den ersten Zug nahm, überprüfte er seine Vorratssituation.

Shit, nicht gut. Gar nicht gut.

Die Stahlrollläden, die automatisch nach oben gezogen wurden, beruhigten ihn etwas. Die Nacht mit ihrer sonnenlosen Pracht war hereingebrochen; ihr Eintreffen gewährte ihm Freiheit vom Anwesen der Bruderschaft ... und die Möglichkeit, seinen Dealer Rehvenge zu kontaktieren.

Er schob das Bein ohne Fuß und Wade zuerst vom Bett, tastete nach seiner Prothese und schnallte sie unter das rechte Knie, bevor er aufstand. Er war so bedröhnt, dass die Luft um ihn herum sich anfühlte wie etwas, durch das man waten musste, und das Fenster, auf das er zusteuerte, schien kilometerweit entfernt. Aber alles war gut. Der vertraute Dunst war tröstlich, das Gefühl, zu schweben, während er nackt durch den Raum lief, wohltuend.

Der Garten unter ihm sah traumhaft aus, durch die Flügeltür erleuchtet vom Schein der Bibliothek.

So musste ein Ausblick sein, dachte er. All die Blumen in blühender Pracht, die Obstbäume voller Birnen und Äpfel, die Pfade ordentlich, die Buchsbäume gestutzt.

Dieser Blick aus dem Fenster war ein gänzlich anderer als der, mit dem er aufgewachsen war. Vollkommen anders.

Unmittelbar unterhalb seines Fensters standen Teerosen in voller Blüte. Die Rosen lenkten seinen Gedankenfluss auf eine andere Frau. Während er erneut inhalierte, stellte er sich seine Frau vor – diejenige, die er eigentlich zeichnen sollte ... diejenige, mit der er gemäß Gesetz noch einiges mehr anstellen sollte, als sie nur zu malen.

Die Auserwählte Cormia. Seine Erste Partnerin.

Von insgesamt vierzig.

Mannomann, wie zum Henker war er eigentlich zum Primal der Auserwählten geworden?

Ich hab's dir doch gesagt, versetzte der Zauberer. *Du wirst zahllose Kinder zeugen, die alle auf Dauer das große Vergnügen haben werden, zu einem Vater aufzuschauen, dessen einzige Errungenschaft im Leben es war, jeden um sich herum im Stich zu lassen.*

Okay, so ätzend der miese Sack auch war – dem konnte Phury schwerlich widersprechen. Er hatte sich noch nicht mit Cormia vereinigt, wie das Ritual es erforderte. Er war noch nicht wieder auf der Anderen Seite gewesen, um sich mit der Directrix zu treffen. Er hatte die anderen neununddreißig Vampirinnen, bei denen er liegen und die er schwängern sollte, noch nicht einmal kennengelernt.

Phury sog noch heftiger an seinem Joint, das ganze Gewicht dieser dicken, fetten Nullen landete auf seinem Kopf wie Felsbrocken, die der Zauberer geschleudert hatte.

Der Zauberer war extrem zielsicher. Andererseits hatte er ja inzwischen auch genug Übung.

Tja, mein Freund, du bist aber auch ein leichtes Ziel. Das ist doch die Hauptsache dabei.

Wenigstens beklagte sich Cormia nicht über die Vernachlässigung seiner Pflichten. Sie war nicht freiwillig seine Erste Partnerin geworden, sondern in diese Rolle gezwungen worden: Am Tag des Rituals hatte man sie auf dem zeremoniellen Bett festbinden müssen; mit ausgebreiteten Armen und Beinen – bereit für ihn – hatte sie dort gelegen wie ein zu Tode verängstigtes Tier.

Sobald er sie erblickt hatte, war sein System auf *Voreinstellung* zurückgesprungen: der Retter der hilflosen Jungfrau. Er hatte sie hierher ins Haus der Bruderschaft der Black Dagger gebracht und sie im Zimmer neben seinem eigenen einquartiert. Tradition hin oder her, er würde sich auf gar keinen Fall dieser Frau aufzwingen, und wenn sie ein bisschen Zeit und Raum hätten, um einander kennenzulernen, wäre es bestimmt einfacher.

Ja sicher ... *wohl eher nicht*. Cormia hielt Abstand, während er seiner üblichen Alltagsbeschäftigung nachging: nach Möglichkeit nicht zu implodieren. Innerhalb der letzten fünf Monate waren sie einander – oder auch einem Bett – keinen Zentimeter nähergekommen. Cormia sprach nur selten und zeigte sich ausschließlich bei den Mahlzeiten. Wenn sie ihr Zimmer verließ, dann nur, um sich Bücher aus der Bibliothek zu holen.

In ihrer langen, weißen Robe kam sie ihm mehr wie ein nach Jasmin duftender Schatten vor denn wie ein Wesen aus Fleisch und Blut.

Die traurige Wahrheit jedoch war, dass das für ihn absolut in Ordnung war. Er hatte geglaubt, sich der sexuellen Verbindlichkeiten vollkommen bewusst zu sein, als er Vishous' Platz als Primal einnahm; doch die Realität war sehr viel einschüchternder, als es die Vorstellung gewesen war. Vierzig Frauen. Vierzig.

In Worten: vier null.

Er musste den Verstand verloren haben, als er V dieses Angebot machte. Sein einziger Versuch, seine Unschuld zu verlieren, war ja weiß Gott schon kein Kinderspiel gewesen – und er hatte es mit einer Professionellen versucht. Wobei es vielleicht genau das Problem gewesen war, dass er sich ausgerechnet eine Hure für den Versuch ausgesucht hatte.

Aber an wen sonst hätte er sich denn wenden sollen? Er war ein zweihundert Jahre alter Zölibatär. Wie, bitte schön, sollte er auf die wunderschöne, zarte Cormia klettern, in sie hineinhämmern, bis er kam, und dann gleich weiterflitzen in das Heiligtum der Auserwählten, einen auf Bill Paxton in *Big Love* machen und sich um seinen Harem kümmern?

Was zum Teufel hatte er sich nur dabei gedacht?

Phury steckte sich den Joint zwischen die Lippen und zog das Fenster hoch. Während das üppige Aroma der Sommernacht in sein Zimmer waberte, wandte er sich wieder den Rosen zu. Vor einigen Tagen hatte er Cormia mit einer ertappt, die sie offenbar aus dem Strauß gezogen hatte, den Fritz im Wohnzimmer im ersten Stock aufgestellt hatte. Sie hatte neben der Vase gestanden, die blasslila Rose zwischen zwei langen Fingern, den Kopf über die Blume gebeugt, die Nase über der prallen Blüte schwebend. Ihr blondes Haar, das sie immer im Nacken zu einem Knoten geschlungen trug, hatte sich in duftigen Strähnen gelöst, die nach vorne fielen und sich in einer Naturwelle kräuselten. Genau wie die Blütenblätter der Rose. Als sie bemerkt hatte, dass er sie anstarrte, hatte sie sich erschrocken. Sie hatte die Blume zurück in die Vase gestellt und schnell den Raum verlassen. Die Tür war lautlos ins Schloss gefallen.

Er wusste, dass er sie nicht ewig hier festhalten konnte, fern von allem, was sie kannte, und allem, was sie war. Und sie beide mussten die sexuelle Zeremonie vollziehen. Das war der Deal gewesen, und das war die Rolle, die sie – egal wie viel Angst sie anfangs gehabt hatte – auch bereit war, zu erfüllen. Das hatte sie ihm mitgeteilt.

Er wandte sich zu seinem Sekretär um, auf dem ein schweres goldenes Amulett in der Größe eines Füllers lag. Graviert in einer Urform der Alten Sprache stellte es das Symbol des Primals dar: nicht nur den Schlüssel zu sämtlichen Gebäuden auf der Anderen Seite, sondern auch die Visitenkarte des Vampirs, der über die Auserwählten herrschte.

Die Kraft ihres Volkes, wie der Primal auch genannt wurde.

Das Amulett hatte sich heute wieder gemeldet, wie schon früher. Wann immer die Directrix etwas von ihm wollte, vibrierte das Ding. Theoretisch wurde von ihm erwartet, sich postwendend dorthin zu verpuffen, wo eigentlich sein Zuhause hätte sein sollen – ins Heiligtum. Er hatte die Aufforderung ignoriert. Wie schon die beiden anderen.

Er wollte nicht hören, was er längst wusste: Fünf Monate lang die Primalszeremonie nicht endgültig zum Abschluss zu bringen, ging allmählich zu weit.

Er dachte an Cormia, die sich ganz allein in dem Zimmer nebenan verkroch. Die niemanden hatte, mit dem sie reden konnte. Weit weg von ihren Schwestern war. Er hatte versucht, auf sie zuzugehen, doch das hatte sie nur wahnsinnig nervös gemacht. Verständlicherweise.

Mein Gott, er hatte keine Ahnung, wie sie all diese Stunden überstand, ohne verrückt zu werden. Sie brauchte einen Freund. Jeder brauchte Freunde.

Nicht jeder verdient sie allerdings, meldete sich der Zauberer ungefragt zu Wort.

Phury drehte sich um und machte sich auf den Weg in die Dusche. Im Vorbeigehen blieb er neben dem Papierkorb stehen. Seine Zeichnung hatte sich aus dem Ball, zu dem er sie zerknüllt hatte, wieder etwas auseinandergefaltet, und unter den Knittern und Falten konnte er den Efeu erkennen, mit dem er das Bild darunter überzogen hatte. Kurz blitzte die Erinnerung an das, was darunter war, in ihm auf – das zum Knoten geschlungene Haar und die gelösten Strähnen auf einer glatten Wange. Strähnen, die sich genau so kräuselten wie die Blütenblätter einer Rose.

Kopfschüttelnd ging er weiter. Cormia war wundervoll, aber –

Sie zu begehren wäre absolut passend, beendete der Zauberer seinen Satz. *Also warum um alles in der Welt solltest du so etwas empfinden? Könnte ja dein* perfektes *Register von herausragenden Leistungen ruinieren.*

Nein, warte, das muss ja heißen »von Fiaskos«, mein Freund. Oder etwa nicht?

Phury drehte Puccini noch lauter auf und ging unter die Dusche.

2

Als die Rollläden für die Nacht hochgezogen wurden, war Cormia schwer beschäftigt.

Sie saß im Schneidersitz auf dem Orientteppich in ihrem Zimmer und fischte aus einer mit Wasser gefüllten Kristallschale Erbsen heraus. Die Hülsenfrüchte waren so hart wie Murmeln gewesen, als Fritz sie ihr gebracht hatte, doch nachdem sie eine Weile eingeweicht worden waren, wurden sie weich genug für ihre Zwecke.

Sie erwischte eine und zog mit der anderen Hand einen Zahnstocher aus einer kleinen weißen Schachtel, auf der in roter englischer Schrift stand: SIMMON'S ZAHNSTOCHER, 500 STÜCK.

Sie spießte die Erbse auf den Zahnstocher auf und bohrte dann einen weiteren Stocher seitlich so in die Erbse, dass sich ein rechter Winkel ergab. Daraufhin fischte sie eine weitere grüne Frucht aus dem Wasser, steckte sie auf das freie Ende des einen Zahnstochers und so weiter, bis sie zunächst ein Quadrat erhielt und dann einen Würfel. Zufrieden beugte sie sich nach vorn und setzte ihren neuen filigranen Erbsen-Zahnstocher-Bauklotz als Abschlussstein in die letzte Ecke eines vierseitigen Fundaments mit einer eins fünfzig Diagonale auf den Fußboden. Nun würde sie die Wände hochziehen, würde ein mehrstöckiges Gittergebäude aufbauen.

Die Zahnstocher waren alle exakt gleich, identische Holzstäbchen, und die Erbsen waren ebenfalls alle exakt gleich, rund und grün. Beides erinnerte sie an den Ort, von dem sie stammte. Gleichheit war im zeitlosen Heiligtum der Auserwählten von großer Bedeutung. Gleichheit war das Wichtigste überhaupt.

Hier auf dieser Seite glich sich nur wenig.

Zum ersten Mal hatte sie die Zahnstocher unten im Erdgeschoss nach einer Mahlzeit entdeckt, als Bruder Rhage und Bruder Butch sie beim Verlassen des Speiseraums aus einer schmalen Schachtel zogen. Ohne besonderen Grund hatte sie eines Abends einige mit nach oben in ihr Zimmer genommen. Sie hatte sich einen in den Mund gesteckt, doch der trockene, hölzerne Geschmack hatte ihr nicht zugesagt. Da sie nicht recht wusste, was sie sonst damit anfangen sollte, hatte sie die Stocher auf ihrem Nachttisch ausgebreitet und Umrisse damit gebildet.

Fritz, der Butler, war zum Staubwischen in ihr Zimmer gekommen, hatte ihre Bemühungen entdeckt und war kurze Zeit später mit einer Schüssel Erbsen zurückgekehrt, die in einer Schüssel mit lauwarmem Wasser einweichten. Er hatte ihr gezeigt, wie man daraus Figuren bastelte: Erbse zwischen zwei Zahnstochern, oder auch Zahnstocher zwischen zwei Erbsen. Man steckte sie so lange ineinander, bis man etwas Schönes, Neues in Händen hielt.

Seit ihre Entwürfe immer größer und ehrgeiziger wurden, war sie dazu übergegangen, all die Winkel und die Erhebungen im Voraus zu planen, um Fehler zu vermeiden.

Außerdem hatte sie sich angewöhnt, auf dem Fußboden zu arbeiten, um mehr Raum zur Verfügung zu haben.

Sie neigte sich zur Seite, um sich die Zeichnung anzusehen, die sie zu Beginn angefertigt hatte, und die ihr als Anleitung diente. Die nächste Schicht würde etwas kleiner werden, genau wie die darauf folgende. Dann würde sie einen Turm hinzufügen.

Farbe wäre schön, dachte sie. Aber wie sollte man sie in den Bau einbetten?

Ach, Farbe! Die Befreiung des Auges.

Auf dieser Seite zu sein, war nicht immer ganz leicht – doch was sie wirklich liebte, waren die ganzen Farben. Im Heiligtum der Auserwählten war alles weiß: vom Gras über die Bäume und die Tempel bis hin zu Speisen, Getränken und den frommen Büchern.

Schuldbewusst zog sie den Kopf ein und schielte zu ihren heiligen Texten hinüber. Sie konnte schwerlich behaupten, mit ihrer kleinen Kathedrale aus Erbsen und Zahnstochern die Jungfrau der Schrift preisen zu wollen.

Sich mit dem eigenen Ich zu befassen, gehörte nicht zu den Zielen der Auserwählten. Es war ein Sakrileg.

Und der Besuch der Directrix der Auserwählten früher am Tag hätte sie daran erinnern sollen.

Gütigste Jungfrau der Schrift, sie wollte gar nicht daran denken.

Sie stand auf, wartete, bis der Schwindel sich gelegt hatte, und trat dann an eines der Fenster. Darunter standen die Teerosen, und Cormia musterte jeden einzelnen Strauch, suchte nach neuen Knospen und abgefallenen Blütenblättern, nach frischem Laub.

Die Zeit verstrich. Sie erkannte es an der Art und Weise, wie die Pflanzen sich veränderten; ein Knospenzyklus dauerte drei bis vier Tage pro Blüte.

Noch etwas, an das sie sich gewöhnen musste. Auf der Anderen Seite gab es keine Zeit. Es gab die Rhythmen der Rituale und des Essens und Badens, aber keinen Wechsel von Tag und Nacht, kein Stundenmaß, keine Jahreszeiten. Zeit und Dasein waren so unveränderlich wie die Luft, wie das Licht, wie die Landschaft.

Auf dieser Seite hatte sie lernen müssen, dass es Minuten und Stunden gab, Tage und Wochen und Monate und Jahre. Uhren und Kalender wurden dazu benutzt, das Verstreichen der Zeit zu messen, und Cormia hatte herausgefunden, wie man sie las. Genau wie sie gelernt hatte, die Zyklen dieser Welt und der Leute darin zu deuten.

Draußen auf der Terrasse tauchte ein *Doggen* auf. Er hatte eine große Schere in der einen Hand und einen großen roten Eimer in der anderen und lief an den Sträuchern und Büschen vorbei und beschnitt sie.

Sie dachte an die sanft gewellten weißen Wiesen des Heiligtums. Und die unbewegten weißen Bäume. Und die weißen Blumen, die immer in Blüte standen. Auf der Anderen Seite war alles in seiner gebührenden Form erstarrt, so dass keine weitere Pflege erforderlich war. Es gab keinen Wandel.

Jene, die die reglose Luft einatmeten, waren ebenfalls erstarrt, selbst wenn sie sich bewegten – sie lebten und lebten doch nicht.

Obwohl die Auserwählten durchaus alterten. Und sie starben auch.

Cormia blickte über die Schulter zu einem Sekretär mit leeren Schubladen. Die Schriftrolle, die zu überbringen die Directrix gekommen war, lag auf der glänzenden Oberfläche. Die Auserwählte Amalya stellte solche Geburtsanerkennungen als Directrix aus und war hier gewesen, um ihre Pflicht zu erfüllen.

Wäre Cormia auf der Anderen Seite gewesen, dann hätte es auch eine Zeremonie gegeben. Wenn auch selbstverständlich nicht für sie. Die Einzelne, um deren Geburt es ging, erhielt keine besondere Aufmerksamkeit, da es auf der Anderen Seite kein Ich gab. Nur das Ganze.

Selbst zu denken, an *sich selbst* zu denken, war Blasphemie.

Cormia war schon immer eine heimliche Sünderin gewesen. Sie hatte schon immer schändliche Gedanken und Ablenkungen und Triebe gehabt. Die allesamt nirgendwohin führten.

Sie legte die Hand auf die Fensterscheibe. Das Glas, durch das sie blickte, war dünner als ihr kleiner Finger, so klar wie die Luft, kaum ein Hindernis. Sie wollte schon seit geraumer Zeit hinunter zu den Blumen gehen, wartete aber auf … auf was, wusste sie selbst nicht zu sagen.

Als sie neu an diesen Ort gekommen war, hatte sie die Reizüberflutung geplagt. Es gab lauter Dinge, die sie nicht kannte, wie Fackeln, die in die Wand gesteckt waren, so dass man sie anschalten musste, um Licht zu haben. Maschinen, die Dinge für einen erledigten, wie das Geschirr zu spülen oder das Essen zu kühlen oder Bilder auf einem kleinen Bildschirm zu erzeugen. Es gab Kästen, die jede Stunde schlugen, und Metallvehikel, in denen man herumfahren konnte. Laut dröhnende Geräte, mit Hilfe derer man die Fußböden reinigen konnte.

Es gab hier mehr Farben als in sämtlichen Edelsteinen in der Schatzkammer des Heiligtums. Auch Gerüche – gute und schlechte.

Alles war so anders, genau wie die Bewohner. Wo sie herkam, gab es keine Männer, und ihre Schwestern waren austauschbar: Alle Auserwählten trugen dieselben weißen Roben und schlangen ihr Haar auf dieselbe Weise zu einem Knoten im Nacken und trugen eine einzelne Perle in Tropfenform um den Hals. Sie alle gingen und sprachen auf die exakt gleiche, stille Art und taten dieselben Dinge zur selben Zeit. Hier dagegen? Alles war ein Riesendurcheinander. Die Brüder und ihre *Shellan*s trugen alle unterschiedliche Kleidung, jeder redete und lachte auf seine ganz eigene, unverwechselbare Weise. Einige mochten bestimmte Nahrungsmittel, andere jedoch nicht, und manche schliefen lang und andere gar nicht. Manche waren lustig, manche grimmig, manche … schön.

Eine war jedenfalls schön.

Bella war schön.

Besonders in den Augen des Primals.

Als die Uhr zu schlagen begann, schlang sie die Arme fest um ihren Körper. Die Mahlzeiten waren eine einzige Folter – ein Vorgeschmack darauf, wie es sein würde, wenn sie und der Primal ins Heiligtum zurückkehrten.

Und er dort ihre Schwestern mit ähnlicher Bewunderung und Lust betrachten würde.

Apropos Veränderung: Anfangs hatte sie schreckliche Angst vor dem Primal gehabt. Nun, nach fünf Monaten, wollte sie ihn nicht mehr teilen.

Mit seinen prächtigen, mehrfarbigen Haaren und seinen gelben Augen, seiner seidigen, tiefen Stimme war er überwältigend, und darüber hinaus in seinen besten Mannesjahren. Doch das war es nicht, was sie für ihn einnahm. Er war der Inbegriff all dessen, was sie als wertvoll erachtete: Er war immer auf andere bedacht, nie auf sich selbst. Bei Tisch war er derjenige, der sich nach dem Befinden jedes einzelnen der Anwesenden erkundigte, der nachforschte, was aus Verletzungen und verdorbenen Mägen und großen und kleinen Sorgen geworden war. Er forderte nie Aufmerksamkeit für sich selbst ein. Zog nie das Gespräch auf sich. Half jedem.

Wenn eine schwierige Aufgabe anstand, meldete er sich

freiwillig. Wenn es etwas zu erledigen gab, kümmerte er sich darum. Wenn Fritz unter der Last eines Tabletts schwankte, sprang der Primal als Erster auf und eilte ihm zu Hilfe. Den Gesprächen bei Tisch zufolge kämpfte er für ihr Volk und unterrichtete den Nachwuchs und war jedem ein guter, aufrichtiger Freund.

Er war wahrlich das Musterbeispiel der selbstlosen Tugenden der Auserwählten, der vollkommene Primal. Und irgendwann während der Sekunden und Stunden und Tage und Monate ihres Aufenthaltes hier war sie vom Pfad der Pflichterfüllung abgekommen und in den verworrenen Wald des freien Willens gelangt. Nun wollte sie bei ihm sein. Es gab kein *musste, sollte, brauchte*.

Doch sie wollte ihn für sich allein.

Was sie zur Ketzerin machte.

Nebenan verstummte die herrliche Musik, die der Primal immer hörte, wenn er in seinem Zimmer war. Was bedeutete, er machte sich auf den Weg hinunter zum Ersten Mahl.

Ein Klopfen an ihrer Tür ließ sie aufspringen und herumwirbeln. Während ihre Robe sanft um ihre Beine schwang, schnappte sie den Duft von rotem Rauch auf, der in ihr Zimmer wehte.

Der Primal stattete ihr einen Besuch ab?

Rasch überprüfte sie den Sitz ihres Haarknotens und strich sich einige lose Strähnen hinter die Ohren. Als sie die Tür einen Spalt öffnete, erhaschte sie einen kurzen Blick in sein Gesicht, bevor sie sich verneigte.

O du gütige Jungfrau der Schrift ... der Primal war einfach zu wunderbar, um ihn länger anzusehen. Seine Augen waren so gelb wie Zitrine, seine Haut hatte einen goldbraunen Ton, sein langes Haar war ein leuchtendes Meer von Farbe – vom hellsten Blond über warmes Kupfer bis hin zu tiefem Mahagoni.

Er verbeugte sich knapp und steif. Sie wusste, dass er diese Förmlichkeit verabscheute. Doch er tat es für sie, denn gleich wie häufig er sie aufforderte, auf die Konventionen zu verzichten, kam sie doch nicht dagegen an.

»Hör mal, ich habe mir etwas überlegt«, sagte er.

In der darauf folgenden, zögerlichen Stille befürchtete sie, die Directrix hätte ihn vielleicht aufgesucht. Jeder im Heiligtum wartete ungeduldig darauf, dass die Zeremonie endlich vollendet wurde, und alle wussten genau, dass das noch nicht geschehen war. Mehr und mehr spürte Cormias eine Bedrängnis, die nichts mit seiner Anziehungskraft auf sie zu tun hatte. Die Last der Tradition wog mit jedem Tag schwerer.

Nun räusperte er sich. »Wir sind nun schon eine ganze Weile hier, und ich weiß, dass die Umstellung hart für dich war. Ich dachte mir, du bist bestimmt ein bisschen einsam und hättest möglicherweise gern Gesellschaft.«

Cormia legte sich die Hand auf den Hals. Das war gut. Es wurde Zeit für sie beide, endlich zusammen zu sein. Am Anfang war sie nicht bereit für ihn gewesen. Jetzt war sie es.

»Ich glaube wirklich, dass es gut für dich wäre«, fuhr er mit seiner wunderschönen Stimme fort, »wenn du etwas Gesellschaft hättest.«

Sie verneigte sich tief. »Danke, Euer Gnaden. Ihr habt gewiss Recht.«

»Super. Ich hätte da schon jemanden im Sinn.«

Langsam richtete Cormia sich wieder auf. *Jemanden?*

John Matthew schlief immer nackt.

Zumindest seit seiner Transition tat er das.

Sparte Schmutzwäsche.

Mit einem Aufstöhnen legte er sich die Hand zwischen die Beine und umschloss seine eisenharte Erektion. Das Gerät hatte ihn wie üblich aus dem Schlaf gerissen, ein Wecker, der so steil aufragte wie Big Ben.

Er hatte sogar eine Schlummertaste. Wenn er sich um das Ding kümmerte, konnte er nochmal zwanzig Minuten schlafen, bevor es sich wieder lautstark zu Wort meldete. Im Normalfall absolvierte er drei Runden, bevor er aus dem Bett stieg, und noch eine unter der Dusche.

Kaum zu fassen, dass er sich das früher immer gewünscht hatte.

An unschöne Sachen zu denken, half auch nichts, und er hegte zwar den Verdacht, dass das Wichsen den Trieb sogar noch verschlimmerte, aber sich seinem Schwanz zu verweigern, stand nicht zur Debatte: Als er sich vor ein paar Monaten versuchsweise mal zurückgehalten hatte, war er innerhalb von zwölf Stunden so weit gewesen, dass er vor lauter Geilheit auch einen Baum gevögelt hätte.

Gab es so was wie Anti-Viagra? Cialis Reversalis? Schlaffizillin?

Er drehte sich auf den Rücken, stellte ein Bein seitlich aus, schob die Decke weg und begann, sich zu streicheln. Das war seine bevorzugte Position, wenn er sich auch in besonders heftigen Fällen mitten im Orgasmus auf der Seite zusammenrollte.

Als Prätrans hatte er sich immer eine Erektion gewünscht, weil er geglaubt hatte, ein Ständer würde ihn zum Mann machen. Die Wirklichkeit sah leider etwas anders aus. Klar, mit seinem hünenhaften Körper, seiner angeborenen Geschicklichkeit im Kampf, und dieser Dauerlatte segelte er für Außenstehende definitiv unter der Testosteronflagge.

Innerlich aber fühlte er sich noch genauso winzig wie eh und je.

Er bog den Rücken durch und stieß mit den Hüften heftig in seine Hand. Gott ... es fühlte sich gut an. Jedes Mal fühlte es sich gut an ... solange es seine eigene Handfläche war, die die Pumpe bediente. Das eine und einzige Mal, als eine Frau ihn berührt hatte, war seine Erektion noch schneller geschrumpft als sein Ego.

Im Prinzip hatte er also sein Anti-Viagra: andere Leute.

Aber jetzt war nicht der Zeitpunkt, um seine schlimme Vergangenheit aufzuwärmen. Sein Schwanz stand kurz davor, abzuspritzen; er merkte es an dieser bestimmten Taubheit. Unmittelbar bevor er kam, spürte er immer ein paar Stöße lang gar nichts, und genau das passierte jetzt gerade, während seine Hand sich auf dem feuchten Schaft auf und ab bewegte.

O ja ... es kommt, es kommt ... Seine Eier waren straff wie gespannte Drahtseile und seine Hüften rotierten unkontrolliert. Seine Lippen teilten sich, damit er besser keuchen konnte ... und als wäre das alles noch nicht genug, schaltete sich auch noch sein Kopf ein. Nein ... Scheiße ... nicht sie wieder, bitte nicht –

Zu spät. Mitten im hemmungslosen Masturbieren klammerte sich sein Gehirn an die eine Fantasie, die das Ganze unter Garantie noch intensiver machen würde: eine von Kopf bis Fuß in Leder gekleidete Frau mit Männerhaarschnitt und Schultern, so breit wie ein Preisboxer.

Xhex.

Mit einem lautlosen Brüllen klappte John zur Seite und begann, zu kommen. Der Orgasmus dauerte und dauerte, während er sich vorstellte, mit ihr in einer der Toiletten in dem Club, in dem sie als Sicherheitschefin arbeitete, Sex zu haben. Und so lange diese Bilder in seinem Kopf herumrasten, würde sein Körper nicht aufhören, zu kommen. Er konnte das buchstäblich zehn Minuten lang aufrechterhalten, bis das Zeug aus seinem Schwanz überall auf ihm klebte und das Laken völlig durchweicht war.

Er versuchte, seine Gedanken unter Kontrolle zu bringen, die Bremse zu ziehen ... und scheiterte. Der Orgasmus hörte einfach nicht auf, seine Hand bewegte sich immer weiter, sein Herz hämmerte, sein Atem ging keuchend, während er seinen Fantasien frönte. Nur gut, dass er ohne Kehlkopf auf die Welt gekommen war, sonst wüsste das ganze Haus Bescheid, was er da ständig trieb.

Erst nachdem er mit Gewalt seine Hand von seinem Schwanz entfernt hatte, beruhigte sich die Lage allmählich. Das Zucken ließ nach, er lag ermattet auf der Matratze und atmete ins Kissen. Schweiß und andere Körperflüssigkeit trockneten auf seiner Haut.

Netter Weckruf. Nette kleine Sportsession. Netter Zeitvertreib. Aber letzten Endes hohl.

Ohne speziellen Grund wanderte sein Blick herum und blieb am Nachttisch hängen. Wenn er die Schublade öffnen würde – was er nie tat –, würde er zwei Dinge finden: eine blutrote Schachtel, ungefähr in der Größe einer Faust; und ein altes, ledernes Tagebuch. In der Schachtel befand sich ein schwerer goldener Siegelring mit dem Wappen seiner Abstammungslinie als Sohn des Black-Dagger-Kriegers Darius, Sohn des Marklon. Das uralte Tagebuch enthielt die persönlichen Gedanken seines Vaters über einen Zeitraum von zwei Jahren seines Lebens. Ebenfalls ein Geschenk.

John hatte den Ring nie angezogen und die Einträge nie gelesen.

Dafür gab es diverse Gründe, aber der Hauptgrund, diese Gegenstände wegzuschließen, war, dass der Mann, den er als seinen Vater betrachtete, nicht Darius war. Es war ein anderer Bruder. Ein Bruder, der seit inzwischen acht Monaten spurlos verschwunden war.

Wenn er überhaupt einen Ring tragen würde, dann wäre es der mit dem Wappen des Tohrment, Sohn des Hharm.

Um den Vampir zu ehren, der ihm in so kurzer Zeit so viel bedeutet hatte.

Doch das würde nicht geschehen. Tohr war sehr wahrscheinlich tot, egal, was Wrath sagte, und außerdem war er nie sein echter Vater gewesen.

Um nicht schlecht drauf zu kommen, stand John auf und schlurfte ins Badezimmer. Die Dusche half ihm, sich wieder zu fangen, und das Anziehen tat ein Übriges.

Heute Abend war kein Unterricht, deshalb würde er sich noch ein paar Stunden unten im Büro herumtreiben und sich später mit Qhuinn und Blay treffen. Er hoffte, dass viel Papierkram zu erledigen war. Heute Nacht freute er sich nicht besonders auf seine besten Freunde.

Sie würden zu dritt in die Stadt fahren zum ... o Gott, zum Shoppen.

Es war Qhuinns Idee gewesen. Wie meistens. Seiner Meinung nach musste Johns Garderobe dringend aufpoliert werden. John sah an seiner Levi's-Jeans und seinem weißen T-Shirt herab. Das einzig Lässige an ihm waren seine Turnschuhe: Nike Air Max, in Schwarz. Und selbst die waren nicht gerade premiumlässig.

Vielleicht hatte Qhuinn nicht ganz Unrecht damit, dass John in modischer Hinsicht ein totaler Amateur war, aber mal im Ernst: Wen musste er denn beeindrucken?

Bei dem Wort, das ihm spontan in den Kopf kam, fluchte er und schüttelte sich. *Xhex.*

Es klopfte an seiner Tür. »John? Bist du da?«

Schnell stopfte sich John das Shirt in die Hose und überlegte, was Phury wohl von ihm wollen konnte. Er lernte immer fleißig und machte gute Fortschritte im Nahkampf. Vielleicht ging es um seine Arbeit im Büro?

John machte die Tür auf. *Hallo,* grüßte er in Gebärdensprache.

»Hey, wie geht's dir?« John nickte und runzelte dann die Stirn, als der Bruder ebenfalls in die Gebärdensprache wechselte. *Ich wollte dich um einen Gefallen bitten.*

Aber sicher doch.

Cormia ... tja, es war nicht einfach für sie, auf diese Seite zu kommen. Ich glaube, es wäre toll, wenn sie ein bisschen Zeit mit jemandem verbringen würde, der, du weißt schon ... der freundlich, aber zurückhaltend ist. Unkompliziert. Glaubst du, du könntest dich ein bisschen um sie kümmern? Dich einfach nur mit ihr unterhalten oder ihr das Haus zeigen oder ... egal was. Ich würde es ja tun, aber ...«

Das ist kompliziert, beendete John den Satz im Kopf.

Das ist kompliziert, zeigten Phurys Hände.

Ein Bild der stillen, blonden Auserwählten blitzte in Johns Kopf auf. Er hatte beobachtet, wie geflissentlich Cormia und Phury einander in den vergangenen Monaten *nicht* angesehen hatten, und fragte sich schon länger – wie zweifellos alle anderen im Haus – ob sie den Deckel schon draufgemacht hatten, sozusagen.

John glaubte nicht daran. Sie waren beide noch viel zu verlegen im Umgang miteinander.

Würde es dir etwas ausmachen?, fragte Phury. *Ich denke mir, sie muss doch Fragen haben oder ... keine Ahnung, Dinge, über die sie reden möchte.*

Offen gestanden wirkte die Auserwählte nicht, als hätte sie ein gesteigertes Bedürfnis nach Unterhaltung. Bei den Mahlzeiten hielt sie immer den Kopf gesenkt, sagte kein Wort und aß nur weiße Lebensmittel. Aber wenn Phury ihn darum bat – wie könnte John ablehnen? Der Bruder half ihm jederzeit bei seinem Kampftraining und beantwortete Fragen außerhalb des Klassenzimmers und war generell einfach der Typ, dem man mit Freuden einen Gefallen tat, weil er zu jedem nett war.

Klar, entgegnete John. *Mach ich doch gern.*

Danke. Phury klopfte ihm so zufrieden auf die Schulter, als hätte er das Loch im Fahrradreifen endlich gefunden. *Ich sage ihr, dass ihr euch nach dem Ersten Mahl in der Bibliothek trefft.*

John sah wieder an seinen Klamotten herab. Er war nicht sicher, ob die Jeans schick genug war, aber in seinem Schrank hing nichts anderes.

Vielleicht war es doch ganz gut, dass er und die Jungs zum Shoppen verabredet waren. Schade eigentlich, dass sie das nicht schon früher getan hatten.

ג

Die Tradition der Gesellschaft der *Lesser* sah vor, dass man nach seiner Einführung mit dem Anfangsbuchstaben seines Nachnamens angesprochen wurde.

Mr D hätte eigentlich Mr R heißen müssen. R wie Roberts. Die Sache war nur die – zu dem Zeitpunkt, als man ihn rekrutiert hatte, nannte er sich gerade Delancy. Also war aus ihm Mr D geworden, und unter diesem Namen kannte man ihn jetzt seit dreißig Jahren.

Aber wen kratzte das schon. Namen waren sowieso Schall und Rauch.

Mr D schaltete in den dritten Gang, als er in eine Kurve auf der Route 22 fuhr, aber das brachte auch nicht wirklich viel. Der Ford Focus hatte ungefähr so viel Power wie ein Neunzigjähriger. Roch irgendwie auch nach Mottenkugeln und schuppiger Haut.

Das Umland von Caldwell, New York, bestand aus einem etwa achtzig Kilometer breiten Gürtel Ackerflächen und Kuhweiden, und während er so über die Landstraße stotterte, musste er plötzlich an Mistgabeln denken. Mit so einer hatte er damals zum ersten Mal einen Menschen getötet. Damals in Texas, mit vierzehn. Seinen Cousin, Big Tommy.

Mr D war zu jener Zeit ziemlich stolz darauf gewesen, mit diesem Mord davonzukommen. Klein und hilflos auszusehen war der Trick gewesen. Jeder hatte gewusst, dass der gute alte Tommy ein Schläger war, grobschlächtig und bösartig. Und als Mr D mit seiner verprügelten Visage schreiend zu seiner Mama gelaufen kam, hatte jeder sofort geglaubt, dass sein Cousin einen Tobsuchtsanfall gehabt und dementsprechend verdient hatte, was mit ihm passiert war. Ha! Mr D war Big Tommy in die Scheune nachgelaufen und hatte ihn so lange genervt, bis der ihm die dicke Lippe und das blaue Auge verpasst hatte, die erforderlich waren, um auf Notwehr zu plädieren. Dann hatte Mr D die Mistgabel genommen, die er im Voraus dort deponiert hatte, und sich an die Arbeit gemacht.

Er hatte einfach nur wissen wollen, wie es war, einen Menschen zu töten. Die Katzen, Opossums und Waschbären, die er mit Fallen gefangen und gefoltert hatte, waren ja ganz okay gewesen, aber es waren eben keine Menschen.

Es war härter gewesen als erwartet. In den Filmen tauchten die Mistgabeln in menschliche Körper ein wie ein Löffel in die Suppe, aber die Realität sah anders aus. Die Zinken hatten sich so in Big Tommys Rippen verfangen, dass Mr D den Fuß in die Hüfte seines Cousins hatte stemmen müssen, um die nötige Hebelkraft auszuüben und die Gabel herauszuzerren. Der zweite Stoß war im Magen gelandet, hatte sich aber erneut verkantet. Wahrscheinlich im Rückgrat. Das hieß, er musste wieder mit dem Fuß gegendrücken. Als Big Tommy endlich aufgehört hatte zu kreischen wie ein Schwein auf der Schlachtbank, keuchte Mr D in der süßlichen, staubigen Luft der Scheune, als reichte sie ihm nicht zum Atmen.

Doch die Aktion war kein totaler Flop gewesen. Der sich verändernde Ausdruck auf dem Gesicht seines Cousins hatte Mr D wirklich gut gefallen. Erst war es Wut gewesen, der Stoff, der Mr D high machte. Dann Unglauben. Am Ende Entsetzen und Fassungslosigkeit. Blut hustend und röchelnd hatte Big Tommy die Augen in rechtschaffener Furcht – wie anständige Kinderchen sie für den Herrn, ihren Schöpfer, empfinden sollten – weit aufgerissen. Mr D, der Zwerg der Familie, der kleine Wicht, hatte sich zwei Meter groß gefühlt.

Zum allerersten Mal hatte er damals Macht geschmeckt, und er hatte sofort mehr davon gewollt, aber die Polizei war gekommen und es hatte viel Gerede im Dorf gegeben. So hatte er sich gezwungen, brav zu sein. Es vergingen einige Jahre, bevor er das nächste Mal so etwas abzog. Die Arbeit in einer Fleischfabrik hatte sich positiv auf seine Geschicklichkeit mit scharfen Gegenständen ausgewirkt, und als er so weit war, hatte er jemandem die gleiche Falle gestellt wie damals Tommy: erst eine Kneipenprügelei mit einem Bulldozer von einem Kerl. Er hatte den blöden Penner systematisch auf die Palme gebracht und ihn dann in eine dunkle Ecke gelotst. Dieses Mal benutzte er einen Schraubenzieher.

Die Sache hatte sich etwas kniffliger gestaltet als bei Big Tommy. Nachdem Mr D erst mal in Fahrt gekommen war, hatte er sich nicht mehr bremsen können. Und die Notwehr-Karte zu spielen, war etwas schwieriger, wenn man auf das Opfer siebenmal eingestochen, es danach aus der Kneipe hinter ein Auto geschleift und in seine Einzelteile zerlegt hatte wie einen kaputten Motor.

Also hatte er den Burschen in ein paar Müllsäcke verpackt und in dessen eigenem Ford Pinto eine kleine Reise gen Norden mit ihm unternommen. Als die Leiche zu riechen begann, hatte er sich auf dem platten Land von Mississippi eine Art Hügel gesucht, das Auto rückwärts auf dem Abhang abgestellt und der vorderen Stoßstange einen kräftigen Tritt versetzt. Der Kofferraum mit seiner stinkenden Fracht war ungebremst in einen Baum geknallt. Die Explosion war doch ziemlich aufregend gewesen.

Von da aus war er per Anhalter nach Tennessee weitergefahren und hatte sich dort eine Zeitlang mit Hilfsjobs über Wasser gehalten. Er hatte zwei weitere Männer getötet, bevor er sich weiter nach North Carolina treiben ließ, wo man ihn beinahe auf frischer Tat ertappt hätte.

Seine Opfer waren immer große, bullige Arschlöcher. Und so war er zum *Lesser* geworden: Er hatte sich ein Mitglied der Gesellschaft der *Lesser* vorgeknöpft, und da er ihn trotz des Größenunterschieds beinahe getötet hätte, war der Vampirjäger so beeindruckt gewesen, dass er Mr D vorschlug, sich ihnen anzuschließen.

Es klang nach einem guten Deal. Nachdem er sich erst von dem ganzen »verfluchte Scheiße, das meint ihr doch wohl nicht ernst« erholt hatte.

Nach seiner Einführung war Mr D in Connecticut stationiert gewesen, war dann aber vor ungefähr zwei Jahren nach Caldie gezogen, als Mr X, der damalige Haupt-*Lesser*, die Zügel der Gesellschaft ein bisschen straffer angezogen hatte.

In dreißig Jahren war Mr D nie zu Omega gerufen worden.

Das hatte sich vor wenigen Stunden geändert.

Die Vorladung war in Form eines Traums erfolgt, und es hatte nicht seiner guten Kinderstube bedurft, um der Aufforderung unverzüglich Folge zu leisten. Aber es bestand durchaus Grund zur Sorge, dass er diese Nacht nicht überleben würde.

Es lief momentan nicht so prickelnd in der Gesellschaft der *Lesser*. Nicht, seit der Zerstörer der Prophezeiung aufgetaucht war.

Der Zerstörer war vorher ein Mensch gewesen, ein Cop, soweit Mr D gehört hatte. Ein Polizist mit Vampirblut in sich, an dem Omega mit verheerenden Folgen herumgebastelt hatte. Und natürlich hatte die Bruderschaft der Black Dagger den Kerl bei sich aufgenommen und ihn mit Freuden zum Einsatz gebracht. Die waren ja auch nicht blöd.

Denn wenn der Zerstörer zuschlug, bedeutete das nicht einfach nur einen Vampirjäger weniger.

Wenn der Zerstörer einen erwischte, dann entnahm er einem das Stück Omega, das man in sich trug, und sog es in sich selbst ein. Statt ewigem Paradies, das einem bei der Einführung in die Gesellschaft versprochen wurde, landete man im Inneren dieses Kerls. Und mit jedem zerstörten *Lesser* war ein Stück Omega für immer verloren.

Früher war das Schlimmste, was einem passieren konnte, nach einem Kampf mit den Brüdern in den Himmel zu kommen. Und jetzt? In den meisten Fällen wurde man halbtot liegengelassen, bis der Zerstörer vorbeikam und einen inhalierte. Er ließ nur Asche zurück und betrog die *Lesser* so um die wohlverdiente ewige Seligkeit.

Insofern war die Stimmung in letzter Zeit also latent angespannt. Omega benahm sich noch ekelhafter als sonst, die Jäger waren gereizt, weil sie sich ständig über die Schulter schauten, und neue Rekruten waren so selten wie nie zuvor, weil alle so damit beschäftigt waren, ihre eigene Haut zu retten, dass niemand nach frischem Blut Ausschau hielt.

Außerdem hatte es eine ziemlich starke Fluktuation auf dem Posten des Haupt-*Lesser* gegeben. Wobei das eigentlich schon immer der Fall gewesen war.

Mr D bog rechts in die RR 149 ein und fuhr fünf Kilometer weiter bis zur nächsten Kreuzung, an der das Hinweisschild umgenietet worden war, vermutlich von einem Baseballschläger. Die gewundene Straße war mehr ein Feldweg voller Schlaglöcher, und er musste vom Gas gehen, wenn er seine Eingeweide nicht zu Butter verquirlen wollte: Der Wagen hatte eine Federung wie ein Toaster. Nämlich gar keine.

Das war echt ein Nachteil an der Gesellschaft der *Lesser* – man bekam nur Schrottkarren.

Bass Pond Lane ... er suchte die Bass Pond La- ... da war sie ja. Er riss das Steuer herum, trat auf die Bremse und kriegte gerade noch die Kurve.

Mangels Straßenbeleuchtung fuhr er erst mal schwungvoll an dem armseligen, verwilderten Grundstück vorbei und musste den Rückwärtsgang einlegen und zurücksteuern. Das Bauernhaus war in einem noch schlimmeren Zustand als sein Focus, ein Rattenloch mit kaputtem Dach und schiefen Seitenmauern, im Würgegriff des nordamerikanischen Äquivalents zum Efeu: Giftsumach.

Da es keine Einfahrt gab, parkte Mr D auf der Straße, stieg aus und rückte seinen Cowboyhut zurecht. Der Schuppen erinnerte ihn an sein Elternhaus, mit der losen Dachpappe und den Sprüngen in den Fenstern und dem von Unkraut überwucherten Rasen. Schwer vorstellbar, dass da drin nicht seine dicke Mutter und sein abgearbeiteter Vater auf ihn warteten.

Sie mussten schon vor einiger Zeit gestorben sein, dachte er, während er über den Rasen lief. Er war das jüngste ihrer sieben Kinder gewesen, und beide hatten stark geraucht.

Die Fliegengittertür hatte fast kein Fliegengitter mehr in dem verrosteten Rahmen. Als er sie aufzog, quiekte sie wie ein abgestochenes Schwein, quiekte wie Big Tommy, genau wie die Tür zu Hause. Auf sein Klopfen an der Eingangstür reagierte niemand, also setzte er den Cowboyhut ab und verschaffte sich Einlass, indem er mit Hüfte und Schulter die Tür aufbrach.

Im Inneren roch es nach Zigarettenrauch, Schimmel und Tod. Die ersten beiden Gerüche waren schal; der Tod frisch, die Sorte saftiges, fruchtiges Aroma, bei dem man sofort losziehen und auch etwas töten wollte, um bei der Party mitzumachen.

Da war noch ein weiterer Geruch. Der süßliche Duft, der in der Luft hing, sagte ihm, dass Omega erst vor kurzem hier gewesen war. Entweder er oder ein anderer *Lesser*.

Mit dem Hut in der Hand lief er durch die dunklen Räume nach hinten in die Küche. Dort lagen die Leichen. Zwei, auf den Bäuchen. Das Geschlecht konnte er nicht erkennen, da sie enthauptet worden waren und keiner von beiden ein Kleid trug, aber die Blutlachen hatten sich dort, wo eigentlich ihre Köpfe sein sollten, miteinander vermischt – beinahe, als würden sie sich an den Händen halten.

Eigentlich richtig süß.

Zwischen dem beigefarbenen Kühlschrank und dem klapprigen Resopaltisch entdeckte er einen schwarzen Fleck an der Wand. Diese Spur einer Explosion deutete darauf hin, dass ein Kollege ins Gras gebissen hatte, und zwar durch die Hand Omegas. Offensichtlich hatte der Meister mal wieder einen Haupt-*Lesser* gefeuert.

Mr D stieg über die Leichen hinweg und machte die Kühlschranktür auf. *Lesser* aßen zwar selbst nicht, aber er war neugierig, was das Paar da drinnen aufbewahrte. So, so. Noch mehr Erinnerungen. Ein offenes Päckchen Schinkenwurst, außerdem war die Mayo fast leer.

Nicht, dass die zwei sich jemals wieder ein Sandwich schmieren mussten.

Er schloss den Kühlschrank wieder und lehnte sich mit dem Rücken an die –

Die Temperatur im Haus fiel schlagartig um zehn Grad, als hätte jemand den Thermostat auf *Arsch abfrieren* gestellt. Der gleichzeitig einsetzende Wind zerzauste die laue Sommernacht, wurde immer stärker, bis das Bauernhaus ächzte.

Omega.

Mr D schaffte es gerade noch, strammzustehen, bevor die Haustür aufflog. Was da durch den Flur kam, war ein tintiger Dunst. Fließend und durchsichtig wälzte er sich über die Holzdielen. Vor Mr D verschmolz er schließlich und nahm die Form eines Mannes an.

»Meister«, sagte Mr D, während er sich von der Hüfte abwärts verbeugte und sein schwarzes Blut vor Furcht und Liebe in seinen Adern raste.

Omegas Stimme kam aus weiter Ferne und hatte einen elektronischen Klang mit statischem Rauschen. »Ich ernenne dich zum Haupt-*Lesser*.«

Mr D blieb die Luft weg. Das war die höchste Ehre, die mit Abstand mächtigste Position in der Gesellschaft der *Lesser*. Er hätte nie darauf zu hoffen gewagt. Und vielleicht würde er ja tatsächlich sogar ein Weilchen in dem Job durchhalten. »Danke –«

In einer Vorwärtsbewegung zerfloss Omega wieder zu Dunst und umhüllte Mr Ds Körper wie ein Überzug aus flüssigem Teer. Schmerz löste das Gefühl eines jeden Knochens in seinem Körper ab, und Mr D spürte, wie er herumgedreht und mit dem Gesicht voraus auf die Arbeitsplatte gedrückt wurde. Der Hut fiel ihm aus der Hand. Omega übernahm das Kommando, und es geschahen Dinge, in die Mr D niemals eingewilligt hätte.

Allerdings gab es so etwas wie Einwilligung ohnehin nicht in der Gesellschaft. Man hatte nur ein Ja zur Verfügung, und zwar das, mit dem man beitrat. Alles Weitere entzog sich der eigenen Kontrolle.

Als gefühlte Jahrhunderte verstrichen waren, trat Omega aus Mr Ds Körper heraus und bekleidete sich. Eine weiße Robe bedeckte ihn von Kopf bis Fuß. Mit geradezu damenhafter Eleganz zog das Böse seine Ärmel glatt, die Krallen waren nun verschwunden.

Oder vielleicht waren sie auch einfach nur total abgewetzt nach dem ganzen Reißen und Kratzen.

Geschwächt und tropfend sackte Mr D gegen die schartige Arbeitsplatte. Er wollte sich wieder anziehen, aber von seinen Kleidern war nicht viel übrig.

»Die Ereignisse spitzen sich zu«, erklärte Omega. »Die Inkubation ist vorbei. Es wird nun Zeit, den Kokon abzuschütteln.«

»Ja, Meister.« Als gäbe es darauf eine andere Entgegnung. »Wie kann ich Euch dienen?«

»Deine Aufgabe ist es, mir diesen zu bringen.« Omega streckte die Hand mit der Fläche nach oben aus und ein Bild erschien, in der Luft schwebend.

Mr D musterte das Gesicht, Angst brachte sein Gehirn auf Touren. Er brauchte definitiv mehr Details als dieses transparente Fahndungsfoto. »Wo finde ich ihn?«

»Er wurde hier geboren und lebt unter den Vampiren in Caldwell.« Omegas Stimme klang wie aus einem alten Science-Fiction-Film, sie hallte gespenstisch, verzerrt wider. »Er ging erst vor wenigen Monaten durch seine Transition. Sie halten ihn für einen der ihren.«

Na super, das grenzte die Suche ja unheimlich ein.

»Es ist dir gestattet, dir Unterstützung zu holen«, sagte Omega. »Aber er muss lebendig gefangen werden. Wenn ihn jemand tötet, werde ich dich dafür zur Rechenschaft ziehen.«

Omega neigte sich zur Seite und legte die Hand neben den schwarzen Rauchfleck auf die Tapete. Das Bild des Vampirs prägte sich auf das gelbe Blumenmuster, brannte sich dort ein. Omega legte den Kopf schief und betrachtete es. Dann streichelte er das Gesicht mit einer sanften, graziösen Geste. »Er ist etwas Besonderes. Finde ihn. Bring ihn hierher. Eile dich.«

Das *sonst* musste nicht laut ausgesprochen werden.

Als das Böse verschwunden war, bückte sich Mr D und hob seinen Cowboyhut auf. Glücklicherweise war er weder zerknautscht noch schmutzig.

Er rieb sich die Augen und dachte nach; er steckte bis zum Hals in der Scheiße. Ein männlicher Vampir irgendwo in Caldwell. Schlimmer, als einen Grashalm auf einer Wiese zu suchen.

Er nahm ein Gemüsemesser von der Arbeitsfläche und schnitt das Bild aus der Tapete aus. Vorsichtig zog er es ab und betrachtete das Gesicht.

Vampire lebten aus zwei Gründen bevorzugt im Verborgenen: Sie konnten es nicht leiden, wenn Menschen sich in ihre Angelegenheiten einmischten; und sie wussten, dass die *Lesser* hinter ihnen her waren. Allerdings hielten sie sich durchaus auch in der Öffentlichkeit auf – besonders die jungen Männer. Aggressiv und leichtsinnig, wie sie waren, trieben sie sich gern in den zwielichtigeren Gegenden von Caldwells Innenstadt herum, weil es dort Menschen gab, mit denen man Sex haben oder sich prügeln konnte, und außerdem alle möglichen lustigen Sachen zum Sniffen, Trinken oder Rauchen finden

Die Innenstadt. Er würde einen Trupp zusammenstellen und die Bars abklappern. Selbst wenn sie nicht gleich den Richtigen fanden, war die Vampirgemeinschaft doch ziemlich überschaubar. Irgendjemand würde ihr Zielobjekt schon kennen, und Informationsbeschaffung war eine von Mr Ds Stärken.

Er hielt nichts von Wahrheitsseren. Er brauchte bloß einen Tischlerhammer und ein Stück Kette, und er brachte jeden Mund im Handumdrehen zum Quatschen.

Mr D schleppte seinen geschundenen, jämmerlichen Körper nach oben und duschte sich ausgiebig in dem vergammelten Badezimmer der toten Bewohner. Danach zog er sich einen Overall und ein Hemd über, die ihm natürlich beide zu groß waren. Nachdem er die Ärmel hochgekrempelt und von den Hosenbeinen zehn Zentimeter abgeschnitten hatte, kämmte er sich das weiße Haar glatt auf den Schädel. Schließlich besprühte er sich noch mit Old Spice, das er auf einer Kommode fand. Das Zeug bestand fast nur noch aus Alkohol, als hätte die Flasche schon länger dort gestanden, aber Mr D hatte es eben gern klassisch.

Wieder unten machte er einen Abstecher durch die Küche und holte sich das Stück Tapete mit dem Bild des Vampirs darauf. Er verschlang die Gesichtszüge geradezu mit den Augen und musste feststellen, dass er aufgeregt wie ein Bluthund war, obwohl ihm immer noch alles wehtat.

Die Jagd war eröffnet, und er wusste, wen er noch einsetzen würde. Es gab einen Trupp von fünf *Lessern*, mit denen er in den vergangenen Jahren immer mal wieder zusammengearbeitet hatte. Es waren gute Jungs. Na ja – *gut* war vermutlich das falsche Wort. Aber mit ihnen kam er klar, und jetzt wo er Haupt-*Lesser* war, konnte er ihnen – und allen anderen – Befehle erteilen.

Auf dem Weg zur Haustür setzte er den Hut auf und tippte sich an die Krempe, als er an den toten Menschen vorbeikam. »Howdy«, sagte er.

Qhuinn marschierte schlecht gelaunt in das Arbeitszimmer seines Vaters und rechnete nicht im Geringsten damit, dass sich seine Stimmung dadurch nennenswert bessern würde.

Sag ich doch. Sobald er den Fuß über die Schwelle gesetzt hatte, ließ sein Vater das Wall Street Journal los, um sich die Fingerknöchel erst kurz an den Mund zu pressen und sich dann damit nacheinander zu beiden Seiten auf den Hals zu tippen. Eine schnelle Beschwörungsformel in der Alten Sprache wurde gemurmelt, dann hielt er sich die Zeitung wieder vors Gesicht.

»Brauchst du mich für die Gala?«, fragte Qhuinn.

»Hat dir keiner der *Doggen* Bescheid gegeben?«

»Nein.«

»Sie hätten es dir ausrichten sollen.«

»Das ist dann wohl ein Nein.« Aus dem gleichen Grund, aus dem er die ursprüngliche Frage gestellt hatte, drängte er jetzt auf eine Antwort: um seinem Vater auf die Nerven zu gehen.

»Ich begreife nicht, warum sie es dir nicht gesagt haben.« Sein Vater verschränkte die Beine neu, die Bügelfalte in seinem Hosenbein war so scharfkantig wie der Rand seines Sherryglases. »Es sollte doch ausreichen, eine Anordnung nur einmal zu erteilen. Das kann doch nicht zu viel –«

»Du wirst es mir nicht selbst sagen, habe ich Recht?«

»… verlangt sein. Ich meine, mal ehrlich, so schwierig kann das doch nicht sein. Die Aufgabe eines Dienstboten ist, zu Diensten zu sein, und ich wiederhole mich wirklich nur sehr ungern.«

Der Fuß seines Vaters wippte in der Luft. Seine Lederslipper waren – wie immer – von Cole Haan: kostspielig, aber so dezent wie ein aristokratisches Flüstern.

Qhuinn betrachtete seine eigenen New-Rock-Stiefel. Die Profilsohle war unter seinen Fußballen fünf Zentimeter, am Absatz sieben Zentimeter dick. Das schwarze Leder reichte bis zu den Waden hinauf, wo es kreuzweise mit Senkeln und drei fetten Chromschnallen verschnürt war.

Damals, als er noch Taschengeld bekam – als man noch hoffte, dass seine Wandlung sein Gebrechen beheben würde –, hatte er monatelang auf diese coolen, beinharten Lederstiefel gespart. Nach der Transition hatte er sie sich dann so bald wie möglich gekauft. Sie waren sein Geschenk an sich selbst dafür, dass er überlebt hatte, weil er genau wusste, dass er von seinen Eltern nichts zu erwarten hatte.

Als Qhuinn sie zum ersten Mal bei Tisch getragen hatte, waren seinem Vater fast die Augen aus dem Spießerkopf gefallen.

»War sonst noch etwas?«, fragte sein Vater, hinter seiner Zeitung verschanzt.

»Nee. Keine Sorge, ich werde mich schon nicht blicken lassen.«

Es war ja nicht das erste Mal, dass er auf offiziellen Empfängen durch Abwesenheit glänzte, wobei – wem wollten sie eigentlich etwas vormachen? Die *Glymera* kannte sein kleines »Problem« doch sehr genau, und diese stumpfsinnigen Snobs waren wie Elefanten. Sie vergaßen nie.

»Ach, übrigens, dein Cousin Lash hat eine neue Arbeit«, nuschelte sein Vater. »In Havers' Klinik. Lash überlegt, Arzt zu werden, und macht nach dem Unterricht ein Praktikum.« Die Zeitung wurde umgeklappt und ganz flüchtig kam das Gesicht seines Vaters in Sicht ... vor Schreck konnte Qhuinn gerade noch seinen sehnsüchtigen Blick auf die Augen seines Vaters verbergen. »Lashs Vater hat wirklich allen Grund, stolz auf ihn zu sein. Er ist ein würdiger Nachfolger als Familienoberhaupt.«

Qhuinn warf einen Blick auf die linke Hand seines Vaters. Am Zeigefinger prangte ein massiver Goldring mit dem Familienwappen, der bis zum mittleren Knöchel reichte. Alle jungen Männer des Adels bekamen so einen nach ihrer

Transition, und Qhuinns beste Freunde hatten beide einen. Blay trug seinen immer, außer wenn er kämpfte oder wenn sie in der Stadt ausgingen, und selbst John Matthew hatte einen bekommen, wenn er ihn auch nie anzog. Auch die anderen aus ihrer Trainingsklasse, die nach und nach durch den Wandel gingen, tauchten im Anschluss mit einem Siegelring am Finger auf.

Das Familienwappen in zehn Unzen Gold geprägt: fünftausend Dollar.

Den Ring von seinem Vater zu bekommen, nachdem man zum Mann geworden war: unbezahlbar.

Qhuinns Transition war inzwischen fünf Monate her. Vor vier Monaten, drei Wochen, sechs Tagen und zwei Stunden hatte er aufgehört, auf seinen Ring zu warten.

Ungefähr.

Mann, trotz der Reibereien mit seinem Vater hätte er doch nie geglaubt, leer auszugehen. Überraschung! Noch ein Grund mehr, sich wie ein Versager zu fühlen.

Er hörte erneut ein Rascheln mit der Zeitung, dieses Mal ungeduldig, als versuche sein Vater, eine Fliege von seinem Hamburger zu verscheuchen. Obwohl er natürlich niemals einen Hamburger essen würde, weil das viel zu gewöhnlich war.

»Ich werde mich mit diesem *Doggen* unterhalten müssen«, sagte sein Vater.

Qhuinn schloss die Tür hinter sich, und als er sich umdrehte, stieß er beinahe mit einer *Doggen* zusammen, die aus der Bibliothek nebenan kam. Das uniformierte Dienstmädchen sprang rückwärts, küsste seine Fingerknöchel und tippte sich dann auf die Adern seitlich an ihrem Hals.

Während sie davonhuschte, dieselbe Beschwörungsformel wie sein Vater vorhin murmelnd, trat Qhuinn vor einen antiken Spiegel, der an der mit Seide bespannten Wand hing. Trotz der Unebenheiten im Bleiglas und der schwarzen Flecken, an denen die Spiegelschicht abblätterte, war sein Gebrechen nicht zu übersehen.

Seine Mutter hatte graue Augen. Sein Vater hatte graue Augen. Sein Bruder und seine Schwester hatten graue Augen.

Qhuinn hatte ein blaues und ein grünes Auge.

Natürlich gab es in seiner Blutlinie auch blaue und grüne Augen. Nur eben nicht in ein und derselben Person. Und Abweichungen standen allgemein nicht gerade hoch im Kurs – wer hätte das gedacht. Der Adel weigerte sich strikt, Defekte hinzunehmen, und Qhuinns Eltern war nicht nur fest eingebettet in die *Glymera,* da beide den sechs Gründerfamilien entstammten; sondern sein Vater war sogar einmal *Leahdyre* des *Princeps-*Rats gewesen.

Alle hatten gehofft, seine Transition würde das Problem beheben, wobei sowohl blau, als auch grün akzeptabel gewesen wären. Tja, leider verloren: Qhuinn war aus seiner Wandlung mit einem riesenhaften Körper, einem Paar Fängen, einem heftigen Verlangen nach Sex ... und einem blauen und einem grünen Auge hervorgegangen.

Was für eine Nacht. Es war das erste und einzige Mal gewesen, dass sein Vater die Beherrschung verloren hatte. Das erste und einzige Mal, dass Qhuinn je geschlagen worden war. Und seitdem wich jeder aus seiner Familie, einschließlich der Dienstboten, seinem Blick aus.

Er machte sich nicht die Mühe, sich von seiner Mutter zu verabschieden, als er in die Nacht hinausging. Oder von seinen älteren Geschwistern.

Seit seiner Geburt stand er in dieser Familie im Abseits, durch eine Art genetischen Unfall auf die Ersatzbank verwiesen. Der einzige Trost für seine bedauernswerte Existenz – dem Wertesystem der Vampire zufolge – war die Tatsache, dass es zwei gesunde, normale Kinder in der Familie gab, und dass der Älteste, sein Bruder, als brauchbar für die Fortpflanzung galt.

Qhuinn war immer der Ansicht gewesen, dass seine Eltern nach zwei Kindern besser mit der Fortpflanzung aufgehört hätten, dass ein dritter Versuch, ein gesundes Kind zu bekommen, das Schicksal herausforderte. Aber er musste nun mal damit leben. Er wünschte sich trotzdem, dass es anders wäre.

Wünschte sich, es wäre ihm gleichgültig.

Denn obwohl diese Gala eine alberne, steife Veranstaltung voller Typen in Pinguinanzügen und Schnepfen in teuren Roben wäre, wollte er den großen Sommerball der *Glymera* an der Seite seiner Familie feiern. Er wollte neben seinem Bruder stehen und nur einmal in seinem Leben etwas zählen. Er wollte sich wie alle anderen in Schale werfen und seinen Goldring tragen und vielleicht mit ein paar vornehmen, ledigen Frauen tanzen. In der glitzernden Menge des Hochadels wollte er als Ebenbürtiger angesehen werden, als einer von ihnen, als Mann. Nicht als genetische Peinlichkeit.

Aber das konnte er vergessen. In den Augen der *Glymera* war er nicht mehr als ein Tier, ebenso wenig tauglich für Sex mit einer der ihren wie ein Hund.

Ihm fehlte eigentlich nur noch ein Halsband, dachte er, als er sich zu Blay dematerialisierte.

4

Weiter östlich im Haus der Bruderschaft wartete Cormia in der Bibliothek auf den Primal und auf die Person, die ihr seiner Meinung nach Gesellschaft leisten sollte, wer auch immer das sein mochte. Während sie unruhig zwischen Sofa und Sessel hin und her wanderte, hörte sie die Brüder in der prächtigen Eingangshalle über ein großes Fest der *Glymera* sprechen.

Die Stimme von Bruder Rhage dröhnte bis zu ihr herüber. »Dieser Haufen von selbstsüchtigen, eingebildeten, aufgedonnerten –«

»Du könntest dich auch mal mehr um deine Garderobe kümmern«, fiel im Bruder Butch ins Wort. »Nimm dir ein Beispiel an mir.«

»... parasitischen, engstirnigen Pissern –«

»Nur keine Hemmungen. Lass alles raus, sonst kriegst du noch Magengeschwüre«, sagte ein anderer.

»... kann sich seinen beschissenen Ball in den Arsch schieben.«

Das Lachen des Königs klang sonor. »Gut, dass du kein Diplomat bist, Hollywood.«

»Au ja, schick mich doch als Abgesandten auf die Party. Oder noch besser: Wir lassen meine innere Bestie eine Nachricht überbringen. Dann kann sie den ganzen Verein mal so richtig auseinandernehmen. Würde ihnen recht geschehen, so, wie sie Marissa behandelt haben.«

»Weißt du«, erklärte Bruder Butch, »ich wusste schon immer, dass du gar nicht so blöd bist. Egal, was die anderen immer behaupten.«

Cormia blieb stehen, als der Primal im Eingang zur Bibliothek erschien, ein Glas Portwein in der Hand. Er war angezogen wie üblich beim Ersten Mahl, wenn er nicht gerade unterrichtete: perfekt sitzende Anzughose, heute cremefarben; ein Seidenhemd, schwarz wie immer; und einen schwarzen Gürtel, dessen Schnalle ein goldenes, gedehntes H bildete. Seine Schuhe mit der eckigen Kappe waren auf Hochglanz poliert und wiesen dasselbe H auf wie der Gürtel.

Hermès glaubte sie, ihn einmal beim Essen sagen gehört zu haben.

Sein Haar trug er offen, die üppigen Wellen teilten sich an seinen schweren Schultern, manche hingen nach vorn, andere über seinen Rücken. Er roch nach dem, was die Brüder Aftershave nannten, und außerdem nach dem Kaffeearoma des Rauchs, der in seinem Zimmer hing.

Sie wusste ganz genau, wie sein Zimmer roch. Sie hatte einen einzigen Tag neben ihm liegend in diesem Raum verbracht, und alles an dieser Erfahrung war unvergesslich gewesen.

Obwohl jetzt gerade nicht unbedingt der passende Zeitpunkt war, um sich daran zu erinnern, was in diesem großen Bett zwischen ihnen geschehen war, während er schlief. Es war schon schwer genug, sich in seiner Gegenwart zu befinden, wenn er am anderen Ende des Raums stand und noch dazu all diese Leute draußen in der Halle waren. Zusätzlich noch an diese Augenblicke zu denken, als er seinen nackten Körper an ihren gepresst hatte –

»Hat dir dein Essen geschmeckt?«, fragte er und nippte an seinem Glas.

»Ja, das hat es. Und Eures, Euer Gnaden?«

Er wollte gerade antworten, als John Matthew hinter ihm auftauchte.

Lächelnd drehte sich der Primal zu dem jungen Vampir um. »Hey, mein Freund. Schön, dass du hier bist.«

John Matthew sah sie an und hob seine Hand zum Gruß.

Sie war erleichtert über die Wahl des Primals. Zwar kannte sie John ebenso wenig wie die anderen, doch blieb er während der Mahlzeiten immer still. Wodurch seine schiere Größe nicht so einschüchternd war, als wenn er herumgelärmt hätte.

Sie verneigte sich. »Euer Gnaden.«

Beim Aufrichten spürte sie seinen Blick auf sich und überlegte, was er wohl in ihr sah: Frau oder Auserwählte.

Was für ein eigenartiger Gedanke.

»Na, dann unterhaltet euch mal schön.« Die strahlend goldenen Augen des Primals wandten sich ihr zu. »Ich habe heute Nacht Dienst, ich bin also unterwegs.«

In Kämpfe verwickelt, dachte sie und verspürte einen Stich der Angst.

Sie wollte zu ihm eilen und ihn bitten, auf sich aufzupassen, doch das stand ihr nicht zu, oder? Sie war ja nicht einmal wirklich seine Erste Partnerin. Und zudem stellte er die Kraft ihres Volkes dar und bedurfte wohl kaum ihrer Sorge.

Der Primal klopfte John Matthew auf die Schulter, nickte Cormia zu und ging.

Sie neigte sich zur Seite, um ihm nachzusehen, als er die

Treppe hinaufstieg. Sein Gang war geschmeidig, trotz seiner Prothese. Er war so groß und stolz und wunderbar, und es war ihr unerträglich, dass er erst Stunden später zurückkehren würde.

Als sie sich wieder umblickte, stand John Matthew am Schreibtisch und zog einen kleinen Block und einen Stift hervor. Beim Schreiben hielt er das Papier dicht vor die Brust, die großen Hände um den Stift gewölbt. Er sah so viel jünger aus, als seine Körpergröße vermuten ließ, während er einige Buchstaben kritzelte.

Bei den wenigen Gelegenheiten, zu denen er am Esstisch etwas zur Unterhaltung beitrug, hatte sie ihn mit den Händen sprechen sehen. Vielleicht war er ja stumm?

Mit eingezogenem Kopf reichte er ihr den Block, als wäre er nicht begeistert von dem, was er geschrieben hatte. »Liest du gerne? In dieser Bibliothek gibt es viele gute Bücher.«

Sie sah ihm in die Augen. Welch schöne blaue Farbe sie hatten. »Was ist mit Eurer Stimme? Wenn ich fragen darf.«

Nichts. Ich habe ein Schweigegelübde abgelegt.

Ah, jetzt erinnerte sie sich. Die Auserwählte Layla hatte ihr berichtet, dass er einen solchen Eid geleistet hatte.

»Ich habe dich schon mit den Händen sprechen sehen«, sagte sie.

Gebärdensprache, schrieb er.

»Das ist eine elegante Art, sich mitzuteilen.«

Zumindest erfüllt es den Zweck. Er schrieb noch etwas und zeigte ihr den Block wieder. *Ich habe gehört, dass die Andere Seite überhaupt nicht wie diese ist. Stimmt es, dass dort alles weiß ist?*

Sie hob den Rock ihrer Robe an, als wollte sie ihm ein Beispiel geben, wie es dort aussah, wo sie herkam. »Ja. Weiß ist alles, was wir haben.« Sie runzelte die Stirn. »Alles, was wir brauchen, wollte ich sagen.«

Habt ihr Elektrizität?

»Wir haben Kerzen, und wir erledigen alles von Hand.«
Klingt altmodisch.

Sie war nicht ganz sicher, was er damit meinte. »Ist das schlecht?«

Er schüttelte den Kopf. *Ich finde es cool.*

Das Wort kannte sie vom Esstisch, verstand aber immer noch nicht, was die Temperatur mit einem offenbar positiven Werturteil zu tun haben sollte.

»Ich kannte es nicht anders.« Sie trat an eine der hohen, schmalen Türen mit den Glasscheiben darin. »Bis ich hierher kam.«

Ihre Rosen waren so nah, dachte sie.

John pfiff, und sie sah über die Schulter auf den Block, den er ihr hinstreckte. *Gefällt es dir hier denn überhaupt?*, hatte er geschrieben. *Und bitte: du kannst es mir ruhig sagen, falls nicht. Ich werde es dir nicht übelnehmen.*

Sie betastete ihr Kleid. »Ich komme mir so anders als alle anderen vor. Ich kann den Unterhaltungen nicht folgen, obwohl ich die Sprache verstehe.«

Ein langes Schweigen entstand. Als sie sich wieder nach John umsah, schrieb er. Seine Hand hielt dann und wann inne, als suchte er nach einem Wort. Als er fertig war, gab er ihr den Block.

Ich weiß, wie das ist. Weil ich stumm bin, fühle ich mich auch oft fehl am Platz. Seit meiner Transition geht es etwas besser, aber es kommt immer noch vor. Aber hier kritisiert dich niemand. Wir alle mögen dich und freuen uns, dass du im Haus bist.

Sie las den Abschnitt zweimal; sie war nicht sicher, wie sie den letzten Teil auffassen sollte. Vermutlich wurde sie hier geduldet, weil der Primal sie hergebracht hatte.

»Aber ... Euer Gnaden, ich dachte, ihr hättet das Schweigen freiwillig gewählt?« Als er errötete, sagte sie: »Verzeiht, das geht mich nichts an.«

Doch er schrieb: *Ich habe von Geburt an keinen Kehlkopf.* Der nächste Satz war durchgestrichen, dennoch konnte sie das Wesentliche noch entziffern, etwas im Sinne von: *Aber ich kann gut kämpfen und bin schlau und alles.*

Sie konnte seine anfängliche Täuschung gut nachvollziehen: Wie der *Glymera* galt auch den Auserwählten körperliche Vollkommenheit als Beweis für eine vornehme Herkunft, gute Erziehung und die Kraft der Gene ihres Volkes. Viele hätten sein erzwungenes Schweigen als Unzulänglichkeit betrachtet, und selbst die Auserwählten konnten grausam gegenüber jenen sein, die ihrer Meinung nach unter ihnen standen.

Cormia legte ihm die Hand auf den Arm. »Ich glaube, nicht alles muss ausgesprochen werden, um verstanden zu werden. Und es ist nicht zu übersehen, dass Ihr gesund und kräftig seid.«

Seine Wangen wurden feuerrot, und er senkte den Kopf, um seine Augen zu verbergen. Cormia lächelte. Es schien unangebracht, dass sie sich angesichts seiner Verlegenheit entspannte; aber irgendwie hatte sie jetzt eher das Gefühl, auf einer Stufe mit ihm zu stehen.

»Wie lange seid Ihr schon hier?«, fragte sie.

Auf seiner Miene spiegelten sich widerstreitende Emotionen, als er den Block zurücknahm. *Ungefähr acht Monate. Sie haben mich aufgenommen, weil ich keine Familie hatte. Mein Vater wurde getötet.*

»Mein Beileid zu Eurem Verlust. Sagt ... bleibt Ihr, weil es Euch hier gefällt?«

Lange antwortete er nicht. Schließlich setzte er bedächtig den Stift an. *Es gefällt mir hier weder besser noch schlechter als an jedem anderen Ort.*

»So passt Ihr genauso wenig hierher wie ich«, murmelte sie. »Hier und doch nicht hier.«

Er nickte, lächelte dann und zeigte damit glänzend weiße Fänge.

Cormia erwiderte den Ausdruck auf seinem anziehenden Gesicht unwillkürlich.

Im Heiligtum der Auserwählten waren alle so gewesen wie sie. Aber hier war niemand wie sie. Oder so war es gewesen – bis jetzt gerade.

Möchtest du etwas wissen?, schrieb er. *Über das Haus? Die Angestellten? Phury meinte, du hättest vielleicht Fragen.*

Fragen ... da fielen ihr schon welche ein. Zum Beispiel: Wie lange liebte der Primal Bella schon? Wurden seine Gefühle jemals erwidert? Hatten die beiden jemals beieinander gelegen?

Sie richtete den Blick auf die Bücher. »Im Augenblick habe ich keine Fragen.« Ohne besonderen Grund ergänzte sie: »Ich habe gerade *Les Liaisons Dangereuses* von Choderlos de Laclos ausgelesen.«

Dazu gab es einen Kinofilm. Mit Sarah Michelle Gellar und Ryan Phillippe und Reese Witherspoon.

»Kinofilm? Und wer sind all diese Leute?«

Es dauerte ein Weilchen, bis er alles aufgeschrieben hatte. *Du kennst doch den Fernseher, oder? Dieses flache, eckige Ding im Billardzimmer. Ein Kino hat eine noch viel größere Leinwand, und die Leute, die in den Filmen mitspielen, nennt man Schauspieler. Sie tun so, als wären sie jemand anderes. Die drei, die ich genannt habe, sind auch Schauspieler.*

»Ich habe nur einmal kurz einen Blick in den Billardraum geworfen. Aber darin war ich noch nie.« Sie schämte sich eigenartigerweise, zuzugeben, wie wenig sie sich bislang hinausgewagt hatte. »Ist der Fernseher dieses leuchtende Viereck mit den Bildern darin?«

Ganz genau. Ich kann dir zeigen, wie er funktioniert, wenn du magst.

»Ja, bitte.«

Sie gingen aus der Bibliothek heraus in die magische, bunt schillernde Eingangshalle, und wie immer wurde Cormias Blick von der Decke angezogen, die drei Stockwerke über dem Mosaikfußboden schwebte. Das Bild dort oben stellte Krieger hoch zu Ross dar, die im Begriff standen, in die Schlacht zu reiten. Die Farben strahlten geradezu überwältigend, die Figuren waren majestätisch und stark, der Hintergrund ein leuchtendes Blau mit weißen Wolken.

Es gab einen bestimmten Kämpfer mit blonden Strähnen in den Haaren, den sie jedes Mal genau betrachten musste, wenn sie die Halle durchquerte. Sie musste sich davon überzeugen, dass er wohlauf war, egal wie lächerlich ihr das selbst vorkam. Die Figuren bewegten sich nie. Ihr Kampf stand immer kurz bevor, fand aber nie statt.

Im Gegensatz zu dem der Bruderschaft. Zu dem des Primals.

John Matthew ging voran in den dunkelgrünen Raum, der dem Speisezimmer gegenüberlag. Hier verbrachten die Brüder ziemlich viel Zeit; sie konnte oft ihre Stimmen durch die angelehnte Tür hören, begleitet von einem leisen Klacken, dessen Ursprung sie nicht auszumachen vermochte. Dieses Geheimnis lüftete John nun allerdings. Als er an einem Tisch mit grünem Filzbezug vorbeilief, stieß er eine der vielen bunten Kugeln, die darauf lagen, an. Als sie gegen eine andere Kugel stieß, erklärte sich der rätselhafte Klang.

John blieb vor einem mit grauem Stoff bespannten Kasten stehen und nahm ein schlankes, schwarzes Gerät in die Hand. Sofort blitzte ein buntes Bild auf, und aus allen Richtungen drangen Geräusche auf Cormia ein. Sie machte einen Satz rückwärts, als ein Brüllen den Raum erfüllte und seltsame Geschosse vorbeirasten.

Fürsorglich hielt John sie fest, während der Lärm allmählich nachließ. *Entschuldige, ich habe jetzt leiser gestellt. Das ist ein NASCAR-Autorennen. In den Autos sitzen Leute, die im Kreis herumfahren. Der Schnellste gewinnt.*

Cormia trat auf das Bild zu und berührte es zögerlich. Sie fühlte nur gespannten Stoff. Sie sah hinter den Bildschirm: Nur die Wand.

»Verblüffend.«

John nickte, streckte ihr das schlanke Gerät entgegen und wedelte damit, als wollte er sie ermuntern, es in die Hand zu nehmen. Nachdem er ihr gezeigt hatte, welche der unzähligen Knöpfe sie zu drücken hatte, trat er zurück. Cormia hielt das Gerät vor die bewegten Bilder ... und veränderte sie. Wieder und wieder. Es schien unendlich viele davon zu geben.

»Aber keine Vampire«, murmelte sie, als erneut eine Szene am helllichten Tag auf dem Fernseher erschien. »Das ist nur für Menschen.«

Wir sehen es uns trotzdem an. Manchmal kommen in den Filmen auch Vampire vor – aber die sind normalerweise nicht gut. Weder die Filme, noch die Vampire.

Langsam ließ sich Cormia auf das Sofa vor dem Fernseher sinken, und John setzte sich neben ihr auf einen Stuhl. Die unerschöpfliche Abwechslung war packend, und John erklärte ihr ausführlich jedes Programm. Sie konnte nicht sagen, wie lange sie zusammen dort saßen, aber er wirkte nicht ungeduldig.

Welches Programm dem Primal wohl gefiel?, überlegte sie.

Schließlich zeigte John ihr, wie man die Bilder ausschaltete. Erhitzt von der ganzen Aufregung wandte sie sich den Glastüren zu.

»Ist es sicher draußen?«, fragte sie.

Sehr sicher. Das Gelände ist von einer riesigen Mauer umgeben, außerdem sind überall Überwachungskameras. Und das Beste ist, dass wir auch noch von einem Mhis *abgeschirmt werden. Kein Lesser hat es je hier herein geschafft, und so wird es auch bleiben – ach, und die Eichhörnchen und Rehe sind harmlos.*

»Ich würde gern nach draußen gehen.«

Dann begleite ich dich mit Freuden.

John klemmte sich den Block unter die Achsel und ging zu einer der gläsernen Flügeltüren. Er schob den Messingriegel zurück und klappte galant eine Seite für Cormia auf.

Die warme Luft, die hereinströmte, roch anders als das Innere des Hauses: Üppig. Reichhaltig. Sinnlich mit ihrem erdigen Duft und der schwülen Wärme.

Cormia stand vom Sofa auf und ging langsam auf John zu. Jenseits der Terrasse erstreckten sich die ausgedehnten, kunstvoll angelegten Gärten, die sie bereits so lange aus der Ferne bestaunt hatte. Mit seinen bunten Blumen und dichten Baumwipfeln war der Ausblick der gänzlich weißen Landschaft des Heiligtums nicht vergleichbar, doch er war ebenso vollkommen, ebenso schön.

»Heute ist der Tag meiner Geburt«, sagte sie ohne besonderen Grund.

John lächelte und klatschte in die Hände. Dann schrieb er: *Ich hätte dir ein Geschenk mitbringen sollen.*

»Geschenk?«

Ja, ein Geschenk für dich.

Cormia steckte den Oberkörper durch die Tür und reckte den Hals. Der Himmel über ihr war von einem seidigen Dunkelblau, glitzernde Lichter kennzeichneten seine Ränder. Wundervoll, dachte sie. Einfach wundervoll.

»Das hier *ist* ein Geschenk.«

Gemeinsam traten sie aus dem Haus. Die glatten Steine der Terrasse fühlten sich kühl unter ihren Füßen an, doch die Luft war warm wie Badewasser, und der Gegensatz entzückte sie.

»O …« Sie atmete tief ein. »Wie herrlich …«

Sie drehte sich im Kreis und nahm alles in sich auf: Das stattliche Haus. Die luftigen, dunklen Häupter der Bäume. Die sanft gewellten Rasenflächen. Die Blumen in ihren ordentlichen Beeten.

Die Brise, die über allem wehte, war sanft wie ein Atemzug und trug einen Duft mit sich, der zu vielschichtig und berauschend war, um ihn zu benennen.

John ließ ihr den Vortritt, ihre zaghaften Schritte führten sie näher an die Rosen.

Als sie sie erreichte, streichelte sie behutsam die zarten Blätter der reifen Blüten, so groß wie ihre eigene Handfläche. Dann beugte sie sich herunter und sog ihr Aroma ein.

Sie richtete sich wieder auf und begann zu lachen. Ohne Anlass. Es war nur … ihr Herz hatte plötzlich Flügel bekommen, es brannte in ihrer Brust, die Teilnahmslosigkeit, die sie in den vergangenen Monaten gequält hatte, fiel von ihr ab, eine helle Woge von Lebenskraft überspülte sie.

Es war der Tag ihrer Geburt, und sie war im Freien.

Als sie sich zu John umwandte, betrachtete er sie mit einem Lächeln auf dem Gesicht. Er wusste, dachte sie. Er wusste, was sie fühlte.

»Ich möchte rennen.«

Er machte eine auslandende Geste über den Rasen hinweg.

Cormia schob die Gefahren des Unbekannten und die Würde, die alle Auserwählten gemeinsam mit ihrer weißen Robe zu jeder Zeit zu tragen hatten, von sich fort. Schüttelte die große Last der Schicklichkeit ab, raffte die weißen Röcke und lief los, so schnell ihre Beine sie trugen. Das weiche Gras federte ihre Schritte ab, ihr Haar flatterte hinter ihr her, und die warme Luft strich über ihr Gesicht.

Obwohl ihre Füße die Erde nicht verließen, brachte die Freiheit in ihrer Seele sie zum Fliegen.

5

Im Ausgeh- und Drogenviertel der Innenstadt flog Phury geradezu durch eine Seitenstraße der Tenth Street, seine schweren Stiefel donnerten über den löchrigen Asphalt, die schwarze Windjacke flatterte. Ungefähr fünfzehn Meter vor ihm rannte ein *Lesser*, und ihrer jeweiligen Position nach war Phury rein theoretisch der Verfolger. Doch in Wahrheit versuchte der Jäger nicht, zu fliehen; der Dreckskerl wollte nur weit genug vom Licht der Straßen weg, damit die beiden kämpfen konnten. Und Phury ging damit absolut konform.

Regel Nummer eins im Krieg zwischen der Bruderschaft und der Gesellschaft der *Lesser:* kein Handgemenge im Beisein von Menschen. Solchen Ärger konnte keine der beiden Seiten gebrauchen.

Das war aber im Prinzip auch schon die einzige Regel.

Der süßliche Duft von Talkum wehte Phury um die Nase, der widerliche Geruch seines Feindes. Allerdings war die Sache den Gestank absolut wert, denn das würde ein guter Kampf werden. Der Jäger, den er verfolgte, hatte Haar so weiß wie ein Fischbauch – was bedeutete, dass der Kerl schon lange Mitglied der Gesellschaft war: Aus unbekannten Gründen verblassten alle *Lesser* im Laufe der Zeit, verloren ihre individuelle Haar-, Augen- und Hautfarbe parallel zum Sammeln von Erfahrung im Jagen und Töten unschuldiger Vampire.

Irgendwie ein fairer Tausch: Je mehr man mordete, desto mehr sah man aus wie eine Leiche.

Phury wich einem Müllcontainer aus und sprang über einen Haufen Lumpen – zumindest hoffte er, dass es kein toter Obdachloser war. Noch fünfzig Meter vielleicht, bis er und sein *Lesser*-Kollege ein bisschen Privatsphäre gefunden hätten. Die Seitenstraße endete in einer unbeleuchteten Sackgasse, umrahmt von fensterlosen Ziegelbauten und –

Da standen zwei Menschen.

Phury und seine Beute blieben wie angewurzelt stehen, als sie die Spaßbremsen entdeckten. Gesunden Abstand voneinander haltend, taxierten sie die Lage, als die beiden Männer sich zu ihnen umdrehten.

»Verpisst euch hier, aber dalli«, sagte der Linke.

Alles klar, das hier war eindeutig ein Fall von *Dealus interruptus*.

Der rechte Kerl hatte ganz klar die Käuferrolle bei dieser Transaktion, und das war nicht nur daran zu merken, dass er nicht versuchte, die beiden Störfaktoren zu verscheuchen. Der abgewrackte kleine Scheißer zappelte in seinen dreckigen Klamotten herum, die fiebrigen Augen weit aufgerissen, die fahle Haut wächsern und von Akne übersät. Am verräterischsten allerdings war, dass er den Blick weiter unverwandt auf die Jackentasche des Dealers geheftet hielt und sich offenbar überhaupt keine Sorgen machte, ob Phury oder der *Lesser* ihn hochgehen lassen könnte.

Nein, er war bloß auf seinen nächsten Schuss fixiert und hatte sichtlich eine Heidenangst, ohne seinen Stoff nach Hause gehen zu müssen.

Phury schluckte heftig, als er die leeren Augen unkontrolliert in ihren Höhlen herumhüpfen sah. Mein Gott, die gleiche Panik hatte er gerade gespürt ... hatte sich damit herumgequält, bevor die Rollläden für die Nacht hochgezogen wurden.

Der Drogendealer schob eine Hand nach hinten in sein Kreuz. »Ich hab gesagt, ihr sollt abhauen.«

Scheiße. Wenn das Arschloch eine Knarre zog, dann wäre hier die Hölle los, weil ... genau, der Vampirjäger auch schon in seine Jacke griff. Fluchend schloss auch Phury als Dritter im Bunde die Hand um die SIG an seiner Hüfte.

Der Dealer kam sichtlich ins Grübeln, als ihm klar wurde, dass alle Anwesenden Bleiaccessoires mit sich herumtrugen. Nach einer schnellen Risikoabwägung hielt er zwei leere Hände gut sichtbar hoch.

»Andererseits könnte ich ja auch einfach die Fliege machen.«

»Schlaues Bürschchen«, kommentierte der *Lesser.*

Der Junkie fand die Idee allerdings gar nicht so heiß. »Hey, nicht doch, ich ... ich brauche –«

»Später.« Der Dealer knöpfte seine Jacke zu, wie ein Ladenbesitzer sein Geschäft abschließen würde.

Und dann ging alles so schnell, dass niemand hätte eingreifen können. Aus dem Nichts zückte der Junkie ein Teppichmesser und schlitzte dem Dealer mit einem mehr zufällig geglückten als wirklich gekonnten Schwung die Kehle auf. Das Blut spritzte durch die Luft, und der Käufer raubte den Dealerladen aus, durchwühlte alle Jackentaschen und stopfte Zellophantüten in seine zerfetzte Jeans. Dann raste er los wie eine Ratte, die Schultern eingezogen, viel zu ekstatisch über seinen Lottogewinn, um sich um die beiden Killergestalten zu kümmern, die ihm im Weg standen.

Zweifellos ließ ihn der *Lesser* entkommen, um freies Feld für den echten Kampf zu haben.

Phury hingegen ließ den Menschen gehen, weil er das Gefühl hatte, in einen Spiegel zu blicken.

Die ekelhafte Freude in der Miene des Junkies traf ihn wie ein Hammer. Der Typ raste eindeutig ohne Umwege auf die totale Bedröhnung zu, und dass der Fix kostenlos war, machte nur einen Teil seiner Euphorie aus. Der eigentliche Knaller an der Sache war, im Überfluss baden zu können.

Phury kannte diesen orgiastischen Rausch. Er erlebte ihn jedes Mal, wenn er sich mit einem fetten Beutel rotem Rauch und einem neuen Päckchen Drehpapier im Badezimmer einschloss.

Er ... war neidisch. Er war so –

Die Stahlkette traf ihn seitlich am Hals und wickelte sich um seine Kehle, eine Metallschlange mit einem höllischen Schwanzschlag. Als der *Lesser* daran riss, bohrten sich die Kettenglieder in die Haut und klemmten alles Mögliche ab: Atmung, Blutzirkulation, Stimme.

Phurys Schwerpunkt verschob sich von seinen Hüften in seine Schultern, er stürzte vorwärts und konnte gerade noch seine Hände hochreißen, um nicht mit dem Gesicht zuerst auf dem Asphalt aufzuschlagen. Als er auf allen vieren aufkam, erhaschte er einen kurzen, lebhaften Blick auf den Drogendealer, der nur drei Meter von ihm entfernt gurgelte wie eine Kaffeemaschine.

Der Kerl streckte die Hand nach ihm aus, seine blutverschmierten Lippen bewegten sich mühsam. *Hilf mir ... hilf mir ...*

Der Stiefel des *Lesser* traf Phury am Kopf, als wäre er ein Fußball, der donnernde Hieb wirbelte Phury herum wie einen Kreisel, die Welt um ihn herum drehte und drehte sich. Er prallte gegen den Dealer und blieb, von dem Körper des sterbenden Mannes gebremst, liegen.

Phury blinzelte und keuchte. Am Himmel über ihm überstrahlten die Lichter der Stadt die meisten Sterne der Galaxie, konnten aber denen, die vor seinen Augen tanzten, nichts anhaben.

Neben sich hörte er ein ersticktes Ächzen, und er ließ seinen benommenen Blick eine Sekunde nach nebenan wandern. Der Dealer schüttelte gerade dem Sensenmann persönlich die Hand, seine letzten Atemzüge entfleuchten durch den zweiten Mund in seiner aufgeschlitzten Kehle. Er roch nach Crack, als wäre er nicht nur Dealer, sondern auch User.

Das ist meine Welt, dachte Phury. Diese Welt der Plastiktütchen und der Geldbündel, des Konsumierens und nach Nachschub Gierens nahm mehr von seiner Zeit in Anspruch als die Missionen der Bruderschaft.

Der Zauberer sprang ihm plötzlich wieder auf die Schulter. *Da hast du verdammt Recht, dass das deine Welt ist, du dämlicher Volltrottel. Und ich bin dein König.*

Der *Lesser* zerrte wieder an der Kette und blendete damit den Zauberer aus. Die Kette ließ die Sterne in Phurys Kopf noch heller leuchten.

Wenn er nicht bald mal hier mitmischte, wäre der Erstickungstod bald sein einziger Freund.

Er umklammerte die Kette mit massigen Fäusten und brachte mit Schwung seine Beine hoch, so dass er die Prothese um die stählerne Leine wickeln konnte. Dann benutzte er den Fuß als Hebel und stemmte gegen die Kettenglieder unter seiner Sohle, bis er wieder Luft bekam.

Der *Lesser* lehnte sich zurück wie ein Wasserskifahrer, so dass der Druck auf die Prothese stärker wurde und sich der

Winkel des künstlichen Beins verschob. Mit einer schnellen Bewegung hakte sich Phury aus der Kette aus, ließ das Ende los und straffte Hals und Schultern. Als der *Lesser* mit voller Wucht rückwärts gegen die Mauer einer chemischen Reinigung prallte, wurde Phury von der Wucht und dem Körpergewicht seines Gegners vom Boden hochgerissen.

Für den Bruchteil einer Sekunde lockerte sich die Kette. Das reichte für Phury, um herumzuwirbeln, sich das Ding vom Hals zu wickeln und einen Dolch zu zücken.

Der *Lesser* war noch benommen von dem Aufprall, und diese kurze Betäubung nutzte Phury aus, um mit der Klinge zuzustoßen. Die Verbundstahlspitze drang tief in den weichen Unterleib des *Lesser* ein. Eine glänzende schwarze Flüssigkeit tropfte heraus.

Verwirrt sah der Jäger an sich herab, als wären die Regeln in diesem Spiel urplötzlich verändert worden, und ihm hätte niemand Bescheid gegeben. Seine weißen Hände versuchten, den Fluss des süßlichen, bösen Blutes aufzuhalten, konnten aber gegen die Flut nichts ausrichten.

Phury wischte sich mit dem Ärmel den Mund ab, kribbelnde Vorfreude erleuchtete ihn von innen heraus.

Der *Lesser* betrachtete ihn genauer und war unvermittelt wieder hellwach. Furcht zeigte sich auf seiner blassen Miene.

»Du bist es …«, flüsterte der Jäger, als seine Knie nachgaben. »Der Folterer.«

Phurys frohe Ungeduld schwächte sich etwas ab. »Was?«

»Ich habe … von dir gehört. Du zerfleischst uns erst … bevor du tötest.«

Er hatte einen Ruf in der Gesellschaft der *Lesser*? Na, kein Wunder. Immerhin richtete er schon seit Monaten seine Gegner so übel zu.

»Woran hast du gemerkt, dass ich das bin?«

»An der Art, wie du … lächelst.«

Während der *Lesser* zu Boden glitt, wurde sich Phury des grausigen Grinsens bewusst, dass er zur Schau trug.

Schwer zu sagen, was furchtbarer war: dass es da war, oder dass er es noch nicht bemerkt hatte.

Plötzlich schossen die Pupillen des *Lesser* nach links. »Gott sei ... Dank.«

Phury erstarrte, als sich ein Pistolenlauf in seine linke Niere drückte und frischer Talkumduft in seine Nase drang.

Keine fünf Blocks weiter östlich, in seinem Privatbüro im *ZeroSum*, stieß Rehvenge, alias der Reverend, einen Fluch aus. Er hasste die Inkontinenten. Hasste sie aus tiefster Seele.

Der Mann, der vor seinem Schreibtisch baumelte, hatte sich soeben in die Hose gepinkelt, der Fleck zeichnete sich als dunkelblauer Kreis im Schritt seiner auf alt getrimmten Marken-Jeans ab.

Es sah aus, als hätte ihm jemand einen nassen Schwamm in die Weichteile gedrückt.

»Muss das denn sein.« Rehv sah kopfschüttelnd die beiden Mauren seiner Leibgarde an, die den Kleiderbügel für diesen Jammerlappen spielten. Trez und iAm zeigten denselben angewiderten Gesichtsausdruck wie er selbst.

Wenigstens, dachte Rehv, schienen sich die Doc Martens des Blödmanns als Auffangbecken zu bewähren. Es tropfte nichts durch.

»Was hab ich denn gemacht?«, quiekte der Kerl. Seine Stimmlage ließ vermuten, dass seine Eier sich irgendwo nördlich der nassen Boxershorts befanden. Noch höher, und er hätte Sopran singen können. »Ich hab doch gar nichts –«

Rehv fiel ihm ins Wort. »Chrissy ist hier mit einer aufgeplatzten Lippe und blauen Augen aufgetaucht. Schon wieder.«

»Und du glaubst, das war ich? Komm schon, die Frau geht für dich anschaffen. Das hätte jeder –«

Trez brachte Einwände gegen diese Zeugenaussage vor, indem er die Hand des Mannes zu einer Faust ballte und zusammendrückte wie eine Orange.

Als das Schmerzensgeheul des Beklagten langsam zu einem Winseln verebbte, spielte Rehv lässig mit einem massiven silbernen Brieföffner in Form eines Schwerts herum. Prüfend tippte er mit dem Zeigefinger auf die Spitze und leckte rasch den Blutstropfen ab, der herausperlte.

»Als du dich hier um Arbeit beworben hast«, sagte er, »hast du als Adresse Twenty-third Street Nummer dreizehn elf angegeben. Was zufällig auch Chrissys Adresse ist. Ihr beide kommt zusammen und geht am Ende der Schicht zusammen.« Der Kerl machte den Mund auf, doch Rehv hielt die Hand hoch. »Ja, mir ist durchaus bewusst, dass das allein noch gar nichts beweist. Aber weißt du, dieser Ring an deiner Hand – Moment, warum willst du denn deinen Arm auf dem Rücken verstecken? Trez, würdest du freundlicherweise dem Herrn dabei assistieren, seine Hand hier auf mein Eigentum zu legen?«

Während Rehv mit der Spitze des Brieföffners auf den Schreibtisch klopfte, drehte Trez den bulligen Kerl herum, als wäre er nicht schwerer als ein Wäschesack. Ohne jede Anstrengung platzierte er die flache Hand des Mannes auf der Schreibtischplatte und hielt sie fest.

Rehv beugte sich vor und fuhr die Umrisse eines Rings mit dem Logo der Caldwell High School mit dem Brieföffner nach. »Weißt du, sie hat so einen komischen Abdruck auf ihrer Wange. Ich habe mich gefragt, woher der wohl stammt. Von diesem Ring, richtig? Du hast ihr mit dem Handrücken eine verpasst, stimmt doch? Hast sie mit dem Ding ins Gesicht geschlagen.«

Als der Kerl zu stottern begann wie ein Außenborder, zeichnete Rehv einen weiteren Kreis um den blauen Stein des Rings und strich dann mit der scharfen Spitze einen nach dem anderen über die Finger des Mannes, von den kantigen Knöcheln bis hin zu den Nagelbetten am Ende.

Die beiden dicksten Knöchel waren angeschwollen, die blasse Haut lila verfärbt.

»Sieht aus, als wäre es nicht nur eine Ohrfeige gewesen«, murmelte Rehv, immer noch die Finger des Kerls mit dem Brieföffner streichelnd.

»Sie hat es doch nicht anders –«

Rehvs Faust donnerte so heftig auf den Schreibtisch, dass das Telefon in die Luft hüpfte und der Hörer von der Gabel fiel.

»Wag es nicht, diesen Satz zu beenden.« Rehv musste sich Mühe geben, nicht die Fänge zu fletschen, die sich ihm in die Wangen bohrten. »Sonst gnade dir Gott, wenn ich dich deine eigenen Eier fressen lasse.«

Das Sackgesicht wurde vollkommen reglos, als ein dezentes tut-tut das Freizeichen des Telefons ablöste. iAm – cool wie immer – legte den Hörer wieder auf.

Eine Schweißperle tropfte von der Nase des Mannes auf seinen Handrücken. Rehv drängte seine Wut gewaltsam zurück.

»Also gut. Wo waren wir stehengeblieben, bevor du dir beinahe deine Kastration eingehandelt hättest? Ach, genau. Hände ... wir sprachen über Hände. Komisch, man fragt sich ja, was man machen würde, wenn man nicht mehr zwei davon hätte. Ich meine, man könnte zum Beispiel kein Auto mit Gangschaltung fahren. Und du hast doch eins, oder? Klar, ich hab dich doch in diesem abgefahrenen Acura gesehen. Hübsche Karre.«

Jetzt legte Rehv seine eigene Hand auf das polierte Holz,

unmittelbar neben die des Mannes, und während er seine Vergleiche anstellte, deutete er mit dem Brieföffner auf die augenfälligen Unterschiede.

»Meine Hand ist größer als deine ... und breiter. Die Finger sind länger. Meine Venen treten stärker hervor. Du hast ein Tattoo ... was ist das da oberhalb deines Daumens? Irgendwas ... ach, genau, das chinesische Zeichen für Kraft. Ja, meine Tätowierungen befinden sich an anderer Stelle. Was noch ... deine Haut ist heller. Mann, ihr weißen Jungs solltet wirklich öfter mal an die Sonne gehen. Ohne ein paar UV-Strahlen seht ihr aus wie der Tod.«

Rehv hob kurz den Blick und musste an die Vergangenheit denken, an seine Mutter und ihre Kollektion von Blutergüssen. Er hatte lange gebraucht, viel zu lange, um das in Ordnung zu bringen.

»Weißt du, was der größte Unterschied zwischen dir und mir ist?«, fragte er. »Meine Fingerknöchel sind nicht geschwollen, weil ich eine Frau verprügelt habe.«

Blitzschnell hob er den Brieföffner hoch in die Luft und stieß so heftig zu, dass die Spitze nicht nur durch das Fleisch drang; sie bohrte sich ins Holz.

Die Hand war seine eigene.

Der Mensch schrie, doch Rehv spürte nichts.

»Wehe, du fällst in Ohnmacht, du Schlappschwanz«, stieß Rehv aus, als der Penner vor ihm die Augen verdrehte. »Du wirst ganz genau hinsehen, damit du dir meine Botschaft gut einprägst.«

Rehv befreite den Brieföffner aus dem Holz, indem er die Handfläche hochriss, bis sie am Griff anstieß und dadurch die Klinge herauszog. Er hielt die Hand so hoch, dass der Mann sie gut sehen konnte, und drehte den Öffner mit grimmiger Präzision hin und her, bohrte ein Loch in Haut und Knochen und vergrößerte es immer weiter, bis man hindurch sehen konnte. Als er fertig war, zog er die Klinge heraus und legte sie bedächtig neben das Telefon.

Blut rann ihm in den Ärmel und sammelte sich an seinem Ellbogen, während er den Mann durch das Loch in seiner Hand betrachtete. »Ich behalte dich im Auge. Überall. Immer. Wenn sie noch einmal mit einer Verletzung ankommt, weil sie ›in der Dusche ausgerutscht ist‹, dann bist du dran, kapiert?«

Mit einem Ruck beugte sich der Mann zur Seite und kotzte auf sein Hosenbein.

Rehv fluchte. Er hätte ahnen müssen, dass so was passieren würde. Verfluchter Jammerlappen von einem Schläger.

Nur gut, dass dieser Vollidiot mit den halbverdauten Spaghetti auf den vor Pisse schwimmenden Doc Martens nicht wusste, wozu Rehv wirklich fähig war. Genau wie alle anderen Menschen hier im Club hatte er keine Ahnung, dass der Chef des *ZeroSum* nicht nur ein Vampir war, sondern auch ein Symphath. Sonst hätte er sich vermutlich in die Hose geschissen, und das wäre dann wirklich eine Sauerei gewesen. Dass er keine Windel trug, war ja mehr als deutlich zu sehen.

»Dein Auto gehört jetzt mir«, sagte Rehv, während er die Nummer der Putzkolonne wählte. »Betrachte es als Wiedergutmachung plus Zinsen und Bußgeld für die Kohle, die du an meiner Theke geklaut hast. Dafür bist du gefeuert, und außerdem dafür, dass du in meinem Revier auf eigene Faust H gedealt hast. P. S.: Wenn du das nächste Mal auf fremdem Territorium wilderst, druck auf die Tütchen nicht denselben Adler auf, den du auf deiner verdammten Jacke trägst. So kommt man zu leicht darauf, wer der Übeltäter ist. Und wie gesagt – die Lady sollte in Zukunft nicht mal mehr mit einem abgebrochenen Nagel hier auflaufen, sonst statte ich dir einen Besuch ab. Und jetzt verzieh dich aus meinem Büro und komm nie wieder in meinen Laden.«

Der Kerl stand derart unter Schock, dass er sich nicht einmal wehrte, als er zur Tür geschleift wurde.

Rehv hämmerte noch einmal mit seiner blutigen Faust auf den Tisch.

Die Mauren blieben stehen, der Mann ebenfalls. Er blickte als Einziger der drei über die Schulter, und in seinem Blick lag das totale Entsetzen.

»Eine letzte Sache noch.« Rehv lächelte verkniffen und zeigte seine scharfen Fangzähne nicht. »Wenn Chrissy kündigt, dann werde ich davon ausgehen, dass du sie dazu gezwungen hast. Und dann komme ich zu dir, um meine finanziellen Verluste einzufordern.« Rehv beugte sich vor. »Und vergiss nicht: Das Geld brauche ich nicht, aber ich bin ein Sadist. Soll heißen, mir geht einer ab, wenn ich Leute quäle. Beim nächsten Mal halte ich mich an deiner eigenen Haut schadlos, nicht an deiner Brieftasche oder der Karre in deiner Einfahrt. Schlüssel? Trez?«

Der Maure zog einen Schlüsselring aus der Gesäßtasche des Kerls und warf ihn über den Schreibtisch.

»Mach dir übrigens keine Sorgen wegen der Fahrzeugpapiere«, sagte Rehv, als er den Schlüssel auffing. »Wo deine Scheißkiste hingeht, braucht man keinen Papierkram. Hasta la vista.«

Als die Tür sich hinter dem kleinen Drama schloss, inspizierte Rehv den Schlüsselring. Auf dem Anhänger stand SUNY NEW PALTZ UNIVERSITY.

»Was?«, fragte er, ohne aufzublicken.

Xhex' Stimme war tief, sickerte aus der dunklen Ecke des Büros, von der aus sie immer Spiel und Spaß beobachtete. »Wenn das noch einmal passiert, will ich mich darum kümmern.«

Rehv schloss die Faust um den Autoschlüssel und lehnte sich in seinem Sessel zurück. Selbst wenn er nein sagte, würde seine Sicherheitschefin sich den Burschen trotzdem zur Brust nehmen, falls er Chrissy noch einmal verprügelte. Xhex war anders als seine anderen Angestellten. Xhex war überhaupt anders als alle anderen.

Wobei das nicht ganz stimmte. Sie war wie er selbst: halb Symphath.

Oder auch halb Soziopath.

»Behalt du die Frau im Auge«, sagte er zu ihr. »Wenn dieses Arschloch wieder mit seinem Ring loslegt, können wir ja eine Münze werfen, wer ihn fertigmachen darf.«

»Ich habe all deine Mädels im Auge.« Anmutig und kraftvoll spazierte Xhex zur Tür. Sie war gebaut wie ein Mann, groß und muskulös, aber sie war nicht grobschlächtig. Trotz ihrer Annie-Lennox-Frisur und ihres athletischen Körpers wirkte sie in ihrer üblichen Uniform aus einem schwarzen, ärmellosen Shirt und einer schwarzen Lederhose nicht plump. Nein, Xhex war tödlich auf die elegante Art einer Klinge: schnell, entschlossen, geschmeidig.

Und wie alle Klingen vergoss sie gern Blut.

»Heute ist der erste Dienstag des Monats«, sagte sie, die Hand auf der Klinke.

Als ob er das nicht wüsste. »Ich gehe in einer halben Stunde.«

Die Tür öffnete und schloss sich, jenseits davon flackerte der Lärm des Clubs auf und wurde wieder abgeschnitten.

Rehv hob die Hand. Der Blutfluss war fast versiegt, das Loch würde sich in spätestens zwanzig Minuten geschlossen haben. Gegen Mitternacht wäre nichts mehr von der Wunde zu erkennen.

Er dachte an den Moment, als er sich selbst aufgespießt hatte. Seinen eigenen Körper überhaupt nicht zu spüren, war eine seltsame Form von Lähmung. Obwohl man sich bewegte, spürte man das Gewicht der eigenen Kleider am Leib nicht, merkte nicht, ob die Schuhe zu klein waren, oder ob der Fußboden unter den Sohlen uneben oder schlüpfrig war.

Er vermisste seinen Körper, doch entweder nahm er das Dopamin und fand sich mit den Nebenwirkungen ab, oder er forderte das Böse in sich heraus. Und das war der eine Kampf, den er mit Sicherheit nicht gewinnen konnte.

Rehv legte die Hand auf seinen Stock und erhob sich langsam. Als Folge der Betäubung war Gleichgewicht für ihn ein Fremdwort und die Schwerkraft nicht sein Freund. Daher dauerte der Weg zur rückwärtigen Wand länger, als er sollte. Er legte die Handfläche auf ein erhabenes Quadrat in der Mauer und eine türgroße Holztafel glitt zur Seite. *Star Trek* lässt grüßen.

Der schwarze Raum mit eingebautem Badezimmer, der zum Vorschein kam, war einer seiner drei Schlupfwinkel und verfügte von diesen – warum auch immer – über die beste Dusche. Wahrscheinlich, weil die knapp zwanzig Quadratmeter sich schon allein durch das heiße Wasser tropisch aufheizten.

Und wenn man sonst immer fror, dann war das doch ein unbestreitbarer Vorteil.

Er zog sich aus und stellte das Wasser an. Während er darauf wartete, dass der Strahl nuklearheiß wurde, rasierte er sich rasch. Der Mann, der ihn aus dem Spiegel anstarrte, war derselbe wie immer: kurzer Irokesenschnitt. Amethystaugen. Tattoos auf Brust und Bauch. Langer Schwanz, der im Moment weich zwischen seinen Beinen hing.

Er dachte an den Ort, den er heute Nacht aufsuchen musste, und sein Sichtfeld veränderte sich, ein roter Nebel schob sich vor die normalen Farben. Das überraschte ihn nicht. Gewalt rief das Böse in ihm wach, wie Essen, das vor einem Verhungernden ausgebreitet wird. Und vorhin in seinem Büro hatte er nur einmal kurz davon kosten dürfen.

Unter normalen Umständen wäre es Zeit für Dopaminnachschub gewesen. Sein chemischer Retter hielt die schlimmsten seiner Symphathentriebe in Schach, im Tausch gegen Dauerunterkühlung, Impotenz und Taubheit. Die Nebenwirkungen waren ätzend, aber es ging nun mal nicht anders, und die Lügen mussten aufrechterhalten werden.

Genau wie die Leistung.

Sein Erpresser verlangte Leistung.

Die Hand um seinen Schwanz gelegt, als könnte er ihn vor dem beschützen, was er später heute Nacht würde tun müssen, ging er zur Dusche und prüfte das Wasser. Obwohl der Dampf so zäh in der Luft hing, dass er das Gefühl hatte, Sahne einzuatmen, war das Zeug noch nicht heiß genug. Es war nie heiß genug.

Er rieb sich mit der freien Hand die Augen. Immer noch dominierte das Rot sein Blickfeld, doch das war gut so. Besser, seinem Erpresser auf gleicher Ebene zu begegnen. Von böse zu böse. Symphath zu Symphath.

Rehvenge trat unter den Wasserstrahl, das Blut, das er vergossen hatte, wurde abgewaschen. Er seifte sich die Haut ein und fühlte sich jetzt schon schmutzig, durch und durch unrein. Es wusste, dass das Gefühl noch schlimmer werden würde, wenn der Morgen graute.

Ja ... er wusste ganz genau, warum seine Mädels am Ende ihrer Schichten den Duschraum unter Dampf setzten. Huren liebten heißes Wasser. Seife und heißes Wasser. Manchmal waren das und ein Waschlappen das Einzige, was einen durch die Nacht brachte.

6

John ließ Cormia nicht aus den Augen, während sie über das Gras rannte und hüpfte, die weiße Robe hinter sich her wehend wie eine Flagge, nein, wie Flügel. Er wusste nicht, ob es den Auserwählten gestattet war, einfach so auf nackten Füßen durch die Gegend zu laufen, aber er hatte das Gefühl, dass sie gerade ein paar Regeln brach.

Schön für sie. Und schön für ihn, sie zu beobachten. Durch ihre Freude war sie zwar draußen in der Nacht, aber nicht Teil der Dunkelheit – ein Glühwürmchen, ein heller, tanzender Fleck vor dem dichten Horizont des Waldes.

Das sollte Phury sehen, dachte John.

Sein Handy piepte und er zog es aus der Tasche. Die SMS kam von Qhuinn: *kann fritz dich jetzt zu blay bringen? sind startklar.* Er schrieb zurück: *okay.*

Dann steckte er den BlackBerry wieder weg und wünschte, er könnte sich dematerialisieren. Eigentlich sollte man es ein paar Wochen nach der Transition zum ersten Mal probieren, und Blay und Qhuinn hatten keine Probleme mit dem Kunststück gehabt. Er natürlich schon. Es war wie anfangs im Training, als er immer in allem der Langsamste und Schwächste und Schlechteste gewesen war. Dabei musste man sich einfach nur darauf konzentrieren, wo man hinwollte, und seine Moleküle durch seinen Willen dorthin versetzen. Zumindest in der Theorie. Er hatte natürlich einfach nur endlos mit geschlossenen Augen rumgestanden, das Gesicht verzogen wie ein Shar-Pei, ohne sich auch nur einen Millimeter vom Fleck zu bewegen. Er hatte gehört, dass es bis zu einem Jahr dauern konnte, bis es klappte, aber vielleicht würde er es nie schaffen.

In welchem Fall er unbedingt den verdammten Führerschein machen musste. Er kam sich vor wie zwölf, immer musste er sich durch die Gegend kutschieren lassen. Fritz war ein super Chauffeur, aber mal ehrlich – John wollte ein Mann sein, keine *Doggen*-Fracht.

Cormia wirbelte herum und lief zurück zum Haus. Als sie vor ihm anhielt, sah ihre Robe aus, als wollte sie noch weiterlaufen, der Saum schwang nach vorn und fiel dann zurück auf ihre Beine. Sie atmete schwer, ihre Wangen waren kirschrot, und ihr Lächeln war leuchtender als der Vollmond.

Mein Gott, mit ihrem blonden, offenen Haar und der hübschen Röte im Gesicht war sie das perfekte Sommermädchen. Er sah sie direkt vor sich – auf einer karierten Decke mit einem Apfelkuchen und einem Krug Limonade neben sich … in einem rot-weiß gemusterten Bikini.

Nein, das dann doch nicht.

»Mir gefällt es im Garten«, sagte sie.

Und du gefällst dem Garten, schrieb er und zeigte es ihr.

»Ich wünschte, ich wäre schon früher hierher gegangen.« Sie ließ den Blick über die Rosen schweifen, die um die Terrasse herum wuchsen. Als sie die Hand in den Nacken schob, hatte er das Gefühl, sie wollte sie am liebsten berühren, doch ihre übliche Zurückhaltung gewann bereits wieder die Oberhand.

Er räusperte sich, um sie auf sich aufmerksam zu machen. *Du kannst eine abpflücken, wenn du magst.*

»Das ... würde ich sehr gern.«

Sie näherte sich den Rosen so vorsichtig, als handele es sich um ein scheues Reh – die Hände an den Seiten, die nackten Füße vorsichtig auf die Steinfliesen aufsetzend. Vorbei an den roten und gelben Knospen steuerte sie geradewegs auf die lavendelfarbenen zu.

Er schrieb: *Achtung vor den Dornen,* als sie die Hand ausstreckte, quiekte und den Arm zurückkriss. Ein Tropfen Blut quoll aus ihrer Fingerspitze, im trüben Schein der Nacht sah er auf ihrer weißen Haut fast schwarz aus.

Bevor er wusste, was er da tat, beugte John sich vor und nahm ihren Finger in den Mund. Er saugte rasch daran und leckte noch rascher, erstaunt über das, was er da tat, und wie köstlich es war.

Irgendwo in seinem Hinterkopf machte sich das Bedürfnis breit, sich zu nähren.

Mist.

Als er sich wieder aufrichtete, starrte sie ihn mit großen Augen an, zu Stein erstarrt. *Verfluchter Mist.*

Entschuldige, schrieb er. *Ich wollte nicht, dass es auf dein Kleid tropft.*

Lügner. Er hatte wissen wollen, wie es schmeckte.

»Ich ...«

Such dir deine Rose aus, aber pass auf die Dornen auf.

Sie nickte und wagte einen erneuten Versuch. Teils, vermutete er, weil sie eine Blume haben wollte, und teils, um die verlegene Stille zu überbrücken, die er verschuldet hatte.

Die Rose, die sie auswählte, war ein perfektes Exemplar, kurz vor dem Aufblühen, eine silbrig-violette Knospe, die sich zu einer Blüte in der Größe einer Grapefruit entfalten mochte.

»Danke«, sagte sie. Er wollte schon »Bitte« sagen, als er bemerkte, dass sie mit dem Rosenstock sprach, nicht mit ihm.

Nun wandte sich Cormia ihm zu. »Die anderen Blumen waren in Glashäusern mit Wasser darin.«

Dann lass uns eine Vase für dich besorgen, schrieb er. *So nennt man das hier.*

Sie nickte und trat vor die Terrassentür, die zurück in den Billardraum führte. Bevor sie eintrat, blickte sie sich noch einmal um. Ihre Augen ruhten auf dem Garten wie auf einem Liebhaber, den sie niemals wiedersehen würde.

Wir können das gern einmal wiederholen, schrieb er auf seinen Block. *Wenn du möchtest?*

Ihr schnelles Nicken war eine Erleichterung, wenn man bedachte, was er gerade getan hatte. »Das würde ich sehr gern.«

Vielleicht könnten wir uns zusammen einen Film ansehen. Oben im Kinosaal.

»Ein Kinosaal?«

Er schloss die Tür hinter ihnen. *Oben gibt es einen extra Raum, um Filme anzuschauen.*

»Können wir uns den Film jetzt ansehen?«

Der kräftige Klang ihrer Stimme brachte ihn ins Grübeln; vielleicht war ihre sanfte Zurückhaltung eher anerzogen als angeboren.

Ich muss leider weg. Aber wie wäre es mit morgen?

»Gut. Dann machen wir das nach dem Ersten Mahl.«

Okay, die Sanftmut war definitiv nicht angeboren. Weshalb er sich fragte, wie sie wohl mit dieser ganzen Auserwählten-Sache klarkam. *Da habe ich Unterricht, aber wir könnten uns im Anschluss daran treffen.*

»Ja. Und ich würde gern mehr über das alles hier erfahren.« Ihr Lächeln erhellte den Billardraum wie ein prasselndes Kaminfeuer, und als sie sich auf einem Fuß im Kreis drehte, erinnerte sie ihn an diese hübschen Ballerinas auf den Spieldosen.

Ich spiele gern den Lehrer für dich, schrieb er.

Sie blieb stehen, das offene Haar schwingend. »Danke, John Matthew. Ihr werdet ein guter Lehrer sein.«

Sie sah zu ihm auf, und ihre Farben sprachen lauter zu ihm als ihr Gesicht oder ihr Körper: das Rot ihrer Wangen und Lippen, das Lavendel der Blume in ihrer Hand, das leuchtende Hellgrün ihrer Augen, das Butterblumengelb ihres Haars.

Ohne besonderen Grund musste er an Xhex denken. Xhex war ein Gewitter, sie bestand aus unterschiedlichen Schattierungen von Schwarz und Eisengrau, ihre Kraft war kontrolliert, aber dadurch nicht weniger tödlich. Cormia war ein Sommertag, der in einem Himmel der Helligkeit, der Wärme erstrahlte.

Er legte sich die Hand aufs Herz und verneigte sich vor ihr, dann ging er. Auf dem Weg in sein Zimmer überlegte er, ob ihm Gewitter oder Sonnenschein besser gefielen.

Bis ihm einfiel, dass beides für ihn überhaupt nicht zur Debatte stand. Also war es eigentlich egal.

Dort in der dunklen Seitengasse, seine Neunmillimeter in die Leber eines Bruders gedrückt, war Mr D hellwach wie eine Katze auf Mäusejagd. Er hätte dem Vampir das böse Ende seiner Waffe viel lieber an die Schläfe gehalten, aber dazu hätte er eine Trittleiter gebraucht. Mal im Ernst – diese Kerle waren riesig.

Dagegen war der gute alte Big Tommy nicht größer als eine Bierdose. Und genauso leicht zu zerquetschen.

»Du hast ja Haare wie ein Mädchen«, sagte Mr D.

»Und du riechst wie ein Schaumbad. Wenigstens kann ich zum Friseur gehen.«

»Das ist Old Spice.«

»Besorg dir das nächste Mal was Stärkeres. Pferdemist zum Beispiel.«

Mr D drückte den Lauf fester an. »Ich will dich auf den Knien. Hände hinter dem Rücken, Kopf nach unten.«

Solange der Bruder seinen Anweisungen Folge leistete, rührte er sich nicht von der Stelle, machte keine Anstalten, seine Stahlhandschellen zu zücken. Trotz der schwulen Haarpracht – dieser Vampir hier durfte auf keinen Fall einen Zentimeter Freiraum bekommen. Und zwar nicht nur, weil ein gefangener Bruder eine Meisterleistung fürs Geschichtsbuch wäre. Mr D hielt hier eine Klapperschlange am Schwanz, und das wusste er genau.

Er griff in seinen Gürtel, um die Handsch –

Das Blatt wendete sich schneller als ein Augenzwinkern.

Auf einem Knie wirbelte der Bruder herum und schlug mit der Handfläche von unten gegen den Pistolenlauf. Reflexartig drückte Mr D ab, und die Kugel schoss hoch und flog nutzlos gen Himmel.

Noch bevor das Echo des Knalls verebbt war, lag Mr D auf dem Rücken und wunderte sich. Seinen Cowboyhut hatte er mal wieder im Eifer des Gefechts verloren.

Die Augen des Bruders waren tot, als er auf ihn herabstarrte, leblos auf eine Art, an der ihre hellgelbe Farbe nichts ändern konnte. Aber andererseits war es irgendwie einleuchtend: Niemand, der bei klarem Verstand war, würde so ein Manöver wagen, wenn er auf den Knien lag. Außer, er hatte schon keinen Puls mehr.

Der Bruder hob die Faust hoch über den Kopf.

Das würde garantiert schmerzhaft werden.

Mr D bewegte sich blitzschnell, schlüpfte aus dem Griff an seiner Schulter, drehte sich zur Seite und trat mit beiden Füßen gegen den rechten Unterschenkel des Bruders.

Ein schnalzendes Geräusch ertönte und ... heilige Scheiße, ein Teil des Beins flog davon. Der Bruder geriet ins Taumeln, seine Lederhose hing auf der einen Seite vom Knie abwärts schlaff herunter, aber Mr D blieb keinen Zeit, um blöde Fragen zu stellen. Der riesige Kerl fiel vornüber wie ein Wolkenkratzer.

Hastig krabbelte Mr D aus dem Weg, dann sprang er in hohem Bogen auf das Vampirwrack. Wenn er nicht hier die Oberhand gewann, dann würde er bald sein eigenes Gekröse fressen – so viel war sicher. Er warf ein Bein über den Bruder, packte eine Faustvoll von seinen Mädchenhaaren und zog heftig daran, während er nach seinem Messer tastete.

Er schaffte es nicht. Der Vampir bockte wie ein wilder Hengst, stemmte sich vom Asphalt hoch und bäumte sich erneut auf. Mr D klammerte sich mit den Beinen fest und schlang einen Arm um den Hals des Blutsaugers, so dick wie sein Oberschenkel –

Die Erde geriet heftig ins Wanken und – *verdammt!* – der Bruder machte eine taumelnde Drehung, stürzte rückwärts und benutzte Mr D als Matte.

Es war, als würde einem ein Granitbrocken auf den Brustkorb fallen.

Für den Bruchteil einer Sekunde war Mr D außer Gefecht gesetzt, und der Vampir nutzte seinen Vorteil aus, verlagerte sein Gewicht zur Seite und rammte ihm den Ellbogen in die Eingeweide. Als Mr D grunzte und zu würgen begann, blitzte ein gezogener Dolch auf, und der Bruder erhob sich auf die Knie.

Mr D machte sich darauf gefasst, ins Jenseits befördert zu werden, und überlegte noch, dass er jetzt weniger als drei Stunden lang Haupt-*Lesser* gewesen war. Was für ein trauriger Auftritt.

Doch anstatt in die Brusthöhle gestochen zu werden, spürte Mr D, wie sein T-Shirt aus dem Hosenbund gezogen wurde. Sein Bauch leuchtete in der Nacht weiß auf. Entsetzt hob er den Blick.

Das hier war der Bruder, der gerne schlitzte, bevor er tötete. Was bedeutete, dass Mr D nicht einfach nur auf die letzte Reise geschickt wurde; die Sache würde langwierig und blutig vonstattengehen. Gut, der Kerl war immerhin nicht der Zerstörer, aber Mr Ds Ritt zum Himmelstor würde dennoch holprig werden.

Und *Lesser* mochten zwar tot sein, aber Schmerz fühlten sie wie jeder andere auch.

Eigentlich hätte Phury tief durchatmen und seinen Unterschenkel suchen sollen, anstatt hier bei diesem laufenden Meter von einem *Lesser* den Sweeney Todd zu geben. Auf der Kugel vorhin hatte sein Name gestanden; das war wirklich knapp gewesen. Man mochte doch meinen, dass das ausreichte, um ihn ein wenig zur Eile anzutreiben, um die Sache abzuschließen und sich aus dieser Gasse zu verabschieden, bevor noch mehr von seinen Feinden hier auftauchten.

Aber nein. Als er den Bauch des *Lesser* freilegte, war ihm gleichzeitig eiskalt bis ins Mark und angeregt heiß. Er war so aufgeregt, als würde er sich mit einer Tüte prallvoll mit rotem Rauch in sein Zimmer verziehen und hätte die nächsten zehn Stunden lang keine Termine.

Er war wie der Junkie, der vorhin geflüchtet war, so high, als hätte er den Jackpot geknackt.

Die Stimme des Zauberers mischte sich in seine Vorfreude, als hätte seine Erregung die Spukgestalt angezogen wie verdorbenes Fleisch. *Diese Metzgernummer ist wirklich eine ganz tolle Art, um was herzumachen. Andererseits – einfach nur ein krasser Versager zu sein, ist ein bisschen fantasielos, nicht wahr. Immerhin stammst du aus einer vornehmen Familie. Bis du sie ruiniert hast, heißt das natürlich. Also nur zu, immer munter drauflos geschlitzt, Kumpel.*

Phury konzentrierte sich auf die wogende Haut vor sich und ließ das Gefühl des Dolches in seiner Hand und das paralysierte, angespannte Entsetzen des *Lesser* auf sich wirken. Er wurde ruhig, er lächelte. Dieser Moment gehörte ihm. Er war sein Eigentum. So lange es dauern würde, dieser Ausgeburt des Bösen anzutun, was er ihm antun wollte, würde die zersetzende Stimme des Zauberers ihn in Frieden lassen.

Indem er diese Zerstörung anrichtete, heilte er sich selbst. Wenn auch nur für kurze Zeit.

Er setzte den schwarzen Dolch auf der Haut des *Lesser* an und –

»Wehe, du tust es.«

Phury blickte über seine Schulter. Sein Zwilling stand an der Mündung der Straße, ein großer schwarzer Schatten mit kahlrasiertem Schädel. Zsadists Gesicht war nicht zu erkennen, aber man brauchte die gerunzelte Stirn nicht zu sehen, um zu wissen, was Sache war. Er verströmte Wut in mächtigen Wellen.

Phury schloss die Augen und kämpfte gegen einen Anfall von Jähzorn an. Gottverdammt, er wurde beraubt. Er wurde absolut beraubt.

Vor seinem geistigen Auge blitzten die vielen Situationen auf, in denen Zsadist von ihm verlangt hatte, ihn zu schlagen – zu schlagen, bis Zs Gesicht blutüberströmt war. Und sein Bruder fand diesen Quatsch hier mit dem *Lesser* falsch?

Was zum Henker ging hier eigentlich ab? Der Jäger hatte zweifellos reichlich unschuldige Vampire getötet. Warum sollte das hier schlimmer sein, als seinen eigenen Zwillingsbruder zu zwingen, einen zu Brei zu schlagen, obwohl man wusste, dass ihm davon kotzübel wurde und er tagelang von der Rolle war?

»Hau ab«, sagte Phury und verstärkte seinen Griff um den *Lesser*, als der zu zappeln begann. »Das ist meine Angelegenheit. Nicht deine.«

»Und wie das meine beschissene Angelegenheit ist. Du hast mir gesagt, du hörst damit auf.«

»Geh einfach, Z.«

»Damit du dir den Schädel einschlagen lassen kannst, wenn Verstärkung kommt?«

Der Jäger wand sich, um sich aus Phurys Umklammerung zu befreien, und da er so klein und drahtig war, hätte er es beinahe geschafft. O nein, dachte Phury, er würde seinen Preis nicht hergeben. Ohne weiter nachzudenken, rammte er dem Wesen seinen Dolch in den Bauch und zog die Klinge einmal quer durch das innere Spielfeld.

Der *Lesser* schrie lauter, als Z fluchte, und in dieser Sekunde störte Phury keines der beiden Geräusche. Ihm hing alles zum Hals heraus, er selbst inklusive.

Braver Junge, flüsterte der Zauberer. *So hab ich dich gern.*

Im nächsten Moment hing Zsadist ihm auf dem Rücken, zerrte ihm den Dolch aus der Hand und schleuderte ihn quer über die Straße. Während der *Lesser* das Bewusstsein verlor, sprang Phury auf die Füße, um sich seinen Zwilling vorzuknöpfen.

Das Blöde war nur, dass ihm ein Unterschenkel fehlte.

Er knallte gegen die Ziegelmauer und wusste, dass er aussehen musste wie ein Betrunkener, was ihn nur noch wütender machte.

Z hob die Prothese auf und warf sie ihm zu. »Da, schnall dir das Ding wieder an.«

Phury fing den künstlichen Unterschenkel mit einer Hand auf und ließ sich an der kühlen, rauen Außenwand der chemischen Reinigung hinabgleiten.

Scheiße. Erwischt. Aber so was von erwischt, dachte er. Und jetzt würde er sich auch noch die Standpauke seiner Brüder anhören müssen.

Warum hatte sich Z nicht einfach eine andere Straße aussuchen können? Oder von ihm aus auch die hier, aber zu einer anderen Zeit?

Verdammt, er brauchte das, dachte Phury. Denn wenn er nicht ein bisschen von seiner Wut rauslassen könnte, dann würde er wahnsinnig, und wenn Z – nach all dem masochistischen Mist, den er abgezogen hatte – das nicht nachvollziehen konnte: Scheiß auf ihn.

Z zog seinen Dolch, schickte den ersten *Lesser* zurück zu Omega und blieb dann vor dem Brandfleck stehen.

»Mist von zehn Pferden«, stellte er in der Alten Sprache fest.

»Das neue Aftershave der *Lesser*«, murmelte Phury und rieb sich die Augen.

»Ich glaube, ihr beiden solltet euch das alles nochmal überlegen«, ließ sich da ein ersticktes texanisches Näseln vernehmen.

Z wirbelte herum, und Phury hob den Kopf. Der kleine *Lesser* hatte seine Waffe wieder in der Hand und hielt sie auf Phury gerichtet, während er Z nicht aus den Augen ließ.

Zs Antwort war, ihm seine SIG vor die Nase zu halten.

»Das ist jetzt eine Zwickmühle für uns alle«, sagte der *Lesser*, als er sich mit einem Stöhnen bückte und seinen Cowboyhut aufhob. Es setzte den Stetson auf und hielt dann schnell wieder seine Eingeweide fest. »Wenn du mich erschießt, drücke ich den Abzug und erledige deinen Kollegen hier. Wenn ich ihn erschieße, fütterst du mich mit Blei.«

Der *Lesser* holte tief Luft und stieß ein weiteres Ächzen aus. »Eine klassische Pattsituation, und wir haben nicht die ganze Nacht Zeit, um sie aufzulösen. Ein Schuss ist schon losgegangen, und wer weiß, wer den gehört hat.«

Der texanische Wichser hatte Recht; die Innenstadt von Caldwell nach Mitternacht war nicht das Death Valley um zwölf Uhr mittags. Hier liefen Leute rum, und nicht alle gehörten zur bedröhnten menschlichen Sorte. Es gab auch noch Cops. Und Vampire. Und andere *Lesser*. Okay, die kleine Sackgasse war abgeschieden, aber sie bot nur eine relative Ungestörtheit.

Super hingekriegt, Kumpel, bemerkte der Zauberer.

»Scheiße«, fluchte Phury.

»Jawohl«, murmelte der *Lesser*. »Genau da drin sitzen wir wohl.«

Wie auf dieses Stichwort hin ertönten plötzlich Polizeisirenen, die sich schnell näherten.

Keiner bewegte sich, nicht einmal, als der Streifenwagen um die Ecke bog und auf sie zugerast kam. Ganz eindeutig hatte jemand den Schuss aus der Waffe des kleinen John-Wayne-*Lesser* gehört, und wer auch immer es gewesen war, hatte seine Fingerchen in Bewegung gesetzt und 911 gewählt.

Das zu Stein erstarrte Gruppenbild zwischen den Gebäuden wurde von den Scheinwerfern angestrahlt, als der Polizeiwagen mit quietschenden Bremsen anhielt.

Zwei Türen wurden aufgerissen. »Waffen fallenlassen!«

Die Kaugummistimme des *Lesser* war so mild wie die Sommerluft. »Ihr könnt das doch bestimmt für uns alle regeln, oder?«

»Ich würde dir lieber eine Kugel verpassen«, zischte Z zurück.

»Waffen runter oder wir schießen!«

Jetzt trat Phury in die Mitte, versetzte die Polizisten in einen halbwachen Traumzustand und manipulierte den Cop auf der rechten Seite soweit, dass er sich in den Wagen beugte und die Scheinwerfer ausschaltete.

»Sehr verbunden«, sagte der *Lesser*, während er sich langsam die Straße hinunter schob. Den Rücken hielt er den Gebäuden, den Blick Zsadist und die Waffe Phury zugewandt. Im Vorbeigehen nahm er noch der ihm am nächsten stehenden Beamtin eine Neunmillimeter aus der wehrlosen Hand.

Diese Pistole richtete er auf Z. Jetzt, wo beide Hände beschäftigt waren, strömte das schwarze Blut nur so aus seiner Bauchwunde. »Ich würde euch ja beide erschießen, aber dann würden eure kleinen Gedankenkontrollspielchen bei unseren geschätzten Freunden und Helfern nicht mehr funktionieren. Deshalb muss ich mich wohl zurückhalten.«

»Verflucht nochmal.« Z verlagerte sein Gewicht vor und zurück, als wollte er am liebsten losstürmen.

»Du sollst den Namen des Herrn nicht missbrauchen«, sagte der *Lesser*, als er die Ecke erreichte, um die der Streifenwagen gebogen war. »Und einen schönen Abend noch, Gentlemen.«

Im Nu war der kleine Kerl verschwunden, man hörte nicht einmal seine Schritte, als er losrannte.

Phury ließ die Cops wieder in ihre Autos einsteigen und brachte die Frau dazu, der Zentrale zu melden, dass man weder eine Auseinandersetzung noch eine sonstige Störung der öffentlichen Ordnung vorgefunden habe. Aber diese fehlende Waffe ... das verhieß Ärger. Verfluchter *Lesser*. Keine Gedächtnismanipulation konnte über eine fehlende Neunmillimeter hinwegtäuschen.

»Gib ihr deine Waffe«, forderte er Zsadist auf.

Im Gehen leerte sein Zwilling die Munition aus. Er

wischte die Pistole aber nicht ab, bevor er sie in den Schoß der Frau fallen ließ. Dazu bestand kein Anlass. Vampire hinterließen keine verräterischen Fingerabdrücke.

»Sie kann von Glück sagen, wenn sie darüber nicht den Verstand verliert«, stellte Z fest.

So war es. Es war erstens nicht ihre eigene Waffe, und sie war zweitens leer. Phury gab sich alle Mühe, flößte ihr eine Erinnerung ein, dass sie diese neue Pistole gekauft und ausprobiert und daraufhin die Munition weggeworfen hatte, weil sie schadhaft war. Nicht gerade wasserdicht, vor allem in Anbetracht der Tatsache, dass bei allen Schusswaffen der Bruderschaft die Seriennummern entfernt worden waren.

Dem Beamten am Steuer veranlasste er, den Rückwärtsgang einzulegen und aus der Sackgasse zu fahren. Ziel? Polizeiwache, auf eine Kaffeepause.

Als sie endlich allein waren, hielt Z den Kopf vor Phurys Gesicht und sah ihn eindringlich an. »Willst du unbedingt tot aufwachen?«

Phury inspizierte seine Prothese. Sie war unbeschädigt, und zumindest für den Normalgebrauch voll einsatzfähig. Es hatte sich einfach nur die Befestigung unter dem Knie gelöst. Zum Kämpfen war sie allerdings ab jetzt zu riskant.

Er schob die Lederhose hoch, schnallte die Gehhilfe an und stand auf. »Ich gehe nach Hause.«

»Hast du mich gehört?«

»Ja, hab ich.« Er begegnete dem Blick seines Bruders und befand, dass das eine ganz schön schräge Frage für jemanden wie Z war: Zsadists Lebensmüdigkeit war praktisch sein Arbeitsprinzip gewesen, bis er Bella getroffen hatte. Was im Vergleich zu seiner Lebenszeit ungefähr zehn Minuten her war.

Zs Augenbrauen hoben sich über jetzt schwarzen Augen. »Geh direkt nach Hause. Keine Umwege mehr.«

»Ja. Keine Umwege. Ganz genau.«

Als er sich umdrehte, fragte Z barsch: »Hast du nicht was vergessen?«

Phury dachte an all die Gelegenheiten, bei denen er Zsadist gefolgt war, verzweifelt versucht hatte, seinen Bruder daran zu hindern, sich selbst oder jemand anderen umzubringen. Er dachte an die Tage, an denen er nicht schlafen konnte vor Sorge, Z könnte zusammenbrechen, weil er sich weigerte, von weiblichen Vampiren zu trinken, und stattdessen ausschließlich von menschlichem Blut lebte. Er dachte an die schmerzhafte Traurigkeit, die er jedes Mal gespürt hatte, wenn er das zerstörte Gesicht seines Bruders ansah.

Dann dachte er an die Nacht, als er seinem eigenen Spiegelbild gegenübergetreten war, sich die Haare abgeschnitten und eine Klinge über seine eigene Stirn gezogen hatte, um wie Z auszusehen ... um sich anstelle seines Zwillingsbruders der sadistischen Rache eines erbarmungslosen *Lesser* auszuliefern.

Er dachte an das Bein, das er sich abgeschossen hatte, um sie beide zu retten.

Phury blickte Z über die Schulter hinweg an. »Nein. Ich erinnere mich genau. An alles.«

Ohne jede Reue dematerialisierte er sich und nahm auf der Trade Street wieder Gestalt an.

Er fand sich gegenüber dem *ZeroSum* wieder, sein Herz und sein Kopf schrieen innerlich. Er überquerte die Straße wie ferngesteuert, als hätte ihn der knochige Finger seiner Sucht für diese selbstzerstörerische Mission auserwählt, auf die Schulter getippt und zu sich herangewunken.

Er würde sich nicht gegen die Einladung wehren. Schlimmer noch – er wollte es gar nicht.

Seine Füße – der echte und der aus Titan – gehorchten dem Zauberer, sie trugen ihn durch den Vordereingang des Clubs und an den Türstehern und den Wichtigtuern im VIP-Bereich vorbei nach hinten zu Rehvenges Büro.

Die Mauren nickten, einer von ihnen murmelte etwas in seine Armbanduhr. Während er wartete, wusste Phury verdammt genau, dass er in einer Endlosschleife gefangen war, dass er kreiselte und kreiselte wie ein Bohrerkopf, der sich immer weiter in den Boden wühlte. Mit jeder neuen Ebene, auf die er sank, zapfte er tiefere und reichhaltigere Adern giftigen Erzes an, solche, die sich durch das Gestein seines Lebens nach oben verästelten und ihn noch weiter nach unten lockten. Er steuerte auf die Endstation zu, auf die Vereinigung mit der Hölle, und jede erreichte tiefere Stufe war eine heimtückische Ermunterung.

Der rechte Maure, Trez, nickte und öffnete die Tür zu der schwarzen Höhle. Das war der Ort, an dem kleine Stückchen des Hades in Zellophantütchen ausgeteilt wurden, und Phurys Körper kribbelte vor Ungeduld.

Rehvenge kam durch eine Schiebetür, seine Amethystaugen blickten ihn klug und leicht enttäuscht an.

»Dein üblicher Vorrat schon aufgebraucht?«, fragte er leise.

Der Sündenfresser kannte ihn ja so gut, dachte Phury.

»Das heißt Symphath, mein Freund.« Langsam lief Rehv zu seinem Schreibtisch, schwer auf den Stock gestützt. »Sündenfresser klingt so hässlich abwertend. Und ich brauche meine schlechte Seite nicht, um zu erkennen, wo du stehst. Also, wie viel soll's heute sein?«

Der Vampir knöpfte sein makelloses zweireihiges Jackett auf und ließ sich auf den schwarzen Lederstuhl sinken. Sein kurzer Irokesenschnitt glänzte, als käme er gerade aus der Dusche, und er roch gut, eine Mischung aus Cartier for Men und einem würzigen Shampoo.

Phury musste an den anderen Dealer denken, der gerade

erst in dieser dunklen Sackgasse gestorben war, der verblutet war, während er um Hilfe bettelte, die nie gekommen wäre. Dass Rehvenge angezogen war wie ein Banker änderte nichts an dem, was er war.

Phury sah an sich selbst herunter. Und stellte fest, dass seine Klamotten ebenfalls nichts daran änderten, was er war.

Shit ... einer seiner Dolche fehlte.

Er hatte ihn in der Sackgasse vergessen.

»Das Übliche«, sagte er und zog tausend Dollar aus der Hosentasche. »Nur das Übliche.«

7

Oben in ihrem blutroten Schlafzimmer konnte Cormia das Gefühl nicht abschütteln, dass sie, indem sie ins Freie gegangen war, eine Kette von Ereignissen ausgelöst hatte, deren Endpunkt sie nicht einmal ansatzweise abschätzen konnte. Sie wusste nur, dass die Hand des Schicksals hinter dem samtenen Bühnenvorhang Gegenstände verschob, und wenn er sich das nächste Mal teilte, dann würde etwas Neues enthüllt werden.

Sie war nicht sicher, ob sie der Vorsehung so weit trauen konnte, dass der nächste Akt des Stücks einer wäre, den sie genießen würde. Doch sie war im Publikum gefangen und konnte ohnehin nicht fort.

Wobei das ja nicht ganz stimmte.

Sie stahl sich zur Tür, öffnete sie einen Spalt und spähte über den Orientläufer zum oberen Absatz der großen Freitreppe.

Der Flur mit den Statuen lag rechts.

Jedes Mal, wenn sie in das erste Stockwerk kam, erhaschte

sie einen flüchtigen Blick auf die eleganten Skulpturen in ihrem von Fenstern gesäumten Korridor und war davon gefesselt. Mit ihrer Förmlichkeit und den erstarrten Leibern und den weißen Umhängen erinnerten sie sie an das Heiligtum.

In ihrer Nacktheit und ihrer Männlichkeit waren sie ihr zutiefst fremd.

Wenn sie das Haus verlassen konnte, dann konnte sie auch in den Flur gehen und sich die Statuen aus der Nähe ansehen. Das konnte sie durchaus.

Auf den Zehenspitzen ihrer bloßen Füße schlich sie über den Teppich, vorbei am Zimmer des Primals, dann an der Unterkunft von Rhage und Mary. Das Arbeitszimmer des Königs, das sich neben dem oberen Treppenabsatz befand, war geschlossen, und die Eingangshalle unter ihr leer.

Als sie um die Ecke bog, erstreckten sich die Statuen ins schier Endlose. Sie standen auf der linken Seite, wurden von in die Decke eingelassenen Lampen erhellt und waren voneinander durch je ein Bogenfenster getrennt. Auf der rechten Seite, jedem der Fenster gegenüber, lagen Türen, die in weitere Zimmer führten, wie sie annahm.

Interessant. Hätte sie das Haus entworfen, dann hätte sie die Räume auf die linke Seite des Korridors verlegt, so dass man von dort aus den Ausblick auf den Garten genießen konnte. So jedoch lagen die Zimmer – wenn sie den Grundriss des Herrenhauses richtig im Kopf hatte – dem Gebäudeflügel gegenüber, der den Innenhof von der anderen Seite aus umschloss. Durchaus reizvoll, aber besser wäre es wohl, die Architektur von den Fluren aus zu überblicken, die Gärten und Berge aber aus den Schlafzimmerfenstern zu sehen. Ihrer Ansicht nach jedenfalls.

Cormia runzelte die Stirn. Sie hatte in letzter Zeit häufiger so merkwürdige Gedanken. Überlegungen, Dinge und

Menschen und sogar Gebete betreffend, die nicht immer dem Wesen der Auserwählten entsprachen. Diese willkürlichen Ideen beunruhigten sie, doch sie konnte nichts dagegen machen.

Um sich nicht weiter damit aufzuhalten, woher sie kamen oder was sie bedeuteten, lief sie rasch weiter.

Die erste Statue stellte einen jungen Mann dar – seiner Größe nach zu urteilen einen Menschen –, dessen üppig in Falten gebauschter Umhang ihm von der rechten Schulter auf die linke Hüfte reichte. Sein Blick war zu Boden gerichtet, die Miene abgeklärt, weder traurig noch glücklich. Seine Brust war breit, die Oberarme kräftig, wenn auch schlank, sein Bauch flach und die Muskeln ausgeformt.

Die nächste Skulptur war dieser sehr ähnlich, nur war die Haltung anders. Und die nächste zeigte wieder eine neue Pose. Auch die vierte ... nur war diese vollends nackt.

Ihr Instinkt wollte sie hastig vorbeitreiben. Die Neugier jedoch forderte, stehen zu bleiben und genauer hinzusehen.

Er war wunderschön in seiner Nacktheit.

Vorsichtig streckte sie die Hand aus und berührte den Hals der Statue. Der Marmor war warm, was sie erschreckte, bis sie feststellte, dass die Lampe darüber die Wärmequelle war.

Sie dachte an den Primal.

Einen Tag lang hatten sie zusammen in einem Bett geruht, jenen ersten Tag, den sie hier mit ihm verbracht hatte. Sie hatte ihn fragen müssen, ob sie sich neben ihn legen durfte, und als sie sich Seite an Seite auf den Laken ausstreckten, hatte die Verlegenheit sie beide wie eine Decke aus Disteln umhüllt.

Doch dann war sie eingeschlafen ... und davon aufgewacht, dass sich ein riesiger männlicher Körper an sie drängte, ein harter, heißer Stab in ihre Hüfte stieß. Sie war so verblüfft gewesen, dass sie sich nur fügen konnte, als der Primal ihr wortlos die Robe vom Leib gezogen und an ihre Stelle seine eigene Haut und das Gewicht seines starken Körpers auf sie gelegt hatte.

Ja, es stimmte: Worte waren nicht immer notwendig.

Langsam, behutsam strich sie mit den Fingerspitzen über die warme Marmorbrust der Statue, verweilte an der Brustwarze auf dem muskulösen Torso. Weiter unten bildeten die Rippen und der Bauch ein wunderschönes Wellenmuster. Glatt, so glatt.

Die Haut des Primals war genauso glatt.

Ihr Herz schlug heftig, als sie die Hand nach der Hüfte der Skulptur ausstreckte.

Das Prickeln, das sie empfand, lag nicht an dem Stein vor ihr. In ihrem Geiste war es der Primal, den sie berührte. Es war sein Körper, der sich unter ihren Fingern befand. Es war sein Geschlecht, nicht das der Statue, das nach ihr rief.

Ihre Hand wanderte noch weiter nach unten, bis sie genau über dem Schambein des Mannes schwebte.

Der Klang einer heftig aufgerissenen Tür hallte aus dem Foyer empor.

Cormia sprang so hektisch von der Statue zurück, dass sie auf den Saum ihrer Robe trat.

Als schwere Schritte sich der Treppe näherten und in den ersten Stock donnerten, versteckte sie sich in einer Fensternische und spähte um die Ecke.

Bruder Zsadist tauchte oben am Treppenabsatz auf. Er trug seine Kampfkleidung, mit Dolchen auf der Brust und einer Pistole an der Hüfte – und seinem hervortretenden Kiefer nach zu urteilen war er auch noch in Gefechtsstimmung.

Nachdem der Vampir aus ihrem Gesichtsfeld verschwunden war, hörte sie ein Klopfen an der Tür, die ins Arbeitszimmer des Königs führen musste.

Leise schlich Cormia den Flur hinab und wartete an der Ecke, hinter der der Bruder stehen musste.

Man hörte einen gebellten Befehl, dann wurde die Tür geöffnet und wieder geschlossen.

Die Stimme des Königs drang durch die Wand, an der sie lehnte. »Amüsierst du dich heute Nacht nicht, Z? Du siehst aus, als hätte dir jemand ordentlich in die Suppe gespuckt.«

Bruder Zs Worte waren finster. »War Phury schon hier?«

»Heute Nacht? Nicht, dass ich wüsste.«

»Dieser Vollidiot. Er hat gesagt, er geht nach Hause.«

»Dein Zwillingsbruder sagt so einiges, wenn die Nacht lang ist. Warum weihst du mich nicht einfach mal in die jüngste Katastrophe ein?«

Cormia drückte sich flach an die Wand, in der Hoffnung, dadurch weniger sichtbar zu sein, und betete, dass niemand den Flur entlang käme. Was hatte der Primal getan?

»Ich hab ihn dabei erwischt, wie er California Rolls aus *Lessern* gemacht hat.«

Der König fluchte. »Ich dachte, er hätte dir versprochen, damit aufzuhören.«

»Hat er auch.«

Man hörte ein Stöhnen, als riebe sich der König die Augen oder vielleicht die Schläfen. »Was genau hat er gemacht?«

Eine längere Pause entstand.

Die Stimme des Königs wurde noch tiefer. »Z, mein Freund, sprich mit mir. Ich muss wissen, was los ist, wenn ich etwas unternehmen soll.«

»Na schön. Ich habe ihn mit zwei *Lessern* erwischt. Seine Prothese hatte sich gelöst, und am Hals hatte er einen Striemen, als wäre er mit einer Kette stranguliert worden. Er beugte sich gerade mit dem Dolch in der Hand über einen *Lesser.* Verflucht nochmal ... er hat seine Umgebung überhaupt nicht wahrgenommen. Hat erst den Kopf gehoben, als ich ihn angesprochen habe. Ich hätte noch ein beschissener *Lesser* sein können – und was dann? Dann würde er jetzt in diesem Moment gerade gefoltert oder wäre schon toter als tot.«

»Was zum Henker soll ich nur mit diesem Burschen machen?«

Zs Stimme klang gepresst. »Ich will nicht, dass er rausgeworfen wird.«

»Das hast du nicht zu entscheiden. Und sieh mich nicht so an – ich bin immer noch dein Chef, du dämlicher Hitzkopf.« Schweigen. »Mann, ich kriege langsam den Eindruck, dein Zwillingsbruder gehört schleunigst auf die Couch. Er ist eine Gefahr für sich selbst und für andere. Hast du mit ihm geredet?«

»Wir wurden von den Bullen unterbrochen –«

»Da war auch noch Polizei im Spiel? Du meine –«

»Aber nein: wir haben nicht geplaudert.«

Die Stimmen wurden gedämpfter, bis Bruder Zsadist wieder lauter sagte: »Ist dir klar, was das für ihn bedeuten würde? Die Bruderschaft ist sein Leben.«

»Du bist derjenige, der mich darüber informiert hat. Schalt deinen Kopf ein. Eine Woche ohne Kampfeinsatz und ein bisschen die Beine hochlegen werden nicht ausreichen, um das in Ordnung zu bringen.«

Wieder Schweigen. »Hör mal, ich muss nach Bella sehen. Aber bitte, sprich zuerst mit Phury, bevor du sein Haus niederbrennst. Auf dich wird er hören. Und gib ihm das zurück.«

Als etwas Schweres auf Holz – vermutlich den Schreibtisch – auftraf, schlüpfte Cormia in eines der Gästezimmer. Einen Augenblick später hörte sie die schweren Schritte des Bruders, der er in sein Zimmer ging.

Eine Gefahr für sich selbst und für andere.

Sie konnte sich den Primal gar nicht vorstellen, wie er ihren Feind so brutal behandelte oder sich selbst durch eine Unachtsamkeit in Gefahr brachte. Aber warum sollte Bruder Zsadist lügen?

Das würde er nicht.

Plötzlich erschöpft, setzte sie sich auf die Bettkante und sah sich um. Der Raum war im gleichen Lavendelton dekoriert, den ihre Lieblingsrose hatte.

Was für eine hübsche Farbe, dachte sie und ließ sich rückwärts auf die Decke fallen.

Hübsch, ja wirklich, doch das konnte ihr aufgewühltes Inneres nicht besänftigen.

Die Caldwell Galleria war ein im Speckgürtel der Stadt gelegenes, zweistöckiges Einkaufszentrum, das Geschäfte wie Hollister, H&M, Express, Banana Republic und Ann Taylor beherbergte. Zusätzlich wurde der in drei Strahlen aufgeteilte Bau von JCPenney, Lord and Taylor und Macy's abgerundet, womit die Mall, was die Klientel betraf, solides Mittelfeld darstellte. Dementsprechend wurde die Galleria zu drei Vierteln von Teenagern und zu einem Viertel von gelangweilten Vorstadthausfrauen besucht. An Imbissketten fanden sich dort ein McD, Kuik Wok, California Smoothie, Auntie Anne's und Cinnabon. Die Stände in der Mitte verkauften Wackelpuppen, Handgestricktes, Handys und Tierkalender.

Es roch nach abgestandener Luft und Plastikerdbeeren.

Verfluchter Mist, er war in der Galleria.

John Matthew konnte einfach nicht fassen, dass er wirklich hier war. Sich schließende Kreise und so.

Seit er zuletzt hier gewesen war, hatte das Gebäude einen neuen Anstrich verpasst bekommen, die unterschiedlichen

Braun-Schattierungen waren durch Pink und Meergrün im Jamaika-Look ersetzt worden. Alles, von den Fußbodenfliesen über die Mülleimer bis hin zu den Plastiktopfpflanzen und den Springbrunnen schrie geradezu: *We're jammin'*.

Es sah ein bisschen aus wie ein Hawaiihemd an einem Fünfzigjährigen. Farbenfroh und peinlich.

Gott, wie sich alles veränderte. Bei seinem letzten Besuch hier war er eine dürre, halbwüchsige Waise gewesen, die hinter einer Horde anderer ungewollter Kinder herschlurfte. Jetzt stand er hier mit Fängen im Mund und Schuhgröße 48 und einem Körper, dem die meisten Menschen lieber aus dem Weg gingen.

Eine Waise war er allerdings immer noch.

Wahnsinn, er konnte sich noch so gut an diese Ausflüge hier ins Einkaufszentrum erinnern. Jedes Jahr vor Weihnachten fuhr das St. Francis mit seinen Schützlingen in die Caldwell Galleria. Was irgendwie grausam gewesen war, da keines der Kinder Geld hatte, um sich etwas von den glänzenden, schönen Sachen in den Auslagen zu kaufen. John hatte damals immer Angst gehabt, sie würden hinausgeworfen, weil keiner von ihnen eine Einkaufstüte trug, um die Benutzung der Toiletten durch die Gruppe zu rechtfertigen.

Doch das würde heute kein Problem darstellen, dachte er und tätschelte sich zufrieden die Gesäßtasche. In seiner Brieftasche steckten vierhundert Dollar, die er sich durch die Arbeit im Büro des Trainingszentrums verdient hatte.

Was für ein großartiges Gefühl, ausreichend Scheine zum Ausgeben dabeizuhaben und dadurch in der schlendernden Menge dazuzugehören.

»Hast du dein Geld vergessen?«, fragte Blay.

John schüttelte den Kopf. *Nein, hab ich dabei.*

Ein paar Meter vor ihnen lief hastig Qhuinn voraus. Seit ihrer Ankunft schien er es eilig zu haben, und als Blaylock vor einem Geschenkeladen stehen blieb, sah er ungeduldig auf die Uhr.

»Drück drauf, Blay«, nörgelte er. »Wir haben nur noch eine Stunde bis zum Ladenschluss.«

»Was hast du denn heute für ein Problem?« Blay runzelte die Stirn. »Du bist total schräg drauf, und das meine ich nicht positiv.«

»Ach, vergiss es.«

Sie liefen schneller, vorbei an Grüppchen von Kids, die sich so dicht aneinanderdrängten wie Fischschwärme, getrennt nach Spezies und Geschlecht: Mädchen und Jungs vermischten sich nicht; Goths und Preppys hielten Abstand voneinander. Die Grenzen waren klar gezogen, und John erinnerte sich noch ganz genau, wie das alles funktionierte. Er hatte zu keiner Gruppe gehört, deshalb hatte er sie alle von außen beobachten können.

Vor Abercrombie & Fitch hielt Qhuinn an. »Urban Outfitters ist zu heftig für dich. Wir stylen dich auf A and F.«

John zuckte die Achseln und sagte in Gebärdensprache: *Ich finde immer noch nicht, dass ich tonnenweise neue Klamotten brauche.*

»Du besitzt zwei Paar Levi's, vier Hanes-T-Shirts und ein Paar Nikes. Und diesen *Fleecepulli* da.« Letzteres wurde mit der gleichen Begeisterung ausgesprochen wie *frischer Hundehaufen*.

Und ich hab noch eine Jogginghose.

»Die dich mit Sicherheit aufs Cover von GQ bringen wird. Da hast du natürlich völlig Recht.« Qhuinn steuerte in den Laden. »Los jetzt.«

John und Blay folgten ihm. Die Musik im Laden war laut, die Kleider auf den Ständern dicht gepackt, die Bilder der Models an den Wänden zeigten haufenweise perfekte Menschen in Schwarzweiß.

Mit einem leicht angewiderten Gesichtsausdruck, als würde seine Oma so was tragen, wühlte Qhuinn sich durch die Bügel mit den Shirts. Was durchaus nachvollziehbar war; er selbst war definitiv ein Fan von Urban Outfitters: fette Kette an der blauschwarzen Jeans, Affliction-T-Shirt mit dem typischen Totenschädel und den Flügeln und schwarze Stiefel im Sargformat. Das dunkle Haar trug er stachelig hochgelt, im linken Ohr prangten zwischen Läppchen und oberem Knorpel sieben Stecker aus Chirurgenstahl.

John wusste nicht so genau, wo er sonst noch überall gepierct war. Aber manche Dinge brauchte man von seinem Kumpel auch nicht unbedingt zu wissen.

Blay, der wiederum gut in den Laden passte, ging einen Ständer mit Jeans im Used Look inspizieren, die er gutzuheißen schien. John hielt sich zurück – ihn interessierten weniger die Klamotten als die Tatsache, dass die Leute sie angafften. Soweit er wusste, konnten Menschen Vampire nicht erkennen, aber die drei Freunde erregten ganz schön viel Aufsehen, so viel war sicher.

»Kann ich euch helfen?«

Sie drehten sich um. Die Verkäuferin, die gefragt hatte, war so groß wie Xhex, aber da endete die Ähnlichkeit zwischen den beiden Frauen auch schon. Im Gegensatz zu der Vampirin aus Johns Fantasien war die Verkäuferin ziemlich auf ihre Weiblichkeit bedacht und litt an Frisur-Tourette, was sich in ständigem Kopf-nach-hinten-werfen und einem offenbar unwiderstehlichen Drang, an ihrem aufgeplusterten dunklen Haarhelm herumzufummeln, äußerte. Wobei sie nicht ungeschickt war. Irgendwie schaffte sie es, trotz der Zuckungen nicht vornüber in den T-Shirt-Ständer zu kippen.

Offen gestanden war das geradezu beeindruckend. Wenn auch nicht unbedingt in einem guten Sinn.

Xhex würde nicht im Traum –

Scheiße. Warum zum Teufel war Xhex immer der Maßstab?

Als Qhuinn die Frau anlächelte, stand in seinen Augen deutlich der Wunsch nach einer schönen Auf-allen-Vieren-Nummer zu lesen. »Perfektes Timing. Wir brauchen total dringend Hilfe. Mein Kumpel hier hat eine Stilberatung nötig. Kannst du ihm ein bisschen unter die Arme greifen?«

O, nein. Bitte, lieber Gott.

Die Verkäuferin richtete einen derart heißen Blick auf John, dass er sich fühlte, als hätte sie ihm zwischen die Beine gegriffen und seinen Schwanz prüfend gedrückt.

Er ging hinter einem Ständer mit nagelneuen, uralt aussehenden Oberhemden in Deckung.

»Ich bin hier die Geschäftsführerin«, erklärte sie mit vor Sex triefender Stimme. »Ihr seid also in guten Händen. Ihr alle.«

»Klingt seeeehr gut.« Der Blick aus Qhuinns unterschiedlichen Augen wanderte über die schlanken Beine der Frau hinweg. »Dann mach dich doch mal an die Arbeit. Ich schau zu.«

Blay trat neben John. »Zeig mir zuerst die Sachen, die du aussuchst, ich bringe sie ihm dann in die Umkleidekabine.«

Erleichtert ließ John die Schultern fallen und bedankte sich in Gebärdensprache bei Blay dafür, dass er ihm wieder mal den Arsch gerettet hatte. Der zweite Vorname dieses Burschen müsste eigentlich Stoßdämpfer lauten. Aber wirklich.

Leider lächelte die Verkäuferin daraufhin nur noch breiter. »Zwei für den Preis von einem – klingt super. Ich wusste ja gar nicht, dass heute Abend Schlussverkauf für scharfe Kerle ist.«

Au weia, das würde grausam.

Eine Stunde später allerdings fühlte sich John schon etwas besser. Wie sich herausstellte, hatte Stephanie – die Geschäftsführerin – ein gutes Auge, und als sie sich erst mal auf die Klamotten gestürzt hatte, hielt sie den Ball bei der Anmache etwas flacher. John wurde mit einer lässigen Jeans, ein paar von diesen aufwändig auf alt getrimmten Hemden und mehreren hautengen Muskelshirts ausstaffiert, in denen seine Bizepsmuskeln und der Oberkörper ziemlich sehenswert rüberkamen, das musste sogar er selbst zugeben. Dann wurden ihm noch ein paar Ketten umgehängt, und eine schwarze Kapuzenjacke rundete das Ganze ab.

Als er mit den Sachen über dem Arm zur Kasse ging und alles auf der Theke ablegte, warf er einen Seitenblick auf einen Korb voller Armbänder. Unter dem ganzen Gewirr aus Leder und Muscheln blitzte etwas Lavendelfarbenes auf; er wühlte sich durch den ganzen Haufen, zog dann lächelnd ein Armband mit Perlen in der Farbe von Cormias Rose heraus und schob es verstohlen unter eines der T-Shirts.

Stephanie tippte die Preise ein.

Die Rechnung belief sich auf über sechshundert Dollar.

Sechs. Hundert. Dollar.

John geriet in Panik. Er hatte nur vier –

»Ich mach das schon«, sagte Blaylock und reichte eine schwarze Kreditkarte über den Tresen. »Du kannst mir den Rest später zurückgeben.«

Beim Anblick des Plastikrechtecks fielen Stephanie fast die Augen aus dem Kopf, dann kniff sie sie zusammen und musterte Blay eingehend, als suchte sie nach seinem Preisschild. »Ich hab noch nie eine schwarze AmEx gesehen.«

»Ist doch nichts Besonderes.« Blay begann, einen Haufen Ketten zu durchwühlen.

John drückte den Arm seines Freundes, dann breitete er

sein Geld auf dem Tresen aus, aber Blay schüttelte den Kopf und sagte in Gebärdensprache zu ihm: *Zahl es mir einfach später zurück, okay? Ich weiß ja, dass ich es von dir wiederkriege, und sind wir doch mal ehrlich: Willst du wirklich hierher zurückkommen und die restlichen Sachen abholen? Ich nicht.*

John runzelte die Stirn, dagegen konnte er nicht viel einwenden. *Aber ich zahle es dir auf jeden Fall zurück,* sagte er noch und gab ihm die vier Scheine.

Das eilt nicht, erwiderte Blay. *Gib es mir einfach, wenn du wieder flüssig bist.*

Stephanie zog die Karte durch die Maschine, tippte den Betrag ein und wartete, die Fingerspitzen auf den Schlitz gelegt. Sekunden später ertönte ein Rattern, sie riss den Beleg ab und reichte ihn Blay zusammen mit einem blauen Kuli.

»Tja ... wir schließen jetzt.«

»Ach ja?« Qhuinn lehnte die Hüfte an den Tresen. »Und was genau bedeutet das?«

»Dass nur noch ich hierbleibe. Ich bin der große Boss, ich lasse die anderen früher gehen.«

»Aber dann wärst du ja ganz allein.«

»Stimmt, das wäre ich. Ganz allein.«

Shit, dachte John. Wenn Blay der Stoßdämpfer war, dann war Qhuinn der König der Komplikation.

Der lächelte. »Weißt du, meine Kumpel und ich fänden es nicht in Ordnung, dich hier so einsam zurückzulassen.«

O doch – doch, das fänden sie schon, dachte John. Deine Kumpel fänden das sogar super.

Dummerweise besiegelte Stephanies träges Lächeln den Deal. Sie würden nirgendwohin gehen, bevor Qhuinn sich nicht genauestens mit ihrer Registrierkasse vertraut gemacht hätte.

Wenigstens verloren sie keine Zeit. Zehn Minuten später war der Laden leer, und das Gitter vor dem Eingang war heruntergezogen. Stephanie zog Qhuinn an seiner Jeanskette zu sich heran und machte sich gierig über seinen Mund her.

John hielt seine beiden Tüten fest, während Blay eingehend die Hemden in Augenschein nahm, die er schon alle kannte.

»Lass uns in die Umkleide gehen«, raunte Stephanie an Qhuinns Lippen.

»Perfekt.«

»Wir müssen übrigens nicht allein gehen.« Sie sah sich über die Schulter, ihr Blick fiel auf John. Und blieb hängen. »Es ist ausreichend Platz.«

Kommt nicht in Frage, dachte John. Auf gar keinen beschissenen Fall.

Qhuinns Augen funkelten herausfordernd. Hinter dem Rücken der Frau sagten seine Hände: *Komm mit, John. Es wird höchste Zeit, dass du das auch mal machst.*

Genau diesen Moment wählte Stephanie, um Qhuinns volle Unterlippe zwischen ihre weißen Zähne und seinen Oberschenkel zwischen ihre Beine zu klemmen. Man konnte sich ungefähr vorstellen, was sie mit ihm anstellen würde. Bevor er etwas mit *ihr* anstellte.

John schüttelte den Kopf. *Ich bleibe hier.*

Mach schon. Du kannst zuerst bei mir zuschauen. Ich zeige dir, wie's geht.

Dass Qhuinn diese Einladung aussprach, war keine Überraschung. Er hatte regelmäßig Dreier oder Vierer. Nur hatte er John bisher noch nie aufgefordert, mitzumachen.

Jetzt los doch, John, komm mit.

Nein, danke.

Qhuinns Blick verfinsterte sich. *Du kannst nicht immer am Spielfeldrand stehen bleiben, John.*

John wandte den Kopf ab. Es wäre leichter, sauer auf den

Typen zu werden, wenn er nicht in regelmäßigen Abständen denselben Gedanken gehabt hätte.

»Von mir aus«, sagte Qhuinn. »Wir verkrümeln uns dann mal ein Weilchen.«

Er verzog den Mund zu einem schiefen Grinsen, legte die Hände auf den Hintern der Frau und hob sie hoch. Als er sie rückwärts Richtung Kabine trug, rutschte ihr Rock so weit hoch, dass ein rosa Höschen und ein weißer Hintern zum Vorschein kamen.

Nachdem die beiden verschwunden waren, wandte sich John an Blay, um eine Bemerkung zu machen, was für ein Hurenbock Qhuinn doch sei. Aber seine Hände verharrten reglos in der Luft: Blay starrte Qhuinn und der Frau mit einem eigenartigen Ausdruck auf dem Gesicht nach.

John pfiff leise, um seine Aufmerksamkeit zu erregen. *Du kannst gern mit den beiden mitgehen, wenn du willst. Ich warte hier, das macht mir nichts aus.*

Blay schüttelte den Kopf eine Spur zu schnell. »Nee. Ich bleib hier.«

Nur, dass er den Blick weiterhin auf die Umkleidekabinen geheftet hielt, während ein Stöhnen daraus hervordrang. Der Tonlage nach war schwer zu beurteilen, von wem es kam, und Blays Miene wurde noch verkniffener.

Wieder pfiff John. *Alles klar bei dir?*

»Wir machen es uns am besten gemütlich.« Blay setzte sich hinter der Kasse auf einen Hocker. »Das dauert bestimmt noch.«

Na gut, dachte John. Was auch immer seinem Freund zu schaffen machte, er wollte offenbar nicht darüber reden.

John hüpfte auf den Tresen und ließ die Beine baumeln. Als man erneut ein Stöhnen vernahm, musste er an Xhex denken und bekam einen Ständer.

Na super. Ganz riesig.

Er zupfte sein Shirt aus dem Hosenbund, um sein kleines Problemchen zu verstecken, da fragte Blay: »Für wen ist eigentlich das Armband?«

Eilig antwortete John: *Für mich.*

»Aber klar. Als ob das Ding um dein Handgelenk passen würde.« Er wartete. »Du musst es mir nicht erzählen, wenn du nicht willst.«

Ganz ehrlich, es ist nichts Besonderes.

»Okay.« Nach einer kurzen Pause meinte Blay: »Hast du Lust, nachher noch ins *ZeroSum* zu gehen?«

John hielt den Kopf gesenkt, während er nickte.

Blay lachte leise. »Dachte ich mir schon. Genau wie du morgen mit Sicherheit auch mitkommst, falls wir gehen.«

Morgen kann ich nicht, gab John ohne nachzudenken zurück.

»Warum denn nicht?«

Mist. *Es geht eben nicht. Ich muss zu Hause bleiben.*

Schon wieder ein Stöhnen aus dem Hintergrund, dann setzte ein gedämpftes, rhythmisches Poltern ein.

Als die Geräusche verstummten, holte Blay tief Luft, als hätte er gerade ein Zirkeltraining hinter sich gebracht. John konnte ihm das nicht verdenken. Er wollte auch schleunigst hier weg. In dem trüben Licht und ohne andere Leute um sie herum, wirkten die ganzen aufgehängten Kleider irgendwie unheimlich. Außerdem – wenn sie bald im *ZeroSum* ankämen, hätte er noch ein paar Stunden Zeit, nach Xhex Ausschau zu halten, und das wäre –

Echt erbärmlich.

Die Minuten verstrichen. Zehn. Fünfzehn. Zwanzig.

»Shit«, murmelte Blay. »Was zum Henker treiben die da hinten?«

John zuckte mit den Schultern. Bei den Vorlieben ihres Freundes konnte man nie wissen.

»Hey, Qhuinn?«, rief Blay. Als keine Antwort kam, nicht mal ein Grunzen, rutschte er von dem Hocker. »Ich gehe mal nachsehen.«

Er klopfte an die Kabine. Wartete. Dann steckte er den Kopf durch die Tür. Völlig übergangslos flackerten seine Augen, seine Kinnlade klappte herunter, und er wurde von den Haarwurzeln bis zu den Fingerspitzen feuerrot.

Alles klaaaaaar. Die Session war offenbar noch nicht beendet. Und was auch immer da abging, war sehenswert, denn Blay drehte sich nicht auf dem Absatz um. Nach ein paar Sekunden ging sein Kopf langsam vor und zurück, als beantwortete er eine Frage, die Qhuinn gestellt hatte.

Als Blay zurück zur Kasse kam, hielt er den Kopf gesenkt und die Hände in den Taschen vergraben. Er sagte kein Wort und setzte sich wieder auf den Hocker, doch seine Fußspitze wippte mit hundert Stundenkilometern auf und ab.

Es war nicht zu übersehen, dass er nicht mehr länger hierbleiben wollte, und John war absolut seiner Meinung.

Mann, sie könnten jetzt im *ZeroSum* sein.

Wo Xhex arbeitete.

Als ihn seine fröhliche kleine Obsession schon wieder einholte, wollte John mit der Stirn auf den Tresen schlagen. Verdammt, das Wort *erbärmlich* musste wirklich neu buchstabiert werden.

Nämlich J-O-H-N M-A-T-T-H-E-W.

8

Sich zu schämen, war in vielerlei Hinsicht unschön; ein Haken daran war, dass man weder kleiner noch stiller noch weniger sichtbar dadurch wurde. Man fühlte sich nur so.

Phury stand im Innenhof des Herrenhauses und betrachtete die Fassade des Anwesens der Bruderschaft, die sich vor ihm auftürmte. Verdrießlich grau, mit vielen dunklen, bedrohlich wirkenden Fenstern, wirkte das Gebäude wie ein Riese, der bis zum Hals in die Erde eingegraben worden und nicht besonders glücklich darüber war.

Phury fühlte sich ebenso wenig bereit, das Haus zu betreten, wie das Haus ihn willkommen zu heißen schien.

Als eine leichte Brise aufkam, blickte er nach Norden. Die Nacht war typisch für August im oberen Teil des Staates New York. Zwar war um ihn herum noch Sommer, mit den saftigen, dicht belaubten Bäumen und den plätschernden Springbrunnen und den bewachsenen getöpferten Kübeln zu beiden Seiten des Hauseingangs. Doch die Luft war anders. Etwas trockener. Etwas kühler.

Die Jahreszeiten waren – wie die Zeit – erbarmungslos.

Nein, das stimmte nicht. Die Jahreszeiten zeigten nur das Verstreichen der Zeit an, genau wie Uhren und Kalender.

Ich werde älter, dachte er.

Als sein Geist auf Regionen zusteuerte, die ihm schlimmer vorkamen, als der Arschtritt, der ihn im Haus erwartete, trat er durch den Vorraum in die Eingangshalle.

Die Stimme der Königin ertönte aus dem Billardraum, untermalt vom Geräusch klackernder Kugeln und einigen dumpfen Aufschlägen. Sowohl das Fluchen, als auch das Gelächter, das darauf folgte, hatten einen Bostoner Akzent. Was hieß, dass Butch, der sonst jeden im Haus schlagen konnte, gerade gegen Beth verloren hatte. Schon wieder.

Phury konnte sich gar nicht mehr erinnern, wann er zuletzt eine Partie Billard gespielt oder einfach nur mit den anderen Brüdern zusammengesessen hatte – und selbst wenn er es getan hatte, dann nie ganz ungezwungen. Denn das war er nie. Für ihn war das Leben eine Münze – auf der einen Seite stand *Katastrophe* und auf der anderen *drohende Katastrophe*.

Du brauchst einen Joint, Kumpel, lockte der Zauberer. *Besser noch eine ganze Batterie davon. Das ändert zwar nichts daran, dass du ein blöder Volltrottel bist, aber immerhin besteht dann die Chance, dass du dein Bett in Brand steckst, wenn du ohnmächtig wirst.*

In diesem Sinne beschloss Phury, dem Unvermeidlichen ins Auge zu sehen und nach oben zu gehen. Wenn er Glück hatte, wäre Wraths Tür geschlossen –

Sie war nicht geschlossen, und der König saß an seinem Schreibtisch.

Wrath hob den Blick von der Lupe, die er über ein Dokument hielt. Selbst durch seine Panoramasonnenbrille hindurch war klar zu erkennen, dass er stinksauer war. »Ich habe auf dich gewartet.«

In Phurys Kopf hob der Zauberer schwungvoll seinen schwarzen Umhang und setzte sich in einen bequemen Sessel mit Schonbezug aus Menschenhaut. *Mein Königreich für eine Tüte Popcorn und ein Päckchen M&Ms. Das wird ein Schauspiel!*

Phury betrat das Arbeitszimmer, ohne die ultramarinblauen Wände und die cremefarbenen Seidensofas und den Marmorkamin richtig wahrzunehmen. Der Geruch nach *Lesser,* der noch in der Luft hing, sagte ihm, dass Zsadist vor kurzem hier gestanden haben musste.

»Ich schätze mal, Z hat schon mit dir gesprochen«, begann er, weil es keinen Grund gab, das Kind nicht beim Namen zu nennen.

Wrath legte die Lupe weg und lehnte sich hinter seinem Louis-XIV-Schreibtisch zurück. »Mach die Tür zu.«

Phury gehorchte. »Soll ich zuerst reden?«

»Nein, das tust du sonst schon zur Genüge.« Der König hob die Beine und ließ seine schweren Stiefel auf das anmutige Möbelstück fallen. Sie schlugen auf wie Kanonenkugeln. »Das tust du ausgiebig.«

Aus Höflichkeit, nicht aus Neugier, harrte Phury der Aufzählung seiner Verfehlungen. Er wusste sehr genau, wo er stand: Er hatte versucht, sich von den *Lessern* umbringen zu lassen; hatte die Position des Primals angenommen, ohne die Zeremonie zu vollenden; mischte sich viel zu sehr in Zs und Bellas Leben ein; kümmerte sich nicht genug um Cormia; rauchte ununterbrochen …

Phury konzentrierte sich auf seinen König und wartete darauf, sein Versagen von einer anderen Stimme als der des Zauberers vorgebetet zu bekommen.

Aber es kam nichts. Wrath sagte absolut gar nichts.

Was darauf hindeutete, dass die Probleme so lärmend und unübersehbar waren, dass darüber zu sprechen wäre, wie auf eine explodierende Bombe zu zeigen und zu sagen: *Junge, Junge, die ist aber laut – und wahrscheinlich reißt sie auch noch ein Loch in den Asphalt, was?*

»Obwohl«, sagte Wrath endlich, »wenn ich's mir recht überlege: Doch, sag du mir, was ich mit dir machen soll. Sag mir, was zum Henker ich machen soll.«

Da Phury nichts erwiderte, murmelte Wrath: »Kein Kommentar? Du meinst, du hast auch keinen Schimmer, was passieren soll?«

»Ich glaube, wir kennen beide die Antwort.«

»Da bin ich mir nicht so sicher. Was glaubst *du* denn, was ich tun sollte?«

»Mich eine Zeitlang aus dem Dienstplan streichen.«

»Aha.«

Schweigen.

»Dann machen wir es also so?«, fragte Phury. Mann, er brauchte jetzt echt einen Joint.

Die Stiefel auf dem Tisch klackten an den Spitzen zusammen. »Keine Ahnung.«

»Heißt das, du willst, dass ich kämpfe?« Das wäre ja besser, als er sich erhofft hatte. »Ich würde dir auch mein Wort geben –«

»Leck mich.« Blitzschnell stand Wrath auf und kam um den Schreibtisch herum. »Du hast deinem Zwilling gesagt, du kämest nach Hause, aber ich gehe jede Wette ein, dass du zu Rehvenge gegangen bist. Du hast Z versprochen, die *Lesser* nicht mehr zu zerschnippeln, aber du hast dich nicht daran gehalten. Du hast dich bereiterklärt, der Primal zu sein, und bist es nicht. Verflucht nochmal, du tischst uns ständig das Märchen auf, du würdest jetzt in dein Zimmer gehen, um zu schlafen, aber wir wissen alle, was du da drin machst. Und jetzt erwartest du im Ernst von mir, das ich mich auf dein Wort verlasse?«

»Dann sag mir, was du von mir verlangst.«

Hinter der Sonnenbrille forschten die blassen Augen in seinem Gesicht. »Ich bin mir nicht sicher, ob eine Zwangspause und eine Intensivtherapie was helfen, weil ich glaube, dass du keins von beiden machen wirst.«

Kaltes Entsetzen rollte sich wie ein nasser, verwundeter Hund in Phurys Eingeweiden zusammen. »Willst du mich rauswerfen?«

So etwas war schon vorgekommen in der Geschichte der Bruderschaft. Nicht oft. Aber es war vorgekommen. Murhder fiel ihm da ein … Verdammt, ja, das war vermutlich der letzte Krieger gewesen, der vor die Tür gesetzt wurde.

»Ganz so einfach ist es nicht, oder?«, sagte Wrath. »Wenn du fliegst – was ist dann mit den Auserwählten? Der Primal war immer ein Bruder, und nicht nur wegen der Blutlinien. Außerdem würde Z das auch nicht besonders gut aufnehmen, auch wenn er momentan total angepisst von dir ist.«

Na toll. Seine Sicherheitsnetze bestanden momentan darin, seinen Zwilling vor dem Durchdrehen zu bewahren und die Hure der Auserwählten zu sein.

Der König trat an eines der Fenster. Draußen schwankten die grünen Bäume im auffrischenden Wind.

»Ich sag dir mal, was ich glaube.« Wrath schob die Sonnenbrille hoch und rieb sich die Augen, als hätte er Kopfschmerzen. »Du solltest …«

»Es tut mir leid«, sagte Phury, weil es das Einzige war, was er anzubieten hatte.

»Mir auch.« Wrath ließ die Brille wieder auf die Nase fallen und schüttelte den Kopf. Als er an seinen Schreibtisch zurückkehrte und sich wieder setzte, waren sowohl sein Kiefer, als auch die Schultern gestrafft. Er zog eine Schublade auf und holte einen schwarzen Dolch heraus.

Phurys Dolch. Den er in der Sackgasse vergessen hatte.

Z musste das verdammte Ding gefunden und mit nach Hause gebracht haben.

Der König drehte die Waffe in der Hand und räusperte sich. »Gib mir deinen anderen Dolch. Du bist dauerhaft aus dem Dienstplan gestrichen. Ob du zum Therapeuten gehst oder ob sich die Sache mit den Auserwählten regelt, geht mich nichts an. Ich bin mit meinem Latein am Ende, denn die Wahrheit ist doch: Du wirst tun, was du tun willst. Nichts, was ich von dir verlange oder um was ich dich bitte, wird einen Unterschied machen.«

Phury blieb kurz das Herz stehen. Egal, wie er sich diese Konfrontation vorgestellt hatte: dass Wrath sich aus diesem ganzen Chaos zurückzog, war darin nie vorgekommen.

»Bin ich immer noch ein Bruder?«

Der König starrte nur unverwandt den Dolch an – was Phury seine Antwort klar und deutlich gab: *Nur dem Namen nach.*

Manche Dinge mussten eben nicht ausgesprochen werden.

»Ich werde mit Z sprechen«, murmelte der König. »Wir werden sagen, dass du beurlaubt bist. Keine Kämpfe mehr für dich, und du kommst auch nicht mehr zu den Versammlungen.«

Phury spürte eine Panik, als befände er sich im freien Fall von einem Hochhaus und hätte gerade Augenkontakt mit dem Pflasterstein hergestellt, auf dem sein Name stand.

Keine Netze mehr. Keine Versprechungen, die er brechen konnte. Soweit es den König betraf, war Phury auf sich allein gestellt.

Neunzehnhundertzweiunddreißig, dachte er. Er war nur sechsundsiebzig Jahre in der Bruderschaft gewesen.

Er hob die Hand an die Brust, umschloss den Griff des zweiten Dolchs, zog ihn mit einem Ruck heraus und legte ihn auf den albernen hellblauen Schreibtisch.

Er verneigte sich vor seinem König und verließ das Zimmer ohne ein weiteres Wort.

Bravo, rief der Zauberer. *Wie schade, dass deine Eltern schon tot sind, mein Bester. Sie wären ja so stolz auf dich – warte, wir holen sie einfach zurück, was hältst du davon?*

Zwei Bilder stürzten auf ihn ein: sein Vater, ohnmächtig in einem Raum voller leerer Ale-Flaschen, seine Mutter auf dem Bett liegend, das Gesicht zur Wand gedreht.

Ohne sich weiter aufzuhalten ging Phury in sein Zimmer, holte seinen Nachschub heraus, drehte sich einen Joint und zündete ihn an.

Nach allem, was heute Nacht passiert war, und zu allem Überfluss noch mit dem unerträglichen Zauberer im Nacken, hieß es für ihn entweder rauchen oder schreien. Also rauchte er.

Auf der anderen Seite der Stadt fühlte Xhex sich miserabel, während sie Rehvenge durch die Hintertür aus dem *ZeroSum* zu seinem kugelsicheren Bentley eskortierte. Rehv sah nicht besser aus, als sie sich fühlte; ihr Boss war nur ein verbissener, dunkler Schatten in einem bodenlangen Zobelmantel, als er langsam über die Straße lief.

Sie öffnete die Fahrertür für ihn und wartete, bis er sich mit Hilfe seines Stocks in dem Schalensitz niedergelassen hatte. Selbst in dieser lauen Nacht bei zwanzig Grad Celsius drehte er die Heizung bis zum Anschlag auf und zog sich den Kragen dicht um den Hals – ein Zeichen dafür, dass die Wirkung seiner letzten Dopamindosis noch nicht abgeklungen war. Das würde sie allerdings bald. Er spritzte sich nie, bevor er dorthin ging. Sonst wäre es zu gefährlich.

Es war gefährlich, Punkt.

Seit fünfundzwanzig Jahren wollte sie ihn begleiten, um ihm bei den Begegnungen mit seiner Erpresserin Rückendeckung zu geben, aber da sie jedes Mal, wenn sie fragte, eine Abfuhr bekam, hielt sie inzwischen die Klappe. Der Preis für ihr Schweigen war allerdings verflucht miese Laune.

»Fährst du danach in deinen Schlupfwinkel?«, fragte sie.

»Ja.«

Sie schlug die Tür zu und blickte ihm nach. Er sagte ihr nicht, wo die Treffen stattfanden, aber sie kannte die grobe Richtung. Laut dem GPS in seinem Wagen fuhr er Richtung Norden.

Gott, wie sie es hasste, was er zu tun hatte.

Dank ihres Fehlers vor zweieinhalb Jahrzehnten musste Rehv sich jeden ersten Dienstag im Monat prostituieren, um sie beide zu beschützen.

Die Symphathen-Prinzessin, der er zu Diensten war, war gefährlich. Und sie gierte nach ihm.

Anfangs hatte Xhex damit gerechnet, dass die Schlampe sie und Rehv anonym denunzieren und dadurch für ihre Deportation in die Symphathen-Kolonie sorgen würde. Doch sie war schlauer als das. Wenn sie dorthin verfrachtet würden, würden sie mit Glück vielleicht sechs Monate überleben, obwohl sie so stark waren. Mischlinge kamen gegen Vollblüter nicht an, und außerdem war die Prinzessin mit ihrem eigenen Onkel verheiratet.

Der ein machtbesessener, habgieriger Despot war, wie er seinesgleichen suchte.

Xhex fluchte. Sie hatte keine Ahnung, warum Rehv sie nicht hasste, und es war ihr unbegreiflich, wie er den Sex ertragen konnte. Allerdings hatte sie das Gefühl, dass diese Nächte der Grund dafür waren, warum er sich so gut um seine Mädels kümmerte. Im Gegensatz zu Otto Normalzuhälter wusste er ganz genau, wie die Prostituierten sich fühlten, wusste ganz genau, wie es war, jemanden zu vögeln, den man nicht ausstehen konnte, weil man etwas von ihm brauchte – sei es nun seine Kohle oder sein Schweigen.

Xhex hatte immer noch keinen Ausweg gefunden, und was die Situation noch unerträglicher machte, war, dass Rehv aufgehört hatte, sich um seine Freiheit zu bemühen. Was einst eine Krisensituation gewesen war, hatte sich zum neuen Alltag entwickelt. Zwei Jahrzehnte später bumste er immer noch, um sie beide zu beschützen, und es war immer noch Xhex' Schuld. Jeden ersten Dienstag im Monat fuhr er los und tat das Unvorstellbare mit jemandem, den er hasste ... und so war das Leben.

»Scheiße«, sagte sie zum Asphalt. »Wann wird sich das je ändern?«

Die einzige Antwort, die sie erhielt, war ein Windstoß, der Zeitungsseiten und Plastiktüten auf sie zuwehte.

Als sie zurück in den Club kam, passten sich ihre Augen wieder den flackernden Lasern an, dämpften ihre Ohren die treibende Musik, stellte ihre Haut einen leichten Temperaturrückgang fest.

Der VIP-Bereich schien relativ ruhig, nur die üblichen Stammgäste. Trotzdem stellte sie Augenkontakt zu beiden Türstehern her. Sie nickten, alles im Lot. Dann inspizierte Xhex die Mädels, die sich um die Sitzbänke kümmerten. Beobachtete die Kellnerinnen beim Abräumen leerer und Servieren voller Gläser. Überprüfte die Alkohol-Bestückung der VIP-Theke.

Als sie an dem Samtseil ankam, das die beiden Bereiche trennte, warf sie einen Blick über die Menge hinweg in den Hauptraum des Clubs. Die Masse auf der Tanzfläche bewegte sich wie ein unruhiges Meer, wogte auf und ab, teilte sich und floss wieder zusammen. Baggernde Pärchen und Dreierkonstellationen umkreisten und umwanden einander an den Rändern, Laserstrahlen prallten von schemenhaften, miteinander verschmolzenen Gesichtern und Körpern ab.

Heute Nacht war nicht übermäßig viel los, die Woche begann immer etwas ruhiger, steigerte sich dann, bis am Samstagabend der Höhepunkt erreicht wurde. Für sie als Sicherheitschefin waren die Freitage normalerweise am arbeitsintensivsten, wenn die ganzen Idioten die Nachwehen einer schlimmen Arbeitswoche abschüttelten, indem sie zu viele Drogen einwarfen, Überdosen spritzten oder Prügeleien anzettelten.

Andererseits – da Dumpfbacken mit Drogenproblemen die Butter auf dem Brot des Clubs waren, konnte im Prinzip jederzeit an jedem Abend der Irrsinn ausbrechen.

Nur gut, dass sie ihren Job so ausgezeichnet im Griff hatte. Rehv kümmerte sich um den Verkauf von Drogen, Sprit und Frauen, managte seine Flotte von zwielichtigen Buchmachern und übernahm gewisse Spezialaufträge im Bereich »Vollstreckung«. Sie selbst war dafür verantwortlich, die Atmosphäre im Club so zu halten, dass die Geschäfte so ungestört von menschlicher Polizei und gehirnlosen Gästen wie möglich abgewickelt werden konnten.

Gerade wollte sie im Zwischengeschoss nach dem Rechten sehen, als sie im Eingang des Clubs entdeckte, wen sie nur »die Jungs« nannte.

Sie drückte sich zurück in den Schatten und beobachtete die drei jungen Vampire, die schnurstracks in den hinteren VIP-Bereich gingen. Sie setzten sich immer an den Tisch der Bruderschaft, wenn er frei war, was bedeutete, dass sie entweder vorausschauend waren, weil der Platz neben einem Notausgang und in einer Ecke lag, oder sie die Anweisung hatten, dort zu sitzen, und zwar von ganz oben.

»Ganz oben« im Sinne von Wrath, dem König.

O ja, diese Jungs waren nicht die üblichen kleinen Penner, dachte Xhex, als sie sich hinsetzten. Aus einer ganzen Reihe von Gründen.

Der mit den unterschiedlichfarbigen Augen war ein Radaubruder, und wie nicht anders zu erwarten, stand er, nachdem er sich ein Corona bestellt hatte, sofort wieder auf und ging zur Tanzfläche, um nach Frischfleisch Ausschau zu halten. Der Rothaarige blieb am Tisch sitzen, was ebenfalls keine Überraschung war. Er war der typische Pfadfinder, total straight. Was Xhex wiederum misstrauisch machte. Sie hätte gern gewusst, was sich wohl hinter diesem superbraven Image verbarg.

Das eigentliche Highlight unter diesen dreien war allerdings der Stumme. Sein Name war Tehrror, alias John Matthew, und er war das Mündel des Königs. Und das hieß, dass der Bursche so was wie ein Porzellanteller auf einem Punkkonzert war, soweit es Xhex betraf. Wenn ihm auch nur das Geringste zustieß, dann war der Club am Arsch.

Mann, der Kleine hatte sich in den vergangenen Monaten ganz schön verändert. Vor seiner Transition war er dürr und schwach gewesen, eine halbe Portion. Aber jetzt sah sie einen Riesen von einem Vampir vor sich ... und Riesen konnten sich schnell zum Problem entwickeln, wenn sie anfingen, sich auf die Brust zu trommeln. Wobei John bisher eher der Typ stiller Beobachter gewesen war; seine Augen wirkten viel zu alt in seinem jungen Gesicht, was darauf hindeutete, dass er schon einigen Mist erlebt hatte. Und solcher Mist war gerne mal das Öl auf dem Feuer, wenn die Leute die Nerven verloren.

Der mit den zweifarbigen Augen, alias Qhuinn, Sohn des

Lohstrong, kam mit zwei diensteifrigen Damen zurück – zwei Blondinen, die offenbar ihre Outfits passend zu ihren Cosmopolitans gewählt hatten: knapp und pink.

Der Rothaarige, Blaylock, war nicht so der Aufreißer, aber das machte überhaupt nichts, denn Qhuinn war Aufreißer genug für sie beide. Ach was, der Kerl hätte auch noch genug für John Matthew übrig gehabt, nur, dass der nicht mitspielte. Zumindest, soweit Xhex bisher mitbekommen hatte.

Nachdem Johns Genossen mit den beiden Mädels nach hinten verschwunden waren, schlenderte Xhex ohne besonderen Grund zu ihm hinüber. Er erstarrte, als er sie bemerkte, aber das tat er immer, genau wie er sie immer beobachtete. Wenn man Sicherheitschefin in einem Laden war, dann wussten die Leute immer gern, wo man gerade war.

»Wie läuft's?«, fragte sie.

Er zuckte die Achseln und fummelte an seiner Corona-Flasche herum. Garantiert wünschte er sich gerade, die Flasche hätte ein Etikett zum Abzupfen, dachte sie.

»Was dagegen, wenn ich dir eine Frage stelle?«

Er riss die Augen etwas weiter auf, hob aber wieder die Schultern.

»Warum verkrümelst du dich nie mit deinen Kollegen nach hinten in die Toiletten?« Das ging sie natürlich einen feuchten Kehricht an, und was noch schlimmer war: Sie wusste nicht, warum sie das überhaupt interessierte. Aber ... vielleicht lag es nur an diesem bescheuerten ersten Dienstag im Monat. Sie versuchte einfach, auf andere Gedanken zu kommen.

»Du kommst bei Frauen gut an«, ergänzte sie. »Ich habe beobachtet, wie sie dich abchecken. Und du schaust sie dir an, bleibst aber immer hier draußen.«

John Matthew wurde so dunkelrot, dass sie es sogar in dem trüben Dämmerlicht erkennen konnte.

»Bist du etwa schon vergeben?«, murmelte sie jetzt noch neugieriger. »Hat der König eine Frau für dich ausgesucht?«

Er schüttelte den Kopf.

Alles klar, sie musste ihn jetzt in Ruhe lassen. Der arme Kerl war stumm, also wie sollte er ihr bitte schön antworten?

»Ich will jetzt was zu trinken!« Die Männerstimme übertönte die Musik, und Xhex drehte den Kopf herum. Zwei Bänke weiter pöbelte einer der üblichen Dicke-Hose-Penner eine Kellnerin an.

»Entschuldige mich«, sagte Xhex zu John.

Als das Großmaul mit einer Bärenpranke an dem Rock der Kellnerin zerrte, fiel der Armen das Tablett aus der Hand und die Cocktails flogen durch die Luft. »Ich hab gesagt, ich will sofort was zu trinken!«

Xhex trat hinter die Kellnerin und stützte sie. »Mach dir keine Sorgen. Er geht jetzt.«

Der Mann erhob sich schwankend zu seiner vollen Größe von gut eins neunzig. »Was du nicht sagst.«

Xhex schob sich an ihn heran, bis sie Brust an Brust standen. Sie sah ihn durchdringend an, ihre Symphathen-Triebe brüllten danach, entfesselt zu werden, doch sie konzentrierte sich auf die Metallstachel, die sie um ihre Oberschenkel geschnallt hatte. Sie schöpfte Kraft aus dem Schmerz, den sie sich selbst zufügte, und drängte ihre Instinkte zurück.

»Du wirst jetzt gehen«, sagte sie leise, »weil ich dich sonst an den Haaren hier rausschleife.«

Der Atem des Mannes roch wie drei Tage alter Thunfisch. »Ich hasse Lesben. Ihr haltet euch immer für viel tougher als ihr wirklich –«

Xhex packte das Handgelenk des Mannes, drehte den Typen daran um hundertachtzig Grad und klemmte ihm den Arm auf dem Rücken fest. Dann schlang sie ihm ein Bein um die Knöchel und gab ihm einen Schubs. Er klatschte wie eine Rinderhälfte auf den Boden, schnappte fluchend nach Luft. Sein Körper pflügte sich in den kurzen Flor des Teppichbodens.

Blitzschnell bückte sich Xhex, grub eine Hand in sein gegeltes Haar und umschloss mit der anderen den Kragen seiner Anzugjacke. Als sie ihn mit dem Gesicht voran zum Seiteneingang schleifte, war das klassisches Multitasking: sie erregte Aufsehen, machte sich der Körperverletzung schuldig und riskierte eine Schlägerei, falls seine Kumpane aus dem *Very Idiotic Persons*-Bereich sich einschalten sollten. Aber hin und wieder mal musste man ein bisschen Show machen. Jedes der VIP-Arschlöcher sah zu, genau wie die Türsteher, die von Hause aus leicht reizbar waren, und die Mädels, die hier arbeiteten und von denen die meisten ein sehr gut nachvollziehbares Aggressionspotential hatten.

Um den Frieden zu wahren, musste man sich immer mal wieder die Hände schmutzig machen.

Und in Anbetracht der Mengen an Haarpflegeprodukten, die dieser Klugscheißer hier verwendete, musste sie sich hinterher gründlich abschrubben.

Als sie den Seitenausgang in der Nähe des Stammtischs der Bruderschaft erreichte, blieb sie kurz stehen, um die Tür zu öffnen, doch John war schneller. Wie ein echter Gentleman drückte er die Tür weit auf und hielt sie mit einem langen Arm fest.

»Danke«, sagte sie.

Draußen auf der Straße drehte sie den großmäuligen Armleuchter auf den Rücken und durchsuchte seine Taschen, während er wie ein Fisch auf dem Trockenen nach Luft schnappte. Das war ein weiterer Gesetzesverstoß; auf dem Grund und Boden des Clubs besaß Xhex zwar Polizeigewalt, aber die Straße gehörte theoretisch der Stadt Caldwell. Abgesehen davon allerdings spielte die Postleitzahl in diesem Fall auch gar keine Rolle: die Durchsuchung wäre trotzdem illegal gewesen, da kein hinreichender Verdacht auf Drogen- oder illegalen Waffenbesitz bestand.

Dem Gesetz zufolge durfte man niemanden filzen, nur weil er ein Arschloch war.

Na, sieh mal einer an ... hier zahlte sich Instinkt aus. Neben seiner Brieftasche fand sie eine hübsche Portion Koks und drei Ecstasy-Pillen. Sie wedelte vor den Augen des Mannes mit den Tütchen herum.

»Dafür könnte ich dich verhaften lassen.« Als er zu stammeln begann, lächelte sie. »Ja, ja, schon klar. Ist nicht deins, du weißt auch nicht, wie das in deine Tasche gekommen ist. Du bist so unschuldig wie ein Baby. Aber schau mal da rüber.«

Als der Bursche nicht schnell genug reagierte, quetschte sie ihm die Wangen zusammen und drehte sein Gesicht herum.

»Siehst du das kleine rote Blinklicht? Das ist eine Überwachungskamera. Also wurde dieses Zeug ...« Sie hielt die Tüten in die Kamera und klappte dann die Brieftasche auf. »... wurden diese zwei Gramm Kokain und drei Portionen Ecstasy, die aus der Brusttasche Ihrer Anzugjacke stammen, Mr ... Robert Finlay ... digital aufgezeichnet. Hey, seht euch das an. Du hast ja zwei nett aussehende Kinder. Wetten, die möchten lieber morgen mit dir zusammen frühstücken als mit einem Babysitter, weil deine Frau gerade versucht, dich aus dem Knast zu holen?«

Damit steckte sie ihm die Brieftasche zurück in den Anzug, behielt aber die Drogen. »Ich würde vorschlagen, dass wir in Zukunft getrennte Wege gehen. Du kommst nie wieder in meinen Club. Und ich verfrachte deine erbsengroßen Eier nicht ins Gefängnis. Was sagst du dazu. Abgemacht?«

Während er noch nachdachte, ob er das Angebot annehmen oder lieber feilschen sollte, stand Xhex auf und ging ein paar Schritte zurück, um besser mit dem Fuß ausholen zu können, falls es nötig wurde. Allerdings glaubte sie das nicht. Leute, die sich schlagen wollten, hatten straff gespannte Körper und hellwache Augen. Großmaul hier war so schlaff wie Spülwasser, er hatte eindeutig keine Energie- und Egoreserven mehr.

»Geh nach Hause«, sagte sie zu ihm.

Und er gehorchte.

Während er davonschlurfte, steckte sich Xhex die Drogen in die Gesäßtasche.

»Hat dir die Vorstellung gefallen, John Matthew?«, fragte sie, ohne sich umzudrehen.

Als sie über ihre Schulter blickte, stockte ihr der Atem. Johns Augen leuchteten in der Dunkelheit ... der Bursche starrte sie mit der Art von unbeirrbarer Intensität an, die Männer hatten, wenn sie Sex wollten. Bedingungslosen Sex.

Verflucht nochmal. Das war kein kleiner Junge, den sie da vor sich hatte.

Ohne sich dessen bewusst zu sein, drang sie mit ihren Symphathen-Antennen in seinen Kopf ein. Er dachte an ... sich selbst auf einem Bett zwischen zerknüllten Laken, die Hand zwischen den Beinen auf einem gigantischen Schwanz; während er sich einen runterholte, sah er im Geiste Xhex vor sich.

Das hatte er schon oft getan.

Xhex drehte sich um und ging auf ihn zu. Als sie vor ihm stehen blieb, wich er nicht zurück, und das überraschte sie nicht. In diesem unverstellten Augenblick war er kein unbeholfener Jüngling, der die Flucht antrat. Er war ein Mann, der ihr frontal entgegentrat.

Was wirklich ... ach, Blödsinn, er war nicht attraktiv. Nicht mal im Ansatz.

Shit.

Als sie zu ihm aufsah, wollte sie ihm eigentlich raten, mit seinen blauen Murmeln die Bräute im Club anzuschmachten und sie aus dem Spiel zu lassen. Sie wollte ihm mitteilen, dass sie absolut jenseits seiner Liga war und er sich seine Fantasien gefälligst abgewöhnen solle. Sie wollte ihn abschrecken, wie sie jeden anderen Kerl abgeschreckt hatte, außer diesem hartgesottenen, halbtoten Butch O'Neal, bevor er ein Bruder geworden war.

Doch stattdessen raunte sie ihm zu: »Wenn du das nächste Mal so an mich denkst, dann sag meinen Namen, wenn du kommst. Das macht es noch geiler.«

Sie streifte seine Brust mit der Schulter, als sie sich zur Seite beugte, um die Tür zum Club zu öffnen.

Sein heftiges Einatmen blieb in ihrem Ohr hängen.

Als sie zurück an die Arbeit ging, redete sie sich ein, ihr Körper wäre heiß von der Anstrengung, diesen armseligen Sack vor die Tür zu zerren.

Es hatte absolut nichts mit John Matthew zu tun.

John stand da wie ein Volltrottel, während Xhex zurück in den Club ging. Was nicht verwunderlich war. Der Großteil seines Blutes war von seinem Gehirn in die Erektion in seiner nagelneuen, alt aussehenden Jeans gerauscht. Der Rest hing in seinem Gesicht.

Was bedeutete, dass sein Gehirn auf Reserve stand.

Woher zum Teufel wusste sie, was er tat, wenn er an sie dachte?

Einer der Mauren, die Rehvenges Büro bewachten, sprach ihn an. »Willst du jetzt rein oder raus?«

John schlurfte zurück zu seinem Tisch, leerte das Corona in zwei Schlucken und war froh, als eine der Kellnerinnen unaufgefordert mit Nachschub ankam.

Xhex war im Hauptraum des Clubs verschwunden, und er hielt nach ihr Ausschau, versuchte, durch den Wasserfall zu sehen, der den VIP-Bereich vom Rest abtrennte.

Obwohl er seine Augen nicht brauchte, um zu wissen, wo sie war. Er konnte sie spüren. Inmitten all der Körper in diesem Laden wusste er ganz genau, welcher zu ihr gehörte. Sie war drüben an der Theke.

Wahnsinn, dass sie mit einem Kerl fertigwurde, der doppelt so schwer war wie sie, ohne auch nur ins Schwitzen zu geraten. Das war einfach irrsinnig scharf.

Dass sie offenbar nicht sauer war, weil John solche Fantasien über sie hatte, war eine Erleichterung.

Dass sie ihn aufforderte, ihren Namen zu sagen, wenn er kam, war ... so krass, dass er es am liebsten auf der Stelle getan hätte.

Das beantwortete wohl die Frage, ob er mehr auf Sonnenschein oder auf Gewitter stand. Und klärte auch, was er machen würde, sobald er zu Hause war.

9

Weit draußen, jenseits des ausgedehnten Flickenteppichs von Bauernhöfen um Caldwell herum, noch nördlich der kleineren Orte entlang der gewundenen Flanken des Hudson River, etwa drei Stunden vor der kanadischen Grenze, erheben sich die Adirondacks aus der Erde. Majestätisch, an Haupt und Schultern überzogen von Kiefern und Zedern, war die Gebirgskette einst von Gletschern geschaffen worden, die sich von der Grenze zu Alaska nach Süden hin erstreckten, noch bevor das Land Alaska hieß, und bevor es Menschen oder Vampire gab.

Als sich die letzte Eiszeit ins Dunkel der Geschichte zurückzog, füllten sich die tiefen Furchen, die im Boden zurückblieben, mit Schmelzwasser. Über viele Menschengenerationen hinweg wurden den großflächigen geologischen Becken Namen verliehen wie Lage George oder Lake Champlain, Saranac Lake oder Blue Mountain Lake.

Menschen – diese aufdringlichen, parasitischen Karnickel mit ihrem viel zu zahlreichen Nachwuchs – ließen sich am Hudson River nieder, da sie, wie viele andere Tiere auch, die Nähe des Wassers suchten. Jahrhunderte verstrichen, und Städte sprossen aus dem Boden, und die »Zivilisation« wurde errichtet, mit all ihren Eingriffen in die Umwelt.

Die Berge jedoch blieben die Herrscher. Selbst im Zeitalter von Elektrizität und Technologie, Autos und Tourismus bestimmten die Adirondacks die Landschaft dieses nördlichen Abschnitts des Staates New York.

Weswegen es noch immer viele einsame Gegenden inmitten all dieser Wälder gab.

Im nördlichen Verlauf der Interstate 87 – auch bekannt als Northway – lagen die Ausfahrten weiter und weiter auseinander, bis man acht, zehn, zwanzig Kilometer fahren musste, ohne einmal von der Straße abfahren zu können. Und selbst wenn man den Blinker setzte und nach rechts abbog, fand man nicht viel mehr als ein paar Geschäfte, eine Tankstelle und zwei oder drei Häuser.

Menschen konnten sich in den Adirondacks verstecken.

Vampire konnten sich in den Adirondacks verstecken.

Gegen Ende der Nacht, als die Sonne sich bereit für einen großen, imposanten Auftritt machte, wanderte ein Mann allein durch den dichten Wald des Saddleback Mountain, schleppte seinen verdorrten Körper über die Erde, wie er in seinem früheren Leben einen Müllsack geschleppt hätte. Sein Hunger war das Einzige, was ihn vorantrieb, der Urinstinkt nach Blut das Einzige, was ihn im undurchdringlichen Gebüsch auf den Beinen hielt.

Vor ihm, unter verschlungenen Kiefernzweigen stand seine nervöse, ruhelose Beute.

Der Hirsch wusste, dass er verfolgt wurde, aber er konnte nicht sehen, von wem oder was. Er hob den Kopf und schnüffelte, die Ohren wackelten vor und zurück.

Die Nacht war kalt, so weit im Norden und so weit oben auf dem Saddleback Mountain. Da von den Kleidern des Mannes nur mehr Fetzen übrig waren, klapperten seine Zähne, und seine Nagelbetten waren blau gefroren. Doch er hätte auch dann nicht mehr übergezogen, wenn er etwas besessen hätte. Seinen Blutdurst zu stillen war das einzige Zugeständnis an sein Dasein.

Er würde sich nicht das Leben nehmen. Vor langer Zeit hatte er einmal gehört, dass man, wenn man Selbstmord beging, nicht in den Schleier kam, und genau dort musste er am Ende hin. Also verbrachte er seine Tage auf einem schmalen Grat des Leidens, wartete darauf, entweder zu verhungern oder schwer verletzt zu werden.

Das allerdings dauerte verdammt lange. Viel zu lange. Seine Flucht aus seinem alten Leben vor all diesen Monaten hatte ihn rein aus Versehen hierher geführt. Eigentlich hatte er sich an einen anderen, einen noch gefährlicheren Ort versetzen wollen.

Wo der liegen sollte, konnte er sich allerdings nicht mehr erinnern.

Der Umstand, dass seine Feinde sich nicht so weit oben und so tief in den Adirondacks aufhielten, hatte ihn anfangs gerettet, nun frustrierte ihn diese Erkenntnis. Er war zu schwach, sich in der Gegend herum zu dematerialisieren, um nach Vampirjägern zu suchen, und für lange Wanderungen fehlte ihm ebenfalls die Kraft.

Er saß hier in den Bergen fest und wartete darauf, dass der Tod ihn fand.

Tagsüber suchte er in einer Höhle, einer Einkerbung im Granit des Bergs, Zuflucht vor dem Sonnenlicht. Er schlief nicht viel. Hunger und seine Erinnerungen hielten ihn erbarmungslos wach und bei Besinnung.

Vor ihm machte seine Beute zwei Schritte rückwärts.

Er holte tief Luft und zwang sich, seine Kräfte zu sammeln. Wenn er das jetzt nicht tat, dann wäre er für diese Nacht am Ende, und das nicht nur, weil der Himmel im Osten bereits allmählich heller wurde.

Blitzschnell verschwand er und nahm, die Hände um den Hals des Hirsches geschlungen, wieder Gestalt an. Er umklammerte den schlanken Widerrist des Tiers und versenkte seine Fänge in die Halsader, die aus seinem flatternden, vor Schreck rasenden Herzen emporführte.

Er tötete das wunderschöne Tier nicht. Nahm nur genug, um einen weiteren schwarzen Tag zu überstehen und eine weitere, noch schwärzere Nacht anzutreten.

Als er fertig war, breitete er die Arme weit aus und ließ das Geschöpf auf allen vieren in die Flucht springen. Er lauschte dem Knistern im Unterholz und beneidete das Tier um seine Freiheit.

Der Mann fühlte sich etwas gestärkt. In letzter Zeit hielten sich die Energie, die er aufwandte, um sich zu ernähren, und die Kraft, die er dafür bekam, in etwa die Waage. Was bedeutete, dass das Ende nahe sein musste.

Er setzte sich auf den von vermodernden Kiefernnadeln weich gepolsterten Waldboden und blickte durch die Zweige nach oben. Einen Moment lang stellte er sich vor, dass der Nachthimmel nicht dunkel war, sondern weiß, und dass die Sterne über ihm keine kalten Planeten waren, die das Licht zurückwarfen, sondern die Seelen der Toten.

Er stellte sich vor, das da oben wäre der Schleier.

Das tat er häufig, und zwischen den weit verstreuten glitzernden Funken dort oben fand er die beiden, die er als seine eigenen betrachtete, die beiden, die ihm genommen worden waren: zwei Sterne, einer größer und sehr hell leuchtend, der andere kleiner und zaghafter. Sie waren ganz nah beisammen, als suchte der Kleinere davon Schutz bei seiner M –

Das Wort konnte der Mann nicht sagen. Nicht einmal in seinem Kopf. Genau wie er die Namen nicht aussprechen konnte, die er mit diesen Sternen verknüpfte.

Doch das war auch gleichgültig.

Diese beiden gehörten ihm.

Und er wäre bald bei ihnen.

10

Der Wecker neben Phury tickte weiter, so dass die Digitalanzeige ein Zahnstochermuster bildete: elf Uhr elf.

Er prüfte seine Vorräte. Sie gingen allmählich zur Neige, und obwohl er total breit war, bekam er kurz Herzrasen. Er bemühte sich, langsamer zu rauchen, und überschlug im Geiste: Seit ungefähr sieben Stunden bediente er sich jetzt an der offenen Tüte ... wenn man das hochrechnete, dann wäre sie gegen vier Uhr nachmittags leer.

Die Sonne ging um halb acht unter. Vor acht könnte er nicht im *ZeroSum* sein.

Vier Stunden im toten Winkel. Besser gesagt, vier Stunden, in denen er möglicherweise ein bisschen zu klar lebte.

Wenn du willst, sagte der Zauberer, *kann ich dir eine Gutenachtgeschichte erzählen. Ich kenne eine ganz großartige. Es geht um einen Mann, der sich seinen Alkoholikervater zum Vorbild nimmt. Liegt am Ende tot in einer Sackgasse. Wird von niemandem betrauert. Ein Klassiker, quasi Shakespearisch.*

Oder kennst du die schon?

Phury drehte »Donna non vidi mai« lauter auf. Während der Tenor sich nach Puccinis Notierung immer weiter in die Höhe schwang, musste er an Zs Gesang denken. Was für eine Stimme sein Bruder doch hatte. Wie eine Kirchenorgel reichte sie von trillernden Höhen bis zu Bässen, so tief, dass sie einem das Knochenmark in ein Trommelfell verwandelten; und wenn er eine Melodie nur einmal hörte, konnte er sie perfekt nachsingen. Woraufhin er dem Lied seine eigene Note verlieh oder sich etwas völlig Neues ausdachte. Er hatte alles drauf: Oper, Blues, Jazz, altmodischen Rock and Roll. Er war sein eigener Radiosender.

Und immer führte er die Gesänge im Tempel der Bruderschaft an. Schwer vorstellbar, dass Phury diese Stimme niemals wieder in der heiligen Grotte vernehmen würde.

Oder auch im Haus, wenn er es mal recht bedachte. Es war Monate her, seit Z zuletzt gesungen hatte, wahrscheinlich weil die Sorge um Bella ihn nicht gerade in Frank-Sinatra-Stimmung versetzte. Es war auch nicht absehbar, ob er seine Stegreifkonzerte jemals wieder aufnehmen würde.

Das würde von Bellas Schicksal abhängen.

Phury nahm noch einen Zug von seinem Joint. Gott, er wollte sie besuchen. Wollte sich vergewissern, dass es ihr gut ging. Sich mit eigenen Augen zu überzeugen, war einfach etwas völlig anderes, als diese Überdosis »keine Neuigkeiten sind gute Neuigkeiten«.

Aber er war nicht in Besuchsform, und das nicht nur, weil er total stoned war. Er tastete nach den Überresten der Verletzung an seinem Hals. Er heilte zwar schnell, aber so schnell auch wieder nicht, und Bellas Augen waren scharf. Kein Grund, sie zu beunruhigen.

Außerdem wäre Z bei ihr, und nach dem ganzen Vorfall in der Sackgasse wäre ihm eine frontale Begegnung mit seinem Zwilling momentan deutlich zu heftig.

Ein rasselndes Geräusch schreckte ihn auf.

Drüben auf dem Sekretär vibrierte das Primalsamulett. Dieser uralte goldene Talisman funktionierte wie ein Pieper. Er sah zu, wie er auf dem Holz herumhüpfte, im Kreis tanzte, als suchte er unter den silbernen Pinseln, neben denen er lag, nach einem Partner.

Auf gar keinen Fall würde er jetzt auf die Andere Seite gehen. Das kam nicht in Frage. Per Fußtritt aus der Bruderschaft befördert zu werden, reichte ihm für einen Tag.

Er drückte seinen Joint aus, stand auf und ging aus dem Zimmer. Draußen im Flur warf er aus Gewohnheit einen Blick auf Cormias Tür. Sie war leicht geöffnet, was sonst nie vorkam. Von drinnen hörte er ein leise klatschendes Geräusch.

Er klopfte an den Türrahmen. »Cormia? Alles in Ordnung bei dir?«

»O! Ja ... ja, danke.« Ihre Stimme klang gedämpft.

Da sie weiter nichts sagte, beugte er sich ins Zimmer. »Deine Tür steht offen.« Eins a beobachtet, Einstein. »Soll ich sie schließen?«

»Ich wollte sie eigentlich nicht offen lassen.«

Ihm fiel ihre Begegnung mit John Matthew ein, deshalb fragte er: »Stört es dich, wenn ich hereinkomme?«

»Aber nein, bitte.« Er schob die Tür weiter auf –

O – wow! Cormia saß im Schneidersitz auf ihrem Bett und flocht ihr noch feuchtes Haar. Neben ihr lag ein Handtuch, was das klatschende Geräusch erklärte, und ihre Robe ... ihre Robe war am Hals zu einem tiefen V geöffnet, die sanften Rundungen ihrer Brüste liefen Gefahr, gänzlich entblößt zu werden.

Was für eine Farbe wohl ihre Brustwarzen hatten?

Rasch drehte er den Kopf weg. Nur, um eine einzelne lavendelfarbene Rose in einer Kristallvase auf dem Nachttisch zu entdecken.

Ohne vernünftigen Grund zog sich sein Brustkorb zusammen, er runzelte die Stirn. »Habt ihr euch gut unterhalten, du und John?«

»Ja, das haben wir. Er war ganz reizend.«

»Ach ja?«

Cormia nickte, während sie sich ein weißes Seidenband um die Haare wand. Im schwachen Schein der Lampe leuchtete der dicke Zopf beinahe golden, und es gefiel ihm überhaupt nicht dass sie ihn kreisförmig im Nacken zusammenrollte. Er hätte ihn lieber noch länger betrachtet, musste sich aber mit den vereinzelten Strähnen trösten, die sich bereits um ihr Gesicht herum lösten.

Was für ein Bild sie abgab, dachte er. Er wünschte, er hätte Papier und Feder bei sich.

Seltsam ... sie sah verändert aus, fand er. Andererseits lag es vielleicht daran, dass sie Farbe in den Wangen hatte. »Was habt ihr denn gemacht?«

»Ich bin draußen herum gerannt.«

Phurys Stirnrunzeln vertiefte sich. »Weil dich etwas erschreckt hat?«

»Nein, weil ich durfte.«

Kurz blitzte vor seinem geistigen Auge ein Bild auf, in dem sie mit wehenden Haaren über das Gras im Garten lief. »Und was hat John gemacht?«

»Er hat zugesehen.«

So, so, hat er das.

Bevor Phury etwas sagen konnte, fuhr sie fort: »Ihr hattet Recht, er ist sehr freundlich. Heute Abend wird er mir einen Kinofilm zeigen.«

»Ach ja?«

»Er hat mir beigebracht, wie man den Fernseher benutzt. Und seht, was er mir geschenkt hat.« Sie streckte ihr Handgelenk aus. Darum lag ein Armband aus lavendelfarbenen

Perlen und Silbergliedern. »So etwas habe ich noch nie besessen. Ich hatte immer nur meine Auserwählten-Perle.«

Als sie den schillernden Tropfen an ihrem Hals berührte, verengte er die Augen. Ihr Blick war arglos, so rein und schön wie die Rosenknospe dort auf dem Nachttisch.

Johns Aufmerksamkeiten machten Phury nur umso deutlicher, wie er sie vernachlässigt hatte.

»Verzeiht«, sagte sie still. »Ich werde das Armband abnehmen –«

»Nein. Es steht dir. Wundervoll.«

»Er sagte, es sei ein Geschenk«, murmelte sie. »Ich würde es gerne behalten.«

»Und das sollst du auch.« Phury atmete tief ein und sah sich im Zimmer um. Sein Blick blieb an einer komplexen Konstruktion aus Zahnstochern und … Erbsen hängen. Erbsen? »Was ist das?«

»Ach … das.« Sie stand rasch auf und lief hinüber, als wollte sie, was auch immer das sein mochte, abschirmen.

»Was ist es denn?«

»Es ist, was in meinem Kopf ist.« Sie drehte sich zu ihm um. Wandte sich wieder ab. »Einfach nur etwas, das ich angefangen habe.«

Phury trat auf sie zu und kniete sich neben ihr auf den Boden. Vorsichtig strich er mit dem Finger über einige der Bausteine. »Das ist fantastisch. Es sieht aus wie der Rohbau eines Hauses.«

»Gefällt es Euch?« Sie ging ebenfalls auf die Knie. »Das habe ich mir ausgedacht.«

»Ich liebe Kunst und Architektur. Und das hier … die Konturen sind großartig.«

Sie legte den Kopf schief, als sie ihre Konstruktion betrachtete, und er musste lächeln. Genau so machte er es immer mit seinen Zeichnungen.

Einem Impuls folgend sagte er: »Möchtest du gern mal in den Flur mit den Statuen gehen? Ich wollte gerade ein bisschen herumspazieren. Er liegt hinter dem Treppenabsatz.«

Als sie den Blick zu ihm hob, lag darin ein Wissen, das ihn verblüffte.

Vielleicht sah sie selbst gar nicht verändert aus, stellte er fest. Sondern sie sah ihn anders an.

Mist, möglicherweise mochte sie John wirklich. Im Sinne von *er gefiel ihr*. Das würde die ganze Angelegenheit erst recht kompliziert machen.

»Ich würde gern mit Euch gehen«, sagte sie. »Ich würde mir gern die Kunst ansehen.«

»Gut. Das ist ... gut. Dann los.« Er stand auf und streckte ihr ohne ersichtlichen Grund die Hand entgegen.

Nach kurzem Zögern legte sie die ihre hinein. Als sie einander festhielten, wurde ihm bewusst, dass sie seit jenem bizarren Morgen in seinem Bett keinerlei physischen Kontakt mehr gehabt hatten ... damals, als er den erotischen Traum gehabt und sich beim Aufwachen mit seinem harten Körper halb auf ihr wiedergefunden hatte.

»Gehen wir«, murmelte er. Und führte sie zur Tür.

Als sie in den Korridor traten, konnte Cormia nicht fassen, dass ihre Hand in der des Primals lag. Nachdem sie sich so lange gewünscht hatte, etwas Zeit mit ihm allein zu verbringen, kam es ihr vor wie ein Traum, dass sie einander jetzt sogar richtig berührten.

Als sie den Weg einschlugen, den sie schon allein gegangen war, ließ er ihre Hand los, blieb aber ganz nah bei ihr. Sein Humpeln war kaum zu bemerken, lediglich ein zarter Schatten über seinem eleganten Gang; und wie immer war er schöner als jeder Kunstgegenstand, den sie je erblicken könnte.

Doch sie sorgte sich um ihn, und das nicht nur wegen dessen, was sie belauscht hatte.

Die Kleider, die er trug, waren nicht die gleichen, die er sonst zu den Mahlzeiten trug. In dieser Lederhose und dem schwarzen Hemd hatte er gekämpft, und sie wiesen Flecken auf.

Blut, dachte sie. Seines und das ihrer Feinde.

Das war aber nicht das Schlimmste. Um den Hals herum verlief ein verblassender Striemen, als wäre die Haut dort verletzt worden, und er hatte auch Blutergüsse auf den Handrücken und seitlich auf dem Gesicht.

Sie dachte an das, was der König über ihn gesagt hatte. *Eine Gefahr für sich selbst und für andere.*

»Mein Bruder Darius war ein Kunstsammler«, erzählte der Primal, als sie an Wraths Arbeitszimmer vorbeiliefen. »Wie alles andere in diesem Haus gehörten diese Statuen ihm. Jetzt gehören sie Beth und John.«

»John ist der Sohn des Darius, Sohn des Marklon?«

»Ja.«

»Ich habe von Darius gelesen.« Und von Beth, der Königin, die seine Tochter war. Doch von John Matthew hatte dort nichts gestanden. Merkwürdig ... als Sohn eines Kriegers hätte er vorne auf der ersten Seite bei den anderen Nachkommen aufgezeichnet sein müssen.

»Du hast Darius' Lebensbeschreibung gelesen?«

»Ja.« Damals hatte sie mehr über Vishous zu erfahren gewünscht, den Bruder, dem sie ursprünglich versprochen gewesen war. Hätte sie gewusst, wer am Ende Primal würde, dann hätte sie in den Reihen roter Ledereinbände nach Phury, Sohn des Ahgony gesucht.

Am Beginn des Flurs mit den Statuen verharrte der Primal. »Was tut ihr, wenn ein Bruder stirbt?«, fragte er. »Ich meine, mit seinen Büchern?«

»Eine der Schreiberinnen kennzeichnet alle leeren Seiten mit einem schwarzen *Chrih*-Symbol, und das Datum wird auf der ersten Seite des ersten Bandes vermerkt. Es gibt auch Zeremonien. Wir hielten sie für Darius ab, doch was … Tohrment, Sohn des Hharm, betrifft, so warten wir noch ab.«

Der Primal nickte einmal und ging voran, als wäre das alles von keiner besonderen Bedeutung.

»Warum fragt Ihr?«, wollte Cormia wissen.

Er antwortete nicht. »Diese Skulpturen stammen alle aus der griechisch-römischen Epoche.«

Cormia zog den Kragen ihrer Robe am Hals enger zusammen. »Aha.«

An den ersten vier Statuen, einschließlich der gänzlich nackten, lief der Primal – der Jungfrau sei Dank – vorbei, blieb dann allerdings vor der mit den fehlenden Gliedmaßen stehen. »Sie sind ein wenig lädiert, aber wenn man bedenkt, dass sie über zweitausend Jahre alt sind, ist es ein Wunder, dass überhaupt noch etwas davon da ist. Äh … ich hoffe, die Nacktheit ist dir nicht unangenehm?«

»Nein.« Aber sie war froh, dass er nicht wusste, wie sie den Unbekleideten berührt hatte. »Ich finde sie wunderschön, gleich, ob sie bedeckt sind oder nicht. Und es macht mir nichts aus, dass sie unvollkommen sind.«

»Sie erinnern mich an den Ort, an dem ich aufwuchs.«

Sie wartete, aufs Äußerste begierig auf die Fortsetzung seines Gedankens. »Warum?«

»Wir hatten dort auch Plastiken.« Er zog die Brauen zusammen. »Allerdings waren sie von Ranken überwuchert. Der gesamte Garten war das. Überall gab es Kletterpflanzen.«

Der Primal nahm seinen Weg wieder auf.

»Wo seid Ihr aufgewachsen?«, fragte sie.

»Im Alten Land.«

»Sind Eure Eltern –«

»Diese Statuen wurden in den Vierzigern und Fünfzigern erworben. Darius hatte damals eine dreidimensionale Phase, und da er moderne Kunst schon immer hasste, hat er diese hier gekauft.«

Als sie das Ende des Korridors erreichten, blieb er vor einer Tür stehen und starrte sie an. »Ich bin müde.«

Bella war in diesem Raum, dachte Cormia. Man konnte es in seiner Miene lesen. »Habt Ihr schon gegessen?«, fragte sie. Es wäre schön, ihn in die entgegengesetzte Richtung lenken zu können.

»Weiß ich nicht mehr.« Er betrachtete seine Füße, die in schweren Stiefeln steckten. »Gütiger .... Ich habe mich ja gar nicht umgezogen?« Seine Stimme klang eigenartig hohl, als hätte ihn diese Erkenntnis völlig ausgelaugt. »Ich hätte mich umziehen sollen.«

Reich ihm die Hand, sagte sie sich. *Reich ihm die Hand, wie er es vorhin tat.*

»Ich sollte mich wirklich umziehen«, sagte der Primal still. »Ich muss mich umziehen.«

Cormia holte tief Luft, streckte den Arm aus und umschloss seine Hand. Sie war kalt. Beunruhigend kalt.

»Lasst uns zurück in Euer Zimmer gehen«, sagte sie zu ihm. »Gehen wir zurück.«

Er nickte, rührte sich aber nicht, und ehe sie sich versah, zog sie ihn hinter sich her. Seinen Körper zumindest. Sie konnte spüren, dass sein Geist an einem anderen Ort war.

Sie brachte ihn in sein Zimmer, in die engen Marmorgrenzen des Baderaums, und als sie dort anhielt, blieb er stehen, wo sie ihn hinstellte, vor den beiden Waschbecken und dem breiten Spiegel. Während sie die Sprühkammer betätigte, die man hier Dusche nannte, wartete er weniger geduldig als traumverloren.

Als sich das Wasser auf ihrer Hand warm genug anfühlte,

wandte sie sich wieder an den Primal. »Euer Gnaden, alles ist bereit für Euch. Ihr könnt Euch jetzt waschen.«

Seine gelben Augen starrten geradeaus in den Spiegel, doch er schien das Bild seines schönen Gesichts darin nicht zu erkennen. Es war, als begegnete ihm ein Fremder darin – ein Fremder, dem er nicht traute, und für den er keine Sympathien empfand.

»Euer Gnaden?« Seine Stille war verstörend, und hätte er nicht aufrecht gestanden, dann hätte sie sich rasch überzeugt, dass sein Herz noch schlug. »Euer Gnaden, die Dusche.«

Du kannst das tun, redete sie sich gut zu.

»Darf ich Euch auskleiden, Euer Gnaden?«

Nachdem sie ein kaum sichtbares Nicken wahrgenommen hatte, trat sie vor ihn und hob zögerlich die Hände an die Knöpfe seines Hemds. Einen nach dem anderen öffnete sie sie, Schritt für Schritt fiel der schwarze Stoff zur Seite und enthüllte seine breite Brust. Als sie an seinem Nabel anlangte, zupfte sie das Hemd aus der Lederhose und fuhr fort. Die ganze Zeit über regte er sich nicht, wehrte sich auch nicht. Sein Blick blieb auf den Spiegel geheftet, selbst als sie das Hemd über seine Schultern zog.

Er war prachtvoll anzusehen im schwachen Licht des Badezimmers, er stellte die Statuen allesamt in den Schatten. Sein Brustkorb und seine Schultern waren gewaltig. Die Narbe über dem linken Brustmuskel sah aus, als wäre sie in die ansonsten glatte, unbehaarte Haut eingraviert, und sie wollte diese Stelle berühren, wollte die Umrisse mit den Fingern nachzeichnen. Sie wollte ihre Lippen auf diesen Fleck pressen, dachte sie, auf sein Herz pressen. Auf das im Fleisch verewigte Emblem der Bruderschaft.

Sie legte sein Hemd über den Rand der tiefen Wanne und wartete darauf, dass der Primal den Rest des Auskleidens selbst übernahm. Er tat nichts dergleichen.

»Soll ich ... Eure Beinkleider entfernen?«
Er nickte.

Ihre Finger zitterten, als sie die Gürtelschnalle öffnete, dann den Knopf an der Lederhose aufknüpfte. Sein Körper schwankte vor und zurück unter ihren Handgriffen, doch nicht stark; sie war erstaunt, wie unverrückbar er stand.

Allergütigste Jungfrau der Schrift, er roch einfach herrlich.

Der Kupferreißverschluss wanderte langsam nach unten, und wegen des Winkels, in dem sie hantierte, musste sie die beiden Hälften des Hosenbundes zusammenhalten. Als sie losließ, platzte die Vorderseite auf. Unter dem Leder trug er eine enge Lendenhülle, was sie erleichterte.

Mehr oder weniger.

Beim Anblick der Wölbung seines Geschlechts musste sie heftig schlucken.

Schon wollte sie fragen, ob sie fortfahren sollte, als sie aufblickte und erkannte, dass er weit fort war. Entweder, sie machte weiter, oder er würde halb angezogen unter den Wasserstrahl steigen.

Als sie das Leder über die Oberschenkel auf die Knie herabzog, blieb ihr Blick an dem männlichen Fleisch hängen, das in die weiche Baumwolle gebettet lag. Sie erinnerte sich daran, wie es sich angefühlt hatte, als er sich im Schlaf an ihren Körper gedrängt hatte. Damals hatte sie es als viel größer empfunden, als es nun aussah, und es hatte steif in ihre Hüfte gedrückt. Das also musste die Veränderung der Erregung sein. Der strenge Vortrag der früheren Directrix hatte in allen Einzelten beschrieben, was geschah, wenn ein Mann bereit für Sex wurde.

Sie hatte auch in allen Einzelheiten beschrieben, welchen Schmerz Frauen durch das harte Glied erleiden mussten.

Mit Gewalt schob sie diese Gedanken von sich fort, sank

auf die Knie, um die Hose ganz herunterzuziehen, und stellte fest, dass sie die Stiefel besser zuerst abgestreift hätte. Sich mühsam durch die Lederfalten um seine Knöchel kämpfend, gelang es ihr, einen Stiefel auszuziehen, indem sie sich gegen sein Bein stemmte und ihn zwang, sein Gewicht zu verlagern. Dann wandte sie sich der anderen Seite zu ... und sah sich vor dem Bein, das nicht echt war.

Ohne einen Moment zu zögern, machte sie weiter. Sein Gebrechen hatte für sie keinerlei Bedeutung, obwohl sie allzu gern erfahren hätte, wodurch er sich so schwer verletzt hatte. Es musste im Kampf geschehen sein. Ein solches Opfer für sein Volk zu bringen ...

Die Lederhose wurde auf dieselbe Art und Weise entfernt wie die Stiefel: unter umständlichem Ziehen, das der Primal überhaupt nicht wahrzunehmen schien. Er stand einfach auf jeweils dem Fuß, den sie ihm zugestand, angewurzelt wie eine Eiche. Als sie schließlich den Blick wieder hob, waren nur noch zwei Bekleidungsstücke übrig: die Lendenhülle, auf deren Bund die Worte *Calvin Klein* prangten, und die Stangen sowie der Fuß aus Metall, die die Lücke zwischen seinem rechten Knie und dem Fußboden schlossen.

Sie ging zu der Sprühkammer und öffnete die Tür. »Euer Gnaden, das warme Wasser ist bereit für Euch.«

Sein Kopf wirbelte herum. »Danke.«

Mit einer raschen Bewegung zog er die Lendenhülle herunter und kam auf sie zu. Nackt.

Cormia stockte der Atem. Sein gewaltiges Geschlecht hing weich und lang herunter, der runde Kopf schwang hin und her.

»Bleibst du hier, während ich dusche?«, fragte er.

»Wa ... äh, wenn Ihr das wünscht?«

»Ja.«

»Dann ... ja, dann bleibe ich.«

11

Der Primal verschwand hinter dem Glas, und Cormia sah ihm zu, wie er sich unter den Wasserstrahl stellte. Sein herrliches Haar wurde vom Wasser an den Kopf gedrückt. Mit einem Aufstöhnen drückte er den Rücken durch und hob die Hände an den Kopf, wodurch sein Körper einen anmutigen, kraftvollen Bogen beschrieb, während das Wasser ihm durchs Haar und über die Brust floss.

Cormia biss sich auf die Unterlippe, als er seitlich nach einer Flasche griff. Es gab ein schmatzendes Geräusch, als er sie über seiner Handfläche einmal … zweimal zusammendrückte. Dann stellte er sie zurück auf ihren Platz und begann, sein Haar zu kneten. Schaumflocken rannen ihm über die Unterarme und tropften von den Ellbogen auf die Fliesen zu seinen Füßen. Der aufsteigende, würzige Duft erinnerte sie an die Luft draußen im Freien. Da sie sich auf ihre Knie plötzlich nicht mehr verlassen konnte und ihre Haut sich so warm anfühlte wie das Wasser, unter dem er stand, setzte Cormia sich auf die Kante der Marmorwanne.

Der Primal nahm ein Stück Seife, rieb es zwischen den Händen und wusch sich Arme und Schultern. Der Geruch sagte ihr, dass es die gleiche Seife war, die sie selbst benutzte, und ihr Duft vermischte sich aufs Angenehmste mit dem, womit er sich das Haar wusch.

Zu ihrem Leidwesen regte sich in ihrem Inneren Eifersucht auf den Schaum, der ihm über den Oberkörper und die Hüften und die schweren, glatten Oberschenkel floss, und sie überlegte, ob er ihr wohl gestattet hätte, sich zu ihm zu gesellen. Es war nicht zu erraten. Im Gegensatz zu einigen ihrer Schwestern konnte sie nicht die Gedanken anderer lesen. Doch wahrlich: Konnte sie sich vorstellen, dort unter dem warmen Strahl vor ihm zu stehen, ihre Hände auf seiner Haut liegend ...?

Ja. O ja, das konnte sie.

Die Hände des Primals wanderten tiefer, auf Brust und Bauch. Dann hob er das, was zwischen seinen Schenkeln war, hoch und wischte darüber und darunter. Wie bei allem, was er tat, waren seine Handgriff enttäuschend sparsam.

Es war eine seltsame Qual, ein angenehmer Schmerz, ihn in diesem sehr persönlichen Moment zu beobachten. Sie wünschte, es würde nie enden, wusste jedoch, dass sie sich mit ihren Erinnerungen würde begnügen müssen.

Als er das Wasser abstellte und herauskam, reichte sie ihm so schnell sie nur konnte ein Handtuch, um dieses schwere, baumelnde Stück männlichen Fleischs vor ihren Augen zu verbergen.

Seine Muskeln unter der goldenen Haut strafften sich und dehnten sich dann wieder, während er sich abtrocknete. Nachdem er sich das Handtuch um die Hüften gewickelt hatte, zog er ein weiteres heraus und rubbelte sich die dichten, feuchten Haare ab. Das Klatschen des Frotteestoffs kam ihr in dem marmornen Raum sehr laut vor.

Oder vielleicht war das auch das Hämmern ihres Herzens.

Sein Haar war zerzaust, als er fertig war, doch er schien es nicht zu bemerken. Er sah sie an. »Ich sollte jetzt ins Bett gehen. Ich muss vier Stunden überbrücken, und vielleicht kann ich sie jetzt einfach hinter mich bringen.«

Sie wusste nicht, was er meinte, nickte aber. »Gut, aber Euer Haar …«

Er tastete danach, als merke er jetzt erst, dass es an seinem Kopf befestigt war.

»Soll ich es für Euch bürsten?«, fragte sie.

Ein eigenartiger Ausdruck flog über seine Miene. »Wenn du möchtest. Jemand … jemand sagte mal zu mir, ich sei zu grob damit.«

Bella, dachte sie. Bella hatte ihm das gesagt.

Woher sie das wusste, war ihr nicht ganz klar, aber sie war sich absolut sicher –

Ach, wem wollte sie etwas vormachen? In seiner Stimme lag Schmerz. Daher wusste sie es. Es klang dasselbe Sehnen daraus, das in seinen Augen lag, wenn er ihr im Speisezimmer gegenübersaß.

Und auch wenn es ihr selbst engherzig vorkam – Cormia wollte seine Haare bürsten, um Bella durch sich selbst zu ersetzen.

Diese Eifersucht war bedenklich, aber sie kam nicht dagegen an.

Der Primal gab ihr eine Bürste, und obgleich sie eigentlich gedacht hatte, er würde sich auf die Kante der Wanne setzen, ging er hinaus und ließ sich auf der Chaiselongue neben dem Bett nieder. Dann legte er die Hände auf die Knie, senkte den Kopf und wartete auf sie.

Während sie auf ihn zuging, dachte sie an die ungezählten Male, die sie das Haar ihrer Schwestern gekämmt hatte.

Dennoch war die Bürste in ihrer Hand mit all ihren Borsten nun ein Werkzeug, das ihr plötzlich fremd war.

»Sagt mir, wenn es wehtut«, bat sie.

»Das wird es nicht.« Er nahm ein Gerät in die Hand, drückte einen Knopf und die Musik, die immer aus seinem Zimmer erklang, die Oper, ertönte.

»Wie schön«, sagte sie und ließ den Klang der Männerstimme in sich hineinsickern. »Was ist das für eine Sprache?«

»Italienisch. Das ist Puccini. Ein Liebeslied. Es geht um einen Mann, einen Dichter, der einer Frau begegnet, deren Augen ihm den einzigen Reichtum stehlen, den er besitzt ... Ein Blick in ihre Augen, und sie raubt ihm seine Träume und Visionen und Luftschlösser und ersetzt sie durch Hoffnung. Jetzt gerade erklärt er ihr, wer er ist ... und am Ende des Solos wird er sie fragen, wer sie ist.«

»Wie heißt dieses Lied?«

»›Che Gelida Manina‹.«

»Ihr hört es oft, nicht wahr?«

»Es ist meine absolute Lieblingsarie. Zsadist ...«

»Was ist mit Bruder Zsadist?«

»Nichts.« Er schüttelte den Kopf. »Nichts.«

Zur immer lauter anschwellenden Stimme des Tenors breitete sie seine Haare über den Schultern aus und begann ihr Werk. Mit vorsichtigen, sanften Strichen bürstete sie die dichten Strähnen. Das knisternde Geräusch der Borsten gesellte sich zu den Klängen der Oper, und es musste den Primal wohl getröstet haben, denn sein Brustkorb dehnte sich in einem tiefen, langen Atemzug aus.

Selbst, als alle Strähnen entwirrt waren, kämmte sie weiter, folgte mit der freien Hand glättend dem Strich der Bürste. Je trockener sein Haar wurde, desto stärker kamen die Farben zum Vorschein und desto dicker wurde es; sobald die Borsten sie freigaben, sprangen die Wellen wieder in ihre Form und seine gewohnte Mähne trat zutage.

Sie konnte nicht ewig weitermachen. Wie schade. »Ich glaube, ich bin fertig.«

»Du hast vorne noch nicht gekämmt.«

Genau genommen schon, größtenteils zumindest. »Ist gut.«

Sie trat vor ihn. Die Art, wie er seine Oberschenkel weit öffnete, als wollte er, dass sie sich dazwischen stellte, war nicht zu übersehen.

Also machte sie einen Schritt nach vorn in den Raum, den er für sie zwischen seinen Beinen geschaffen hatte. Seine Augen waren geschlossen, die goldenen Wimpern lagen auf seinen hohen Wangenknochen, die Lippen waren leicht geöffnet. Auffordernd hob er den Kopf leicht – dieselbe Art von Einladung, die sein Mund und seine Knie aussprachen.

Sie nahm sie an.

Erneut zog sie die Bürste durch sein Haar, und mit jedem Strich spannten sich seine Halsmuskeln an, um seinen Kopf still zu halten.

Cormias Fänge schossen aus ihrem Gaumen.

Im selben Augenblick schnellten seine Augenlider hoch. Leuchtendes Gelb begegnete ihrem Blick.

»Du hast Hunger«, stellte er mit seltsam kehligem Ton fest.

Sie ließ die Hand mit der Bürste sinken. Ihre Stimme war weg, sie konnte nur nicken. Im Heiligtum brauchten die Auserwählten sich nicht zu nähren; hier allerdings verlangte ihr Körper nach Blut. Was auch der Grund für ihre Lethargie war.

»Warum hast du mir nicht längst Bescheid gesagt?« Er neigte den Kopf. »Falls es daran liegt, dass du mich nicht benutzen willst, dann ist das in Ordnung. Wir können jemand anderen für dich finden.«

»Warum ... warum sollte ich Euch nicht wollen?«

Er tippte sich auf die Prothese. »Ich bin nicht vollständig.«

Das war wahr, dachte sie traurig. Er war nicht vollständig, wobei das nichts mit dem fehlenden Unterschenkel zu tun hatte.

»Ich wollte mich nicht aufdrängen«, gab sie zurück. »Das ist der einzige Grund. In meinen Augen seid Ihr mit oder ohne unteres Bein wohlgestalt.«

Überraschung zeichnete sich auf seiner Miene ab, und dann vernahm sie ein seltsames Geräusch ... ein Schnurren. »Du drängst dich nicht auf. Wenn du an meine Ader möchtest, dann lasse ich sie dir gern.«

Sie rührte sich nicht, der Blick in seinen Augen und die Veränderung seiner Gesichtszüge zu einem Ausdruck, den sie noch nie zuvor bei jemandem erblickt hatte, bannten sie.

Sie wollte ihn, dachte sie. Unbedingt.

»Geh auf die Knie«, verlangte er mit dunkler Stimme.

Die Bürste fiel ihr aus der Hand, als Cormia auf die Knie sank. Ohne ein Wort neigte sich der Primal ihr entgegen, seine massigen Arme umschlossen sie. Er zog sie nicht an sich. Er löste ihr Haar zur Gänze, den Knoten und auch den Zopf.

Mit einem Knurren breitete er ihr Haar um ihre Schultern aus. Sie merkte, dass er zitterte. Da umfasste er ohne Vorwarnung ihren Nacken und zog sie an seinen Hals.

»Nimm von mir«, verlangte er.

Cormia zischte wie eine Kobra, und ehe sie wusste, was sie tat, schlug sie ihre Fänge in seine Halsader. Er stieß einen bellenden Fluch aus und sein gesamter Körper zuckte.

Heilige Mutter der Worte ... Sein Blut war wie Feuer, zuerst in ihrem Mund, dann weiter unten in ihrem Inneren; eine allmächtige Woge, die sie erfüllte, ihr eine Kraft verlieh, die sie nie zuvor gekannt hatte.

»Fester«, stieß er hervor. »Saug an mir …«

Sie schob ihre Arme unter seinen hindurch, grub die Nägel in seinen Rücken und trank in großen Zügen. Ihr wurde schwindlig – nein, Moment, er schob sie rückwärts, legte sie auf den Boden. Sie kümmerte sich nicht darum, was er mit ihr machte oder wo sie zu liegen kamen, denn sein Geschmack war überwältigend und ließ keinen Raum für andere Empfindungen. Alles, was zählte, war die Quelle seines Lebens, dort auf ihren Lippen und in ihrer Kehle und ihrem Bauch; mehr brauchte sie nicht zu wissen.

Die Robe … die Robe wurde auf die Hüften hochgeschoben. Die Schenkel … teilten sich … dieses Mal waren es ihre Schenkel, die von seinen Händen geteilt wurden.

Ja.

Phurys Gehirn war irgendwo weit weg, außer Reichweite seines Körpers, nicht mehr in Sicht. Er bestand nur noch aus Instinkten. Seine Partnerin nährte sich, sein Schwanz stand kurz davor, zu kommen, seine einzige Bestrebung war, in sie einzudringen, bevor es geschah.

Alles an ihr, alles an ihm selbst, war plötzlich anders. Und drängend.

Er musste unbedingt auf jede erdenkliche Weise in ihr sein – nicht nur so vorübergehend wie beim Sex. Er musste etwas von sich zurücklassen, musste sie gründlich kennzeichnen, musste sein Blut und seinen Samen in ihr lassen und das Ganze morgen wiederholen und übermorgen und den Tag darauf. Er musste sich überall auf ihr verewigen, damit jedes Arschloch auf dem gesamten Planeten wusste, mit wem er sich anlegte, sollte er sich ihr auch nur nähern.

Mein.

Phury zerrte die Robe von ihrem Geschlecht und – o ja, da war es. Er konnte die aufsteigende Hitze spüren und …

Er stöhnte laut. Sie war feucht, wallte auf, floss über.

Wäre es irgendwie möglich gewesen, den Kopf zwischen ihre Beine zu stecken, ohne zu unterbrechen, dass sie an seinem Hals trank, hätte er es unverzüglich getan. So musste er sich damit begnügen, sich die Hand in den Mund zu stecken und daran zu saugen …

Phury erschauerte bei dem Geschmack, er leckte und nuckelte an seinen Fingern, während seine Hüften nach vorn stießen und die Spitze seines Schwanzes den Eingang zu ihrer Mitte fand.

Gerade, als er weiter vordrängte und spürte, wie ihr Fleisch seines bereitwillig in sich aufnahm … ging dieses verfluchte, beschissene Amulett auf dem Sekretär neben ihnen los. So laut wie ein Feueralarm.

Ignorieren, ignorieren, ignorieren –

Cormias Lippen lösten sich von seiner Kehle, ihr Blick – benommen von Blutlust und Sex – hob sich dem Rasseln entgegen. »Was ist das?«

»Nichts.«

Das Gerät schüttelte sich noch heftiger, als protestierte es. Oder triumphierte, dass es den Augenblick ruiniert hatte. Vielleicht steckte es mit dem Zauberer unter einer Decke.

Gern geschehen, sang der Zauberer.

Phury rollte sich von Cormia herunter und deckte sie zu. Unter schmutzigen, gemeinen Flüchen schob er sich rückwärts, bis er an seinem Bett lehnte, und stützte den Kopf in die Hände.

Beide keuchten sie, während der goldene Anhänger zwischen seinen Malutensilien herumhüpfte.

Der Klang erinnerte ihn daran, dass es zwischen ihm und

Cormia keine Intimität gab. Sie waren eingehüllt vom Mantel der Tradition und der Umstände, und alles, was sie taten, zog Folgen nach sich, die größer waren als das Nähren und der Sex zwischen einem Mann und einer Frau.

Cormia erhob sich, als wüsste sie genau, woran er dachte. »Ich danke Euch für das Geschenk Eurer Ader.«

Es gab nichts, was er darauf erwidern konnte. Seine Kehle war zu voll von Ernüchterung und Flüchen.

Als die Tür hinter ihr ins Schloss fiel, wusste er exakt, warum er aufgehört hatte, und es hatte nichts mit dem Amulett zu tun. Wenn er gewollt hätte, dann hätte er weitermachen können.

Doch die Sache war die: Wenn er mit ihr schlief, dann musste er mit allen schlafen.

Er tastete auf seinem Nachttisch nach einem Joint und zündete ihn an.

Wenn er mit Cormia schlief, dann gab es kein Zurück mehr. Er musste vierzig Bellas schaffen ... musste vierzig Auserwählte schwängern und sie auf Gedeih und Verderb dem Kindbett ausliefern.

Er musste ihnen allen Liebhaber, ihnen allen der Vater ihrer Kinder und Bewahrer ihrer Traditionen sein – und das, wo er doch das Gefühl hatte, schon mit sich allein überfordert zu sein und kaum seine Tage und Nächte zu überstehen.

Phury starrte die glühende Spitze seiner Selbstgedrehten an. Es war ein Schock, sich einzugestehen, dass er Cormia tatsächlich genommen hätte, wenn es nur um sie allein gegangen wäre. So sehr begehrte er sie.

Er runzelte die Stirn. Gütiger ... er hatte sie von Anfang an begehrt, nicht wahr?

Aber es war mehr als das.

Er dachte daran, wie sie ihm das Haar gekämmt hatte,

und stellte verblüfft fest, dass es ihr in diesen Augenblicken tatsächlich gelungen war, ihn zu beruhigen – und nicht nur durch die Bürstenstriche. Ihre bloße Anwesenheit tat ihm wohl, von ihrem Jasminduft über ihre fließenden Bewegungen bis hin zum weichen Klang ihrer Stimme.

Niemand, nicht einmal Bella, konnte ihn besänftigen. Konnte die Anspannung in seinem Brustkorb lösen. Gestattete ihm, tief durchzuatmen.

Cormia schon.

Cormia schaffte das.

Was bedeutete, dass er sich auf ungefähr jeder Ebene nach ihr sehnte, die ihm zur Verfügung stand.

Was hat das Mädel nicht für ein Glück, spottete der Zauberer. *Hey, sag ihr doch, dass du sie zu deiner neuen Lieblingsdroge machen willst. Sie wird entzückt sein, zu erfahren, dass sie deine nächste Sucht sein darf, dass sie versuchen darf, dich aus deinem eigenen, kaputten Kopf zu befreien.*

Ich meine, das ist doch der absolute Traum jeder Frau – und außerdem wissen wir ja alle, dass du der Meister gesunder Beziehungen bist. Ein richtiger Goldjunge auf diesem Gebiet.

Phury ließ den Kopf in den Nacken fallen, inhalierte tief und behielt den Rauch in der Lunge, bis sie brannte wie ein Buschfeuer.

12

Als an jenem Abend die Nacht über Caldwell hereinbrach und absolut gar nichts an der schwülen Luft änderte, stand Mr D in dem heißen Badezimmer des Bauernhauses und nahm einen Verband ab, den er viele Stunden zuvor um seinen Unterleib gewickelt hatte. Der Mull war schwarz verfärbt. Die Haut darunter sah viel besser aus.

Wenigstens ein Umstand zu seinen Gunsten, wenn es auch der einzige war. Weniger als vierundzwanzig Stunden nach seiner Ernennung zum Haupt-*Lesser* fühlte er sich, als hätte ihm jemand in den Benzintank seines Trucks gepisst, seinem Hund verdorbenes Fleisch gefüttert und seine Scheune angezündet.

Er hätte ein einfacher Soldat bleiben sollen.

Andererseits hatte er nicht gerade die Wahl gehabt.

Er warf den schmutzigen Verband in den Futtereimer, den die toten Menschen offenbar als Papierkorb verwendet hatten, und beschloss, ihn nicht zu ersetzen. Die inneren Verletzungen waren, den Schmerzen und der Tiefe, in die der schwarze Dolch eingedrungen war, nach zu urteilen, gravierend gewesen. Doch für *Lesser* bestand der Darmtrakt aus nutzlosem Fleisch. Dass seine Gedärme todsicher völlig verknotet waren, spielte keine Rolle, solange nur die Blutung gestillt war.

Junge, Junge, gestern Abend hatte er es mit Mühe und Not lebendig aus dieser Sackgasse geschafft. Wäre dieser Bruder mit den schwulen Haaren nicht zur Ordnung gerufen worden, wäre Mr D entgrätet worden wie ein Wels, daran zweifelte er keine Sekunde.

Ein Klopfen unten an der Tür schreckte ihn auf. Punkt zehn Uhr.

Wenigstens waren sie pünktlich.

Er schnallte sich seine Waffe um, nahm seinen Stetson und lief die Treppe hinunter. Draußen standen drei Trucks und ein zerbeulter Wagen in der Auffahrt, und zwei Abteilungen *Lesser* auf der Veranda. Sie überragten ihn allesamt um mindestens dreißig Zentimeter, und er sah ihnen an, dass sie nicht gerade begeistert von seiner Beförderung waren.

»Ins Wohnzimmer«, dirigierte er sie.

Als die acht an ihm vorbeiliefen, zog er seine Magnum .357 aus dem Holster und richtete sie auf den letzten in der Reihe.

Er drückte ab. Zweimal. Dreimal.

Es klang wie ein Donnerschlag; kein Vergleich mit dem gedämpften Ploppen einer Neuner. Die Kugeln drangen in den unteren Rücken des *Lesser* ein, zerfetzten ihm die Wirbelsäule und traten im vorderen Oberkörper wieder aus. Mit einem dumpfen Aufprall landete der Getroffene auf dem verdreckten Teppich, und eine kleine Staubwolke stieg auf.

Während Mr D die Waffe wieder einsteckte, überlegte er, wann hier wohl zuletzt gesaugt worden war. Wahrscheinlich kurz nach dem Einzug.

»Ich fürchte, ich muss hier vorab für klare Verhältnisse sorgen.« Er lief um den sich windenden Vampirjäger herum.

Während öliges schwarzes Blut auf den braunen Läufer sickerte, stellte Mr D dem *Lesser* einen Fuß auf den Kopf und zog das Stück Tapete aus der Tasche, auf dem Omega das Bild des Gesuchten eingebrannt hatte.

»Ich möchte nur sichergehen, dass ich jedermanns Aufmerksamkeit habe«, sagte er und hielt das Papier hoch. »Ihr findet diesen Vampir. Sonst knall ich euch einen nach dem anderen ab und suche mir ein neues Team.«

Die Jäger starrten ihn in kollektivem Schweigen an, als hätten sie zusammen nur ein Gehirn und das bemühte sich gerade darum, mit einer neuen Weltordnung klarzukommen.

»Jetzt hört schon auf, mich anzugaffen, und schaut euch lieber dieses Schätzchen hier an.« Er wedelte mit dem Bild. »Bringt ihn mir. Lebendig. Sonst schwöre ich bei meinem Herrn und Retter, dass ich mir neue Bluthunde suche und euch streifenweise an sie verfüttere. Könnt ihr mir soweit folgen?«

Einer nach dem anderen nickte, der Niedergeschossene stöhnte.

»Sehr schön.« Er hielt dem *Lesser* den Lauf seiner Magnum an den Kopf und blies ihn in tausend Stücke. »Dann ab dafür.«

Ungefähr zwanzig Kilometer weiter östlich, im Umkleideraum des unterirdischen Trainingszentrums, verliebte sich John Matthew spontan. Womit er an genau diesem Ort nicht unbedingt gerechnet hatte.

»Kicks von Ed Hardy«, verkündete Qhuinn und streckte ein Paar Turnschuhe aus. »Für dich.«

John nahm sie entgegen. Okay, sie waren heiß. Schwarz.

Mit weißer Sohle. Auf jedem ein Totenkopf mit der bunten Hardy-Signatur.

»Wow«, sagte einer der anderen Trainingsschüler auf dem Weg aus der Umkleide. »Wo hast du die denn her?«

Qhuinn hob die Augenbrauen. »Cool, oder?«

Sie gehörten Qhuinn, dachte John. Wahrscheinlich hatte er darauf gespart und wollte sie unbedingt tragen.

»Probier sie an, John.«

Die sind der Wahnsinn, aber das geht echt nicht.

Als die letzten ihrer Klassenkameraden den Raum verlassen hatten und die Tür zuschlug, fiel Qhuinns draufgängerische Pose in sich zusammen. Er schnappte sich die Turnschuhe, hielt sie neben Johns Füße und blickte auf.

»Ich wollte mich für gestern entschuldigen. Du weißt schon, bei Abercrombie & Fitch, mit dieser Frau da ... ich hab mich unmöglich benommen.«

Ist schon okay.

»Nein, ist es nicht. Ich hatte schlechte Laune, und ich hab es an euch ausgelassen, und das ist überhaupt nicht cool.«

Das war typisch für Qhuinn: Er konnte manchmal total abheben und sich daneben benehmen, aber er kam immer zurück und gab einem das Gefühl, dass man der wichtigste Mensch auf der Welt war und es ihm aufrichtig leid tat, einen verletzt zu haben.

Du bist ein Freak. Aber ich kann die hier wirklich nicht annehmen –

»Bist du im Stall aufgewachsen? Sei nicht so unhööööööööööööööflich. Das ist ein Geschenk.«

Blay schüttelte den Kopf. »Nimm sie, John. Du verlierst am Ende sowieso, und das erspart uns wenigstens sein Theater vorher.«

»Theater?« Qhuinn sprang hoch und nahm die Pose eines römischen Redners ein. »Wohlan, könnt Ihr Euren

Arsch von Eurem Ellenbogen unterscheiden, mein junger Schriftgelehrter?«

Blay errötete. »Komm schon –«

Qhuinn warf sich auf Blay, klammerte sich an seine Schultern und hängte sich mit seinem vollen Gewicht an ihn. »Haltet mich fest. Euer Schimpf raubt mir den Atem. Ich bin wie vom Donner gerüttelt.«

Blay grunzte und mühte sich ab, Qhuinn nicht fallen zu lassen. »Das heißt gerührt.«

»Gerüttelt klingt besser.«

Blay versuchte, sich das Lächeln zu verbeißen, versuchte, nicht belustigt zu sein, doch seine Augen glitzerten wie Saphire, und seine Wangen röteten sich.

Mit einem lautlosen Kichern setzte John sich auf eine der Bänke, schüttelte seine weißen Socken aus und zog sie unter der neuen Jeans an.

Bist du sicher, Qhuinn? Weil ich nämlich so eine Ahnung habe, dass sie passen könnten, und dann überlegst du es dir vielleicht anders.

Abrupt löste sich Qhuinn von Blay und zupfte energisch seine Klamotten glatt. »Und jetzt kränkst du mich auch noch in meiner Ehre.« Er ließ sich in Fechtposition fallen. »*Touché.*«

Blay musste lachen. »Das heißt *en garde*, du Blödmann.«

Qhuinn blinzelte ihn über die Schulter hinweg an. »*Ça va*, Brutus?«

»*Et tu!*«

»Das müsste dann wohl *Tutu* heißen, denke ich, aber die Frauenklamotten kannst du selbst behalten, du Perverser.« Stolz wie Oskar, eine solche Nervensäge zu sein, grinste Qhuinn breit. »Und jetzt steck dir die Dinger an die Füße, John, damit wir das hinter uns haben. Ehe wir Blay noch in die eiserne Lunge stecken müssen.«

»Versuch's mal mit Sanatorium!«

»Nein, danke, ich hab reichlich zu Mittag gegessen.«

Die Turnschuhe passten wie angegossen, und irgendwie fühlte sich John darin größer, obwohl er noch nicht einmal von der Bank aufgestanden war.

Qhuinn nickte und kniff die Augen zusammen, als begutachtete er ein Meisterwerk. »Sehr lässig. Weißt du, vielleicht sollten wir dich mal ein bisschen rauer stylen. Dir ein paar Ketten besorgen. Wir möbeln deinen Look ein bisschen in meine Richtung auf, mehr Schwarz –«

»Wisst ihr, warum Qhuinn so gern Schwarz mag?«

Alle Köpfe wirbelten zur Dusche herum. Lash kam gerade heraus, sich ein weißes Handtuch vor die Lendengegend haltend, während Wasser von den schweren Schultern tropfte.

»Weil Qhuinn farbenblind ist, stimmt's, liebster Cousin?« Lash schlenderte zu seinem Spind und klappte ihn so schwungvoll auf, dass die Tür gegen den nächsten Schrank knallte. »Er weiß nur, dass seine Augen unterschiedliche Farben haben, weil ihm die Leute das erzählen.«

John stand auf und stellte gedankenverloren fest, dass die Schuhe gute Bodenhaftung hatten. Was sich in Anbetracht der Art und Weise, wie Qhuinn Lashs nackten Hintern anfunkelte, möglicherweise in circa eineinhalb Sekunden auszahlen könnte.

»Genau, Qhuinn ist was ganz Besonderes, nicht wahr.« Lash zog sich eine Camouflage-Hose und ein Muskelshirt an, dann streifte er demonstrativ einen goldenen Siegelring über den linken Zeigefinger. »Manche Leute fügen sich einfach nie ein und werden das auch nie. Ein verfluchter Jammer nur, dass sie es immer weiter probieren.«

Blay flüsterte: »Lass uns abhauen, Qhuinn.«

Doch der knirschte mit den Zähnen. »Du musst den Hals zumachen, Lash. Ganz dringend.«

John trat ganz dicht vor seinen Kumpel und zeigte mit den Händen: *Lass uns einfach zu Blay gehen und chillen, okay?*

»Hey, John, ich hätte mal eine Frage an dich. Als du von diesem Kerl damals in dem Treppenhaus vergewaltigt wurdest, hast du da mit den Händen geschrieen? Oder einfach nur ganz laut gekeucht?«

John wurde zur Salzsäule. Wie seine beiden Freunde.

Keiner rührte sich. Keiner atmete.

Der Umkleideraum wurde so still, dass das Tropfen aus den Gemeinschaftsduschen klang wie eine Snaredrum.

Lächelnd schlug Lash seinen Spind zu und sah die beiden anderen an. »Ich hab seine Krankenakte gelesen. Da steht alles drin. Er wurde zu Havers in Therapie geschickt, weil er Symptome von« – Lash machte Anführungszeichen in der Luft – »›posttraumatischer Belastungsstörung‹ gezeigt hat. Also sag schon, John, als der Kerl dich gefickt hat, hast du versucht, zu schreien? Hast du, John?«

Das musste ein Alptraum sein, dachte John, als seine Eier zusammenschrumpften.

Lash lachte und zog seine Springerstiefel an.

»Ihr solltet euch sehen. Sprachlos, alle drei. Die drei schwanzlutschenden Idiotiere.«

Qhuinns Stimme bekam einen Tonfall, den sie noch nie gehabt hatte. Ohne jede Angeberei, ohne jede Wut. Einfach nur eiskalt und brutal. »Du solltest beten, dass niemand davon erfährt. Keine Seele.«

»Sonst was? Ach, komm schon, Qhuinn, ich bin ein erstgeborener Sohn. Mein Vater ist der ältere Bruder deines Vaters. Glaubst du im Ernst, du kannst mir was? Hmmm ... wohl kaum, mein Junge. Wohl kaum.«

»Kein Wort, Lash.«

»Wie du meinst. Wenn ihr mich jetzt entschuldigen würdet, ich mach mich aus dem Staub. Ihr drei saugt mir geradezu den Lebenswillen aus dem Leib.« Lash versperrte seinen Spind und ging zur Tür. Natürlich blieb er noch einmal stehen und sah sich über die Schulter, die blonden Haare glatt streichend. »Ich wette, du hast nicht geschrieen, John. Ich wette, du hast um mehr gebettelt. Ich wette, du hast –«

John dematerialisierte sich.

Zum ersten Mal in seinem Leben bewegte er sich durch die Luft von einem Ort zum anderen. Nahm vor Lash wieder Gestalt an und baute sich in der Tür auf, um dem Kerl den Ausgang zu versperren. Dann sah er seine Freunde an und fletschte die Fänge. Lash gehörte ihm, und nur ihm.

Als beide nickten, konnte der Kampf beginnen.

Lash war auf einen Hieb vorbereitet, er hatte die Hände erhoben, sein Gewicht ruhte auf den Oberschenkeln. Anstatt also mit der Faust zuzuschlagen, zog John den Kopf ein, machte einen Satz vorwärts, umschlang die Taille seines Gegners und rammte ihn mit dem Rücken in eine Spindwand.

Nicht im Geringsten aus der Fassung gebracht, konterte Lash mit einem Knietritt gegen seinen Kopf, der John beinahe den Kiefer brach. John taumelte rückwärts, fing sich wieder, packte Lashs Kehle und drückte ihm mit aller Kraft beide Daumen von unten ins Kinn. Dann versetzte er ihm einen Kopfstoß auf die Nase, woraufhin das Blut sprudelte wie aus einem Geysir. Auch das kümmerte Lash überhaupt nicht; er lächelte durch die roten Ströme um seine Mundwinkel herum und platzierte einen tiefen rechten Haken, der Johns Leber bis zur Lunge hochquetschte.

Fäuste wirbelten hin und her, hin und her, während die beiden gegen Metalltüren und Bänke und Mülltonnen krachten. Irgendwann zwischendurch versuchten ein paar Klassenkameraden, hereinzukommen, aber Blay und Qhuinn drängten sie mit Gewalt aus dem Raum und versperrten die Tür.

John hielt Lash an den Haaren fest, reckte sich und biss ihn oben in die Schulter. Als er den Kopf wieder zurückzog, löste sich Fleisch heraus, und die beiden wirbelten herum, während Lash seine Handflächen zusammenpresste und beide John dann frontal vor die Schläfe hämmerte. Die Wucht des Schlags schleuderte ihn auf Zehenspitzen trippelnd in die Dusche, doch er gewann sein Gleichgewicht zurück, bevor er stürzte. Leider waren seine Reflexe nicht schnell genug, um einen donnernden Kinnhaken zu verhindern.

Es war wie von einem Baseballschläger getroffen zu werden, und John musste feststellen, dass Lash es irgendwie geschafft hatte, sich einen altmodischen Messingschlagring überzustreifen – vermutlich brauchte er einen Trumpf, weil John größer war. Noch ein Treffer landete irgendwo in Johns Gesicht, und plötzlich war in seinem Kopf Silvester, überall Feuerwerk. Bevor er noch blinzelnd den Blick wieder klar bekommen konnte, wurde er mit dem Gesicht voran in die gefliese Duschwand geworfen und dort festgehalten.

Lash tastete nach der Vorderseite von Johns Hose.

»Wie wär's mit einer kleinen Wiederholung, John-Boy?«, krächzte er. »Oder lässt du nur Menschen in deinen Arsch?«

Das Gefühl eines großen Körpers, der sich von hinten an seinen drängte, ließ John zu Stein erstarren.

Es hätte ihn aufpeitschen sollen. Es hätte ihn zur Bestie werden lassen sollen. Doch stattdessen verwandelte er sich wieder in den schwächlichen kleinen Jungen, der er gewesen war, hilflos und verängstigt, der Gnade eines viel, viel Stärkeren ausgeliefert. Mit einem Schlag wurde er zurückversetzt in dieses verfallene Treppenhaus – gegen die Wand gedrückt, in der Falle, chancenlos.

Seine Augen füllten sich mit Tränen. Nein, nicht das … nicht das wieder –

Aus dem Nichts ertönte ein Kriegsgeheul, und das Gewicht fiel von ihm ab.

John fiel auf die Knie und erbrach sich auf den nassen Fliesenboden.

Als das Würgen nachließ, ließ er sich auf die Seite fallen und kauerte sich zusammen wie ein Embryo, er zitterte wie der Waschlappen, der er war –

Lash lag neben ihm auf den Fliesen ... und seine Kehle klaffte weit auf.

Er versuchte, zu atmen, versuchte, sein Blut festzuhalten, aber es ging nicht.

Entsetzt blickte John nach oben.

Qhuinn ragte über ihnen beiden auf, schwer atmend. In der rechten Hand hielt er ein blutverschmiertes Jagdmesser.

»Allmächtiger ...«, flüsterte Blay. »Was zum Henker hast du getan, Qhuinn?«

Das war böse. Das war richtig, richtig böse. Es würde ihrer aller Leben verändern. Was als Schlägerei begann ... hatte sich sehr wahrscheinlich zu einem Mord entwickelt.

John machte den Mund auf, um nach Hilfe zu rufen. Natürlich kam kein Ton heraus.

»Ich hole jemanden«, zischte Blay und rannte los.

John setzte sich auf, zerrte sich das T-Shirt vom Leib und beugte sich über Lash. Er zog ihm die Hände vom Hals, presste den Stoff auf die offene Wunde und betete, dass die Blutung aufhören würde. Lash sah ihm in die Augen und hob seine eigenen Hände, wie um zu helfen.

Bleib still liegen, formten Johns Lippen. *Bleib einfach nur still liegen. Ich höre jemanden kommen.*

Lash hustete, Blut kam aus seinem Mund, spritzte über seine Unterlippe und rann ihm über das Kinn. Scheiße, das Zeug war überall.

Aber sie hatten das schon einmal getan, redete John sich

gut zu. Sie beide hatten sich hier in dieser Dusche geprügelt und auch damals war der Abfluss rot gewesen, und am Ende war alles okay gewesen.

Dieses Mal nicht, warnte ihn eine innere Stimme. *Dieses Mal nicht ...*

Eine brüllende Panik stieg in ihm auf, und er begann, um Lashs Leben zu beten. Dann betete er darum, die Zeit zurückzudrehen. Dann wünschte er, das alles wäre nur ein Traum ...

Jemand stand über ihm und sagte seinen Namen.

»John?« Er blickte auf. Es war Doc Jane, die Privatärztin der Bruderschaft und Vishous' *Shellan.* Ihr durchsichtiges, geisterhaftes Gesicht war ruhig, ihre Stimme gleichmäßig und tröstlich. Als sie sich hinkniete, wurde ihr Körper so fest wie sein eigener. »John, du musst zur Seite gehen, damit ich ihn mir ansehen kann, okay? Lass ihn bitte los und geh zur Seite. Du hast das sehr gut gemacht, aber jetzt muss ich mich um ihn kümmern.«

Er nickte. Trotzdem musste sie erst seine Hände berühren, bevor er sie von dem T-Shirt löste.

Jemand hob ihn hoch. Blay. Ja, das war Blay. Er erkannte ihn an seinem Aftershave. Jump von Joop!

Da waren massenweise andere Leute im Umkleideraum. Rhage stand in der Dusche, neben ihm V. Butch war auch da.

Qhuinn ... wo war Qhuinn?

John sah sich um und entdeckte ihn gegenüber. Das blutverschmierte Messer lag nicht mehr in seiner Hand, und neben ihm türmte sich Zsadist auf.

Qhuinn war bleicher als die weißen Fliesen, seine unterschiedlichen Augen starten unverwandt, ohne zu blinzeln Lash an.

»Du stehst unter Hausarrest, bei deinen Eltern«, erklärte

Zsadist ihm. »Wenn er stirbt, musst du dich wegen Mordes verantworten.«

Rhage trat zu Qhuinn, als fände er, dass Zs harter Tonfall nicht gerade hilfreich war. »Komm schon, mein Junge, wir holen deine Sachen aus dem Spind.«

Rhage war es, der Qhuinn aus dem Raum führte, und Blay folgte ihnen.

John blieb, wo er war. Bitte lass Lash überleben, dachte er. Bitte …

Mann, es gefiel ihm überhaupt nicht, wie Doc Jane immerzu den Kopf schüttelte, während sie den Kerl behandelte. Die Arzttasche stand offen neben ihr, die Instrumente flogen durch die Luft, während sie versuchte, Lashs Kehle zuzunähen.

»Erzähl es mir.«

John zuckte zusammen und drehte den Kopf. Z.

»Erzähl mir, was passiert ist, John.«

John wandte sich wieder zu Lash und spielte die Szene im Kopf noch einmal durch. Um Gottes willen … mit dem Warum wollte er sich nicht befassen. Obwohl Zsadist über seine Vergangenheit Bescheid wusste, konnte er sich einfach nicht dazu durchringen, dem Bruder den Grund zu nennen, warum Qhuinn so durchgedreht war.

Vielleicht, weil er immer noch nicht fassen konnte, dass seine Vergangenheit ans Licht gekommen war. Vielleicht, weil der alte Alptraum gerade neue Nahrung erhalten hatte.

Vielleicht, weil er ein Schlappschwanz war, der nicht für seine Freunde einstehen konnte.

Zs deformierter Mund verzog sich zu einem Strich. »Hör mir mal gut zu, John. Qhuinn steckt bis zum Hals in der Scheiße. Vor dem Gesetz ist er zwar noch minderjährig, aber das war mindestens gefährliche Körperverletzung eines erstgeborenen Sohnes. Die Familie wird sich ihn vorknöpfen, selbst wenn Lash überleben sollte, und dann müssen wir wissen, was hier passiert ist.«

Doc Jane stand auf. »Die Wunde ist jetzt zu, aber es besteht die Gefahr eines Schlaganfalls. Er muss zu Havers gebracht werden. Und zwar sofort.«

Z nickte und rief zwei *Doggen,* die eine Bahre zwischen sich schoben. »Fritz steht mit dem Wagen bereit, und ich fahre mit.«

Während Lash von den Fliesen gehoben wurde, durchbohrte Zsadist John noch einmal mit einem finsteren Blick. »Wenn du deinen Freund retten willst, musst du uns erzählen, was hier los war.«

John sah dem Grüppchen nach, das den Verletzten aus dem Raum rollte.

Als die Tür ins Schloss fiel, hatte er weiche Knie und betrachtete die Blutlache in der Dusche.

Drüben in der Ecke hing ein Wasserschlauch, der für die tägliche Reinigung benutzt wurde. John zwang seine Füße, zu der Wand zu gehen. Er rollte den Schlauch ab, stellte das Wasser an, zog die Düse in die Dusche und drehte sie auf. Hin und her schwenkte er den Strahl, hin und her, Zentimeter für Zentimeter jagte er das Blut in den Abfluss, wo es mit einem Gurgeln verschwand.

Hin und her. Hin und her.

Die Fliesen färbten sich rosa und schließlich weiß. Doch dadurch wurde das Geschehene nicht weggewischt. Nicht mal ansatzweise.

13

Phury spürte Hände auf seiner Haut, kleine, leichtfingrige Hände, und sie wanderten zu seinem Bauch herunter. Ihr Ziel war der Punkt, an dem seine Oberschenkel sich trafen, und er dankte der Jungfrau dafür. Seine Erektion war schwer und heiß und hungrig nach Erlösung, und je näher die Hände ihr kamen, desto drängender schoben seine Hüften sich vor und wieder zurück, seine Pobacken spannten sich an und lockerten sich wieder, gaben sich dem Rhythmus des Stoßens hin, nach dem er lechzte.

Sein Schwanz tropfte – er konnte die Nässe auf seinem Bauch fühlen. Oder vielleicht war er schon gekommen?

O, diese Hände, kaum mehr als ein Kribbeln auf der Haut. Genau diese federleichte Berührung trieb seine Erektion noch heftiger an, als könnte sie die Hände erreichen, wenn sie sich nur genug Mühe gab.

Kleine Hände, auf dem Weg zu seinem –

Phury wachte mit einem so heftigen Ruck auf, dass sein Kissen vom Bett hüpfte.

»*Verdammt.*«

Unter der zerknüllten Decke pochte sein Glied, und zwar nicht unter dem üblichen Drang, der den abendlichen Weckruf eines Mannes darstellte. Nein ... das hier war speziell: Sein Körper wollte etwas ganz Spezielles von einer ganz bestimmten Frau.

Cormia.

Sie ist gleich nebenan, erinnerte er sich selbst.

Und du bist ja auch so ein Fang, versetzte der Zauberer prompt. *Warum gehst du nicht einfach zu ihr, mein Freund? Sie wird begeistert sein, dich zu sehen, nachdem du sie gestern auf diese Art hast gehen lassen. Kein Wort hast du zu ihr gesagt. Du hast noch nicht mal reagiert, als sie sich bei dir bedankt hat.*

Dagegen konnte er nicht viel einwenden, also ließ er den Blick zu der Chaiselongue wandern.

Es war das erste Mal, dass er eine Frau genährt hatte.

Er befühlte die Bissspuren, doch sie waren bereits verschwunden, abgeheilt.

Einer der wichtigen Meilensteine des Lebens war an ihm vorbeigezogen ... und das machte ihn traurig. Nicht, dass er bereute, ihn mit ihr erlebt zu haben. Überhaupt nicht. Er wünschte nur, er hätte ihr in dem Augenblick gesagt, dass sie die Erste war.

Er schob sich die Haare aus dem Gesicht und blickte auf die Uhr. Mitternacht. *Mitternacht?* Mann, er hatte ungefähr acht Stunden lang geschlafen, ganz bestimmt wegen des Nährens. Allerdings fühlte er sich nicht erfrischt. Sein Magen rumorte, und in seinem Kopf hämmerte es.

Als er nach dem Begrüßungsjoint tastete, den er sich vor dem Schlafengehen vorbereitet hatte, stockte er. Seine Hand zitterte so stark, dass er bezweifelte, die Selbstgedrehte überhaupt festhalten zu können. Er starrte seine Finger an, versuchte, das Zittern zu unterdrücken. Scheiterte.

Er brauchte drei Anläufe, um den Joint vom Nachttisch aufzuheben, und seine eigenen ungeschickten Bewegungen beobachtete er wie aus weiter Ferne, als handelte es sich um die Hand eines Fremden. Als er die selbstgedrehte Fluppe endlich zwischen den Lippen hatte, mühte er sich ab, das Feuerzeug in die richtige Position zu bringen und das Rädchen zu betätigen.

Zwei Züge, und das Zittern hörte auf. Das Kopfweh verflog. Sein Magen beruhigte sich.

Blöderweise rasselte das Amulett drüben auf dem Sekretär wieder los, und alle drei Symptome kamen sofort zurück.

Ohne sich weiter um den Primals-Pieper zu kümmern, kämpfte er sich erst mal durch den Joint, während er gleichzeitig über Cormia nachdachte. Er bezweifelte, dass sie ihm von sich aus erzählt hätte, dass sie sich nähren musste. Was während der Tagesstunden hier in seinem Zimmer vorgefallen war, war ein spontanes Auflodern gewesen, ausgelöst von ihrer Blutlust. Das konnte er nicht als Beweis dafür werten, dass sie ihn sexuell begehrte. Gut, sie hatte sich ihm nicht verweigert, das nicht, aber das hieß keinesfalls, dass sie ihn begehrte. Ein Bedürfnis war nicht dasselbe wie eine freie Entscheidung. Sie hatte sein Blut gebraucht. Er hatte ihren Körper gebraucht.

Und die restlichen Auserwählten brauchten sie beide, um ihr Programm durchzuziehen.

Er drückte den winzigen Stummel aus und sah zu seinem Sekretär. Das Amulett hatte endlich Ruhe gegeben.

Er brauchte weniger als zehn Minuten, um sich zu duschen, in weiße Seide zu kleiden und sich den Lederriemen des Amuletts um den Hals zu legen. Der Goldanhänger fühlte sich auf seiner Brust warm an, wahrscheinlich, weil er sich vorhin so angestrengt hatte.

Phury reiste ohne Aufenthalt auf die Andere Seite, als Primal war er davon befreit, einen Abstecher über den Innenhof der Jungfrau der Schrift zu machen. Vor dem Amphitheater des Heiligtums nahm er Gestalt an. Dort hatte die ganze Sache vor fünf Monaten ihren Anfang genommen; schwer zu glauben, dass er tatsächlich Vishous' Platz als Primal eingenommen hatte.

Es war wie vorhin mit seiner zitternden Hand: Das war einfach nicht er.

Nur leider war er es eben doch.

Vor ihm schimmerte die weiße Bühne mit ihrem schweren weißen Vorhang in dem eigenartigen, unbarmherzigen Licht der Anderen Seite. Hier gab es keine Schatten, da keine Sonne am blassen Himmel stand, und doch erstrahlte alles hell, als besäße jeder Gegenstand seine eigene Lichtquelle. Die Temperatur lag bei einundzwanzig Grad, nicht zu warm und nicht zu kalt, und es gab keine Brise, die einem über die Haut strich oder die Kleider zerzauste. Alles war von einem weichen, die Augen beruhigenden Weiß.

Diese Landschaft hier war das optische Äquivalent zu Fahrstuhlmusik.

Über kurzgeschnittenes weißes Gras lief er um das Theater herum auf die diversen Tempel und Wohnquartiere zu. Rundherum wurde das Gelände von einem weißen Wald eingegrenzt, der jeden weiteren Ausblick abschnitt. Er fragte sich, was wohl jenseits davon lag. Wahrscheinlich nichts. Das Heiligtum hatte etwas von einem Architekturmodell oder einer Spielzeugeisenbahn; als würde man – sollte man bis zum Rand laufen – nur eine scharfe Kante vorfinden, die steil nach unten auf den Teppichboden eines Riesen abfiel.

Er wusste nicht genau, wie er die Aufmerksamkeit der Directrix auf sich lenken sollte, hatte es aber gleichzeitig nicht allzu eilig damit. Um Zeit zu schinden, ging er zum Tempel des Primals und schloss die Flügeltüre mit seinem

Amulett auf. Durch das weiße Marmorfoyer lief er in den luftigen einzigen Raum des Tempels und betrachtete das Bettpodest mit seinen weißen Seidenlaken.

Er dachte daran, wie Cormia ausgesehen hatte, als man sie hierher brachte: Nackt hatte man sie hier festgebunden, ein weißer Vorhang hatte von der Decke herabgehangen und sich um ihren Hals gebauscht, um ihr Gesicht zu verhüllen. Er hatte das Ding heruntergerissen und mit Entsetzen in ihre tränengefüllten, panischen Augen geblickt.

Man hatte sie geknebelt.

Jetzt hob er den Blick an die Decke, wo der Vorhang befestigt gewesen war. Zwei winzige Goldhaken ragten dort aus dem Marmor. Er wollte sie mit einem verfluchten Presslufthammer herausbrechen.

Ihm fiel ein Gespräch wieder ein, das er mit Vishous geführt hatte, bevor dieser ganze Mist mit dem Primal losgegangen war. Sie beide waren im Speisezimmer des Anwesens gewesen, und Vishous hatte etwas von einer Vision erzählt, die er von Phury gehabt hatte.

Phury war nicht besonders scharf auf Details gewesen, aber er hatte sie trotzdem zu hören bekommen, und nun vernahm er die Worte seines Bruders seltsam deutlich im Kopf, wie eine abgespielte Aufzeichnung: *Ich sah dich an einer Kreuzung auf einem Feld aus reinem Weiß stehen. Es war ein stürmischer Tag ... genau, ein großer Sturm. Aber als du eine Wolke vom Himmel geholt hast und sie um den Brunnen wickeltest, versiegte der Regen.*«

Mit zusammengekniffenen Augen betrachtete Phury die beiden Haken in der Decke. Er hatte den Vorhang heruntergerissen und Cormia darin eingewickelt. Und sie hatte aufgehört, zu weinen.

Sie war der Brunnen ... der Brunnen, den er anfüllen sollte. Sie war die Zukunft ihres Volkes, die Quelle neuer Brüder und neuer Auserwählter. Der Ursprung.

Genau wie all ihre Schwestern.

»Euer Gnaden.«

Er drehte sich um. Im Eingang des Tempels stand die Directrix. Ihre lange weiße Robe streifte den Fußboden, ihr dunkles Haar trug sie hoch auf dem Kopf zum Knoten geschlungen. Mit ihrem ruhigen Lächeln und dem Frieden, den ihre Augen verströmten, hatte sie die glückselige Ausstrahlung der spirituell Erleuchteten.

Er beneidete sie um ihre Gewissheit.

Amalya verneigte sich vor ihm, ihr Körper wirkte schlank und anmutig in der üblichen Uniform der Auserwählten. »Ich bin erfreut, Euch zu sehen.«

Er erwiderte die Verbeugung. »Die Freude ist ganz auf meiner Seite.«

»Ich danke Euch für diese Audienz.« Sie richtete sich auf, und es entstand eine Pause.

Er beendete das Schweigen nicht.

Als sie schließlich sprach, schien sie jedes Wort mit Bedacht zu wählen. »Ich dachte, Ihr wünscht vielleicht, einige der anderen Auserwählten zu treffen?«

Was für eine Art von Treffen hatte sie wohl im Sinn, überlegte er.

Ach, nur eine gepflegte Teestunde, schaltete sich der Zauberer ein. *Mit Cunnilingus-Sandwichs und 69er-Gebäck und einer Handvoll von deinen Eiern.*

»Cormia macht sich sehr gut«, sagte er, um von dem großzügigen Angebot abzulenken.

»Ich habe sie gestern gesehen.« Der Tonfall der Directrix war freundlich, aber neutral, als wäre sie anderer Meinung.

»Ach ja?«

Erneut verneigte sie sich tief. »Vergebt mir, Euer Gnaden. Es war der Jahrestag ihrer Geburt, und ich hatte die Aufgabe, ihr nach unseren Bräuchen eine Schriftrolle zu überbringen. Als ich von Euch nichts hörte, ging ich zu ihr. Ich versuchte später am Tag noch einmal, Euch zu erreichen.«

Gütige Jungfrau, Cormia hatte Geburtstag gehabt und kein Wort gesagt?

Aber John hatte sie davon erzählt, nicht wahr. Deshalb hatte er ihr das Armband geschenkt.

Phury hätte am liebsten geflucht. Er hätte ihr auch etwas schenken sollen.

Er räusperte sich. »Entschuldige, dass ich nicht reagiert habe.«

Amalya richtete sich wieder auf. »Das liegt allein in Eurer Entscheidung. Bitte, sorgt Euch nicht.«

In dem langen Schweigen, das nun folgte, las er die Frage in den gütigen Augen der Directrix. »Nein, es ist noch nicht geschehen.«

Ihre Schultern sackten herab. »Hat sie Euch abgewiesen?«

Er musste wieder an den Fußboden vor seiner Chaiselongue denken. Er war derjenige gewesen, der einen Rückzieher gemacht hatte. »Nein. Es lag an mir.«

»Nichts kann je Eure Schuld sein.«

»Falsch. Das kannst du mir wirklich glauben.«

Die Directrix lief auf und ab, ihre Hände nestelten an dem Amulett, das sie um ihren Hals trug. Es glich seinem aufs Haar, nur dass ihres an einem weißen Seidenband hing.

Am Bettpodest verharrte sie, die Finger strichen zart über ein Kissen. »Ich dachte, Ihr würdet vielleicht gern einige der anderen kennenlernen.«

Auf gar keinen Fall. Er würde Cormia nicht übergehen und sich eine andere als Erste Partnerin nehmen. »Ich kann mir denken, worauf das hinausläuft, aber es liegt nicht daran, dass ich sie nicht will.«

»Vielleicht solltet Ihr dennoch eine andere treffen.«

Noch deutlicher konnte die Directrix kein Machtwort

sprechen und von ihm verlangen, entweder Sex mit Cormia zu haben oder sich eine andere Erste Partnerin zu suchen. Überrascht war er nicht gerade; es waren fünf lange Monate vergangen.

Vielleicht würde es ja sogar einige Probleme lösen. Das Schlimme daran war nur, dass die Wahl einer anderen Partnerin gleichbedeutend damit wäre, Cormia mit einem Fluch zu belegen. Die Auserwählten würden es ihr als Versagen anrechnen, und sie würde es ebenso empfinden, obwohl das überhaupt nicht der Wahrheit entsprach.

»Wie schon gesagt, ich bin zufrieden mit Cormia.«

»Sehr wohl ... doch würde es Euch möglicherweise leichter fallen, wenn es eine andere aus unserer Mitte wäre? Layla beispielsweise ist besonders hold von Antlitz und Gestalt, und sie wurde zur *Ehros* ausgebildet.«

»Das werde ich Cormia nicht antun. Es würde sie umbringen.«

»Euer Gnaden ... sie leidet jetzt. Ich sah es in ihren Augen.« Die Directrix schwebte zu ihm herüber. »Und überdies sind wir anderen in unserer Tradition gefangen. Wir hegten solch große Hoffnungen, dass wir wieder zu dem zurückkehren würden, was wir seit eh und je waren. Würdet Ihr eine andere Partnerin wählen und das Ritual vollziehen, würdet Ihr uns alle von der Last der Nutzlosigkeit erlösen – und das gilt auch für Cormia. Sie ist nicht glücklich, Euer Gnaden. Genauso wenig, wie Ihr es seid.«

Wieder musste er daran denken, wie sie auf diesem Bett festgebunden gewesen war ... Sie hatte diese ganze Sache von Anfang an nicht gewollt.

Und nun lebte sie so still im Haus der Bruderschaft. Hatte nicht einmal genug Vertrauen zu ihm, um ihm zu sagen, dass sie sich nähren musste. Hatte ihm nichts von ihrem Geburtstag erzählt. Nichts davon, dass sie gern einmal nach draußen in den Garten wollte. Nichts von diesen Architekturmodellen in ihrem Zimmer.

Ein einziger Spaziergang über den Flur mit den Statuen konnte nicht all das wiedergutmachen, was er ihr zugemutet hatte.

»Wir sitzen in der Falle, Euer Gnaden«, sagte die Directrix. »Im Augenblick sitzen wir alle in der Falle.«

Was, wenn er nur an Cormia festhielt, weil er sich keine Gedanken um die ganze Sex-Sache machen musste, solange sie seine Erste Partnerin war? Sicherlich, er wollte sie beschützen und sie anständig behandeln, und das waren ehrbare Wahrheiten; doch die Konsequenz daraus war, dass er auch selbst geschützt wurde.

Es gab Auserwählte, die es wollten – die ihn wollten. Er hatte ihre Blicke auf sich gespürt, als er seinen Eid geleistet hatte.

Er hatte sein Wort gegeben. Und er hatte es langsam satt, Schwüre zu brechen, die er abgelegt hatte.

»Euer Gnaden, darf ich Euch bitten, mit mir zu kommen? Ich würde Euch gern einen Ort hier im Heiligtum zeigen.«

Er folgte Amalya aus dem Primals-Tempel hinaus, und schweigend liefen sie beide den Hügel hinab auf eine Ansammlung vierstöckiger weißer Gebäude mit Säulen zu.

»Das sind die Quartiere der Auserwählten«, murmelte sie, »doch das ist nicht unser Ziel.«

Gott sei Dank, dachte er mit einem Seitenblick.

Im Vorbeigehen fiel ihm auf, dass sich in keinem der Fenster eine Scheibe befand; wahrscheinlich war das überflüssig. Es gab keine Tiere, kein Ungeziefer ... und auch keinen Regen, soweit er wusste.

Was diese fehlenden Fensterscheiben bedeuteten, war natürlich, dass nichts zwischen ihm und den Auserwählten stand, die ihn aus ihren Quartieren betrachteten.

In jedem Fenster jedes Raums in jedem Gebäude war eine Frau.

Himmel hilf.

»Hier wären wir.« Die Directrix blieb vor einem einstöckigen Gebäude stehen, entriegelte eine Flügeltür und stieß sie weit auf. Er erschrak.

Wiegen. Reihe um Reihe leerer weißer Wiegen.

Während er nach Atem rang, wurde die Stimme der Directrix wehmütig. »Das war früher einmal ein so fröhlicher Ort, erfüllt von Leben, überschäumend mit dem Lachen der Zukunft. Wenn Ihr doch nur eine andere nehmen würdet – ist Euch nicht wohl, Euer Gnaden?«

Phury wich zurück. Er bekam keine Luft. Er konnte nicht ... atmen.

»Euer Gnaden?« Sie streckte die Hand nach ihm aus.

Er zuckte vor ihr zurück. »Mir geht es gut.«

Atme, verdammt nochmal. Atme.

Du hast zugestimmt. Jetzt reiß dich zusammen.

In seinem Kopf zählte der Zauberer ein Beispiel nach dem anderen auf – von Leuten, die er im Stich gelassen hatte – angefangen in der Gegenwart mit Z und Wrath und dem ganzen *Lesser*-Chaos bis zurück in die Vergangenheit und sein Versagen gegenüber seinen Eltern.

Er war unzulänglich, in jeder Hinsicht, und er saß in der Falle.

Wenigstens Cormia konnte aus all dem befreit werden. Von ihm befreit werden.

Die Stimme der Directrix wurde schrill vor Besorgnis. »Euer Gnaden, vielleicht möchtet Ihr Euch hinlegen –«

»Ich nehme eine andere.«

»Ihr –«

»Ich nehme eine andere als Erste Partnerin.«

Die Directrix schien verblüfft, verneigte sich dann aber

tief. »Euer Gnaden, ich danke Euch ... danke Euch ... Wahrlich, Ihr seid die Kraft unseres Volkes und uns allen ein Anführer ...«

Er unterbrach ihre hohle Lobeshymne nicht, doch in seinem Kopf drehte sich alles und er fühlte sich, als hätte man ihm eine Ladung Trockeneis in die Eingeweide gefüllt.

Die Directrix umklammerte ihr Amulett, Verzückung erhellte ihr strenges Gesicht. »Euer Gnaden, was bevorzugt Ihr an einer Partnerin? Ich hätte da ein paar im Sinn.«

Er sah Amalya durchdringend an. »Sie müssen es wollen. Kein Zwang. Keine Fesseln. Sie müssen es aus freien Stücken tun. Cormia wollte es nicht, und das war nicht fair ihr gegenüber. Ich habe mich freiwillig gemeldet, aber sie hatte keine Wahl.«

Die Directrix legte eine Hand auf seinen Arm. »Ich verstehe – und nicht nur das: Ich stimme Euch zu. Cormia war für diese Rolle von Anfang an ungeeignet, ja, sie wurde sogar aus eben diesem Grund von meiner Vorgängerin zur Ersten Partnerin ernannt. Ich werde niemals so grausam sein.«

»Und Cormia wird nichts passieren, oder? Ich meine, sie wird hier nicht rausgeworfen oder so was?«

»Sie wird hier willkommen sein. Sie ist eine gute Frau. Nur nicht ... so lebenstüchtig wie manch andere von uns.«

In der darauf folgenden Stille erinnerte er sich, wie sie ihn ausgezogen hatte, damit er duschen konnte. Ihre arglosen, unschuldigen grünen Augen blickten zu ihm auf, während sie sich mit seinem Gürtel und seiner Lederhose abmühte.

Sie wollte nur das Richtige tun. Damals, als dieses ganze Chaos angefangen hatte, hätte sie trotz ihrer Angst das ihrer Tradition gemäß Richtige getan und ihn in sich aufgenommen. Was sie doch stärker machte als ihn, oder nicht? Sie lief nicht davon. Er war der mit den Siebenmeilenstiefeln.

»Sag den anderen, dass ich ihrer nicht würdig war.« Als

der Directrix die Kinnlade herunterklappte, deutete er mit dem Finger auf sie. »Das ist verdammt nochmal ein Befehl. Du sagst ihnen ... dass sie zu gut für mich ist. Ich möchte, dass sie einen besonderen Rang erhält ... ich möchte, dass sie verehrt wird, verstehst du mich? Ihr behandelt sie anständig, sonst schlage ich den ganzen Laden hier kurz und klein.«

Während die Directrix sichtlich noch nach Worten rang, half er ihr auf die Sprünge, indem er fortfuhr: »Das hier ist meine Welt. Ich sag hier, wo's langgeht, richtig? Und jetzt nick.«

Als sie gehorchte, lockerte sich die Spannung in seinem Brustkorb wieder. »Gut. Schön, dass wir uns einig sind. Okay, brauchen wir jetzt eine neue Zeremonie?«

»Äh ... äh, als Ihr die Worte z-zu Cormia spracht, habt Ihr Euch an uns alle gebunden.« Wieder legte sie die Hand auf das Amulett, doch dieses Mal nicht aus Freude, wie er argwöhnte. Mehr zur Beruhigung. »Wann werdet ihr ... hierher umziehen?«

Er dachte an Bellas Schwangerschaft. Die Geburt durfte er nicht verpassen, und so, wie die Dinge zwischen ihm und Z lagen, würde man ihm noch nicht einmal Bescheid geben. »Noch nicht so bald. Könnte noch bis zu einem Jahr dauern.«

»Dann werde ich Euch die ersten Auserwählten auf die Abgewandte Seite schicken, ja?«

»Ja.« Er wandte sich von dem Raum mit den Kinderwiegen ab, er bekam immer noch nicht genug Luft. »Ich gehe mal ein bisschen spazieren.«

»Ich werde meine Schwestern anweisen, Euch nicht zu stören.«

»Danke, und entschuldige, dass ich so grob geworden bin.« Er stockte. »Eins noch ... ich möchte selbst mit Cormia sprechen. Ich werde es ihr erzählen.«

»Wie Ihr wünscht.« Die Directrix verbeugte sich wieder. »Ich werde ein paar Tage für die rituelle Vorbereitung –«

»Sag mir einfach Bescheid, wenn du jemanden zu mir schickst.«

»Ja, Euer Gnaden.«

Als sie gegangen war, ließ er den Blick über die weiße Landschaft schweifen, und nach einem Moment veränderte sich der Anblick vor seinen Augen, wurde zu einem völlig anderen. Fort waren die wohlgeordneten, farblosen Bäume und das Gras, das aussah, als wäre es von zartem Schnee bedeckt. Stattdessen sah er die überwucherten Gärten seines Elternhauses im Alten Land vor sich.

Hinter dem riesigen Steinbau, in dem er aufgewachsen war, befand sich ein etwa ein Hektar großer, von einer Mauer umgebener Garten. Durch Kieswege in Quadrate aufgeteilt, war er einst angelegt worden, um besondere Pflanzenexemplare zur Schau zu stellen und der Seele durch die Schönheit der Natur einen Ruhepunkt zu bieten. Den um den Garten verlaufenden, gemauerten Wall hatten an den Ecken vier Statuen geziert, die die Stufen des Lebens versinnbildlichten: ein Säugling in den Armen seines Vater, ein für sich allein stehender junger Mann in der Blüte seiner Manneskraft, derselbe junge Mann mit einem Kind auf dem Arm und schließlich ein sitzender Greis, dessen erwachsener Sohn hinter ihm stand.

Der Garten musste anfangs wahrlich beeindruckend gewesen sein, eine echte Sehenswürdigkeit, und Phury konnte sich gut vorstellen, wie seine Eltern als Jungvereinte sich über diese Pracht gefreut haben mussten.

Er selbst hatte die Vollkommenheit, die noch als Versprechen in der Anlage des Gartens ruhte, nie gekannt. Was er gesehen hatte, war nur das Chaos der Vernachlässigung. Als er alt genug gewesen war, um seine Umgebung wahrzunehmen, waren die Beete bereits von Unkraut überwuchert gewesen, die Bänke aufgeweicht von Algenwasser und die Wege mit buschigem Gras bewachsen. Das Traurigste aber waren für ihn immer die Statuen: Efeu umrankte sie, nahm sie von Jahr zu Jahr mehr in Besitz, verbarg mit seinem Laub zusehends, was die Hände des Künstlers hatten zeigen wollen.

Der Garten war das Abbild seiner zugrunde gerichteten Familie.

Und er hatte es wiederherstellen wollen. Alles.

Nach seiner Transition, die ihn beinahe das Leben kostete, hatte er sein freudloses Elternhaus verlassen, und diesen Abschied sah er noch immer ebenso deutlich vor sich wie den elenden Garten. Es war eine Oktobernacht gewesen, Vollmond, in dessen Licht er einige der alten, vornehmen Kleider seines Vaters eingepackt hatte.

Phury hatte damals nur einen vagen Plan: die Spur wieder aufzunehmen, die sein Vater hatte erkalten lassen. Zwar wusste man in jener Nacht, in der Zsadist verschleppt wurde, welche Kinderfrau ihn gestohlen hatte, und Ahgony verfolgte sie – wie jeder Vater es getan hätte – mit allen ihm zur Verfügung stehenden Mitteln. Doch sie war schlau, und so fand er zunächst zwei Jahre lang keine konkrete Spur. Jedem Hinweis, jedem Zeichen, jedem Klatsch und Gerücht folgend streifte er durch das Alte Land, bis er endlich Zsadists Babydecke unter den Habseligkeiten der Kinderfrau fand – die nur eine Woche zuvor gestorben war.

Sie so knapp zu verfehlen, war nur ein weiterer Akt der Tragödie.

Um diese Zeit erhielt Ahgony Nachricht, dass sein Sohn von einem Nachbarn aufgegriffen und auf dem Sklavenmarkt verkauft worden war. Der Nachbar war mit dem Geld geflüchtet, und obwohl Ahgony sofort den nächsten Sklavenhändler aufsuchte, gab es einfach zu viele elternlose Säuglinge, die gekauft und weiterverkauft wurden, um Zsadist unter ihnen aufzuspüren.

Ahgony gab auf, kehrte nach Hause zurück und begann zu trinken.

Als Phury sich dafür bereitmachte, die Suche seines Vaters wieder aufzunehmen, schien es nur angemessen, die feinen Stoffe und Seiden des Älteren zu tragen. Und ebenfalls wichtig: als mittelloser Edelmann aufzutreten, würde es ihm leichter machen, sich in die großen Anwesen einzuschleichen, in denen man Sklaven hielt. In der alten Garderobe seines Vaters konnte Phury sich als einer der zahlreichen wohlerzogenen Vagabunden ausgeben, die sich ihren Lebensunterhalt durch ihren Geist und ihren Charme zu verdienen suchten.

Gekleidet in fünfundzwanzig Jahre alte Gewänder und mit einem ramponierten Lederkoffer in der Hand war er zu seinen Eltern gegangen, um ihnen mitzuteilen, was er vorhatte.

Er wusste, dass seine Mutter in ihrem Bett im Keller lag, weil sie dort wohnte. Er wusste auch, dass sie ihn nicht ansehen würde, wenn er eintrat. Das tat sie nie, und er hatte ihr deshalb nie Vorwürfe gemacht. Er war das genaue Ebenbild dessen, den man ihr geraubt hatte, die wandelnde, atmende Erinnerung an die Tragödie. Dass er ein Individuum und eine eigenständige Person neben Zsadist war, dass er seinen Verlust ebenso betrauerte wie sie, weil er seit der Entführung seines Zwillingsbruders seine zweite Hälfte vermisste, dass er Fürsorge und Liebe brauchte, lag wegen ihres großen Schmerzes jenseits ihres Begreifens.

Seine Mutter hatte ihn nie berührt. Nicht ein einziges Mal, nicht einmal, um ihn als Säugling zu baden.

Nachdem er geklopft hatte, teilte er ihr zunächst vernehmlich mit, wer er war, damit sie sich dementsprechend wappnen konnte. Da sie keine Antwort gab, öffnete er die Tür und blieb auf der Schwelle stehen, sein frisch gewandelter Körper erfüllte den gesamten Rahmen. Er hätte nicht sagen können, was er als Reaktion auf die Ankündigung seines Vorhabens erwartet hatte – doch er bekam gar keine. Kein einziges Wort. Sie hob nicht einmal den Kopf von ihrem zerschlissenen Kissen.

Also schloss er die Tür wieder und betrat das Quartier seines Vaters, das gegenüber lag.

Der Vampir lag besinnungslos und sturzbetrunken zwischen den Flaschen billigen Ales, das ihn – wenn schon nicht bei Verstand – dann doch zumindest unzurechnungsfähig genug hielt, um nicht allzu viel nachzudenken. Nachdem er vergeblich versucht hatte, ihn zu wecken, schrieb Phury eine Nachricht und legte sie seinem Vater auf die Brust, dann ging er nach oben und aus dem Haus.

Dort draußen, auf der löchrigen, von Laub übersäten Terrasse des einst prächtigen Hauses seiner Familie, hatte er in die Nacht gehorcht. Er wusste, dass durchaus die Möglichkeit bestand, seine Eltern niemals wiederzusehen, und er machte sich Sorgen, dass der eine *Doggen*, der noch geblieben war, sterben oder sich verletzen würde. Was sollten sie dann tun?

Er spürte, dass sein Zwillingsbruder irgendwo dort draußen in der Nacht war und darauf wartete, gefunden zu werden.

Während sich ein milchiger Wolkenfetzen vom Antlitz des Mondes löste und weitertrieb, suchte Phury tief in seinem Inneren nach seiner Kraft.

Wahrlich, sagte da eine leise Stimme in seinem Kopf, *du könntest tausend Nächte lang suchen und vielleicht gar den lebendigen Körper deines Zwillings finden. Und doch ist gewiss, dass du nicht retten wirst, was nicht gerettet werden kann. Dieser Aufgabe bist du nicht gewachsen, und damit nicht genug: Dein Schicksal sieht vor, dass du versagen wirst, gleich welches Ziel du auch verfolgst, da auf dir der Fluch des* Exhile Dhoble *liegt.*

Es war der Zauberer gewesen, der zum ersten Mal zu ihm sprach.

Und als diese Worte in sein Bewusstsein vordrangen, und er sich außerdem viel zu schwach für die vor ihm liegende Reise fühlte, legte er seinen Zölibatseid ab. Den Kopf der großen, leuchtenden Scheibe im schwarzblauen Himmel zugewandt, hatte er bei der Jungfrau der Schrift geschworen, dass er sich von allen Ablenkungen fernhalten würde. Er würde der reine und unbeirrbare Retter sein. Der Held, der seinen Zwillingsbruder zurückbrächte. Er wäre der Heiler, der die traurigen, zerrütteten Reste seiner Familie zu neuem Leben erweckte und zu Gesundheit und Schönheit zurückführte.

Er wäre der Gärtner.

Die Worte des Zauberers holten Phury in die Gegenwart zurück. *Aber ich hab doch Recht behalten, oder nicht? Deine Eltern sind beide früh und im Elend gestorben, dein Zwillingsbruder wurde als Hure missbraucht, und du hast einen Sprung in der Schüssel.*

Ich hatte Recht, stimmt's, mein Freund?

Phury konzentrierte sich wieder auf die unheimliche weiße Landschaft der Anderen Seite. Sie war so perfekt, alles akkurat, nichts unordentlich. Die weißen Tulpen mit ihren weißen Stängeln blieben in ihren um die Gebäude herum verlaufenden Beeten. Die Bäume durchbrachen die Waldgrenze nicht. Nirgendwo war ein Unkraut zu sehen.

Er fragte sich, wer wohl den Rasen mähte, und hatte so eine Ahnung, dass das Gras – wie alles andere hier – eben einfach genau so wuchs.

Das musste schön sein.

14

Im Haus der Bruderschaft sah Cormia zum wiederholten Male auf die Uhr auf dem Schreibtisch. John Matthew hätte sie bereits vor einer Stunde abholen sollen, um einen Kinofilm anzusehen, und sie hoffte, dass ihm nichts passiert war.

Wieder lief sie auf und ab, ihr Zimmer kam ihr heute Nacht viel zu klein vor, viel zu voll, obwohl keine neuen Möbel darin standen und sie allein war.

Gütigste Jungfrau der Schrift, sie hatte viel zu viel Energie.

Das war das Blut des Primals.

Das und ein niederschmetterndes, unbefriedigtes, drängendes Verlangen.

Vor dem Fenster hielt sie an, legte die Fingerspitzen an die Lippen und erinnerte sich daran, wie er geschmeckt, wie er sich angefühlt hatte. Was für ein wilder Rausch, was für eine herrliche Verzückung. Aber warum hatte er aufgehört? Diese Frage schwirrte ihr seither im Kopf herum. Warum hatte er nicht weitergemacht? Gut, das Amulett hatte ihn gerufen, doch als Primal konnte er allein darüber bestimmen, ob er antwortete. Er war die Kraft ihres Volkes, der Herrscher der Auserwählten, er konnte alles und jeden nach seinem Willen missachten.

Die einzige Antwort, die ihr einfiel, bereitete ihr Übelkeit. Waren seine Gefühle für Bella schuld gewesen? Hatte er geglaubt, diejenige zu betrügen, die er liebte?

Schwer zu sagen, was schlimmer war: dass sie ihn mit all ihren Schwestern teilen musste, oder dass keine von ihnen ihn bekommen würde, weil sein Herz längst einer anderen gehörte.

Sie blickte in die Nacht hinaus und war sicher, den Verstand verlieren zu müssen, wenn sie in ihrem Zimmer blieb. Das Schwimmbecken mit seiner wogenden Oberfläche erregte ihre Aufmerksamkeit. Die sanfte Wellenbewegung erinnerte sie an die tiefen Bäder auf der Anderen Seite, versprach Frieden und Erholung von allem, was sie bedrückte.

Ohne weiter nachzudenken lief Cormia durch die Tür in den Flur. Rasch und lautlos huschte sie auf ihren nackten Füßen die große Freitreppe hinunter ins Foyer und überquerte den Mosaikfußboden. Im Billardraum fand sie die Tür, die John ihr in der vorigen Nacht gezeigt hatte, und schlüpfte hinaus.

Draußen auf den kühlen Steinen der Terrasse richtete sie ihre Sinne in die Dunkelheit, ließ ihren Blick über die massive Mauer schweifen, die sie am Ende des Anwesens erkennen konnte. Es schien keine Gefahr zu drohen. Nichts regte sich zwischen den Blumen und Bäumen des Gartens, nur die üppige Nachtluft. Sie drehte sich zu dem wuchtigen Gebäude um. Lichter leuchteten hinter Bleiglas, und sie konnte *Doggen* hinter den Fenstern sehen. Sollte sie Hilfe benötigen, wären genug Leute in der Nähe.

Sie lehnte die Tür an, hob ihren Rocksaum hoch und rannte über die Terrasse zum Wasser hinüber.

Das Becken war rechteckig und eingerahmt von denselben schwarzen Steinen, die auch die Terrasse bedeckten. Lange, geflochtene Stühle und Tische mit Glasplatten standen darum herum. Auf einer Seite war ein schwarzer Apparat mit einem weißen Behälter. Blumen in Töpfen sorgten für etwas Farbe.

Sie kniete sich hin und prüfte das Wasser. Seine Oberfläche wirkte im Mondlicht ölig, vermutlich, weil der Grund ebenfalls aus den schwarzen Steinen bestand. Es war nicht wie die Bäder zu Hause; es gab keine sacht abfallende Neigung, und sie mutmaßte, dass es sehr tief war. Doch es konnte nichts passieren, da sich in regelmäßigen Abständen gekrümmte Griffe befanden, mit Hilfe derer man sich aus dem Wasser befreien konnte.

Ihr Zeh tauchte als Erstes ein, dann der ganze Fuß. Die Oberfläche kräuselte sich um den Eindringling herum, als versuche das Wasser, sie zu ermuntern.

Zu ihrer Linken entdeckte sie eine Treppe – flache Stufen, die eindeutig den Weg kennzeichneten, den man nehmen sollte. Sie ging hinüber, streifte ihre Robe ab und watete nackt ins Becken.

Ihr Herz pochte heftig, doch oh! – wie weich und köstlich war die Umarmung des Wassers. Sie ging weiter, bis sie von den Fersen bis zur Brust sanft wogend umhüllt wurde.

Wie schön das doch war.

Ihr Instinkt forderte sie auf, sich mit den Füßen abzustoßen, und sie tat es; ihr Körper glitt schwerelos nach vorn. Sie stellte fest, dass sie nur die Arme aus dem Wasser strecken und wieder zurückziehen musste, und sich dadurch fortbewegen konnte, wohin sie nur wollte – erst nach rechts, dann nach links, dann weiter, weiter, bis zum Ende, wo ein dünnes Brett über dem Wasser hing.

Als sie schließlich ihre Entdeckungsreise beendet hatte,

drehte sich Cormia auf den Rücken, ließ sich treiben und betrachtete den Himmel. Die glitzernden Lichter über ihr erinnerten sie an ihren Platz zwischen den Auserwählten und an ihre Pflicht, eine unter vielen zu sein, ein Molekül, das Teil eines Ganzen war. Sie und ihre Schwestern waren innerhalb der ehrwürdigen Tradition, der sie dienten, nicht voneinander zu unterscheiden: genau wie dieses Wasser waren sie fließend und übergangslos, ohne Grenzen; genau wie die Sterne über ihr waren sie alle gleich.

Beim Blick in den diesseitigen Himmel hatte sie einen weiteren dieser willkürlichen, ketzerischen Gedanken – nur dass dieser nicht den Grundriss eines Hauses betraf oder welche Gewänder jemand trug oder ob ihr ein Nahrungsmittel zusagte oder nicht.

Dieser traf sie direkt in ihrem Inneren und machte sie zur Sünderin und Abtrünnigen:

Sie wollte nicht eine von vielen sein.

Nicht beim Primal. Nicht für ihn.

Und nicht für sich selbst.

Am anderen Ende der Stadt saß Qhuinn auf seinem Bett und starrte das Handy in seiner Hand an. Er hatte eine SMS an Blay und John geschrieben und zögerte noch, sie abzuschicken.

Gefühlte Stunden saß er schon hier, obwohl es wahrscheinlich in Wirklichkeit höchstens eine gewesen war. Nachdem er sich geduscht hatte, um Lashs Blut abzuwaschen, hatte er sich hier niedergelassen und sich innerlich für das gewappnet, was kommen würde.

Aus irgendeinem Grund musste er die ganze Zeit an das einzige Mal denken, dass seine Eltern in seiner Erinnerung etwas Nettes für ihn getan hatten. Das war schon eine Weile her. Er hatte sie monatelang damit genervt, seinen Cousin

Sax in Connecticut besuchen zu dürfen. Saxton hatte seine Transition damals schon hinter sich und war ein bisschen wild, weswegen er selbstverständlich Qhuinns Held war. Und genauso selbstverständlich waren seine Erzeuger weder von Sax noch von seinen Eltern – die kein gesteigertes Interesse an den selbst auferlegten High-Society-Spielchen der *Glymera* hatten – besonders begeistert.

Qhuinn hatte gebettelt und genörgelt und geheult, ohne auch nur einen Schritt weiterzukommen. Und dann hatte sein Vater ihm aus heiterem Himmel mitgeteilt, dass er seinen Willen bekommen würde und am Wochenende gen Süden reisen durfte.

Freude. Totaler irrsinniger Jubel. Drei Tage vorher hatte er schon seine Sachen gepackt, und als er nach Einbruch der Dunkelheit auf den Rücksitz des Autos geklettert und über die Staatsgrenze nach Connecticut chauffiert worden war, hatte er sich gefühlt wie der König der Welt.

Ja, das war nett von seinen Eltern gewesen.

Später hatte er natürlich erfahren, warum sie das getan hatten.

Das Abenteuer bei Sax war nicht so ideal verlaufen. Am Samstag hatten er und sein Cousin sich schon nachmittags mit einer tödlichen Mischung aus Jägermeister und Wodka-Red-Bull derart abgeschossen, dass ihm kotzübel wurde und Sax' Eltern darauf bestanden, ihn nach Hause zu schicken, damit er sich dort erholen konnte.

Von einem ihrer *Doggen* zurückgefahren zu werden, war dann so endlos schmachvoll gewesen – noch gesteigert dadurch, dass er den Chauffeur ständig bitten musste, anzuhalten, damit er noch ein bisschen reihern konnte. Das einzig Gute war, dass Sax' Leute sich bereiterklärt hatten, seinen Eltern nichts zu erzählen – unter der Bedingung, dass er ein volles Geständnis ablegte, sobald er zu Hause abgeliefert wurde. Ganz offensichtlich hatten sie ebenfalls keine Lust, sich mit Qhuinns Mutter und Vater auseinanderzusetzen.

Als sie schließlich ankamen, hatte Qhuinn sich überlegt, dass er einfach nur erzählen würde, ihm sei schlecht (was ja auch stimmte) und er habe darum gebeten, nach Hause gebracht zu werden (was nicht stimmte und auch niemals stimmen würde).

Leider ging sein Plan nicht ganz auf.

Alle Fenster waren hell erleuchtet gewesen, Musik, die aus einem hinten im Garten aufgebauten Zelt strömte, erfüllte die Luft. Überall brannten Kerzen; jeder Raum war voller Leute.

»Nur gut, dass wir rechtzeitig zurückgekommen sind«, hatte der *Doggen* am Steuer mit seiner fröhlichen *Doggen*-Stimme gesagt. »Es wäre doch ein Jammer gewesen, das zu verpassen.«

Qhuinn war mit seiner Tasche aus dem Wagen gestiegen und hatte nicht einmal bemerkt, wie der Dienstbote wegfuhr.

Aber klar, hatte er gedacht. Sein Vater legte sein Amt als *Leahdyre* der *Glymera* nach einer respektvollen Amtszeit als Vorsitzender des *Princeps*-Rats nieder. Dieses Fest zelebrierte seine Arbeit und die Übergabe der Position an Lashs Vater.

Und das war auch der Grund, warum das Personal die letzten zwei Wochen so beschäftigt gewesen war. Er hatte geglaubt, seine Mutter hätte einen ihrer irren Putzanfälle, aber nein. Das ganze Blitzblankgewienere hatte in Vorbereitung auf diesen Abend stattgefunden.

Qhuinn war im Schutz der Hecken um das Haus herumgeschlichen, seinen Rucksack auf dem Boden hinter sich herschleifend. Das Zelt hatte so hübsch ausgesehen. Funkelnde Lichter an Lüstern hatten wunderschön mit Blumen und Kerzen geschmückte Tische beleuchtet. Jeder Stuhl war mit Seidenbändern geschmückt, und zwischen den Sitzreihen waren Läufer ausgelegt gewesen. Alles war türkis und gelb dekoriert, in den Farben der beiden Seiten seiner Familie.

Er starrte die Gesichter der Gäste an, erkannte jedes einzelne davon. Seine gesamte Blutlinie war anwesend, neben den restlichen führenden Familien der *Glymera,* und alle waren in Abendgarderobe – die Frauen in langen Kleidern, die Männer im Frack. Junges Volk flitzte zwischen den Erwachsenen herum wie Glühwürmchen, und die ältere Generation saß lächelnd am Rand des Geschehens.

Er stand dort in der Finsternis und fühlte sich wie einer der überflüssigen Gegenstände des Haushalts, die vor der Ankunft der Gäste weggeräumt worden waren; nur ein weiteres nutzloses, hässliches Objekt, das man in einem Schrank verstaute, damit niemand es sah. Und nicht zum ersten Mal wollte er sich am liebsten die Finger in die Augenhöhlen drücken und zerstören, was ihn zerstört hatte.

Abrupt war die Kapelle verstummt und sein Vater war ans Mikrofon am Rand des Dielentanzbodens getreten. Während sich alle Gäste versammelten, waren Qhuinns Mutter, Bruder und Schwester hinter seinen Vater getreten, alle mit einem Strahlen auf dem Gesicht, das nichts mit den funkelnden Lichtern zu tun hatte.

»Wenn ich kurz um eure Aufmerksamkeit bitten dürfte«, hatte sein Vater in der Alten Sprache angesetzt. »Ich möchte herzlich die Gründerfamilien begrüßen, die heute Abend hier sind.« Applaus. »Wie auch die Mitglieder des Rats.« Applaus. »Und euch alle, die ihr das Herzstück der *Glymera* bildet und meine Blutlinie repräsentiert.« Applaus. »Die vergangenen zehn Jahre als *Leahdyre* waren nicht leicht, doch wir haben gute Fortschritte erzielt, und ich weiß, dass mein Nachfolger die Zügel fest in die Hand nehmen wird. Nun, da der König jüngst den Thron bestieg, ist es von noch größerer Wichtigkeit, unsere Anliegen mit der gebührenden Sorgfalt vorzubringen und geltend zu machen. Durch die unablässige Arbeit des Rats werden wir unsere Visionen dem ganzen Volk zu Gehör bringen ... ungeachtet der fruchtlosen Beanstandungen derer, die diese Obliegenheiten nicht so gut zu begreifen vermögen wie wir ...«

Donnernder Beifall ertönte, gefolgt von einem Toast auf Lashs Vater. Daraufhin hatte Qhuinns Vater sich geräuspert und zu den dreien hinter ihm geblickt. Mit leicht heiserer Stimme war er fortgefahren: »Es war mir eine Ehre, der *Glymera* zu dienen ... und wenngleich ich mein Amt vermissen werde, muss ich doch auch gestehen, dass es mich zutiefst beglückt, nun mehr Zeit für meine Familie zu haben. Sie sind wahrlich die Stütze meines Lebens, und es ist mir eine Herzensangelegenheit, ihnen für das Licht und die Wärme zu danken, mit der sie jeden Tag mein Herz erfüllen.«

Qhuinns Mutter warf ihm eine Kusshand zu und blinzelte heftig. Sein Bruder hatte sich stolz wie Oskar in die Brust geworfen, Heldenverehrung im Blick. Seine Schwester klatschte in die Hände und hüpfte auf und ab, ihre Löckchen tanzten vor Freude.

In diesem Moment hatte er sich als Sohn und Bruder und Familienangehöriger so vollständig zurückgewiesen gefühlt, dass kein Wort, das zu ihm oder über ihn gesagt wurde, seine flehentliche Traurigkeit noch hätte verstärken können.

Qhuinn schreckte aus seinen Erinnerungen auf, als das strenge Klopfen seines Vaters an seiner Zimmertür ertönte und den Bann der Vergangenheit brach, die Bilder aus seinem Kopf löschte.

Er drückte auf *Senden*, steckte das Handy in die Hemdtasche und sagte: »Herein.«

Es war nicht sein Vater, der die Tür öffnete.

Es war ein *Doggen*, derselbe Butler, der ihm schon mitgeteilt hatte, dass ihm nicht gestattet war, dieses Jahr den Ball der *Glymera* zu besuchen.

Die Verbeugung des Dieners war kein Ausdruck besonderer Wertschätzung, und Qhuinn verstand sie auch nicht so. *Doggen* verneigten sich vor jedem. Selbst wenn sie einen Waschbären beim Stöbern in der Mülltonne erwischen würden, würden sie wahrscheinlich erst mal brav einen Kratzfuß machen, bevor sie ihn verscheuchten.

»Das heißt wohl, dass ich verschwinden muss«, sagte Qhuinn, während der Butler rasch die übliche Geste zur Abwehr des bösen Blicks machte.

»Bei allem nötigen Respekt«, begann der *Doggen*, die Stirn immer noch auf seine Füße gerichtet. »Euer Vater ersucht um Eure Abreise von seinem Anwesen.«

»Alles klar.« Qhuinn stand mit seiner Reisetasche, in die er seine T-Shirt-Sammlung sowie seine vier Jeans gepackt hatte, auf.

Als er sich den Riemen um die Schulter schlang, überlegte er, wie lange seine Handyrechnung wohl noch bezahlt werden würde. Er wartete schon seit Monaten darauf, dass der Anschluss gesperrt wurde – seit sein Taschengeld plötzlich versiegt war.

Er hatte so eine Ahnung, dass T-Mobile leider verlieren würde, genau wie er.

»Euer Vater bat mich, Euch das zu geben.« Der *Doggen* richtete sich nicht auf, als er die Hand ausstreckte, in der ein dicker, großer Umschlag lag.

Der Drang, dem Diener aufzutragen, das verdammte Ding per Luftpost in den Arsch seines Vaters zu verfrachten, war beinahe übermächtig.

Qhuinn nahm den Umschlag und öffnete ihn. Nachdem er die Unterlagen durchgeblättert hatte, faltete er sie ruhig wieder zusammen und steckte sie zurück. Dann stopfte er sich das Päckchen hinten in den Hosenbund und erklärte: »Ich warte draußen, bis ich abgeholt werde.«

Der *Doggen* hob langsam den Oberkörper. »Am Ende der Auffahrt, wenn Ihr so gütig sein wollt.«

»Klar. Von mir aus.« Auch egal. »Du brauchst Blut von mir, oder?«

»Wenn Ihr so gütig sein wollt.« Der *Doggen* streckte ihm einen Messingkelch entgegen, der innen mit schwarzem Glas ausgekleidet war.

Qhuinn benutzte sein Schweizer Armeemesser, weil sein Jagdmesser konfisziert worden war, und zog sich die Klinge über die Handfläche. Dann machte er eine Faust und quetschte ein paar Tropfen Blut in den Becher.

Sie würden das Zeug verbrennen, wenn er aus dem Haus war, als Teil eines Reinigungsrituals.

Denn sie warfen nicht nur schadhaften Ballast über Bord; sie schafften sich das Böse vom Hals.

Qhuinn verließ sein Zimmer, ohne sich noch einmal umzusehen, und ging den Flur hinunter. Er verabschiedete sich nicht von seiner Schwester, obwohl er sie Flöte üben hörte, und er ließ seinen Bruder ungestört seine lateinischen Verben aufsagen. Auch bei seiner Mutter, die er im Salon telefonieren hörte, hielt er sich nicht auf. Und ganz sicher marschierte er ohne zu zögern am Arbeitszimmer seines Vaters vorbei.

Sie alle steckten bei seinem Rausschmiss unter einer Decke. Der Beweis dafür steckte in dem Umschlag.

Unten im Erdgeschoss knallte er die prächtige Eingangstür nicht hinter sich zu; kein Grund, einen großen Auftritt hinzulegen. Sie alle wussten, dass er ging, weswegen sie auch alle so schwer beschäftigt waren, anstatt zusammen im Wohnzimmer Tee zu trinken.

Er mochte wetten, dass sie sich alle zusammenrotten würden, sobald der *Doggen* ihnen sagte, dass die Luft rein war. Bestimmt würden sie eine Tasse Earl Grey schlürfen und ein paar Sandwichs knabbern. Garantiert würden sie tief und erleichtert aufatmen und dann lamentieren, wie schwer es doch in Zukunft sein würde, den Kopf hochzuhalten, nach der furchtbaren Sache mit Lash.

Qhuinn spazierte die lange, gewundene Auffahrt hinunter. Als er das große Eisentor erreichte, stand es offen; sobald er es durchschritten hatte, fiel es scheppernd hinter ihm zu, als hätten sie ihm einen Fußtritt versetzt.

Die Sommernacht war heiß und schwül, im Norden blitzte es.

Die Stürme kamen immer aus dem Norden, dachte er, und zwar im Sommer wie im Winter. In den kalten Monaten konnten die Nordostwinde einen so tief im Schnee begraben, dass man das Gefühl hatte –

Aua. Er war so neben der Spur, dass er Selbstgespräche über das Wetter führte.

Er stellte seine Tasche am Straßenrand ab.

Wahrscheinlich sollte er Blay jetzt simsen, ob er ihn abholen konnte. Sich mit der schweren Tasche zu dematerialisieren, könnte schwierig werden, und ein Auto hatte er nie besessen. Er saß hier fest.

Gerade, als er nach seinem Handy greifen wollte, piepte es. Eine Nachricht von Blay: *Komm auf jeden Fall zu uns. Ich hol dich ab.*

Er fing an, Blay zu schreiben, doch dann fiel ihm der Umschlag wieder ein. Also steckte er das Telefon in seine Reisetasche, warf sich das Ding über die Schulter und lief los. Er ging Richtung Osten, denn das war der Verlauf, den die Straße nahm, wenn man sich nach links wandte, was er aufs Geratewohl tat.

Mannomann ... jetzt war er wirklich eine Waise. Es war, als hätte sich sein heimlicher Verdacht bewahrheitet: Er hatte immer geglaubt, adoptiert zu sein oder so was, weil er nie zu seiner Familie gepasst hatte – und das nicht nur wegen der bescheuerten unterschiedlichen Augen. Sondern, weil er einfach aus einem anderen Holz war. Immer gewesen war.

Ein Teil von ihm wollte stinkwütend werden, dass man ihn aus dem Haus geworfen hatte. Aber was hatte er erwartet? Er war nie einer von ihnen gewesen, und seinen Cousin ersten Grades mit dem Jagdmesser aufzuschlitzen, war – selbst wenn es absolut gerechtfertigt war – unverzeihlich.

Außerdem würde es seinen Vater einen Haufen Scheine kosten.

Im Falle einer Körperverletzung – oder eines Mordes, falls Lash starb – stand dem Opfer, falls es ein Angehöriger der *Glymera* war beziehungsweise seiner Blutlinie, eine bestimmte Summe zu, bemessen je nach Wert des Verletzten oder Toten. Ein junger Vampir nach seiner Transition, der der erstgeborene Sohn einer der Gründerfamilien war? Nur ein getöteter Bruder oder eine schwangere Adlige wären noch teurer. Und seine Eltern mussten bezahlen, nicht Qhuinn, da man nach dem Gesetz erst ein volles Jahr nach der Transition als erwachsen galt.

Das Gute an der Sache war, vermutete er jetzt mal, dass er als noch Minderjähriger nicht zum Tode verurteilt werden würde. Trotzdem stand ihm definitiv eine Anklage bevor, und sein Leben würde nie mehr so sein wie bisher.

Das nenne ich mal eine Typveränderung. Er war aus der *Glymera* ausgestoßen. Aus seiner Familie ausgestoßen. Aus dem Trainingsprogramm ausgestoßen.

Abgesehen von einer vermurksten Geschlechtsumwandlung war schwer vorstellbar, womit man sich noch tiefer in die Scheiße reiten konnte.

So wie die Dinge jetzt lagen, hatte er Zeit bis zum Morgengrauen, um sich zu überlegen, wo er abwarten wollte, was mit ihm geschehen würde. Blays Zuhause lag nahe, es gab nur ein dickes, fettes, haariges Problem dabei: Einem aus der *Glymera* Ausgestoßenen Unterschlupf zu bieten, wäre die totale Apokalypse für den sozialen Status dieser Familie, das kam also nicht in Frage. Und John konnte ihn auch nicht aufnehmen. Er lebte bei den Brüdern, und das bedeutete, sein Wohnsitz war so streng geheim, dass er keine Besucher haben durfte, ganz zu schweigen von einem semipermanenten Übernachtungsgast.

Der einen Klassenkameraden aufgeschlitzt hatte. Und auf seinen orangefarbenen Strampelanzug wartete.

Mein Gott ... John. Was Lash da erzählt hatte.

Er hoffte, dass das nicht stimmte, befürchtete aber, dass es der Wahrheit entsprach.

Qhuinn hatte immer angenommen, dass John deshalb Abstand zu den Mädels hielt, weil er noch unbeholfener im Umgang mit anderen Leuten war als Blay. Aber ganz offenbar hatte der Bursche ein ernsteres Problem ... und Qhuinn fühlte sich wie ein Arschloch astronomischer Größenordnung, weil er seinem Kumpel in Sachen Sex so auf die Pelle gerückt war.

Kein Wunder, das John im *ZeroSum* nie mit einer Frau nach hinten gehen wollte.

Lash, du Dreckschwein.

Mann, egal wie diese ganze Messerangelegenheit jetzt

ausging, er würde genau dasselbe wieder tun. Lash war schon immer ein dämlicher Wichser gewesen, und Qhuinn wollte ihm schon seit Jahren die Fresse polieren. Aber John so einen reinzuwürgen – er hoffte wirklich, der Kerl starb.

Und zwar nicht nur, weil ein brutaler Bastard weniger auf der Welt bestimmt kein Verlust war.

Die Wahrheit war doch die: Lash hatte eine große Klappe, und solange er am Leben war, würde diese Information über John nie sicher unter Verschluss bleiben. Und das war gefährlich. Es gab Leute in der *Glymera,* für die man nach so einer Sache kein Mann mehr war. Wenn John hoffte, jemals ein vollwertiger Bruder und vom Adel respektiert zu werden, wenn er sich jemals eine Partnerin suchen und eine Familie gründen wollte, dann durfte niemand wissen, dass er von einem Mann missbraucht worden war – erst recht nicht von einem Menschen.

Shit, die Tatsache, dass es ein Mensch gewesen war, verschlimmerte die Sache dramatisch. In den Augen der *Glymera* waren Menschen nichts weiter als Ratten mit aufrechtem Gang. Von einem von ihnen überwältigt zu werden, war absolut unannehmbar.

Doch, dachte Qhuinn, während er allein die Straße entlanglief, er würde genau dasselbe wieder tun.

15

Nachdem John die Dusche im Umkleideraum geputzt hatte, ging er ins Büro, setzte sich an den Schreibtisch und verbrachte Stunden damit, den Papierkram anzustarren, den er eigentlich hätte bearbeiten sollen. Es war still, seine Lippe pochte, seine Handknöchel ebenfalls, aber das waren nur unwichtige Randerscheinungen des dumpfen Brüllens in seinem Kopf.

Das Leben war einfach so verdammt merkwürdig.

Der Großteil davon verging in einigermaßen vorhersehbarem Tempo, Ereignisse rollten mit oder knapp unterhalb der zugelassenen Höchstgeschwindigkeit an einem vorbei. Aber ab und zu passierte etwas blitzschnell, als würde man auf dem Highway von einem Porsche überholt. Aus dem Nichts kam eine Wagenladung Mist angeflogen und veränderte alles von jetzt auf gleich.

So war Wellsies Tod gewesen. So war Tohrs Verschwinden gewesen.

Qhuinns Angriff auf Lash war auch so gewesen.

Und diese furchtbare Sache, die John damals in diesem Treppenhaus passiert war … auch die.

Bei ihm stand das Schicksal quasi auf dem Bleifuß.

Ganz eindeutig war Lashs Kehle dazu bestimmt gewesen, in diesem Moment von Qhuinn aufgeschlitzt zu werden, und die Zeit hatte sich extra beschleunigt, damit nichts und niemand dazwischenkommen konnten.

John gab es auf, er konnte sich heute nicht auf die Büroarbeit konzentrieren. Als er durch die Rückwand des Schranks in den unterirdischen Gang trat, der zurück ins Haus führte, verabscheute er sich dafür, sich zu wünschen, dass Lash nicht überlebte. Denn das bedeutete, dass er grausam war – und außerdem würde für Qhuinn alles noch härter, wenn Lash starb.

Doch John wünschte sich inständig, dass sein Geheimnis nicht ans Licht kam.

In dem Moment, als er in der Eingangshalle ankam, piepte sein Handy. Es war Qhuinn: *Bin weg von zu Hause. Weiß nicht, wie lange Tel noch funktioniert. Stelle mich Wrath jederzeit.*

Mist. Sofort textete John seinem Freund: *Blay kommt und holt dich.*

Keine Antwort.

Er versuchte es noch einmal. *Warte auf Blay, hau nicht ohne ihn ab. Du kannst bei ihm wohnen.*

John blieb am unteren Treppenabsatz stehen und wartete auf eine Reaktion. Das Einzige, was eine Minute später kam, war Blays Nachricht: *Keine Sorge, kümmere mich um Q. Gebe Bescheid, wenn ich was höre. Notfalls hol ich ihn ab.*

Na Gott sei Dank.

Normalerweise wäre John zu Blay gefahren, um seine Freunde dort zu treffen, doch er konnte jetzt einfach nicht. Sie mussten ihn doch jetzt mit anderen Augen sehen als vorher, oder? Außerdem würde sie das, was ihm passiert war, doch total beschäftigen, genau wie es ihm selbst zunächst gegangen war.

Unmittelbar nach dem Übergriff hatte er nonstop daran gedacht, was man ihm angetan hatte. Dann den Großteil des Tages und die ganze Nacht. Und dann nur noch manchmal tagsüber, später nur jeden zweiten Tag; irgendwann verging auch mal eine ganze Woche ohne einen Gedanken daran. Bei den Nächten hatte es viel, viel länger gedauert, aber am Ende hatten auch die Träume nachgelassen.

Insofern hatte er im Augenblick null Interesse, seinen Freunden in die Augen zu schauen und zu wissen, was sie gerade dachten. Sich ausmalten. Nicht begriffen.

Nein, er konnte jetzt noch nicht zu ihnen.

Außerdem konnte er das Gefühl nicht abschütteln, dass die ganze Sache mit Lash seine Schuld war. Wenn er diesen Ballast nicht mit sich herumtragen würde, dann hätte der Kerl ihn auch nicht vor seinen Freunden zur Sprache gebracht, und der ganze Kampf hätte nicht stattgefunden, und Qhuinn hätte nicht so abgehen müssen.

Alles wegen dieser beschissenen Sache in dem Treppenhaus. Es war, als würden die Nachbeben dessen, was ihm passiert war, niemals aufhören.

Als John auf dem Weg nach oben an der Bibliothek vorbeikam, ging er einer spontanen Eingebung folgend hinein und überflog die Buchrücken, bis er die juristische Abteilung fand ... die ungefähr sieben Regalmeter umfasste. Großer Gott, das mussten knapp siebzig Bände über Recht in der Alten Sprache sein. Offenbar waren Vampire genauso prozessgeil wie Menschen.

Er blätterte durch einige der Wälzer und machte sich anhand des Strafgesetzbuchs ein Bild von dem, was zu erwarten war. Sollte Lash sterben, musste Qhuinn sich vor Wrath wegen Mordes verantworten, und es sah nicht besonders gut für ihn aus. Da er selbst nicht derjenige gewesen war, der angegriffen wurde, konnte er nicht auf Notwehr plädieren. Wenn er Glück hatte, kam er mit gerechtfertigtem Fememord davon, aber selbst darauf stand Gefängnis, zusätzlich zu der hohen Geldbuße, die an Lashs Eltern gezahlt werden musste. Wenn hingegen Lash überlebte, dann blieb es bei gefährlicher Körperverletzung, was allerdings trotzdem mit Gefängnis und finanzieller Entschädigung geahndet wurde.

Beide Ergebnisse warfen dasselbe Problem auf: Soweit John wusste, hatte sein Volk kein Gefängnis, da der Strafvollzug in den vierhundert Jahren vor Wraths Thronbesteigung immer weiter vernachlässigt worden war. Qhuinn würde demnach irgendwo unter Hausarrest gestellt werden, bis ein Gefängnis gebaut wurde.

Schwer vorstellbar, dass Blays Eltern damit einverstanden wären, einen schweren Straftäter auf unbestimmte Zeit unter ihrem Dach zu beherbergen. Wohin sollte er also gehen?

Fluchend schob John die ledergebundenen Bücher zurück ins Regal. Als er sich umdrehte, erhaschte er aus dem Augenwinkel eine Erscheinung im Mondlicht und vergaß schlagartig, was er gerade gelesen hatte.

Durch die Terrassentür der Bibliothek sah er Cormia aus dem Schwimmbecken steigen. Wassertropfen perlten wie Kristalle von ihrem nackten Körper ab, ihre Haut war so glatt, dass sie aussah wie poliert, ihre langen, grazilen Arme und Beine waren anmutig wie eine Sommerbrise.

O ... wow.

Wie zum Henker hatte Phury die Finger von ihr lassen können?

Als sie ihre Robe überzog, wirbelte sie plötzlich zum Haus herum und erstarrte bei seinem Anblick. Er kam sich wie der letzte Spanner vor, als er die Hand zu einem verlegenen Winken hob. Sie zögerte, als wäre sie unsicher, ob man sie bei etwas Schlimmem erwischt hatte, erwiderte dann aber den Gruß.

Ohne nachzudenken, öffnete er die Tür und sagte mit den Händen: *Es tut mir total leid, dass ich so spät komme.*

Na, ganz toll. Sie konnte ja gar keine Gebärdensprache – »Tut es Euch leid, dass Ihr mich gesehen habt oder dass Ihr zu spät kommt? Eins von beiden habt Ihr wahrscheinlich gemeint.« Als er auf seine Uhr tippte, errötete sie ein wenig. »Aha, das also.«

Er nickte, und sie kam auf ihn zu. Ihre Füße machten kein Geräusch, hinterließen aber nasse Spuren auf den Steinfliesen. »Ich habe auf Euch gewartet. O, du gütigste Jungfrau der Schrift. Ihr seid verletzt!«

Er legte sich die Hand auf die Schwellung am Mund und wünschte, ihre Augen könnten im Dunklen nicht so gut sehen. Um sie abzulenken, begann er, etwas in Gebärdensprache zu erzählen, brach dann aber frustriert über die Kommunikationsbarriere zwischen ihnen ab. Da hatte er eine Idee.

Er zog sein Handy heraus und tippte ein: *Ich würde trotzdem gern einen Film anschauen, hast du Lust?*

Es war ein krasser Abend gewesen, und er wusste, wenn die Brüder aus der Klinik zurückkehrten und Lashs Zustand geklärt wäre, würde alles nur noch schlimmer. Da John total zappelig war und ihm vor lauter Grübeln fast der Kopf platzte, war die Vorstellung, mit ihr im Dunklen zu sitzen und alles andere auszublenden, so ziemlich das Einzige, was er momentan aushalten konnte.

Sie musterte ihn eingehend aus zusammengekniffenen Augen. »Geht es Euch gut?«

Ja, alles klar, tippte er. *Entschuldige, dass ich zu spät bin. Würde wirklich gern einen Film sehen.*

»Sehr gern«, sagte sie mit einer Verbeugung. »Allerdings würde ich mich gern vorher waschen und umziehen.«

Zusammen gingen sie durch die Bibliothek ins Haus und die große Freitreppe hinauf. John war ziemlich beeindruckt; obwohl er sie nackt gesehen hatte, war sie nicht übermäßig verlegen. Was ganz schön anziehend war.

Oben an der Treppe wartete er, während sie in ihr Zimmer ging; er rechnete mit einem längeren Aufenthalt, aber sie war in Windeseile zurück. Und sie trug das Haar offen.

Herr im Himmel, was für ein Anblick. Die blonden Locken fielen ihr bis auf die Hüften, ihre Farbe war etwas dunkler als üblich, weil sie noch feucht waren.

»Meine Haare sind nass.« Errötend hielt sie ihm eine Handvoll goldener Klemmen unter die Nase. »Ich stecke sie hoch, sobald sie trocken sind.«

Meinetwegen ist das nicht nötig, dachte John, ohne den Blick von ihr abzuwenden.

»Euer Gnaden?«

John fing sich wieder und ging voran durch den Flur mit den Statuen auf die Schwingtüre zu, die in den Dienstbotentrakt führte. Er hielt sie für Cormia auf und wandte sich dann nach rechts zu einer mit Leder gepolsterten Tür, hinter der mit Teppich ausgelegte, von Lichtstreifen gesäumte Stufen zu erkennen waren.

Cormia hob ihre Robe an und stieg hinauf. John folgte ihr und gab sich alle Mühe, nicht auf die gewellten Spitzen ihres Haares auf ihrem unteren Rücken zu starren.

Das Kino im zweiten Stock besaß ein 1940er Metro-Goldwyn-Mayer-Flair, über die silbern-schwarzen Wände verlief ein Art-Deco-Lotosrelief. Die Bestuhlung war eher die Sorte Mercedes-Limousine als Baseballstadion: Einundzwanzig Sessel in drei Gruppen, die Gänge dazwischen von weiteren kleinen Lichtreihen markiert. Jeder einzelne, gepolsterte

Sitz hatte die Größe eines Doppelbetts, und alle zusammen boten sie mehr Getränkehalter als eine Boeing 747.

An der Rückwand standen tausende von DVDs aufgereiht, und es gab sogar Snacks. Neben einem Popcorn-Automaten, der nicht lief, da sie Fritz nicht Bescheid gegeben hatten, gab es eine Getränke-Zapfanlage und eine richtige Süßigkeitentheke.

Er blieb stehen und inspizierte die Schokorosinen, Weingummis, M&Ms und Erdnüsse. Er hatte Hunger, gleichzeitig war ihm aber auch schlecht, weswegen er sich dem unangenehmen Gefühl in seiner Magengegend beugen musste. Aber vielleicht hatte Cormia ja Appetit auf etwas. Er wählte eine Tüte M&Ms, weil das praktisch ein Grundnahrungsmittel war, und dazu Weingummi, falls sie nicht so scharf auf Schokolade war. Dann zapfte er ihnen noch zwei schöne, schwarze Colas auf viel Eis.

Er pfiff leise, um ihre Aufmerksamkeit zu erregen, und deutete dann mit dem Kopf Richtung Leinwand. Cormia folgte ihm, offenbar fasziniert von den versenkten Lichtern, die über die flachen Stufen verliefen. Als sie bequem in einem der Sessel saß, trabte er die Stufen wieder hoch und überlegte krampfhaft, was zum Teufel er jetzt einlegen sollte.

Okay, Horrorfilme schieden schon mal aus, erstens, weil sie vermutlich zu empfindsam dafür war, und zweitens, weil der reale Schocker, den er vorhin erlebt hatte, ihm eindeutig für heute reichte. Das reduzierte die Auswahl natürlich um mehr als die Hälfte, weil es meistens Rhage war, der bei Fritz Filmwünsche in Auftrag gab.

Die Godzilla-Abteilung überging John, weil sie ihn an Tohr erinnerte. Zotige Komödien wie *American Pie* und *Die Hochzeits-Crasher* waren zu stillos für sie. Marys Sammlung tiefgründiger, bedeutungsvoller ausländischer Filme hatte ... ja, hatte einfach zu viel Bedeutung, um sie bis zum Ende durchzuhalten – selbst an einem guten Tag. John wollte der Wirklichkeit eher entfliehen, als sich einer anderen Art zermürbender Folter auszusetzen. Actionfilme? Irgendwie konnte er sich nicht vorstellen, dass Cormia die ganze Kunst von Bruce Willis, Sly Stallone oder Arnie gutheißen könnte.

Blieben also die romantischen Komödien und dergleichen. Aber was davon? Da waren zunächst mal die Klassiker von John Hughes: *Sixteen Candles, Pretty in Pink, Breakfast Club*. Dann kam die Julia-Roberts-Abteilung mit *Pizza, Pizza, Pretty Woman, Magnolien aus Stahl, Die Hochzeit meines besten Freundes* ... Die ganzen überflüssigen Filme mit Jennifer Aniston. Und alles von Meg Ryan aus den Neunzigern.

Er zog eine Hülle heraus.

Als er die DVD umdrehte, dachte er an Cormia, wie sie auf der Wiese getanzt hatte. *Bingo*.

John wollte sich gerade umdrehen, da piepte sein Handy. Es war eine SMS von Zsadist, der offenbar immer noch in Havers' Klinik war, an alle Beteiligten: *Lash sieht nicht gut aus. Wird weiter behandelt. Halte euch auf dem Laufenden.*

Die SMS war an jeden im Haus gegangen, und beim zweiten Lesen überlegte John, ob er sie an Blay und Qhuinn weiterleiten sollte. Im Endeffekt ließ er es aber; die beiden hatten momentan genug um die Ohren, ohne sich mit wechselnden Nachrichten über Lashs Gesundheitszustand herumzuschlagen. Wenn er starb, würde John sich mit seinen Freunden in Verbindung setzen.

Zögerlich sah er sich um. So etwas Normales zu tun, wie einen Film auszusuchen, kam ihm völlig surreal vor und irgendwie unpassend. Aber im Augenblick konnte er ohnehin nichts tun, außer abwarten. Er befand sich quasi im Leerlauf.

Während er zum DVD-Spieler ging und die Scheibe in den Apparat schob, sah er unentwegt Lash auf den Fliesen liegend vor sich, Furcht im Blick, Blut aus dem Hals sprudelnd.

Er betete, dass Lash es schaffen würde.

Selbst wenn das bedeutete, dass er in Zukunft immer in Angst leben müsste, sein Geheimnis könnte gelüftet werden – das war immer noch besser, als Qhuinn wegen Mordes verurteilt zu sehen und selbst einen Tod auf dem Gewissen zu haben.

Bitte, lieber Gott, lass Lash überleben.

16

Im *ZeroSum* in Caldwells Innenstadt hatte Rehv einen beschissenen Abend, und seine Sicherheitschefin machte alles nur noch schlimmer. Xhex stand mit verschränkten Armen vor seinem Schreibtisch und sah an ihrer Nase entlang auf ihn herab, als wäre er ein Müllhaufen in einer heißen Nacht.

Er rieb sich die Augen, dann starrte er zurück. »Und warum soll ich hier drin bleiben?«

»Weil du toxisch bist und die Angestellten Angst vor dir haben.«

Was bewies, dass sie gar nicht so blöd waren, dachte er.

»Was ist letzte Nacht passiert?«, fragte sie sanft.

»Hab ich dir schon erzählt, dass ich diesen Baugrund vier Blocks weiter gekauft habe?«

»Ja. Gestern. Was war mit der Prinzessin?«

»Diese Stadt braucht dringend einen Goth-Club. Ich glaube, ich werde ihn *The Iron Mask* nennen.« Er beugte sich näher zum leuchtenden Bildschirm seines Laptops. »Die Einkünfte hier reichen dicke, um einen Baukredit zu bekommen. Oder ich stelle einfach einen Scheck aus, wobei wir uns damit wieder eine Buchprüfung einhandeln. Schmutziges Geld ist ja so schwer zu verwalten, und wenn du mich noch einmal nach letzter Nacht fragst, dann schmeiße ich dich eigenhändig hier raus.«

»Na, wir sind aber heute liebenswürdig.«

Seine Oberlippe zuckte, als die Fänge aus dem Kiefer schossen. »Reiz mich nicht, Xhex. Ich bin heute überhaupt nicht in Stimmung.«

»Jetzt hör mal – wenn du die Klappe halten willst, bitte schön. Aber lass deinen Irrsinn nicht an deinem Personal aus. Ich hab keinen Bock, zwischenmenschlichen Müll wegzuräumen. Warum reibst du dir schon wieder die Augen?«

Er verzog das Gesicht und sah auf die Uhr. Durch die glatte, rote Fläche in seinem Blickfeld stellte er fest, dass seit seinem letzten Dopaminschuss erst drei Stunden vergangen waren.

»Brauchst du schon wieder was?«, fragte Xhex.

Er machte sich nicht die Mühe, zu nicken, zog einfach nur die Schreibtischschublade auf und holte eine Glasampulle und eine Spritze heraus. Dann zog er seine Anzugjacke aus, krempelte den Ärmel hoch, band sich den Oberarm ab und versuchte, die feine Nadelspitze durch das rote Siegel des Fläschchens zu stoßen.

Er traf nicht. Ohne Tiefenwahrnehmung fuchtelte er im leeren Raum herum, bekam die Nadel einfach nicht auf den Deckel der Ampulle, rutschte immer wieder ab.

Symphathen konnten nur unterschiedliche Rotschattierungen und zweidimensional sehen. Wenn Rehvs Droge nicht wirkte – sei es, weil er gestresst war oder eine Spritze ausgelassen hatte –, war sein gestörtes Sehvermögen das erste Anzeichen für drohenden Ärger.

»Lass mich das machen.«

Eine Welle von Übelkeit überrollte ihn, er konnte nicht sprechen. Also schüttelte er nur den Kopf und stocherte weiter mit der Nadel herum. Mittlerweile erwachte sein Körper langsam aus seinem Tiefkühlzustand, mit einem Prickeln kroch Gefühl in seine Arme und Beine.

»Also gut, Schluss jetzt du eingebildeter Trottel.« Xhex kam energisch um den Tisch herum. »Lass mich einfach –«

Er versuchte, seinen Ärmel rechtzeitig herunterzukrempeln. Schaffte es nicht.

»Du lieber Gott«, zischte sie.

Er zog den Unterarm weg, doch es war zu spät. Viel zu spät.

»Lass mich das machen.« Xhex legte ihm eine Hand auf die Schulter. »Entspann dich einfach, Boss ... und lass mich dir helfen.«

Mit überraschend sanften Händen nahm sie Spritze und Ampulle und legte dann seinen geschundenen Unterarm auf den Tisch. In letzter Zeit hatte er sich so oft gespritzt, dass kaum noch Venen verfügbar waren, obwohl er so schnell heilte. Alle waren geschwollen und voller Einstiche, durchlöchert wie eine vielbefahrene Straße.

»Wir nehmen den anderen Arm.«

Er streckte den rechten aus, während sie ohne weitere Schwierigkeiten die Nadel durch das Siegel stach und seine normale Dosis aufzog. Er schüttelte den Kopf und hielt zwei Finger hoch; sie sollte verdoppeln.

»Das ist viel zu viel«, sagte sie.

Hektisch griff er nach der Spritze, doch sie hielt sie außer Reichweite.

Er knallte die Faust auf den Tisch, sein Blick war durchdringend, fordernd.

Begleitend von diversen Kraftausdrücken zog sie noch mehr Dopamin auf und suchte dann unter seinem wachsamen Blick in der Schublade nach einem Desinfektionstupfer. Sie riss das Päckchen auf und säuberte damit eine Stelle in der Armbeuge. Nachdem sie ihm die Spritze gesetzt hatte, löste sie den Gummischlauch und verstaute das Zubehör wieder in der Schublade.

Er lehnte sich zurück und schloss die Augen. Selbst mit geschlossenen Lidern bestand das Rot fort.

»Wie lange geht das schon so?«, fragte sie ruhig. »Das mit den doppelten Dosen? Das Spritzen ohne Desinfektion? Wie oft am Tag machst du das?«

Er schüttelte nur den Kopf.

Kurze Zeit später hörte er, wie sie die Tür öffnete und Trez bat, den Bentley vorzufahren. Er wollte gerade heftig protestieren, doch sie zog einen seiner Zobelmäntel aus dem Schrank.

»Wir fahren jetzt zu Havers«, erklärte sie. »Und wenn du Streit mit mir anfängst, dann rufe ich die Jungs rein und lasse dich raustragen wie einen aufgerollten Teppich.«

Rehv funkelte sie wütend an. »Du bist hier ... nicht der Chef.«

»Stimmt. Aber verlass dich drauf: Wenn ich den Jungs draußen stecke, wie entzündet dein Arm ist, dann holen die nicht mal mehr Luft, bevor sie dich mit Gewalt hier wegschleppen. Wenn du nett bist, würdest du vielleicht auf dem Rücksitz statt im Kofferraum landen. Wenn du dich wie ein Idiot aufführst, darfst du die Kühlerfigur spielen.«

»Leck mich.«

»Das haben wir schon ausprobiert, weißt du noch? Und es hat keinem von uns beiden gefallen.«

Mist, *daran* wollte er genau jetzt wirklich nicht erinnert werden.

»Sei nicht dumm, Rehv. Dieses Mal kannst du nicht gewinnen, also warum sich wehren? Je eher du gehst, desto eher bist du zurück.« Sie starrten einander zornig an, bis sie schließlich sagte: »In Ordnung, wir erzählen nichts von den doppelten Portionen. Lass Havers einfach nur einen Blick auf deinen Arm werfen. Ich sage nur: Sepsis.«

Als würde der Doc nicht von selbst dahinterkommen, was hier los war, wenn er das sah.

Rehv stützte sich auf seinen Stock und erhob sich langsam. »Mir ist zu heiß ... für den Mantel.«

»Ich nehme ihn trotzdem mit, damit du nicht frierst, wenn die Wirkung des Dopamins einsetzt.«

Xhex bot ihm den Arm an, ohne ihn dabei anzusehen, da sie wusste, dass er viel zu stolz und dickköpfig war, um ihre Hilfe sonst anzunehmen. Und er musste sich von ihr helfen lassen. Er war völlig geschwächt.

»Ich hasse es, wenn du Recht hast«, sagte er.

»Was erklärt, warum du meistens so leicht reizbar bist.«

Zusammen liefen sie langsam aus dem Büro und auf die Straße hinaus.

Der Bentley wartete schon, Trez saß am Steuer. Der Maure stellte keine Fragen und machte keine Bemerkungen, wie es seine Art war.

Und natürlich setzte einem die drückende Stille immer noch mehr zu, wenn man sich wie ein Arsch benahm.

Rehv ignorierte, dass Xhex sich dicht neben ihn auf die Rückbank setzte, als hätte sie Angst, ihm könnte schlecht werden.

Dann fuhr der Bentley so sanft wie ein fliegender Teppich los, und das passte gut zum Thema, denn Rehv fühlte sich, als säße er auf einem. Im Augenblick kämpfte seine Symphathen-Natur gegen sein Vampirblut, er schwankte zwischen seiner bösen Seite und seiner halbwegs anständigen hin und her, und diese Verschiebungen des moralischen Schwerpunkts verursachten ihm Übelkeit.

Vielleicht hatte Xhex nicht ganz Unrecht mit ihrer Sorge, er müsste vielleicht kotzen.

Sie bogen links auf die Trade Street ein, fuhren bis zur Tenth Avenue und rasten dann Richtung Fluss, wo sie auf den Highway wechselten. Vier Ausfahrten weiter verließen sie ihn und glitten durch ein teures Viertel, in dem riesige Kästen auf parkähnlichen Grundstücke weit von der Straße zurückgesetzt thronten, wo Könige darauf warteten, dass man vor ihnen niederkniete.

Mit seiner roten, zweidimensionalen Sicht konnte Rehv mit den Augen nicht viel erkennen; mit seinen Symphathen-Instinkten hingegen wusste er zu viel. Er konnte die Menschen in den protzigen Häusern spüren, registrierte die Bewohner anhand des emotionalen Abdrucks, den sie hinterließen, dank der Energie, die ihre Gefühle freisetzten. Sein Sehvermögen war zwar flach wie ein Fernseher, doch seine Wahrnehmung von Lebewesen war dreidimensional: Sie zeichneten sich als psychisches Raster ab, das Wechselspiel von Freude und Trauer, Schuld und Lust, Wut und Schmerz schuf Gebilde, die für ihn so greifbar waren wie ihre Häuser.

Wenn auch sein Blick nicht durch die Schutzmauern und die schlau gepflanzten Bäume dringen, nicht das Mauerwerk der Domizile durchbrechen konnte, so sah das Böse in ihm doch die Männer und Frauen darin so deutlich, als stünden sie nackt vor ihm, und seine Instinkte erwachten zum Leben. Er konzentrierte sich auf ihre Schwächen, die durch diese emotionalen Raster sickerten, spürte ihre Unsicherheiten auf und wollte sie noch stärker verunsichern. Er war die gerissene Katze, sie die verängstigten Mäuse; er wollte mit ihnen spielen, bis ihre kleinen Köpfe von ihren schmutzigen Geheimnissen und ihren düsteren Lügen und ihren schmachvollen Sorgen bluteten.

Seine böse Seite hasste sie mit kühler Distanziertheit. Aus seiner Symphathen-Sicht sollten die Schwachen nicht das Erdreich besitzen. Sie sollten es fressen, bis sie daran erstickten. Und dann zermalmte man ihre Kadaver im Schlamm ihres Blutes, um zu seinem nächsten Opfer zu gelangen.

»Ich hasse die Stimmen in meinem Kopf«, sagte er.

Xhex sah ihn von der Seite an. Im Schein des Rücksitzes fand er ihr hartes, kluges Gesicht seltsam schön, wahrscheinlich, weil sie die Einzige war, die wirklich verstand, gegen welche Dämonen er ankämpfte. Diese Verbundenheit machte sie wunderbar.

»Es ist besser, diesen Teil von dir zu verabscheuen«, sagte sie. »Der Hass beschützt dich.«

»Dagegen anzukämpfen, langweilt mich.«

»Ich weiß. Aber würdest du es anders haben wollen?«

»Manchmal bin ich mir nicht so sicher.«

Zehn Minuten später fuhr Trez durch das Tor zu Havers Anwesen, und inzwischen kehrte die Taubheit in Rehvs Hände und Füße zurück, und seine Körpertemperatur sank deutlich. Als der Bentley hinter dem Haus vor dem Eingang zur Klinik hielt, war der Zobel ein Gottesgeschenk, und er kuschelte sich hinein. Er stieg aus dem Wagen und stellte fest, dass auch das Rot vor seinen Augen nachließ, die ganze Farbpalette der Welt wieder sichtbar wurde und seine Tiefenwahrnehmung die Gegenstände wieder in die räumliche Ordnung versetzte, an die er gewöhnt war.

»Ich bleibe draußen«, sagte Xhex aus dem Auto.

Sie ging nie mit in die Klinik. Was er nach dem, was ihr angetan worden war, mehr als gut nachvollziehen konnte.

Er stützte sich auf seinen Stock. »Wird nicht lange dauern.«

»Lass dir Zeit. Trez und ich warten hier.«

Phury kam von der Anderen Seite zurück und verpuffte sich augenblicklich ins *ZeroSum*. Seinen Nachschub besorgte er sich bei iAm, weil Rehv unterwegs war, dann ging er nach Hause und trabte nach oben in sein Zimmer.

Er würde schnell einen Joint rauchen, um wieder runterzukommen, bevor er an Cormias Tür klopfte und ihr mitteilte, dass es ihr freistand, ins Heiligtum zurückzukehren. Und wenn er mit ihr sprach, würde er ihr sein Wort geben, dass er sie nie als Primal aufsuchen und sie vor jeder Kritik und jedem Tadel beschützen würde.

Außerdem würde er sich dafür entschuldigen, dass er sie auf dieser Seite so aus seinem Leben ausgeschlossen hatte.

Während er auf der Bettkante saß und sein Drehpapier zur Hand nahm, übte er schon mal seine kleine Ansprache … und schweifte unversehens zu seiner Erinnerung an den vergangenen Abend ab, als sie ihn ausgezogen hatte, an ihre eleganten, blassen Hände, die seinen Gürtel geöffnet hatten, bevor die Auserwählte sich am Reißverschluss der Lederhose zu schaffen gemacht hatte. Übergangslos schossen ihm glühendheiße, wild-erotische Empfindungen in den Unterleib, und obwohl er sich die größte Mühe gab, die Fantasien fortzuschieben, so zu tun, als wäre er entspannt und locker, fühlte er sich, als stünde er in der Küche eines brennenden Hauses.

Er spürte die Hitze und hörte die Rauchmelder.

Aber – ah! – es hielt nicht lange an. Das Löschfahrzeug samt der Mannschaft mit den Handschuhen und Atemmasken traf in Form des Anblicks dieser leeren Kinderbettchen vor seinem geistigen Auge ein. Die Erinnerung daran wirkte wie eine geladene Waffe an seiner Schläfe und löschte seine Flammen problemlos.

Natürlich war auch der Zauberer schon wieder zur Stelle; er stand wieder inmitten all der Totenköpfe und zeichnete sich schwarz vor dem grauen Himmel ab. *Als du ein Kind warst, war dein Vater Tag und Nacht betrunken. Weißt du noch, wie du dich damals gefühlt hast? Sag schon, mein Freund, was für ein Papa wirst du deinem gesammelten Nachwuchs sein, wenn du pausenlos bedröhnt bist?*

Phury hielt inne und dachte an die unzähligen Male, die er seinen Vater aus den Büschen im Garten gezerrt und ins Haus geschleift hatte, kurz bevor die Sonne aufging. Er war fünf gewesen, als er es zum ersten Mal tat ... und hatte schreckliche Angst gehabt, den zentnerschweren Körper seines Vaters nicht rechtzeitig in Sicherheit bringen zu können. Was für ein Horror. Dieser verwilderte Garten war ihm so groß wie ein Dschungel vorgekommen, und seine kleinen Hände waren immer wieder vom Gürtel seines Vaters abgerutscht. Tränenüberströmt hatte er wieder und wieder und wieder den Stand der Sonne überprüft.

Als er seinen Vater endlich ins Haus geschafft hatte, hatte Ahgony die Augen aufgeschlagen und Phury mit einer Hand, so groß wie eine Bratpfanne, eine Ohrfeige versetzt.

Ich wollte dort sterben, du Tölpel. Einen Moment lang hatte totale Stille geherrscht; dann war sein Vater in Tränen ausgebrochen, hatte ihn an sich gepresst und versprochen, nie wieder zu versuchen, sich das Leben zu nehmen.

Doch es hatte ein nächstes Mal gegeben. Und noch eins. Und noch eins. Immer gefolgt von der gleichen Szene.

Phury hatte nicht aufgegeben, ihn zu retten, weil er fest entschlossen gewesen war, Zsadist nach Hause zu einem Vater zu bringen.

Der Zauberer lächelte. *Und doch ist nichts draus geworden, nicht wahr, mein Freund. Dein Vater ist trotzdem gestorben, und Zsadist hat ihn nie gekannt.*

Nur gut, dass du mit dem Rauchen angefangen hast, damit Z trotzdem das Familienvermächtnis am eigenen Leib erfahren konnte.

Phury runzelte die Stirn und richtete den Blick durch die Badezimmertür auf die Toilette. Er schloss die Faust um die Tüte mit dem roten Rauch und stand langsam auf – bereit, auf dem Porzellanaltar ein Opfer darzubringen.

Der Zauberer lachte herzhaft. *Das schaffst du nie. Völlig ausgeschlossen, dass du aufhörst. Du hältst ja nicht mal vier Stunden durch, ohne in Panik zu geraten. Kannst du dir ernsthaft vorstellen, die nächsten siebenhundert Jahre deines Lebens nie wieder eine Tüte zu rauchen? Ach, komm schon, mein Freund, bleib auf dem Teppich.*

Phury setzte sich wieder aufs Bett.

Seht euch das an – er hat ein Gehirn. Was für ein Schock.

Sein Herz brachte ihn fast um, als er das Papier anleckte, und den Joint schließlich zwischen die Lippen steckte. Gerade, als er das Feuerzeug aus der Tasche zog, klingelte das Telefon.

Sein Instinkt sagte ihm, wer das war, und als er das Handy aus der Lederhose gefischt hatte, bestätigte es sich. Zsadist. Und der Bruder hatte schon drei Mal angerufen.

Als er abhob, wünschte er sich, sein Joint würde schon brennen. »Ja?«

»Wo bist du?«

»Ich bin gerade von der Anderen Seiten zurückgekommen.«

»Okay, gut, dann beweg deinen Hintern hierher in die Klinik. Es gab eine Schlägerei im Umkleideraum. John Matthew hatte sie angefangen, glauben wir, aber Qhuinn hat sie beendet, indem er Lash die Kehle aufgeschlitzt hat. Der Junge hatte schon einen Herzstillstand. Jetzt ist er stabil, sagen sie, aber niemand weiß, wie die Sache ausgehen wird. Ich habe es schon bei seinen Eltern probiert, aber da geht nur der AB dran, wahrscheinlich wegen dieser Gala. Ich will, dass du hier bist, wenn sie kommen.«

Offenbar hatte Wrath Z noch nichts von dem fetten Arschtritt erzählt, den Phury bekommen hatte.

»Hallo?«, fauchte Z. »Phury? Hast du ein Problem mit mir?«

»Nein.« Er klappte das Feuerzeug auf, strich mit dem Daumen über das Rad und sah die Flamme auflodern. Als er die Selbstgedrehte wieder in den Mund steckte und ins Feuer hielt, wappnete er sich innerlich. »Ich kann aber nicht kommen.«

»Was soll das heißen, du kannst nicht? Meine *Shellan* ist schwanger und darf nicht aufstehen, und trotzdem habe ich es geschafft, herzukommen. Ich brauche dich als Vertreter des Trainingsprogramms und als Mitglied der Bruderschaft –«

»Ich kann nicht.«

»Verdammt nochmal, ich kann dich doch rauchen hören! Leg den beschissenen Joint weg und mach deinen verdammten Job!«

»Ich bin kein Bruder mehr.«

Totale Stille entstand auf der anderen Seite. Dann ertönte die Stimme seines Zwillingsbruders, tief und fast unhörbar. »Wie bitte«

Es war eigentlich keine Frage. Eher so, als wüsste Z Bescheid und hoffte trotzdem auf ein Wunder.

Das konnte Phury ihm nicht bieten. »Wrath hat mich aus der Bruderschaft ausgeschlossen. Gestern Nacht. Ich dachte, er hätte es dir gesagt.« Phury inhalierte tief und ließ den Rauch so träge wie Sirup durch die Lippen strömen. Er konnte sich genau vorstellen, wie sein Zwilling jetzt gerade aussah: Handy in die Faust gequetscht, Augen schwarz vor Wut, die verzerrte Oberlippe hochgezogen.

Das Knurren, das ihm ins Ohr dröhnte, kam nicht überraschend. »Großartig. Toll hingekriegt.«

Die Leitung war tot.

Phury rief Z zurück und landete auf der Mailbox. Ebenfalls nicht überraschend.

Scheiße.

Er wollte nicht nur die Wogen bei Zsadist wieder glätten; er wollte wissen, was zum Henker im Trainingszentrum passiert war. Ging es John gut? Und Qhuinn? Beide Jungs waren jähzornig, wie jeder kurz nach der Transition, aber sie hatten ein gutes Herz.

Lash musste etwas Furchtbares getan haben.

Phury rauchte seinen Joint in Rekordzeit auf. Während er sich den nächsten drehte, überlegte er, dass Rhage ihn sicher mit Einzelheiten versorgen würde. Hollywood war immer eine gute Quelle –

Der Zauberer schüttelte den Kopf. *Dir ist doch wohl klar, mein Freund, dass Wrath nicht begeistert wäre, wenn du dich in die Angelegenheiten der Bruderschaft einmischst. Du bist nur noch Gast hier im Haus, du peinlicher Penner. Du gehörst nicht mehr zur Familie.*

Oben im Kino kuschelte Cormia sich in einen Sessel, der so behaglich war wie das Wasser vorhin im Schwimmbecken – allumfassend, die Handfläche eines sanften Riesen.

Das Licht wurde gedämpft, und John kam zu ihr nach vorne.

Er tippte etwas in sein Telefon und zeigte es ihr: *Bist du bereit?*

Als sie nickte, wurde der dunkle Raum plötzlich von einem riesigen Bild erleuchtet und aus allen Richtungen ertönte Klang.

»Gütige Jungfrau!«

John legte seine Hand auf ihre. Bald war sie wieder ruhiger und richtete die Aufmerksamkeit auf die Leinwand, die in verschiedene Schattierungen von Blau getaucht wurde. Bilder von Menschen tauchten auf und verschwanden wieder, die Frauen und Männer tanzten zusammen, die Körper dicht aneinander gepresst, die Hüften zur Musik kreisend.

Englische Schrift lief über das Bild.

»Ist das genau das Gleiche wie der Fernseher?«, fragte sie. »Funktioniert es auf dieselbe Weise?«

John nickte in dem Moment, als die Worte *Dirty Dancing* in Rosa eingeblendet wurden.

Mit einem Mal rollte eine Maschine, die Auto genannt wurde, über eine Straße durch grüne Hügel. In dem Wagen saßen Menschen, eine Familie mit Vater, Mutter und zwei Töchtern.

Eine weibliche Stimme erschallte im ganzen Raum: »Es war der Sommer 1963 …«

Als John ihr etwas in die Hand drückte, konnte sie sich kaum lange genug von der Leinwand losreißen, um zu sehen, was es war. Eine Tüte – eine kleine, braune Tüte, die oben geöffnet war. Er machte eine Geste, dass sie etwas herausnehmen und in ihren Mund stecken solle, also steckte sie die Hand in die Tüte. Kleine, bunte Dragees kamen zum Vorschein, und sie zögerte.

Sie waren eindeutig nicht weiß, sondern leuchteten in allen Farben. Und selbst auf dieser Seite hatte sie bislang nur weiße Lebensmittel gegessen, wie es der Tradition entsprach.

Aber ganz ehrlich – was konnte schon passieren?

Sie blickte sich um, obwohl sie wusste, dass niemand außer ihnen hier war, und dann – mit dem Gefühl, gegen ein Gesetz zu verstoßen – steckte sie sich ein paar Dragees in den Mund …

Ach du … heilige … Jungfrau!

Der Geschmack erweckte ihre Zunge auf eine Art und

Weise zum Leben, die sie an Blut erinnerte. Was war das? Cormia inspizierte die Tüte. Darauf waren zwei gezeichnete Figuren abgebildet, die aussahen wie die bunten Dragees. *M&Ms* stand dort zu lesen.

Sie musste die ganze Tüte aufessen. Jetzt sofort. Ganz egal, ob der Inhalt weiß war.

Als sie sich noch mehr *Emundems* in den Mund steckte und leise stöhnte, lachte John und reichte ihr einen hohen roten Becher, auf dem *Coke* stand. Darin klirrten Eiswürfel, und durch den Deckel war ein Stab gestochen. Er selbst hob genauso einen Becher an seinen Mund und saugte an dem Stab. Sie tat es im gleich und wandte sich dann wieder ihrer Zaubertüte und der Leinwand zu.

Eine Gruppe von Menschen war nun am Rand eines Sees aufgereiht und versuchte, einer hübschen blonden Frau zu folgen, die sich nach rechts, dann nach links bewegte. Das junge Mädchen, Baby, das die ganze Zeit sprach, hatte Mühe, ihre Bewegungen den anderen anzupassen.

Cormia wandte sich an John, um eine Frage zu stellen, und sah, dass er auf sein Telefon starrte und die Stirn runzelte, als wäre er enttäuscht.

Irgendetwas war früher am Abend passiert. Etwas Schlimmes. John wirkte viel bedrückter, als sie ihn je erlebt hatte, aber gleichzeitig war er auch sehr reserviert. Sie hätte ihm zwar gern auf welche Art auch immer geholfen, doch drängen wollte sie ihn nicht.

Als jemand, der selbst viel für sich behielt, verstand sie die Bedeutung von Zurückhaltung.

Also sprach sie ihn nicht an, machte es sich im Sessel gemütlich und ließ sich von dem Film mitreißen. Johnny sah gut aus, wenn auch nicht so gut wie der Primal, und oh, wie er sich zur Musik bewegte. Das Schönste war, Baby dabei zu beobachten, wie sich ihr Tanzen verbesserte. Man feuerte sie innerlich an, während sie sich daran herantastete und übte und stolperte und schließlich die Schritte beherrschte.

»Das ist wundervoll«, sagte Cormia zu John. »Ich habe das Gefühl, es selbst zu erleben.«

Johns Handy tauchte vor ihrem Gesicht auf. *Wir haben noch mehr Filme. Tonnenweise.*

»Ich möchte sie sehen.« Sie zog an ihrem kalten Getränk. »Alle möchte ich sehen –«

Plötzlich waren Baby und Johnny allein in einem Zimmer.

Wie versteinert starrte Cormia die Leinwand an, als die beiden aufeinander zugingen und zu tanzen begannen. Ihre Körper waren so unterschiedlich, der von Johnny so viel größer als der von Baby, so viel muskulöser; und doch berührte er sie mit Ehrfurcht und Behutsamkeit. Und es war nicht nur er, der streichelte. Sie erwiderte seine Zärtlichkeiten, fuhr mit der Hand über seine Haut, als liebte sie das Gefühl an ihren Fingern.

Cormias Lippen teilten sich, sie setzte sich auf, rückte näher an die Leinwand. In ihrem Kopf nahm der Primal den Platz von Johnny ein, und sie selbst wurde zu Baby. Sie bewegten sich im Gleichklang, Hüften rieben aneinander, Kleidung verschwand. Die beiden waren allein in der Dunkelheit, an einem sicheren Ort, wo niemand sie sehen oder unterbrechen konnte.

Es war das, was im Schlafraum des Primals geschehen war, nur dass es hier kein Zögern gab, keine gewichtigen Traditionen, keine Furcht vor dem Versagen, und ihre neununddreißig Schwestern gab es auch nicht.

So einfach. So echt, obwohl es nur in ihrem Kopf stattfand.

Das hier wollte sie mit dem Primal erleben, dachte sie, ohne die Augen von dem Film abzuwenden. Genau das.

17

Während Cormia gebannt auf die Leinwand schaute, klappte John sein Handy aus zwei Gründen wieder auf: Die Sexszene machte ihn verlegen; und er wartete ungeduldig auf Nachricht über Qhuinn und Lash.

Verdammt.

Er schickte Blay noch eine SMS, der sofort antwortete, dass er ebenfalls noch nichts von ihrem Freund gehört hatte und fand, dass es Zeit wurde, die Autoschlüssel zu zücken.

John legte das Handy auf seinen Oberschenkel. Qhuinn konnte doch unmöglich etwas wirklich Dummes getan haben. Im Sinne von ›sich im Badezimmer erhängen‹. Nein. Ausgeschlossen. Qhuinns Vater allerdings war zu allem fähig. John war dem Kerl zwar nie begegnet, aber er hatte Storys von Blay gehört – und außerdem die Bestätigung in Form des blauen Auges gesehen, das Qhuinn in der Nacht nach seiner Transition gehabt hatte.

John spürte, wie sein Bein wippte, und stellte es ruhig, indem er sich die Hand aufs Knie legte. Abergläubischer Trottel, der er nun mal war, musste er die ganze Zeit an den alten Spruch denken, dass ein Unglück selten allein kommt. Wenn Lash starb, dann käme bestimmt noch etwas nach.

Er dachte an die Brüder; draußen auf den Straßen im Kampf mit den *Lessern*. An Qhuinn, der irgendwo ganz allein in der Nacht war. Und an Bella und ihre Schwangerschaft.

Wieder klappte er sein Handy auf und fluchte lautlos.

»Wenn Ihr fortmüsst«, sagte Cormia, »bleibe ich gern allein hier.«

Er fing an, den Kopf zu schütteln, doch sie legte ihm sanft die Hand auf den Unterarm. »Geht und kümmert Euch um Eure Schwierigkeiten. Man kann deutlich sehen, dass Ihr einen schweren Abend hattet. Ich würde Euch danach fragen, aber ich glaube, Ihr möchtet nicht darüber sprechen.«

Einfach nur, weil es ihm gerade durch den Kopf ging, tippte er: *Ich wünschte, ich könnte die Uhr zurückdrehen und die Schuhe nicht anziehen.*

»Wie?«

Na toll, jetzt musste er das erklären, wenn er nicht wie ein Idiot dastehen wollte. *Heute Abend ist etwas passiert. Unmittelbar davor hat mein Freund mir die Schuhe geschenkt, die ich anhabe. Hätte ich sie nicht anprobiert, dann wären wir drei längst weg gewesen, als ...* Er zögerte und ergänzte im Geiste: wären wir längst weg gewesen, bevor Lash aus der Dusche kam ... *als es passiert ist.* Cormia sah ihn einen Augenblick lang an. »Möchtet Ihr wissen, was ich glaube?«

Auf sein Nicken hin sagte sie: »Wenn es nicht die Schuhe gewesen wären, dann hättet Ihr mit Euren Freunden anders die Zeit verbracht. Vielleicht hätte ein anderer etwas anprobiert. Oder Ihr hättet ein Gespräch begonnen. Oder eine Tür hätte geklemmt. So sehr wir auch über freien Willen verfügen, das Schicksal ist unveränderlich. Was geschehen soll, geschieht auch, auf dem einen Wege oder dem anderen.«

Genau so etwas in der Art war ihm vorhin im Büro des Trainingszentrums durch den Kopf gegangen. Nur ...

Es ist aber meine Schuld. Es ging um mich. Die ganze Sache ist meinetwegen passiert.

»Habt Ihr jemandem ein Unrecht getan?« Als John den Kopf schüttelte, fragte sie: »Aber warum ist es dann Eure Schuld?«

Er konnte jetzt nicht ins Detail gehen. Unmöglich. *So war es eben. Mein Freund hat etwas Furchtbares getan, um meinen Ruf zu verteidigen.*

»Aber das war seine eigene Entscheidung als Mann von Wert.« Cormia drückte seinen Arm. »Beklagt nicht seinen freien Willen. Fragt Euch lieber, was Ihr tun könnt, um ihm jetzt zu helfen.«

Ich fühle mich so verflucht machtlos.

»Das ist nur Euer Empfinden. Nicht die Wirklichkeit«, gab sie zurück. »Geht und denkt nach. Der Pfad wird sich Euch zeigen. Das weiß ich.«

Ihr ruhiges Vertrauen in ihn war dadurch noch viel kraftvoller, dass es in ihrer Miene lag, nicht nur in ihren Worten. Und es war genau das, was er brauchte.

Du bist echt cool, tippte er.

Cormia strahlte vor Freude. »Danke, Sire.«

Einfach nur John, bitte.

Dann gab er ihr die Fernbedienung und zeigte ihr, wie man sie bediente. Es überraschte ihn überhaupt nicht, dass sie schnell begriff. Sie war genau wie er: Ihr Schweigen bedeutete nicht, dass sie nicht schlau war.

Er verneigte sich vor ihr, was sich irgendwie komisch anfühlte, aber gleichzeitig auch angebracht, und machte sich auf die Socken. Noch auf dem Weg hinunter in den ersten Stock schrieb er Blay eine SMS. Zu diesem Zeitpunkt war es zwei Stunden her, seit sie zuletzt von Qhuinn gehört hatten, und es wurde definitiv höchste Zeit, sich auf die Suche zu machen. Da er sehr wahrscheinlich seine Sachen bei sich hatte, käme Dematerialisieren nicht in Frage, also konnte er nicht weit gekommen sein, da er ja kein Auto besaß. Außer, er hätte sich von einem der *Doggen* aus seinem Elternhaus irgendwohin bringen lassen?

John drückte die Schwingtür auf, die in den Flur mit den Statuen führte, und dachte, dass Cormia ja so Recht hatte: Blöd rumzusitzen würde Qhuinn kein bisschen helfen, damit klarzukommen, dass seine Familie ihn vor die Tür gesetzt hatte. Und es würde auch nichts daran ändern, ob Lash überlebte oder starb.

Und egal, wie unangenehm ihm war, was seine beiden Freunde gehört hatten – die beiden waren viel wichtiger als die Worte, die mit solcher Grausamkeit in diesem Umkleideraum gesprochen worden waren.

Gerade, als er die Freitreppe erreichte, empfing sein Handy eine Nachricht. Sie kam von Zsadist: *Herzstillstand. Sieht nicht gut aus für Lash.*

Qhuinn lief neben der Straße her, bei jedem Schritt schlug ihm die Reisetasche auf den Hintern. Vor ihm schlängelte sich ein Blitz aus dem Himmel und erleuchtete die Eichen um ihn herum, so dass ihre Stämme aussahen wie eine Reihe breitschultriger Schläger. Der folgende Donner ließ nicht besonders lange auf sich warten, und in der Luft lag Ozon. Er hatte so eine Ahnung, dass er bald durchweicht sein würde.

Und genau so war es auch. Anfangs fielen die Gewittertropfen dick und vereinzelt, doch dann wurden sie immer kleiner und dichter.

Das Wasser machte klatschende Geräusche auf seiner Nylonreisetasche, und seine Haare wurden flach an seinen

Schädel geklebt. Er ergriff keine Schutzmaßnahmen, da der Regen sowieso gewinnen würde. Einen Schirm hatte er nicht, und unter einer Eiche würde er sich ganz bestimmt nicht unterstellen.

Extra-knusprig war diese Saison überhaupt nicht angesagt.

Ungefähr zehn Minuten, nachdem es zu regnen angefangen hatte, näherte sich ein Auto von hinten. Die Scheinwerfer trafen auf seinen Rücken und warfen seinen Schatten auf den Asphalt. Das Licht wurde immer heller, gleichzeitig wurde das Heulen des Motors leiser, als der Wagen näher kam.

Blay war ihm nachgefahren.

Er blieb stehen, drehte sich um und schirmte seine Augen mit dem Unterarm ab. Der Regen zeichnete sich als zartes weißes Muster in der Lichtquelle ab, Dunst waberte durch die Scheinwerferkegel und erinnerte ihn an einige alte Folgen von *Scooby-Doo*.

»Blay, könntest du vielleicht mal das Licht ausmachen? Das blendet tierisch.«

Die Nacht wurde wieder dunkel, und vier Autotüren öffneten sich, ohne dass ein Innenlicht anging.

Langsam ließ Qhuinn seine Reisetasche auf den Boden sinken. Das hier waren Vampire, keine *Lesser*. Was – in Anbetracht seiner Lage – nur mäßig beruhigend war.

Eine nach der anderen schlugen die Türen wieder zu. Als der nächste Blitz über den Himmel zuckte, konnte er erkennen, wem er gegenüberstand: Die vier waren schwarz gekleidet und trugen Hauben über den Gesichtern.

Aha. Die traditionelle Ehrengarde.

Qhuinn rannte nicht weg, als seine Gegner einer nach dem anderen schwarze Knüppel hervorholten; er ging in Kampfstellung. Er würde hier untergehen, und wie er untergehen würde, aber verdammt nochmal – er würde es mit blutigen Fingerknöcheln tun und vorher die Zähne dieser Jungs über die Straße verstreuen.

Die Ehrengarde umringte ihn in klassischer Banden-Manier, und er drehte sich im Kreis, wartete auf den ersten Schlag. Das hier waren große Kerle, alle ungefähr seine Gewichtsklasse, und ihre Absicht war das Eintreiben einer physischen Entschädigung für das, was er mit Lash gemacht hatte. Da dies kein *Rythos* war, sondern eine Abrechnung, durfte er sich wehren.

Also musste Lash überlebt haben –

Einer der Knüppel traf ihn in der Kniekehle, und es fühlte sich an, wie einen Elektroschock verpasst zu bekommen. Er kämpfte um sein Gleichgewicht. Wenn er zu Boden ginge, dann wäre er geliefert, das wusste er. Doch da donnerte ihm jemand mit voller Wucht eins vor den Oberschenkel. Als er auf Händen und Knien landete, hagelte es Schläge auf seine Schultern und seinen Rücken, doch er machte einen Satz und packte einen der Angreifer an beiden Knöcheln. Der Kerl versuchte, einen Schritt nach vorn zu machen, doch Qhuinn hielt seine Trophäe fest und verschob dadurch massiv den Schwerpunkt des anderen. Erfreulicherweise war der Typ, als er umkippte wie ein Baumstamm, so freundlich, einen seiner Kollegen mit sich zu reißen.

Qhuinn brauchte einen Knüppel. Das war seine einzige Chance. Er warf sich mit einem mächtigen Sprung nach vorn und reckte sich nach der Waffe des Angreifers, den er gerade gefällt hatte, doch der nächste Knüppel erwischte ihn am Handgelenk. Der Schmerz blitzte auf wie eine Leuchtreklame – *Verfluchter Dreck* – und seine Hand war sofort außer Gefecht gesetzt; sie hing schlaff und nutzlos an seinem Arm. Wie schön, dass er Beidhänder war: Er schnappte sich den Prügel mit der Linken und hämmerte ihn dem Kerl vor sich genau aufs Knie.

Danach wurde die Sache lustig. Aufstehen ging überhaupt nicht, also bewegte er sich mit tödlicher Schnelligkeit auf dem Boden und schlug nach ihren Füßen und ihren Weichteilen. Es war, wie von einer Horde geifernder Hunde umgeben zu sein, sie sprangen ihn an und ließen sich wieder zurückfallen, je nachdem, wo er gerade ausholte.

Er glaubte tatsächlich fast, er könnte sie sich vielleicht vom Leib halten, als einer von ihnen einen faustgroßen Stein aufhob und diesen auf seinen Kopf schleuderte. Zwar wich er dem Wurfgeschoss locker aus, doch er prallte von der Straße ab und traf ihn genau an der rechten Schläfe. Eine Sekunde lang erstarrte er – und mehr brauchte es nicht. Sie stürmten auf ihn ein, und jetzt wurde er wirklich verprügelt. Er rollte sich zu einer Kugel zusammen, schlang die Arme um seinen Kopf und beschützte, so gut es ging, seine lebenswichtigen Organe und das Gehirn, während sie auf ihn eindroschen.

Sie sollten ihn eigentlich nicht töten.

So war das nicht gedacht.

Doch einer von ihnen versetzte ihm einen Tritt ins Kreuz, genau in die Nieren. Als er sich aufbäumte, weil er einfach nicht anders konnte, war sein Kinn nicht mehr gedeckt. Und genau da traf ihn der zweite Tritt.

Sein Kiefer war kein guter Stoßdämpfer – im Gegenteil, er war sogar ein Verstärker, da seine untere Zahnreihe gegen die obere knallte, und sein Schädel die volle Wucht des Aufpralls absorbierte. Benommen ließ er die Arme hängen, seine Verteidigungshaltung sackte in sich zusammen.

Sie sollten ihn eigentlich nicht töten, weil Lash ja noch lebte, wenn sie das hier machten. Wenn der Kerl gestorben wäre, dann hätten ihn die Eltern seines Cousins vor den König gezerrt, und sie hätten darauf gepocht, dass er mit dem Tode bestraft wurde, obwohl er noch minderjährig war. Nein, diese Prügel waren nur die Vergeltung für eine Körperverletzung, Auge um Auge. Oder zumindest war das so vorgesehen.

Die Scheiße war nur, dass sie ihn auf den Rücken schubsten, und einer von ihnen Anlauf nahm und ihm mit beiden Springerstiefeln mitten auf den Brustkorb sprang.

Er bekam keine Luft mehr. Sein Herz hörte auf zu schlagen. Alles kam zum Stillstand.

Und dann hörte er die Stimme seines Bruders. »Mach das nicht nochmal. Das ist gegen die Regeln.«

Sein Bruder … *sein Bruder* …?

Dann ging es also nicht um Lashs Verletzung.

Das hier schickte ihm seine eigene Familie, als Rache dafür, was er ihrem guten Namen angetan hatte.

Qhuinn rang nach Atem, bekam aber dennoch keine Luft. Die anderen vier stritten sich. Die Stimme seines Bruders war am lautesten.

»Das reicht jetzt!«

»Beschissener Mutanten-Bastard, er verdient den Tod!«

Qhuinn verlor das Interesse an dem Theater, als ihm auffiel, dass sein Herz seine Arbeit immer noch nicht wieder aufgenommen hatte – und dass selbst die Panik, die er bei dieser Erkenntnis plötzlich spürte, die Maschine nicht kickstartete. Alles verschwamm vor seinen Augen, seine Hände und Füße wurden allmählich taub.

In diesem Moment sah er das helle Licht.

Ach du Schande, der Schleier kam ihn holen.

»Mist! Lasst uns abhauen!«

Jemand beugte sich über ihn. »Wir kommen wieder, Arschloch. Ohne deinen idiotischen Bruder.«

Er hörte das Schaben von Stiefeln, das Auf- und Zuschlagen diverser Autotüren und dann ein Quietschen, als ein Wagen losfuhr. Als auch der nächste losraste, begriff er, dass das Licht über ihm nicht das Jenseits war, sondern ein anderes Auto, das auf der Straße in ihre Richtung fuhr.

Er hatte kurz die Idee, sich vielleicht kräftig auf die Brust zu klopfen. Sich quasi selbst eine Herz-Lungen-Massage zu verpassen á la *Casino Royale*.

Er schloss die Augen. Ja, wenn er doch nur den 007 machen könnte ... Aber keine Chance. Seine Lungen weigerten sich, mehr als flache Luftzüge aufzunehmen, und sein Herz war immer noch nichts als ein Muskelklumpen in seiner Brust. Dass er keine Schmerzen mehr hatte, war noch besorgniserregender.

Das nächste weiße Licht, das zu ihm drang, war wie der Dunst, der über der Straße hing, ein sanfter, weicher Nebel, der ihn badete, ihn liebkoste. Es bestrahlte ihn, und seine vorherige Todesangst wich tiefer Furchtlosigkeit. Er wusste: Das war kein Auto. Das jetzt war der Schleier.

Er löste sich vom Asphalt und schwebte schwerelos empor, bis er sich am Anfang eines weißen Korridors wiederfand. Ganz hinten am Ende lag eine Tür, die er unbedingt erreichen und öffnen musste, das spürte er. Mit wachsender Dringlichkeit lief er darauf zu, und als er sie erreicht hatte, streckte er die Hand umgehend nach dem Knauf aus. Das Messing fühlte sich warm an, und er hatte den unbestimmten Gedanken, dass wenn er erst durch diese Tür gegangen wäre, alles vorbei wäre. Solange er die Tür nicht öffnete und über die Schwelle auf die andere Seite trat, befand er sich in einem Zwischenraum.

Wenn er erst drüben war, gab es kein Zurück mehr.

Schon wollte er den Knauf drehen, da entdeckte er ein Bild auf der Tür. Es war undeutlich, und er stockte, versuchte zu erkennen, was es darstellte.

O ... Gott ... dachte er, als er begriff, was er da vor sich hatte.

18

Cormia war weder in ihrem Schlafzimmer noch in ihrem Bad.

Als Phury nach unten in die Eingangshalle ging, um nach ihr zu suchen, fasste er einen Entschluss: Sollte er Rhage über den Weg laufen, würde er ihm keine der Fragen stellen, die ihm im Kopf herumschwirrten. Der ganze Mist mit den Trainingsschülern und den *Lessern* und dem Krieg war nicht mehr seine Angelegenheit, und daran sollte er sich besser gewöhnen.

Die Antworten standen ihm nicht länger zu.

Cormia jedoch war seine Angelegenheit. Sie und die Auserwählten. Und es wurde allerhöchste Zeit, dass er sich wie ein Mann benahm.

In der Tür zum Speisesaal blieb er abrupt stehen. »Bella?«

Die *Shellan* seines Zwillingsbruders saß auf einem der Stühle neben dem Sideboard, den Kopf gesenkt, die Hand auf den schwangeren Bauch gelegt. Ihr Atem kam in kurzen Stößen.

Sie hob den Blick und lächelte schwach. »Hi.«

O Gott. »Hallo. Was machst du hier?«

»Nichts Besonderes. Und ehe du anfängst ... ja, ich sollte im Bett sein ... ich bin schon auf dem Weg ...« Ihre Augen wandten sich der Freitreppe zu. »Es kommt mir nur im Augenblick ein bisschen weit vor.«

Der Schicklichkeit wegen hatte Phury stets darauf geachtet, Bellas Gesellschaft nicht jenseits der gemeinsamen Mahlzeiten zu suchen, selbst bevor Cormia ins Haus gekommen war.

Jetzt allerdings war wohl die falsche Zeit für übertriebene Zurückhaltung.

»Soll ich dich tragen?«

Sie antwortete nicht gleich, und er bereitete sich innerlich schon auf eine Ablehnung vor. Vielleicht würde sie ihn wenigstens zulassen, dass er sie stützte –

»Ja. Bitte.«

Heilige Jungfrau. »Na so was, du bist ja richtig vernünftig.«

Er lächelte, als wäre er nicht komplett von der Rolle, und ging zu ihr. Sie kam ihm leicht wie Luft vor, als er ihr einen Arm unter die Beine und die andere Hand unter den Rücken schob. Sie roch nach nachtblühenden Rosen und etwas – anderem. Etwas ... war nicht ganz in Ordnung, als wären ihre Schwangerschaftshormone aus dem Gleichgewicht.

Vielleicht blutete sie.

»Also, wie geht es dir?«, fragte er mit erstaunlich ruhiger Stimme, während er mit ihr zur Treppe lief.

»Genauso wie immer. Müde. Aber das Kleine tritt viel, was ein gutes Zeichen ist.«

»Das ist gut.« Er erreichte den ersten Stock und trug sie durch den Flur mit den Statuen. Als Bella ihren Kopf an seine Schulter legte und kurz erschauerte, wäre er am liebsten losgerannt.

Gerade, als er vor ihrem Zimmer ankam, öffnete sich die Tür am Ende des Korridors. Cormia kam heraus und stockte, die Augen weit aufgerissen.

»Könntest du uns bitte aufmachen?«, bat er sie.

Sofort eilte sie los und schwang die Tür weit auf. Er marschierte schnurstracks auf das Bett zu und legte Bella hin.

»Möchtest du etwas zu essen?«, fragte er, um dann ganz geschmeidig auf das Thema Doc Jane umzuschwenken.

Etwas von dem alten Funkeln kehrte in ihre Augen zurück. »Ich glaube, das war genau das Problem – ich habe zu viel gegessen. Zwei Eimer Mint Chocolate Chips von Ben und Jerry's.«

»Genau das Richtige, um sich den Magen zu verderben.« Betont beiläufig ergänzte er: »Wie wär's, wenn ich Z anrufe?«

»Wozu? Ich bin nur müde. Und bevor du fragst: Nein, ich war nicht länger als meine erlaubte Stunde auf. Lass ihn in Ruhe, mir geht's gut.«

Das mochte ja wahr sein, aber er würde seinen Zwillingsbruder trotzdem anrufen. Nur nicht in ihrem Beisein.

Er blickte über die Schulter. Cormia stand unmittelbar vor der Tür, schweigend, Sorge auf dem schönen Gesicht. Er wandte sich wieder an Bella. »Hey, hättest du vielleicht gern Gesellschaft?«

»Aber liebend gern.« Sie lächelte Cormia an. »Ich hab mir ein *Project-Runway*-Special aufgenommen und wollte es mir gerade ansehen. Hast du Lust, dich zu mir zu setzen?«

Cormias Blick wanderte zu Phury. Sein Flehen musste sich wohl in seiner Miene abgezeichnet haben. »Ich weiß zwar nicht, was das ist, aber ... ja, ich würde es mir gern ansehen.«

Als sie hereinkam, hielt er sie am Arm fest und flüsterte: »Ich hole Z. Wenn sie irgendwelche Anzeichen von Schmerz oder Unruhe zeigt, wähl Stern und Z auf dem Telefon, okay? Dann geht er ran.«

Cormia nickte und sagte leise: »Ich kümmere mich um sie.«

»Danke«, murmelte er und drückte ihren Arm leicht.

Nachdem er sich verabschiedet hatte, schloss er die Tür und ging erst ein paar Meter den Flur hinunter, ehe er Z auf dem Handy anrief. *Geh dran, geh dran ...*
Mailbox.
Mist.

»Das ist er nicht. *Das ist er nicht!*«

Dort im Regen in der Seitenstraße neben dem *McGrider's* stehend, hätte Mr D seinen Kollegen am liebsten hochgehoben und mitten auf der Trade Street als Verkehrsberuhigung auf die Straße geworfen.

»Was zum Henker ist dein Problem?«, fauchte der *Lesser* zurück und zeigte auf den Vampir zu seinen Füßen. »Das ist schon der Dritte, den wir heute Nacht schnappen. Mehr als wir im ganzen letzten Jahr eingesackt –«

Mr D zückte sein Schnappmesser. »Und keiner war der, den wir brauchen. Also steig wieder in den Sattel und mach dich auf die Socken, sonst reiß ich dir die Kronjuwelen ab.«

Als der Jäger einen Schritt zurücktrat, bückte sich Mr D und schlitzte die Jacke des Vampirs auf. Der Mann war bewusstlos und sah ziemlich lädiert aus, wie ein zerknautschter Anzug, der dringend in die Reinigung muss. Seine Kleider waren mit rotem Blut verschmiert, und sein Gesicht sah aus wie ein Rorschach-Test.

Während er nach einer Brieftasche wühlte, musste Mr D seinem Untergebenen insgeheim zu einem gewissen Grad Recht geben. Es war kaum zu glauben, dass sie drei in einer Nacht erwischt hatten – und er sich immer noch in die Hose machte, als hätte er tagelang nur Backpflaumen gefressen.

Die Sache war die: Das waren keine sonderlich guten Nachrichten für Omega, und er war derjenige, dessen Arsch auf dem Spiel stand.

»Bring das Ding da in das Haus auf der Lowell Street«, befahl er, als ein blassblauer Minivan voller Verstärkung die Straße entlanggerollt kam. »Wenn es zu sich kommt, gib mir Bescheid. Ich werde versuchen, etwas über den, den wir suchen, aus ihm rauszukriegen.«

»Wie Sie meinen, Chef.« *Chef* klang wie *Wichser*.

Mr D spielte mit dem Gedanken, sein Schnappmesser zu zücken und dem Kerl auf der Stelle das Fell abzuziehen. Aber da er heute Nacht schon einem Kollegen das Licht ausgeblasen hatte, zwang er sich, die Klinge in der Jacke zu lassen. Die Reihen weiter zu lichten war im Moment keine so tolle Idee.

»Ich an deiner Stelle würde mich besser benehmen«, murmelte er, als zwei *Lesser* aus dem Wagen stiegen, um den Vampir wegzubringen.

»Warum? Wir sind hier nicht in Texas.«

»Wohl wahr.« Mr D lähmte die Muskeln des Vampirjägers, packte ihn bei den Eiern und drehte an den Murmeln, als wollte er sie auswringen. Der Bursche brüllte, wodurch bewiesen war, dass – selbst, wenn man impotent war – der wunde Punkt eines Mannes immer noch der beste Weg war, seine Aufmerksamkeit zu erregen.

»Das ist noch lange kein Grund, unhöflich zu sein«, flüsterte Mr D mit Blick in das verknitterte Gesicht des *Lesser*. »Hat deine Mama dir denn überhaupt nichts beigebracht?«

Die Antwort darauf hätte vom dreiundzwanzigsten Psalm über einen Blondinenwitz bis hin zu einer Einkaufsliste alles sein können, so wenig zusammenhängend klang sie.

Als Mr D gerade loslassen wollte, fing jeder Zentimeter seiner Haut an zu jucken.

Na großartig. Die Nacht wurde ja immer besser.

»Sperrt diesen Kerl ein«, sagte Mr D. »Und dann kommt hierher zurück. Wir sind noch nicht fertig.«

Als der Minivan endlich losfuhr, hätte er sich schon am liebsten mit Schleifpapier bearbeitet. Dieses grausige, unerträgliche Jucken bedeutete, dass Omega ihn sehen wollte, aber wo zum Teufel konnte so eine Audienz stattfinden? Er war in der Innenstadt, das nächstgelegene Anwesen der Gesellschaft der *Lesser* war zehn Minuten mit dem Auto entfernt – und da Mr D keine guten Neuigkeiten hatte, wollte er auf jede Form von Verzögerung tunlichst verzichten.

Also trabte er die Trade Street hoch und checkte die verlassenen Gebäude, kam aber zu dem Schluss, dass eine Audienz mit Omega dort zu riskant wäre. Hier in der Innenstadt wimmelte es nur so von menschlichen Obdachlosen, und in einer Nacht wie dieser würden sie mit Sicherheit versuchen, sich vor dem Gewitter zu verkriechen. Das Letzte, was er brauchte, war ein Zeuge, selbst wenn er total zugedröhnt oder besoffen war – zumal Mr D es unter Garantie anständig besorgt bekäme.

Ein paar Blocks weiter kam er zu einer Baustelle mit einem drei Meter hohen Zaun. Seit dem vergangenen Frühjahr beobachtete er die Arbeiten hier schon, seit sich zunächst das Außenskelett aus dem Boden erhoben hatte, dann die Haut aus Glas über die Stahlträger gezogen, später das Nervensystem von Drähten und Rohren installiert wurde. Inzwischen wurde nachts nicht mehr gearbeitet, weshalb er genau hatte, was er brauchte.

Mr D nahm Anlauf, sprang hoch und schwang sich über den Zaun. In der Hocke kam er auf der Erde auf und blieb erst mal sitzen.

Niemand zu sehen, keine Hunde kamen angerannt, also löschte er mit seinem Willen einige der Arbeitslampen und raste durch die Schatten auf eine Tür zu, die – *Treffer* – unverschlossen war.

Dem Gebäude haftete der trockene Geruch von Gips und Putz an, und mit hallenden Schritten drang er tief in die Räumlichkeiten ein. Es war ein klassischer Bürobau, große, weite Flächen, die eines Tages voller Schreibtische stehen würden. Die armen Schweine. Er hätte nie einen Schreibtischjob machen können. Erstens war er nicht lange genug zur Schule gegangen, und zweitens drehte er total durch, wenn er den Himmel nicht sehen konnte.

Als er sich in der Mitte des Gebäudes befand, ging er auf die Knie, legte den Cowboyhut ab und machte sich auf eine höllische Standpauke gefasst.

Gerade, als er sich für den Meister öffnete, machte draußen das schon länger drohende Gewitter endlich ernst. Donner grollte über der Innenstadt und prallte dann als Echo von den Wolkenkratzern ab. Perfektes Timing: Die Ankunft Omegas in Caldwells Realität klang wie ein weiterer Donnerschlag, er brach aus dem Nichts herein, als spränge er aus einem See. Als er vollständig eingetroffen war, wackelte die gesamte Baustelle, als wäre sie aus Gummi und zöge sich nun in ihre ursprüngliche Form zurück.

Eine weiße Robe umspielte die geisterhafte schwarze Gestalt Omegas, und Mr D machte schon mal orale Dehnungsübungen für einen Redeschwall á la »Wir tun unser Bestes«.

Doch Omega sprach zuerst. »Ich habe gefunden, was mir gehört. Sein Tod war der Weg. Du wirst mir vier Männer geben, und du wirst alles Notwendige beschaffen. Und du wirst in das Bauernhaus fahren, um es für eine Initiation vorzubereiten.«

Sieh mal einer an, damit hatte er jetzt nicht gerechnet.

Mr D stand auf und zog das Handy aus der Tasche. »Auf der Third Street befindet sich eine Einheit. Ich rufe sie her.«

»Nein, ich werde sie dort abholen, und sie werden mit mir zusammen reisen. Wenn ich in das Bauernhaus zurückkehre, wirst du mir bei dem assistieren, was dort geschehen wird, und dann wirst du mir einen Dienst erweisen.«

»Ja, Meister.«

Omega streckte die Arme aus, seine weiße Robe breitete sich aus wie zwei Flügel. »Frohlocke, denn unsere Kraft wird sich verzehnfachen. Mein Sohn kehrt nach Hause zurück.«

Damit verschwand Omega, und ein zusammengerolltes Papier fiel auf den Betonboden.

»Sohn?« Mr D fragte sich, ob er richtig verstanden hatte. *»Sohn?«*

Er bückte sich und hob das Papier auf. Die Liste war lang und ein bisschen schaurig, aber nicht exotisch.

Billig und leicht zu beschaffen. Billig und leicht zu beschaffen. Was gut war, weil sein Budget verflucht schmal war.

Er steckte die Liste in die Jacke und setzte den Cowboyhut wieder auf.

Sohn?

Am anderen Ende der Stadt saß Rehv in Havers' unterirdischer Klinik und wartete ohne einen Funken Geduld. Als er zum achthundertfünfzigsten Mal auf die Uhr sah, kam er sich vor wie ein Rennfahrer, dessen Boxenmannschaft aus neunzigjährigen Greisen bestand.

Was zum Teufel machte er hier überhaupt? Das Dopamin wirkte inzwischen, die Panik war verebbt, jetzt kam er sich albern vor in seinen feinen Lederschuhen, die von der Behandlungsliege baumelten. Alles war normal und unter Kontrolle, und du meine Güte, sein Arm würde schon von allein wieder abheilen. Dass es ein bisschen länger dauerte, hieß wahrscheinlich nur, dass er sich nähren musste. Eine schnelle Session mit Xhex, und er wäre wieder auf dem Damm.

Also, er sollte wirklich einfach hier abhauen.

Das Blöde an der Sache war nur, dass Xhex und Trez draußen auf dem Parkplatz warteten. Wenn er ohne irgendwelche Mumienbinden um seinen Arm hier rausspazierte, würden sie seinen Hintern rösten.

Die Tür öffnete sich und eine Schwester kam herein. Die Frau trug ein weißes Hemdblusenkleid, weiße Strümpfe und weiße Schuhe mit weichen Sohlen – die Bilderbuchversion ihrer Profession, typisch für Havers' altmodische Methoden und Standards. Als sie die Tür schloss, hielt sie den Kopf hinter seiner Krankenakte versteckt, und obwohl sie bestimmt auch darin las, war der zusätzliche Vorteil davon natürlich, seinem Blick nicht begegnen zu müssen.

Alle Krankenschwestern taten das in seiner Gegenwart.

»Guten Abend«, begrüßte sie ihn steif und blätterte in der Akte herum. »Ich werde Euch etwas Blut abnehmen, wenn Ihr nichts dagegen habt.«

»Klingt super.« Wenigstens passierte dann endlich was.

Während er sich aus dem Zobelmantel schälte und sein Jackett abstreifte, wuselte sie herum, wusch sich die Hände und zog Handschuhe über.

Keine Krankenschwester hatte gern mit ihm zu tun. Das war weibliche Intuition. Obwohl in seiner Akte nichts davon stand, dass er ein halber Sympath war, konnten sie das Böse in ihm wittern. Seine Schwester Bella und seine ehemalige Flamme Marissa waren da löbliche Ausnahmen, da sie beide das Gute in ihm hervorbrachten: Er liebte sie, und das spürten sie. Was aber den Rest der Vampire betraf, so waren ihm anonyme Leute total egal, und irgendwie kriegte das schöne Geschlecht das immer sofort mit.

Jetzt trat die Schwester mit einem kleinen Tablett, auf

dem ein Spritzenbesteck und ein Gummischlauch lagen, an ihn heran. Er krempelte sich den Ärmel hoch. Sie arbeitete zügig und sagte kein Wort, dann zog sie sich eiligst zur Tür zurück.

Bevor sie flüchten konnte, fragte er: »Wie lange wird es noch dauern?«

»Es ist gerade ein Notfall hereingekommen. Daher könnte sich alles ein wenig verzögern.«

Die Tür klappte zu.

Verdammt, er ließ seinen Club nicht gern die ganze Nacht unbeaufsichtigt. Trez und Xhex beide nicht auf Posten ... das war überhaupt nicht gut. iAm war zwar ein knallharter Bursche, aber selbst die rauesten Typen brauchten Verstärkung, wenn sie vierhundert total abgefahrene Menschen vor sich hatten.

Rehv klappte sein Handy auf, wählte Xhex an und stritt sich ungefähr zehn Minuten lang mit ihr. Was keinen Spaß machte, aber wenigstens die Zeit totschlug. Sie gab keinen Millimeter nach, was seine Behandlung betraf, willigte aber wenigstens schließlich ein, mit Trez zurück in den Club zu fahren.

Natürlich erst, nachdem er den beiden schlicht und ergreifend den Befehl dazu gegeben hatte.

»Bitte, wenn du unbedingt willst«, fauchte sie.

»Ich will«, bellte er zurück und legte auf.

Er schob das Telefon in die Hosentasche. Fluchte ein bisschen. Holte das Gerät wieder heraus und schrieb: *Sorry, dass ich so ein blöder Sack bin. Verzeihst du mir?*

Im selben Moment, als er auf Senden drückte, kam eine SMS von ihr an: *Du bist manchmal so ein blöder Sack. Ich mach das doch nur, weil du mir wichtig bist.*

Er musste laut lachen, vor allem, als kurz darauf die Botschaft kam: *Schon verziehen, aber trotzdem blöder Sack. Ciao.*

Rehv steckte das Handy endgültig wieder ein und sah sich um. Inspizierte die Holzspatel in dem Glas am Waschbecken, die Blutdruckmanschette an der Wand, den Schreibtisch mit Computer in der Ecke. Er war schon mal hier gewesen. Er war in allen Behandlungszimmern schon mal gewesen.

Havers und er spielten schon länger Arzt und Patient miteinander, und das war eine heikle Angelegenheit. Wenn jemand Hinweise darauf hatte, dass ein Symphath frei herumlief – selbst wenn dieser nur ein Mischling war –, dann war man gesetzlich dazu verpflichtet, ihn zu melden, damit er von der normalen Bevölkerung getrennt und in der Kolonie oben im Norden untergebracht werden konnte. Was alles kaputtmachen würde. Daher wühlte sich Rehv bei jedem Besuch in der Klinik in das Gehirn des braven Onkel Doktors und öffnete, was er gern als seine persönliche Truhe auf Havers' Dachboden betrachtete.

Der Trick war nicht ganz unähnlich dem, mit Hilfe dessen die Vampire das Kurzzeitgedächtnis von Menschen löschten; nur etwas tiefgehender. Nachdem er den Doc in eine Trance versetzt hatte, befreite er die Information über sich selbst und seinen »Zustand«, woraufhin Havers ihn richtig behandeln konnte – aber ohne die unangenehmen gesellschaftlichen Konsequenzen. Nach der Konsultation packte Rehv seine Siebensachen im Gehirn des Arztes wieder zusammen und brachte sie in Havers' Großhirnrinde sicher unter Verschluss, bis zum nächsten Mal.

War das hinterhältig? Ja. Gab es eine andere Möglichkeit? Nein. Er brauchte die Behandlung – er war nicht wie Xhex, die ihre Triebe aus eigener Kraft unterdrückte. Wobei Gott allein wusste, wie sie das –

Rehv setzte sich auf, seine Wirbelsäule kribbelte plötzlich, sämtliche Alarmglocken läuteten schrill.

Er tastete nach seinem Stock, rutschte von der Liege und

landete auf zwei Füßen, die er nicht spüren konnte. Drei Schritte zur Tür, dann nahm er die Klinke und drehte sie. Der Flur draußen war in beide Richtungen leer. Ganz hinten links lagen Stationszimmer und Warteraum, dort schien alles normal. Rechts waren noch weitere Behandlungsräume, und dahinter befand sich die Flügeltür zur Leichenhalle.

Es gab nichts aufsehenerregendes zu entdecken.

Tja … alles schien seinen geordneten Gang zu gehen. Das Personal lief emsig durch die Korridore. Im Untersuchungszimmer nebenan hustete jemand. Die Klimaanlage summte monoton im Hintergrund.

Er blinzelte und war versucht, seine Symphathen-Seite auf Entdeckungsreise zu schicken, aber das war zu riskant. Er war gerade erst wieder einigermaßen stabil. Die Büchse der Pandora musste geschlossen bleiben.

Also verzog er sich wieder in seinen Behandlungsraum, zog das Telefon aus der Tasche und wählte Xhex' Nummer, um sie zurück zur Klinik zu zitieren. Doch bevor die Verbindung zustande kam, ging die Tür auf.

Sein Schwager Zsadist steckte den Kopf herein. »Hörte, du wärst auch hier.«

»Hey.« Rehv steckte das Handy weg und schob sein plötzliches Angstgefühl auf die Paranoia, die offenbar eine Begleiterscheinung der doppelten Dopamindosis war.

Großartig. »Bitte sag mir, dass du nicht wegen Bella hier bist.«

»Nein. Ihr geht's gut.« Z schloss die Tür und lehnte sich mit dem Rücken daran, wodurch er faktisch den Ausgang versperrte.

Die Augen des Bruders waren schwarz. Was bedeutete, dass er total angepisst war.

Rehvenge hob seinen Stock hoch und ließ ihn zwischen den Beinen baumeln, nur für den Fall, dass er ihn brauchen sollte. Nach ein bisschen anfänglichem Imponiergehabe und Brusttrommeln, als Z und Bella einander näherkamen, waren er und der Bruder eigentlich ganz gut klargekommen. Aber so was konnte sich auch wieder ändern. Und diesem Blick – so finster wie das Innere einer Gruft – nach zu urteilen, war genau das passiert.

»Hast du was auf dem Herzen, Großer?«, fragte Rehv.

»Ich möchte, dass du mir einen Gefallen tust.«

Das Wort *Gefallen* traf vermutlich den Kern der Sache nicht so ganz. »Sprich.«

»Ich will nicht, dass du weiter an meinen Zwilling verdealst. Du wirst ihm den Hahn abdrehen.« Zsadist beugte sich vor, die Hände in die Hüften gestemmt. »Und wenn du das nicht machst, dann werde ich dafür sorgen, dass du in deinem miesen Loch nicht mal mehr einen Strohhalm verticken kannst.«

Rehv klopfte mit der Spitze seines Stocks gegen die Behandlungsliege und fragte sich, ob der Bruder wohl anders klänge, wenn er wüsste, dass die Einkünfte aus dem Club seinen Schwager vor der Symphathen-Kolonie bewahrten. Z wusste von der Mischlings-Sache; von der Prinzessin und ihren Spielchen wusste er aber nichts.

»Wie geht es meiner Schwester?«, fragte er. »Alles im Lot? Keine Aufregungen? Das ist doch wichtig für sie, oder? Sich nicht unnötig aufzuregen.«

Zsadist verengte die Augen zu Schlitzen, sein vernarbtes Gesicht ähnelte nun dem, was manche Leute vermutlich in ihren Alträumen sahen. »Ich kann mir wirklich nicht gut vorstellen, dass du damit anfangen willst.«

»Wenn du mir ins Handwerk pfuschst, hat das auch Auswirkungen auf sie. Glaub mir.« Rehv balancierte seinen Stock auf der Handfläche. »Dein Zwillingsbruder ist ein erwachsener Mann. Wenn du ein Problem mit seinem Konsum hast, dann solltest du dich vielleicht mal mit ihm selbst unterhalten.«

»Keine Sorge, ich werde mich schon mit Phury auseinandersetzen. Aber ich will dein Wort. Du verkaufst nicht mehr an ihn.«

Rehv betrachtete seinen Stock, der schnurgerade in die Luft ragte. Er hatte schon vor langer Zeit seinen Frieden mit seinem Beruf gemacht – zweifellos dank seiner Symphathen-Seite, die ein Profitieren von den Schwächen anderer quasi zu einem moralischen Imperativ machte.

Er rechtfertigte sein Dealen damit, dass die Hobbys seiner Kunden ihn nichts angingen. Wenn sie ihr Leben mit dem, was er ihnen verkaufte, verpfuschten, dann war das ihre eigene Sache – und keinen Deut anders als die üblichen salonfähigen Praktiken, um sich körperlich zu ruinieren: sich bis zum Herzinfarkt mit Fast Food vollzufressen oder mit freundlicher Unterstützung von Anheuser-Busch ins Leberversagen zu saufen oder auf Kredit zu zocken, bis das Eigenheim und die Existenz verloren war.

Drogen waren eine Handelsware, und er war ein Geschäftsmann. Die Konsumenten würden sich ihre Zerstörung woanders suchen, wenn er dichtmachte. Das Beste, was er für sie tun konnte, war dafür zu sorgen, dass sein Stoff wenigstens nicht mit gefährlichen Substanzen gestreckt und der Reinheitsgrad konstant war, so dass sie ihre Dosen verlässlich kalkulieren konnten.

»Dein Wort, Vampir«, knurrte Zsadist.

Rehv sah an seinem Ärmel herab und dachte an Xhex' Miene, als sie entdeckt hatte, was er mit sich angestellt hatte. Schon merkwürdig, die Parallelen. Nur weil er seine Droge auf Rezept bekam, hieß das noch nicht, dass er gegen Missbrauch gefeit war.

Jetzt hob er den Kopf, schloss die Augen und hörte auf zu

atmen. Er tastete sich mit seinem Geist durch die Luft und drang in den Kopf des Bruders ein. Ja ... unter seiner Wut lag blankes Grauen.

Und Erinnerungen ... an Phury. Eine Szene vor langer Zeit ... siebzig Jahre her vielleicht ... ein Sterbebett. Phurys.

Z wickelte seinen Zwillingsbruder in Decken und schob ihn näher an ein Kohlenfeuer. Er hatte Angst ... Zum ersten Mal, seit er seine Seele durch die Sklaverei verloren hatte, betrachtete er jemanden mit Sorge und Mitgefühl. In dieser Szene tupfte er Phurys fiebernasse Stirn ab, schnallte sich dann seine Waffen um und ging.

»Vampir ...«, murmelte Rehv. »Du als Krankenpfleger, wer hätte das gedacht.«

»Verzieh dich aus meinem verfluchten Gedächtnis.«

»Du hast ihn gerettet, stimmt's?« Rehv klappte die Augen auf. »Phury war krank. Du hast Wrath geholt, weil du nicht wusstest, wohin du sonst gehen solltest. Der wilde Mann als edler Retter.«

»Nur zu deiner Info: Ich habe miserable Laune, und du gehst mir auf den Sack.«

»Und so seid ihr beide in der Bruderschaft gelandet. Interessant.«

»Ich will dein Wort, Sündenfresser. Kein langweiliges Märchen.«

Bewegt von etwas, was Rehv nicht benennen wollte, legte er sich eine Hand aufs Herz und sagte laut und deutlich in der Alten Sprache: »*Hiermit gelobe ich feierlich: Niemals wieder wird dein eigen Fleisch und Blut, dein Zwillingsbruder, mein Anwesen mit Drogen am Leib verlassen.*«

Überraschung flackerte in Zs vernarbtem Gesicht auf. Dann nickte er. »Es heißt, man soll nie einem Symphathen trauen. Deshalb setze ich auf die Hälfte von dir, die der Bruder meiner Bella ist, verstehst du mich?«

»Toller Plan«, murmelte Rehv, als er seine Hand sinken ließ. »Denn das ist die Seite, mit der ich geschworen habe. Aber sag mal, wie willst du dafür sorgen, dass er nicht von jemand anderem kauft?«

»Offen gestanden: keine Ahnung.«

»Tja, dann viel Glück.«

»Das werden wir brauchen.« Zsadist ging zur Tür.

»Hey, Z?«

Der Bruder sah sich über die Schulter. »Was.«

Rehv rieb sich über die linke Brust. »Hast du … äh, bist du heute Nacht schlecht drauf?«

Z runzelte die Stirn. »Ja, aber was soll daran neu sein? Ich war schon seit Ewigkeiten nicht mehr gut drauf.«

Die Tür fiel leise ins Schloss, und Rehv legte wieder die Hand auf sein Herz. Die verdammte Pumpe raste ohne einleuchtenden Grund. Shit, wahrscheinlich war es doch das Beste, mit dem Arzt zu sprechen. Egal, wie lange es dauer –

Die Explosion erschütterte die Klinik wie ein überlautes Donnergrollen.

19

Phury nahm zwischen den Kiefern hinter den Garagen von Havers' Klinik Gestalt an – exakt in dem Moment, als die Alarmanlage losheulte. Das schrille elektronische Kreischen löste wildes Gebell unter den Hunden der Nachbarschaft aus, doch es bestand keine Gefahr, dass jemand die Polizei rufen würde. Das Warnsignal war so hoch eingestellt, dass es für menschliche Ohren nicht wahrzunehmen war.

Verflucht ... er war unbewaffnet.

Trotzdem stürmte er ohne Zögern zum Klinikeingang, bereit, notfalls mit bloßen Händen zu kämpfen.

Die Lage war jenseits eines Super-GAUs: Die Stahltür hing in den Angeln wie eine aufgeplatzte Lippe, durch die weit geöffneten Aufzugtüren konnte man den Schacht mit seinen Venen und Arterien aus Kabeln und Drähten sehen. Im Dach der Aufzugkabine, die weiter unten fest hing, klaffte ein Loch wie die Einschusswunde einer Kugel in der Brust eines Mannes.

Rauchschwaden und der Geruch von Talkum trieben aus

den Untergeschossen herauf. Das Süßsauer-Aroma in Kombination mit den Kampfgeräuschen von unten trieb Phurys Fänge aus seinem Kiefer, er ballte die Fäuste.

Er vergeudete keine Zeit mit Überlegungen, woher die *Lesser* den Standort der Klinik kannten, und er hielt sich auch nicht mit der Notleiter im Betonschacht der Aufzuganlage auf. Er sprang einfach herunter und landete auf dem noch unversehrten Teil des Kabinendachs. Noch ein Satz durch das Explosionsloch, und er stand vor dem totalen Chaos.

Im Wartebereich tanzten drei weißhaarige Vampirjäger mit Zsadist und Rehvenge den Squaredance und zerlegten das Reich der Plastikstühle, öden Zeitschriften und freudlosen Topfpflanzen in seine Einzelteile. Die ausgebleichten Bastarde waren offensichtlich gut trainierte Langzeitmitglieder, so kräftig und abgebrüht wie sie waren, aber Z und Rehv hielten auch nicht gerade die andere Wange hin.

Phury stürzte sich sofort ins Kampfgewühl. Er schnappte sich einen Metallstuhl vom Anmeldeschalter und schmetterte ihn wie einen Baseballschläger dem nächstbesten *Lesser* über den Schädel. Als der zu Boden ging, hob er den Stuhl hoch über den Kopf und stach ihm mit einem der dünnen Beine direkt in die Brust.

Es knallte und blitzte, und gleichzeitig ertönten laute Schreie aus dem Trakt mit den Krankenzimmern.

»Los!«, bellte Z, während er einem der anderen *Lesser* einen Tritt vor den Kopf versetzte. »Wir halten sie hier auf!«

Phury raste durch die Schwingtür.

Im Flur lagen Leute. Viele. Lagen in roten Blutlachen auf dem hellgrünen Linoleum.

Obwohl es ihm wehtat, nicht anzuhalten und nach ihnen zu sehen, musste er sich auf die Angestellten und Patienten konzentrieren, die noch am Leben waren. Eine Gruppe von ihnen rannte in Panik auf ihn zu, ihre weißen Mäntel und OP-Kittel flatterten hinter ihnen her wie Wäsche auf einer Leine im Wind.

Er hielt sie an Armen und Schultern fest. »Versteckt euch in den Krankenzimmern! Schließt euch ein! Schließt die verdammten Türen ab!«

»Keine Schlösser!«, brüllte jemand. »Und sie nehmen Patienten mit!«

»Verfluchte Scheiße.« Er sah sich um und entdeckte ein Schild. »Hat diese Arzneimittelkammer ein Schloss?«

Eine Schwester nickte, während sie schon einen Karabiner von ihrer Taille löste. Mit zitternder Hand hielt sie ihm einen Schlüssel hin. »Aber nur von außen. Ihr müsst ... uns einschließen.«

Phury deutete mit dem Kopf auf die Tür mit der Aufschrift NUR FÜR PERSONAL. »Los, rein da.«

Das Grüppchen schlurfte heran und quetschte sich in den drei mal drei Meter kleinen Raum, an dessen Wänden Regale voller Medikamente und medizinischer Materialien bis an die Decke reichten.

Als er die Tür schloss, wusste er, dass er niemals vergessen könnte, wie sie da unter die Neonbeleuchtung in der niedrigen Kammer gedrängt standen: sieben zu Tode verängstigte Gesichter, vierzehn flehende Augen, siebzig Finger, die sich verschränkten, bis die einzelnen Körper zu einer einzigen Woge der Furcht verschmolzen.

Das hier waren Leute, die er kannte: Leute, die sich um ihn gekümmert hatten, wenn er eine Prothese brauchte. Leute, die wie er Vampire waren. Leute, die sich ein Ende dieses Krieges wünschten. Und sie wurden gezwungen, ihm zu vertrauen, weil er im Augenblick mehr Macht hatte als sie.

So fühlte es sich also an, Gott zu sein, dachte er ohne jeden Anflug von Neid auf den Job.

»Ich werde euch nicht vergessen.« Damit schloss er die Tür, versperrte sie und hielt einen Moment inne. Man hörte immer noch Kampfgeräusche aus dem Anmeldungsbereich, aber abgesehen davon war alles still.

Kein weiteres Personal. Keine weiteren Patienten. Diese sieben waren die einzigen Überlebenden.

Er wandte sich von der Arzneimittelkammer ab und schlug die entgegengesetzte Richtung ein, weg von Z und Rehv, einem durchdringenden süßlichen Geruch folgend. Vorbei an Havers' Labor rannte er weiter bis zu dem verborgenen Quarantänezimmer, in dem Butch vor einigen Monaten gelegen hatte. Überall auf den Fußböden vermischten sich die Abdrücke schwerer Springerstiefel mit dem roten Blut von Vampiren.

Um Himmels willen, wie viele Jäger waren denn hier?

Wie auch immer die Antwort darauf lauten mochte, er hatte so eine Ahnung, wohin die *Lesser* unterwegs waren: die Evakuierungstunnel, das lag nahe bei Entführungen. Die Frage war nur: Woher wussten sie, dass es hier entlangging?

Phury stieß eine weitere Schwingtür auf und steckte den Kopf in die Leichenhalle. Die Kühleinheiten, die Edelstahltische und die Hängewaagen waren unangetastet. Logisch. Sie wollten nur, was noch lebte.

Er folgte dem Gang weiter und fand den Ausgang, den die Jäger benutzt hatten, um mit den Geiseln ins Freie zu gelangen. Von der Stahltür zum Tunnel war nichts mehr übrig, sie war ebenso wie der Hintereingang und das Dach der Aufzugkabine gesprengt worden.

Scheiße. Blitzsaubere Operation. Rein, raus. Und er mochte wetten, dass das nur die erste Offensive war. Mehr würden folgen, um den Bau zu plündern, denn die Gesellschaft der *Lesser* war in diesen Dingen ziemlich mittelalterlich drauf.

Phury spurtete zurück zu dem Kampfschauplatz, falls Z und Rehv noch nicht aufgeräumt haben sollten. Unterwegs hielt er sich das Telefon ans Ohr, doch noch ehe V abheben konnte, steckte Havers den Kopf aus seinem Büro.

Phury legte schnell auf, um sich erst mal um den Doc zu kümmern, und betete still, dass Vs Überwachungssystem benachrichtigt worden war, als der Alarm in der Klinik losging. Wahrscheinlich schon, da die Systeme eigentlich gekoppelt sein sollten.

»Wie viele Krankenwagen habt ihr?«, herrschte er Havers an.

Der Arzt blinzelte hinter seiner Brille und streckte die Hand aus. Darin lag klappernd eine Neunmillimeter. »Ich habe eine Waffe.«

»Die du schön brav wieder in den Gürtel stecken und nicht benutzen wirst.« Das Letzte, was er gebrauchen konnte, war der Finger eines Amateurs am Abzug. »Los, steck sie weg und hör mir zu. Wir müssen die Überlebenden hier rausschaffen. Wie viele Krankenwagen gibt es?«

Havers stopfte sich den Lauf der Beretta ungeschickt in die Hosentasche, so dass Phury schon Sorge hatte, er würde sich selbst in den Hintern schießen. »V-v-vier –«

»Gib mir das Ding.« Phury nahm ihm die Pistole ab, vergewisserte sich, dass sie gesichert war, und schob sie dem Arzt in den Hosenbund. »Vier Krankenwagen. Gut. Wir werden Fahrer brauchen –«

Der Strom war plötzlich weg, alles wurde pechschwarz. In der unvermittelten Dunkelheit fragte Phury sich, ob das vielleicht schon die zweite Welle von *Lessern* war, die durch den Schacht kamen.

Als der Reservegenerator ansprang und eine trübe Notbeleuchtung aufflackerte, packte er den Arzt am Arm und schüttelte ihn leicht. »Können wir durch das Haus zu den Krankenwagen gelangen?«

»Ja …das Haus … mein Haus … Tunnel …« Drei Schwestern tauchten hinter ihm auf. Sie waren zu Tode verängstigt, ihre Gesichter so weiß wie die Neonröhren über ihren Köpfen.

»O gütigste Jungfrau«, keuchte Havers, »die *Doggen* im Haus. Karolyn –«

»Ich hole sie«, erklärte Phury. »Ich suche sie und bringe sie in Sicherheit. Wo sind die Schlüssel zu den Krankenwagen?«

Der Arzt griff hinter die Tür. »Hier.«

Gott sei Dank. »Die *Lesser* haben den Südtunnel gefunden, also müssen wir alle durch das Haus hier rausbringen.«

»Ist g-gut.«

»Wir beginnen mit der Evakuierung, sobald wir dieses Gebäude vorübergehend gesichert haben«, sagte Phury. »Ihr vier schließt euch so lange hier ein, bis ihr von einem von uns hört. Ihr werdet die Krankenwagen fahren.«

»W-wie haben die uns gefunden?«

»Keinen blassen Schimmer.« Phury schob Havers zurück in das Büro, schlug die Tür zu und brüllte ihm zu, er solle absperren.

Als er zurück in den Anmeldebereich kam, war der Kampf dort bereits vorüber, der letzte *Lesser* wurde gerade mit Rehvs rotem Schwert ins Vergessen befördert.

Z wischte sich die Stirn mit einer Hand ab, die einen schwarzen Fleck hinterließ. Er wandte sich an Phury und wollte von ihm wissen: »Lage?«

»Mindestens neun Mitarbeiter und Patienten tot, unbekannte Anzahl Entführter, Gebiet nicht gesichert.« Denn Gott allein wusste, wie viele *Lesser* sich immer noch in dem Labyrinth der Flure und Räume der Klinik aufhielten. »Schlage vor, Eingangsbereich sowie Südtunnel und Ausgang zum Haus zu sichern. Evakuierung wird Benutzung der Hintertreppe ins Haus erfordern, danach schneller Aufbruch mit Krankenwagen und Privatfahrzeugen. Klinikpersonal wird chauffieren. Ziel ist medizinische Ausweicheinrichtung auf der Cedar Street.«

Zsadist blinzelte zweimal, als würde ihn die fehlerfreie Logik überraschen. »Alles klar.«

Die Kavallerie traf eine Sekunde später ein. Rhage, Butch und Vishous landeten eins, zwei, drei im Aufzugschacht. Das Trio war bewaffnet wie drei Panzer und stinksauer.

Phury warf einen Blick auf die Uhr. »Ich hole die Patienten und das Personal hier raus. Ihr sucht nach versprengten *Lessern* im Gebäude und spielt Begrüßungskomitee für die nächste Welle.«

»Phury«, rief Zsadist, als er sich umdrehte.

Als der Angesprochene sich über die Schulter blickte, warf ihm sein Zwilling eine der beiden SIGs zu, die er immer bei sich trug.

»Pass gefälligst auf dich auf«, sagte Z.

Mit einem Nicken fing Phury die Waffe auf und trabte den Flur hinunter. Er schätzte kurz die Entfernung zwischen Arzneimittelkammer, Havers' Büro und dem Treppenhaus ab und hatte das Gefühl, dass die drei Punkte meilenweit, statt nur Meter voneinander entfernt waren.

Dann öffnete er die Tür zum Treppenhaus. Die Notbeleuchtung glühte rot, die Stille war golden. Er rannte die Treppe hinauf, tippte den Code für das Türschloss zum Haus ein und steckte seinen Kopf in einen mit Holz vertäfelten Korridor. Der Duft von Zitronenpolitur kam von dem glänzenden Holzfußboden. Das Rosenaroma von einem Strauß auf einem Marmorsockel.. Eine Lamm-Rosmarin-Mischung strömte aus der Küche.

Kein Talkum.

Karolyn, Havers Haushälterin, spähte um die Ecke. »Herr?«

»Ruf alle Dienstboten zusammen –«

»Wir sind schon hier. Wir haben den Alarm gehört.« Sie deutete sich mit dem Kopf über die Schulter. »Wir sind zu zwölft.«

»Ist das Haus sicher?«

»Keine der Alarmanlagen ist losgegangen.«

»Ausgezeichnet.« Er warf ihr die Schlüssel zu, die Havers ihm gegeben hatte. »Lauft durch die Tunnel in die Garage und schließt euch dort ein. Dann lasst jeden Krankenwagen und jedes Auto, das ihr findet, an, aber fahrt noch nicht los. Einer muss an der Tür stehen, damit ich mit den anderen reinkommen kann. Ich werde klopfen und meinen Namen sagen. Macht niemandem außer mir oder einem anderen Bruder die Tür auf. Verstanden?«

Es war schmerzhaft, die *Doggen* ihre Furcht herunterschlucken und nicken zu sehen. »Ist unser Herr …«

»Havers geht es gut. Ich bringe ihn zu euch.« Phury drückte ihre Hand. »Und jetzt geht. Und macht schnell. Wir haben keine Zeit zu verlieren.«

In Windeseile war er zurück in der Klinik. Er konnte seine Brüder durch die Flure streifen hören, erkannte jeden von ihnen am Klang seiner Stiefel, an seinem Duft und seinem Sprachmuster. Keine weiteren *Lesser*, wie es aussah.

Er ging zuerst in Havers' Büro und holte die vier dort ab, weil er Havers' nicht zutraute, die Nerven zu behalten und abzuwarten. Glücklicherweise riss sich der Arzt zusammen und tat, was man ihm sagte. Zusammen mit den Schwestern eilte er die Treppe hinauf ins Haupthaus. Phury führte sie in den Tunnel, der zu den Garagen führte, und rannte mit ihnen durch die enge unterirdische Fluchtroute, die unter der Tiefgarage verlief.

»Welcher der Tunnel führt direkt zu den Krankenwagen?«, fragte er, als sie an eine Gabelung mit vier Abzweigungen gelangten.

»Der zweite von links, aber die Garagen sind alle miteinander verbunden.«

»Du und die Schwestern, ihr steigt zu den Patienten in die Krankenwagen. Also gehen wir hier entlang.«

Sie liefen, so schnell sie konnten. Irgendwann erreichten sie eine Stahltür, gegen die Phury mit der Faust hämmerte und dabei seinen Namen bellte. Das Schloss öffnete sich, und er schob seinen Trupp hinein.

»Ich hole den Rest«, sagte er, während sich alle umarmten.

Auf dem Weg zurück in die Klinik lief er Z in die Arme. »Habt ihr noch *Lesser* gefunden?«

»Nein. Ich hab V und Rhage zur Bewachung des Eingangs abgestellt, Rehv und ich kümmern uns um den Südtunnel.«

»Ich könnte Deckung für die Fahrzeuge gebrauchen.«

»Geht klar. Ich schicke Rhage. Ihr fahrt hinten raus, richtig?«

»Genau.«

Sie trennten sich, und Phury schlug den Weg zum Arzneimittelschrank ein. Seine Hand war absolut ruhig, als er den Schlüssel der Schwester aus der Tasche zog und an die Tür pochte.

»Ich bin's.« Dann erst schloss er auf und drehte am Knauf.

Wieder blickte er in ihre Gesichter und entdeckte die Erleichterung darin. Die allerdings nicht lange vorhielt, als sie die Waffe in seiner Hand bemerkten.

»Ich bringe euch durch das Haus raus«, sagte er. »Haben wir Bewegungseinschränkungen?«

Das kleine Grüppchen teilte sich und gab den Blick auf einen älteren Mann frei, der auf dem Boden saß. Er hatte eine Infusion im Arm, die eine der Schwestern über seinen Kopf hielt.

Mist. Phury drehte sich um. Keiner seiner Brüder war in der Nähe.

»Du.« Er zeigte auf einen Laboranten. »Trag ihn. Und du.« Er nickte der Schwester mit dem Infusionsbeutel zu. »Bleib bei ihnen.«

Der Laborant hob den Patienten auf, und die blonde Schwester hielt den Beutel hoch in die Luft. Die restlichen vier stellte Phury paarweise auf, immer einen Klinikmitarbeiter neben einen Patienten.

»Beeilt euch. Ihr könnt die Treppe ins Haus benutzen, von dort aus lauft ihr direkt in den Tunnel zur Garage, die erste Tür rechts. Ich bin direkt hinter euch. Los jetzt!«

Obwohl sie sich wirklich bemühten, dauerte es Jahre.

Jahre.

Er war kurz vorm Durchdrehen, als sie endlich die rot beleuchtete Treppe erreichten. Die Stahltür hinter sich zu verschließen, war auch nur ein schwacher Trost, da die *Lesser* offenkundig Sprengstoff hatten. Die Patienten waren langsam, da sie erst vor ein oder zwei Tagen operiert worden waren. Am liebsten hätte er einen getragen, aber er konnte nicht riskieren, die Waffe nicht im Anschlag zu halten.

Auf dem oberen Treppenabsatz musste eine Patientin, die einen Verband um den Kopf trug, anhalten.

Ohne dazu aufgefordert zu werden, drückte die blonde Schwester dem Laboranten den Infusionsbeutel in die Hand. »Nur, bis wir im Tunnel sind.« Dann nahm sie die in sich zusammensackende Frau auf die Arme. »Weiter.«

Phury nickte ihr zu und ließ sie vorgehen.

Langsam tröpfelte die Gruppe schlurfend und hustend ins Haus. Die Stille hier oben – ohne gellenden Alarm – war fantastisch. Phury verschloss die Tür zur Klinik hinter ihnen und führte sie zum Tunneleingang.

Während der Trupp weiterhumpelte, blieb die blonde Schwester mit der Frau auf dem Arm kurz stehen. »Hast du noch eine Waffe? Ich kann nämlich schießen.«

Phurys Augenbrauen schnellten hoch. »Nein, außer der hier –«

Da fiel sein Blick auf zwei blitzende Prunkschwerter an der Wand über einem der Türrahmen. »Nimm meine Pistole. Ich kann gut mit scharfen Sachen umgehen.«

Die Schwester reckte ihm ihre Hüfte entgegen, und er schob ihr Zs SIG in die Tasche des weißen Kittels. Dann drehte sie sich um und marschierte in den Tunnel, während er beide Schwerter von ihren Messinghaken hob und ihr nachlief.

Als sie die Tür zur Garage erreichten, klopfte er wieder, rief seinen Namen, und die Tür wurde geöffnet. Statt aber einfach nur hineinzugehen, drehte sich jeder einzelne dieser Vampire, die er hierher gebracht hatte, zu ihm um.

Sieben Gesichter. Vierzehn Augen. Siebzig immer noch verkrampfte Finger.

Doch jetzt war es anders.

Ihre Dankbarkeit machte die andere Hälfte des Gottes-Jobs aus, und er war überwältigt von ihrer Hingabe und ihrer Erleichterung. Ihre kollektive Erkenntnis, dass sie ihr Vertrauen zu Recht in ihn gesetzt hatten, und dass die Belohnung dafür ihr Leben war, war eine greifbare Kraftquelle.

»Noch haben wir es nicht geschafft«, sagte er zu ihnen.

Als Phury das nächste Mal auf die Uhr sah, waren dreiunddreißig Minuten vergangen.

Dreiundzwanzig Patienten, Klinikmitarbeiter und Haushalts-*Doggen* waren durch die Garagen evakuiert worden. Die Krankenwagen und Autos hatten nicht die offizielle Ausfahrt genommen, die der Rückseite des Hauses gegenüberlag, sondern waren durch verborgene Rolltore in der gegenüberliegenden Mauer direkt in den lichten Wald hinter dem Anwesen gerast. Einer nach dem anderen waren sie ohne Licht und ungebremst losgefahren. Und einer nach dem anderen waren sie entkommen und in der Nacht verschwunden.

Die Operation schien ein voller Erfolg zu werden, und doch blieb ein schales Gefühl in ihm zurück.

Die *Lesser* waren nicht wiedergekommen.

Das passte nicht zu ihnen. Unter normalen Umständen schwärmten sie aus, sobald sie erst einmal irgendwohin vorgedrungen waren. Sie hatten grundsätzlich die Anweisung, so viele Vampire wie möglich gefangen zu nehmen, um aus ihnen Informationen herauszufoltern, und dann alles auszuräumen, was nicht niet- und nagelfest war. Warum hatten sie nicht mehr Männer geschickt? Besonders in Anbetracht der Wertgegenstände in Havers' Klinik und Haus und des Umstands, dass die Jäger wissen mussten, dass es dort vor kampfbereiten Brüdern nur so wimmeln würde.

Phury ging noch einmal zurück und vergewisserte sich erneut, dass wirklich alle Krankenzimmer leer waren. Es war ein beklagenswerter Anblick. Leichen. Viele, viele Leichen. Und das gesamte Krankenhaus in Trümmern, so tödlich verwundet wie die Opfer überall auf den Gängen. Bettlaken lagen auf dem Fußboden, Kissen waren verstreut, Überwachungsmonitore und Infusionshalter umgekippt. In den Fluren lag wahllos Verbandsmaterial, dazwischen überall diese schaurigen Abdrücke von Stiefeln mit schwarzen Sohlen und rotes, glänzendes Blut.

Überstürzte Evakuierungen waren keine saubere Angelegenheit. Genauso wenig wie Kampfhandlungen.

Als er sich dem Anmeldebereich zuwandte, kam es ihm unheimlich vor, dass um ihn herum kein geschäftiges Treiben mehr stattfand. Nur die Klimaanlage und die Computer brummten. Hin und wieder klingelte ein Telefon, aber niemand ging dran.

Die Klinik war wahr und wahrhaftig herztot, nur Reste von Hirnaktivität waren noch vorhanden.

Weder diese Einrichtung noch Havers' wunderschönes Haus würde jemals wieder genutzt werden. Die Tunnel wie auch alle intakten Sicherheitstüren innen und außen würden versiegelt werden, die Alarmanlagen und Rollläden aktiviert. Die gesprengten Eingänge würde man mit Stahlplatten verschweißen. Irgendwann würde ein bewaffneter Trupp Erlaubnis erhalten, das Haus zu betreten und die Möbel und persönliche Habe durch die Tunnel wegzuschaffen, doch das würde noch ein Weilchen dauern. Und hing davon ab, ob die *Lesser* schließlich doch noch mit ihren Einkaufswagen zurückkämen.

Gott sei Dank besaß Havers' noch eine sichere Unterkunft, die er und seine Dienstboten nutzen konnten, und die Patienten wurden bereits in der Behelfsklinik untergebracht. Die Krankenakten und Laborergebnisse wurden auf einem externen Server aufbewahrt, waren also weiterhin zugänglich. Allerdings müssten die Schwestern schleunigst Medikamente und Zubehör beschaffen.

Das echte Problem würde sein, ein neues, voll funktionstüchtiges, dauerhaftes Krankenhaus auszurüsten, denn das würde Monate dauern und Millionen von Dollar verschlingen.

Als Phury vor dem Empfangstresen ankam, klingelte eines der Telefone, dessen Hörer noch auf der Gabel lag. Der AB sprang an, die Ansage war inzwischen geändert worden: »Dieser Anschluss wurde stillgelegt. Bitte wenden Sie sich an die folgende Informationshotline.«

Vishous hatte diese neue Nummer eingerichtet, damit die Leute Namen und Anliegen hinterlassen konnten. Sobald ihre Identität und ihre Anfrage überprüft worden waren, würden die Mitarbeiter der Behelfsklinik sie zurückrufen. Da jeder Anruf über Vs Computeranlage in der Höhle geleitet wurde, konnte er sämtliche Nummern erfassen. Sollten also die *Lesser* herumschnüffeln, könnten die Brüder ihre Anrufe zurückverfolgen.

Phury hielt inne und lauschte angestrengt, die SIG fest umklammernd. Havers war so clever gewesen, in jedem der Krankenwagen eine Waffe unter dem Fahrersitz aufzubewahren, weswegen Zs Neuner wieder in den Schoß der Familie zurückgekehrt war, sozusagen.

Stille. Nichts Ungewöhnliches. V und Rhage waren in der Behelfsklinik für den Fall, dass die Karawane vom Feind verfolgt worden war. Zsadist verschweißte den Eingang zum Südtunnel. Rehvenge war vielleicht sogar schon weg.

Obwohl im Augenblick keine Gefahr drohte, war er bereit, zu schießen und zu töten. Aktionen wie dieser hier machten ihn immer nervös –

Schade eigentlich. Das war vermutlich seine letzte derartige Aktion gewesen. Und er hatte nur daran teilgenommen, weil er auf der Suche nach Zsadist gewesen war, nicht weil er als Mitglied der Bruderschaft dazu gerufen worden wäre.

Bemüht, sich nicht zu sehr in das Ganze reinzusteigern, lief Phury in einen anderen Flur, der ihn zum Notaufnahmetrakt führte. Er kam gerade an einer Arzneimittelkammer vorbei, als er das Klirren von Glas auf Glas hörte.

Blitzschnell hob er Zs Waffe hoch vor sein Gesicht und schob sich in den Türrahmen. Ein schnelles Vorbeugen und er sah, was los war: Rehvenge stand vor einem verschlossenen Schrank mit einem faustgroßen Loch in der Scheibe und schaufelte Ampullen in die Taschen seines Zobelmantels.

»Entspann dich, Vampir«, sagte er, ohne sich umzudrehen. »Das ist nur Dopamin. Ich hab nicht vor, Oxycodon auf dem Schwarzmarkt zu verhökern oder so einen Quatsch.«

Phury ließ die Waffe sinken. »Warum nimmst du dann –«

»Weil ich es brauche.«

Als das letzte Fläschchen ausgeräumt war, wandte Rehv sich von dem Schrank ab. Seine Amethystaugen waren hellwach wie immer, wie die einer Viper. Er sah eigentlich immer aus, als kalkulierte er gerade seine Schlagreichweite, selbst in Gegenwart der Brüder.

»Also, was glaubst du – wie haben sie die Klinik gefunden?«, fragte Rehv.

»Keine Ahnung.« Phury deutete mit dem Kopf zur Tür. »Komm schon, wir hauen ab. Es ist hier nicht sicher.«

Das breite Lächeln entblößte Fänge, die immer noch ausgefahren waren. »Ich bin ganz zuversichtlich, dass ich auf mich selbst aufpassen kann.«

»Zweifelsohne. Aber es wäre trotzdem wahrscheinlich eine gute Idee, sich von hier zu verziehen.«

Rehv durchquerte die Arzneimittelkammer bedächtig, wich heruntergefallenen Kartons mit Bandagen, Gummihandschuhen und Thermometerhüllen aus. Er stützte sich schwer auf seinen Stock, doch nur ein Narr hätte ihn deshalb fälschlicherweise für beeinträchtigt gehalten.

Sein Tonfall war so freundlich, wie er überhaupt werden konnte, als er sanft fragte: »Wo sind deine schwarzen Dolche, Enthaltsamer?«

»Geht dich nichts an, Sündenfresser.«

»Stimmt.« Rehv stupste ein Bündel Holzspatel mit dem Stock aus dem Weg, als versuchte er, sie zurück in ihre Schachtel zu schieben. »Ich finde, du solltest wissen, dass dein Zwilling mit mir gesprochen hat.«

»Ach nee.«

»Zeit zu gehen.«

Beide hoben den Kopf. Im Flur hinter ihnen stand Zsadist, die Augenbrauen tief über schwarzen Augen zusammengezogen.

»Im Sinne von ›auf der Stelle‹.«

Rehv lächelte ruhig, als sein Handy klingelte. »Das passt ja perfekt. Mein Taxi ist da. War mir ein Vergnügen, mit euch Geschäfte zu machen, Gentlemen. Bis demnächst.«

Er trat um Phury herum, nickte Z zu und klemmte sich das Handy ans Ohr, während er sich mit seinem Stock von dannen machte. Seine Schritte verhallten, und dann war da nur noch sehr viel Stille.

Phury beantwortete die Frage, bevor sein Bruder sie überhaupt stellen konnte. »Ich bin gekommen, weil du meine Anrufe nicht angenommen hast.«

Er streckte ihm die SIG mit dem Kolben voran entgegen.

Zsadist nahm sie an, überprüfte die Kammer, steckte sie dann ins Holster. »Ich war zu sauer, um mit dir zu sprechen.«

»Aber ich habe gar nicht unseretwegen angerufen. Ich habe vorhin Bella im Esszimmer gefunden. Sie wirkte sehr schwach, also habe ich sie ins Bett verfrachtet. Ich glaube, es wäre gut, wenn Jane ihr einen Besuch abstatten würde, aber das liegt natürlich bei dir.«

Aus Zsadists Gesicht wich alle Farbe. »Hat Bella gesagt, dass etwas nicht in Ordnung ist?«

»Es war alles okay, als sie sich hingelegt hat. Sie meinte, sie hätte nur zu viel gegessen. Aber …« Vielleicht hatte er Unrecht mit den Blutungen? »Ich glaube wirklich, Jane sollte mal –«

Ohne das Ende des Satzes abzuwarten raste Zsadist los, seine schweren Stiefel dröhnten durch den leeren Flur, das donnernde Geräusch hallte in der leeren Klinik wieder.

Phury folgte ihm gemächlich. Er dachte an seine Rolle als Primal, stellte sich vor, er würde mit derselben Besorgnis und Hast und Verzweiflung zu Cormia eilen. Gott, er sah sie so klar und deutlich vor sich … sie mit seinem Baby in sich, er dauernervös, genau wie Z.

Er blieb stehen und spähte in ein Krankenzimmer.

Wie sein Vater sich wohl gefühlt hatte, während er an der Seite seiner Mutter stand, als diese ihm zwei gesunde Jungen gebar? Wahrscheinlich war er selig vor Glück gewesen ... bis Phury herausgeschlüpft und das Übermaß an Segen gewesen war.

Geburten waren in so vielerlei Hinsicht ein totales Glücksspiel.

Während Phury weiter auf den gesprengten Aufzug zulief, dachte er, ja, seine Eltern hatten vermutlich von Anfang an geahnt, dass zwei gesunde Söhne zu einem Leben voller Leid und Kummer führen würden. Sie waren strikte religiöse Anhänger des auf Gleichgewicht basierenden Wertesystems der Jungfrau der Schrift gewesen. In gewisser Weise waren sie vermutlich nicht überrascht gewesen, als man Z verschleppte, denn das hatte die Balance wiederhergestellt.

Vielleicht hatte sein Vater deshalb die Suche nach Zsadist eingestellt, nachdem er erfahren hatte, dass die Kinderfrau gestorben und der verlorene Sohn in die Sklaverei verkauft worden war. Vielleicht hatte Ahgony begriffen, dass seine Anstrengungen Zsadist nur noch tiefer verdammen würden – dass sein Bestreben, den Entführten zurückzuholen, den Tod der Kinderfrau verursacht und nicht nur schlimme, sondern ganz unerträgliche Folgen nach sich gezogen hatte.

Vielleicht hatte er sich selbst die Schuld daran gegeben, dass Zsadist zum Sklaven geworden war.

Das konnte Phury so gut nachvollziehen.

Er betrachtete das Wartezimmer, das so verwüstet und demoliert war wie eine Kneipe nach einer Massenschlägerei.

Er dachte an Bella und ihre riskante Schwangerschaft, und machte sich Sorgen, ob der Fluch schon verbraucht war.

Wenigstens hatte er Cormia von seinem Vermächtnis befreit.

Der Zauberer nickte. *Gut gemacht, mein Freund. Du hast sie gerettet. Das ist die erste lohnenswerte Tat, die du überhaupt je getan hast.*

Sie ist ohne dich viel, viel besser dran.

20

Mr D parkte hinter dem Bauernhaus und machte den Motor aus. Die Einkaufstüten auf dem Beifahrersitz nahm er gleich mit, als er ausstieg. Der Kassenbon belief sich auf 147,73 Dollar.

Seine Kreditkarte war gesperrt gewesen, also hatte er einen Scheck ausgestellt, ohne sicher zu sein, ob er gedeckt war, ganz wie in den alten Zeiten. Sein Daddy war ein Meister im geldlosen Zahlungsverkehr gewesen.

Mr D trat die Autotür des Focus zu und fragte sich, ob der eigentliche Grund, warum die *Lesser* immer solche Schrottkarren fuhren, gar nicht der war, dass die Gesellschaft möglichst unauffällig agieren wollte, sondern dass sie pleite war. Früher brauchte man sich nie Sorgen zu machen, ob die Kreditkarte noch funktionierte oder ob man schnell an neue Waffen kam. Mann, als Mr R noch Haupt-*Lesser* gewesen war, in den Achtzigern, da schnurrte die Firma wie eine Nähmaschine.

Heute war das anders. Und jetzt war das sein Problem. Er

sollte vermutlich rauskriegen, wo die ganzen Konten waren, aber er hatte keinen blassen Schimmer, wo er mit der Suche anfangen sollte. Es hatte eine so heftige Fluktuation unter den Haupt-*Lessern* gegeben, dass er kaum sagen konnte, wann es zuletzt irgendeine Form von Organis–

Mr X.

Mr X hatte ziemlich fest im Sattel gesessen, und er hatte diese Hütte im Wald gehabt – Mr D war ein- oder zweimal dort gewesen. Falls überhaupt noch irgendwelche Infos zu bekommen waren, dann wahrscheinlich dort, in welcher Form auch immer.

Denn eins war klar: Wenn *seine* Kreditkarten nicht funktionierten, dann galt das auch für die der anderen. Was wiederum bedeutete, dass die Vampirjäger auf eigene Faust versuchten, an Geld zu kommen, indem sie Menschen beklauten oder Beute von ihren Plünderzügen behielten.

Vielleicht hätte er ja Glück, und das Sparschwein war randvoll und nur in dem ganzen Trubel verschütt gegangen. Allerdings hatte er so eine Ahnung, dass dem nicht so sein würde.

Erneut setzte Regen ein, und Mr D hielt das Fliegengitter der Hintertür mit der Hüfte fest, während er aufschloss. Er ging in die Küche und hielt den Atem an; die beiden Leichen stanken erbärmlich. Der Mann und die Frau spielten immer noch makabre Bettvorleger, aber eine gute Seite am *Lesser*-Dasein war, dass man serienmäßig mit einem eigenem Lufterfrischer ausgestattet war. Innerhalb von Sekunden roch er sie nicht mehr.

Als er die Einkaufstüten auf der Arbeitsfläche abstellte, wehte ein extrem merkwürdiges Geräusch durchs Haus, ein Summen … wie ein Schlaflied.

»Meister?« Entweder das oder jemand hörte den Disneychannel im Radio.

Er ging ins Esszimmer und blieb wie angewurzelt stehen.

Omega stand neben dem ranzigen Tisch und beugte sich über den flach ausgestreckten, nackten Körper eines blonden männlichen Vampirs. Die Kehle des Vampirs war dicht am Kinn aufgeschlitzt, doch die Wunde war genäht worden, und zwar nicht im Stil einer Autopsie. Das war eine allerliebste, saubere kleine Naht.

War das Wesen lebendig oder tot? Mr D konnte es nicht erkennen – nein, Moment, die massige Brust bewegte sich kaum merklich auf und ab.

»Er ist so wunderschön, findest du nicht?« Omegas schwarze, durchsichtige Hand schwebte über den Gesichtszügen des Mannes. »Blond wie ein Lichtquell. Die Mutter war blond. Ha! Man sagte mir, ich besäße keine Schöpferkraft. Nicht wie *sie*. Aber unser Vater hat sich geirrt. Sieh dir meinen Sohn an: Mein eigen Fleisch.«

Mr D hatte das Gefühl, etwas sagen zu müssen, so als hielte man ihm ein Neugeborenes vor die Nase. »Er ist ein gutaussehender Bursche, Sir.«

»Hast du, was ich brauche?«

»Jawohl, Sir.«

»Bring mir die Messer.«

Als Mr D mit den Einkaufstüten zurückkehrte, legte Omega gerade eine Hand über die Nase des Vampirs und die andere auf seinen Mund. Dessen Augen klappten auf, doch er konnte nicht mehr ausrichten, als schwach nach der Robe Omegas zu schlagen.

»Mein Sohn, wehre dich nicht«, hauchte das Böse voller Genugtuung. »Die Zeit für deine zweite Geburt ist gekommen.«

Das panische Zucken wurde immer heftiger, bis die Fersen des Vampirs auf den Tisch klopften und die Handflächen auf dem Holz quietschten. Wild und unkoordiniert schlenkerte er mit Armen und Beinen wie eine Puppe. Und dann war es vorbei und der Mann starrte mit leeren Augen und schlaffem Mund nach oben.

Zum prasselnden Regen draußen am Fenster wischte sich Omega die Kapuze vom Haupt und öffnete die Schnalle seiner Robe. Mit einer eleganten Bewegung streifte er das Gewand ab und warf den Seidenstoff quer durch den Raum. Er segelte in die Ecke und blieb dort aufrecht hängen, als wäre er auf einer Schaufensterpuppe drapiert.

Omega reckte sich, wurde lang und dünn wie ein Gummimann, bis er den billigen Kronleuchter, der über dem Tisch hing, oben an der Aufhängung erreichte. Er riss die Kette ab und schleuderte das Gerät ebenfalls in die Ecke. Im Gegensatz zu Omegas Gewand landete es nicht sanft, sondern hauchte – falls das nicht längst geschehen war – in einem Gewirr aus zerbrochenen Birnen und verdrehten Messingarmen sein Leben aus.

Nun hingen nackte Kabel wie Lianen aus der fleckigen Decke und baumelten über der Leiche des Vampirs.

»Messer, bitte«, sagte Omega.

»Welches?«

»Das mit der kurzen Klinge.«

Mr D wühlte in den Tüten, fand das Gewünschte und kämpfte dann geraume Zeit mit der dicken Plastikhülle, die so fest war, dass er sich vor Frust am liebsten selbst erstochen hätte.

»Schluss jetzt«, fauchte Omega und streckte ihm die Hand hin.

»Ich könnte eine Schere suchen –«

»Gib es mir.«

Sobald die Verpackung die Schattenhand des Meisters nur berührte, schmolz das Plastik, kräuselte sich von der Klinge und fiel als spiralförmige braune Schlangenhaut zu Boden.

Omega wandte sich dem Vampir zu, testete die Schärfe des Messers an seinem eigenen Schattenarm, lächelte, als schwarzes Öl aus dem Schnitt quoll.

Es sah aus, als würde er ein Schwein ausweiden, und es ging genauso schnell. Während Donner um das Haus grollte, als suchte er nach einem Weg ins Innere, zog Omega die Klinge mitten über den Körper des Vampirs, von der Wunde an der Kehle bis hin zum Nabel. Der Geruch von Blut und Fleisch stieg auf, übertönte den süßlichen Duft des Meisters.

»Bring mir die Kanope.«

Mr D holte eine blaue Keramikdose mit Deckel, die er in der Haushaltswarenabteilung gefunden hatte. Gleichzeitig war er versucht, den Meister darauf hinzuweisen, dass es noch zu früh war, das Herz zu entfernen, da Omegas Blut zuerst in den Kreislauf eingespeist werden musste. Wobei ihm dann einfiel, dass der Vampir ja sowieso schon tot war, also war das ja wohl egal.

Das hier war eindeutig keine alltägliche Einführung in die Gesellschaft.

Mit der Fingerspitze öffnete Omega den Brustkorb der Leiche. Beim Geruch der brennenden Knochen rümpfte Mr D unwillkürlich die Nase. Daraufhin wurden die Rippen von unsichtbaren Händen, dem Willen des Meisters folgend, gespreizt und das reglose Herz freigelegt.

Omegas durchsichtige Finger drangen in den Herzbeutel ein. Mit leicht genervtem Gesichtsausdruck zupfte er den Muskel von den Arterien und Venen ab. Rotes Blut strömte auf die blasse Haut der Brust des Vampirs.

Mr D hielt die Kanope schon bereit, nahm den Deckel ab und hielt sie unter Omegas Hand. Flammen schlugen aus dem Herz empor, dann rieselte ein Aschestrahl in das Keramikgefäß.

»Hol die Eimer«, befahl Omega.

Mr D setzte den Deckel auf die Kanope und stellte sie in die Ecke, dann zog er vier rote Plastikeimer aus einer Tüte. Er stellte je einen unter Arme und Beine des Vampirs, während Omega um den Tisch herumlief und die Hand- und Fußgelenke aufschnitt, um den Körper auszubluten. Es war erstaunlich, wie schnell der Vampir an Farbe verlor, bis er jenseits von Weiß ein bläuliches Grau annahm.

»Jetzt das Messer mit dem Wellenschliff.«

Mr D mühte sich gar nicht erst mit der Schutzhülle ab; Omega schmorte sich einfach durch das Plastik, nahm dann das Messer in die eine und legte die freie andere Hand auf den Tisch. Er ballte seine Finger zur Faust und sägte dann sein eigenes Handgelenk durch. Es klang so laut, als arbeitete er sich durch uraltes Hartholz. Als er fertig war, gab er Mr D das Messer zurück, nahm seine Hand und legte sie in die leere Brusthöhle.

»Sei guten Mutes, mein Sohn«, flüsterte Omega, während schon eine neue Hand am Stumpf seines Unterarms erschien. »Schon bald wirst du mein Blut durch dich strömen fühlen.«

Damit zog Omega das andere Messer über sein neu gebildetes Handgelenk und hielt die Wunde über die schwarze Faust.

Mr D erinnerte sich noch gut an diesen Teil seiner eigenen Initiation. Er hatte geschrieen, und das nicht nur vor körperlichen Schmerzen. Er war hereingelegt worden. So was von reingelegt. Man hatte ihm etwas völlig anderes versprochen, als er bekommen hatte, und vor Schmerz und Entsetzen war er ohnmächtig geworden. Als er wieder zu sich kam, war er komplett verändert gewesen – ein lebender Toter, ein impotenter, wandelnder Körper, der Böses tat.

Er hatte gedacht, es wäre einfach eine Gang. Er hatte geglaubt, man würde ihn ein bisschen schikanieren, vielleicht ein Brandmal aufdrücken, ein Zeichen, dass er jetzt dazugehörte.

Er wusste ja nicht, dass er aus der Nummer niemals wieder rauskäme. Oder dass er kein Mensch mehr wäre.

Das Ganze erinnerte ihn an einen Spruch, den seine Mama gern benutzt hatte: *Wenn du dich mit einer Schlange einlässt, musst du damit rechnen, gebissen zu werden.*

Urplötzlich war der Strom weg.

Omega trat zurück, und ein Brummen begann. Dieses Mal allerdings war es definitiv kein Schlaflied von Disney, sondern die Anrufung einer großen Macht, das unmittelbar bevorstehende Einbringen einer unsichtbaren Kraft. Immer lauter wurden die Vibrationen, das ganze Haus begann zu beben, Staub rieselte aus Sprüngen in der Decke, die Eimer tanzten auf dem Fußboden. Mr D dachte an die Leichen in der Küche und überlegte, ob sie wohl auch eine kesse Sohle aufs Parkett legten.

Gerade noch rechtzeitig hielt er sich die Ohren zu und zog den Kopf ein.

Ein Blitzschlag traf das Dach des Bauernhauses. Bei dem Lärm, den er veranstaltete, konnte das kein Querschläger oder Bruchstück sein.

O nein – das war kein Steinsplitter, der einem ins Auge flog; das hier war der komplette Felsbrocken, der mitten auf dem Schädel landete. Das Geräusch tat in den Ohren weh, Mr D zumindest, und die Wucht des Aufpralls war so gewaltig, dass er befürchtete, das ganze Haus könnte über ihnen zusammenbrechen. Omega brauchte sich darum ganz offensichtlich keine Sorgen zu machen. Er hielt einfach nur mit dem fanatischen Ausdruck eines Sonntagspredigers verzückt und hingerissen den Kopf hoch erhoben wie ein wahrhafter Gläubiger, der auf seine Strychnindosis und seine Klapperschlange wartet.

Der Blitz schlängelte sich durch die elektrischen Leitungen des Hauses und trat als flüssiger, hellgelber Energiestrahl unmittelbar über dem Toten aus. Die herabhängenden Kabel des Kronleuchters lenkten ihn genau in das Becken, das die offene Brust des Vampirs mit seinem öligen Handherz bot.

Der Körper explodierte. Arme und Beine flogen durch die Luft, die Brust blähte sich auf. Sofort warf sich der Meister wie eine zweite Haut über den jungen Mann, damit sein Fleisch nicht auseinanderflog wie ein geplatzter Reifen.

Als der Blitz sich wieder zurückzog, hing der Vampir frei schwebend in der Luft, seine Omega-Decke schimmerte in der Dunkelheit.

Die Zeit ... blieb stehen.

Das merkte Mr D daran, dass die billige Kuckucksuhr an der Wand nicht mehr tickte. Vorübergehend gab es keine Aneinanderreihung von Augenblicken, nur ein unendliches Jetzt, während das, was ohne Atem gewesen war, seinen Weg zurück in das Leben fand, das es verloren hatte.

Besser gesagt: dessen es beraubt worden war.

Sanft sank der Vampir zurück auf den Tisch, Omega löste sich von ihm und nahm wieder Gestalt an. Flüsternde Geräusche kamen über die grauen Lippen des jungen Mannes, jeder Luftzug in die Lungen wurde von einem Pfeifen begleitet. Das Herz flatterte in der offenen Brusthöhle, fand dann einen Rhythmus und begann schließlich, vernünftig zu pumpen.

Mr D konzentrierte sich auf das Gesicht.

Die Todesbleiche wurde langsam von einem eigenartigen rosigen Schimmer abgelöst, wie ihn kleine Kinder hatten, wenn sie im Wind herumgetollt waren. Doch das hier hatte mit Gesundheit nichts zu tun. O nein. Das hier war eine Wiederbelebung.

»Komm zu mir, mein Sohn.« Omega machte eine Handbewegung über der Brust. Fleisch und Knochen schlossen sich wieder und verschweißten sich vom Nabel bis hin zur Naht an der Kehle. »Lebe für mich.«

Der Vampir fletschte die Fänge. Schlug die Augen auf. Und brüllte.

Qhuinn trieb nicht gemächlich zurück in seinen Körper. O nein. Als er vor der weißen Tür zurückwich und dann rannte wie ein Hase, kehrte das Leben auf der Erde im Schnelldurchlauf zu ihm zurück, sein Geist schlug in seiner Haut auf, als hätte ihm der Schleier persönlich einen allmächtigen Tritt in den Hintern verpasst.

Fremde Lippen pressten sich hart auf seinen Mund, Luft wurde in seine Lungen gedrückt. Dann hämmerte jemand auf seine Brust und zählte dabei mit. Es folgte eine kurze Pause, gefolgt von neuer Luft. An sich ein angenehmer Rhythmus: Atmen. Hämmern. Atmen. Atmen. Hämmern –

Qhuinns Körper bäumte sich mit einem Ruck auf, als wäre er gelangweilt von den Atemhilfen. Durch das krampfartige Zucken löste er sich von dem fremden Mund und holte ganz allein tief Luft.

»Gott, ich danke dir«, sagte Blay mit erstickter Stimme.

Qhuinn erhaschte einen kurzen Blick auf die weit aufgerissenen, tränenfeuchten Augen seines Freundes, dann rollte er sich auf der Seite zusammen. In flachen, keuchenden Zügen sog er Luft ein, spürte, wie sein Herz den Ball annahm und damit weiterdribbelte und aus eigenem Antrieb schlug. Er spürte ein kurzes »Hurra, ich lebe noch« -Hoch, dann allerdings traf ihn der Schmerz, überspülte ihn, ließ ihn sich zurück ins Jenseits wünschen. Sein Kreuz fühlte sich an, als hätte es jemand mit einem Zimmermannshammer bearbeitet.

»Los, tragen wir ihn ins Auto«, bellte Blay. »Er muss ins Krankenhaus.«

Qhuinn zwang mühsam ein Augenlid nach oben und sah an sich herab. John stand zu seinen Füßen und nickte mit dem Kopf wie ein Wackeldackel.

Aber nein ... nein, dorthin durften sie ihn nicht bringen. Die Ehrengarde war noch nicht fertig mit ihm ... Scheiße, sein eigener Bruder ...

»Nicht ... Krankenhaus«, ächzte Qhuinn.

Klappe, gab John zurück.

»Nicht ins Krankenhaus.« Mochte ja sein, dass sein Leben momentan nicht vielversprechend aussah, aber so eilig hatte er es auch wieder nicht, einen Exitus-Whopper mit Pommes zu bestellen. Blay beugte sich zu ihm herunter. »Dich hat ein Auto angefahren und Fahrerflucht begangen.«

»Kein ... Auto.«

Blay verstummte kurz. »Was dann?« Qhuinn sah ihm nur in die Augen und wartete, bis er von selbst darauf kam. »Moment mal ... war das etwa eine Ehrengarde? Hat Lashs Familie dir eine Ehrengarde auf den Hals gehetzt?«

»Nicht Lashs ...«

»Deine eigene?«

Qhuinn nickte, weil seine geschwollenen Lippen zu bewegen einfach zu anstrengend war.

»Eine Ehrengarde soll eigentlich nicht töten.«

»Ach nee.«

Blay sah John an. »Wir können ihn nicht zu Havers bringen.«

Dann eben Jane, zeigte John. *Dann brauchen wir Doc Jane.*

Als John sein Handy zückte, wollte Qhuinn den Vorschlag schon abschießen, als er etwas an seinem Arm flattern spürte. Blays Hand zitterte so heftig, dass er nichts festhalten konnte. Verdammt, sein ganzer Körper zitterte.

Qhuinn schloss die Augen und streckte den Arm aus. Er lauschte dem sanften Tippen von Johns SMS und drückte Blays Hand, um seinen Freund zu trösten. Und sich selbst.

Eineinhalb Minuten später verkündete ein Piepen, dass John eine Antwort erhalten hatte.

»Was sagen sie?« John musste wohl etwas in Gebärdensprache gesagt haben, denn Blay hauchte: »O mein Gott. Aber sie kommt, ja? Gut. Zu mir nach Hause? Alles klar. Dann nichts wie weg hier.«

Vier Hände hoben ihn von der Straße hoch, und Qhuinn grunzte vor Schmerz ... was vermutlich ein gutes Zeichen war, weil es bedeutete, dass er tatsächlich von den Toten zurückgekehrt war. Nachdem seine Kumpels ihn auf den Rücksitz des Wagens gelegt hatten und selbst eingestiegen waren, spürte er das sanfte Vibrieren des BMW-Motors.

Als er die Augen das nächste Mal öffnete, fand er Johns Blick auf sich gerichtet. Obwohl sein Freund vorne saß, hatte er sich so weit herumgedreht, dass er Qhuinn beobachten konnte.

John wirkte besorgt und wachsam. Als wäre er nicht sicher, ob Qhuinn es schaffen würde ... und er dachte an das, was vor vier Stunden und zehn Millionen Jahren in diesem Umkleideraum passiert war.

Qhuinn hob die zerschundenen Hände und gebärdete etwas wacklig: *Für mich bist du immer noch derselbe. Es hat sich nichts geändert.*

Johns Blick schnellte nach links, und er starrte aus dem Fenster. Die Scheinwerfer des Autos hinter ihnen fielen auf das Gesicht seines Freundes, befreiten es aus der Dunkelheit. Seine stolzen, schönen Gesichtszüge drückten klar und deutlich Zweifel aus.

Qhuinn schloss die Augen.

Was für eine grauenhafte Nacht das doch war.

21

»Ogottogott. Das Kleid ist ja eine Katastrophe.«

Cormia lachte und hielt den Blick auf Bella und Zsadists Fernseher gerichtet. *Project Runway* war eine fesselnde Sendung. »Was ist das, was da auf dem Rücken hängt?«

Bella schüttelte den Kopf. »Schlechter Geschmack in Seide manifestiert. Sollte allerdings ursprünglich eine Schleife sein, glaube ich.«

Die beiden lagen ausgestreckt auf dem Doppelbett, die Köpfe hinten angelehnt. Zwischen ihnen lag die Katze des Haushalts und genoss in vollen Zügen, von zwei Händen gleichzeitig gestreichelt zu werden. Boo schien das Kleid auch nicht besser zu gefallen als Bella; seine grünen Augen waren mit Abscheu auf den Bildschirm gerichtet.

Cormia schob ihre Hand von seinem Rücken auf die Flanke. »Die Farbe ist aber ganz hübsch.«

»Das macht aber nicht wett, dass es aussieht wie ein eingeschweißtes Segelboot. Schau, das Schiffstau hängt über dem Hinterteil.«

»Ich weiß noch nicht mal, was ein Segelboot ist. Ganz zu schweigen von einem eingeschweißten.«

Bella deutete auf den Flachbildschirm an der gegenüberliegenden Wand. »Das, was du da vor dir siehst. Stell dir einfach unter diesem Alptraum aus Seide ein auf dem Wasser treibendes Auto vor – voilà.«

Cormia lächelte. Die Zeit mit dieser Vampirin hier war sowohl aufschlussreich als auch eigenartig verwirrend gewesen. Sie mochte Bella gern. Ganz ehrlich. Sie war lustig und warm und rücksichtsvoll, innerlich so schön wie äußerlich.

Kein Wunder, dass der Primal sie anbetete. Und so sehr Cormia auch das Bedürfnis gehabt hatte, in ihrer Gegenwart ihre Ansprüche auf ihn anzumelden – sie stellte fest, dass es überhaupt nicht nötig war, ihren Status als seine Erste Partnerin geltend zu machen. Der Primal kam gar nicht zur Sprache, und es gab auch keine Zwischentöne, über die man stolpern konnte.

Die Frau, die sie als Rivalin empfunden hatte, war eine Freundin.

Cormia wandte sich wieder dem zu, was in ihrem Schoß lag. Das weiche Büchlein war groß und dünn, darin waren glänzende Seiten und viel von dem, was Bella als Werbung bezeichnete. *Vogue* stand vorne darauf. »Sieh dir nur all diese verschiedenen Kleider an«, murmelte sie. »Verblüffend.«

»Ich bin fast durch mit *Harper's Bazaar*, wenn du also möchtest –«

Die Tür wurde mit solcher Wucht aufgerissen, dass Cormia vom Bett sprang und die *Vogue* flatternd wie einen erschrockenen Vogel in die Ecke schleuderte. Bruder Zsadist stand im Türrahmen, offensichtlich direkt vom Schlachtfeld kommend, dem Talkum-Gestank und den ganzen Waffen an seinem Körper nach zu urteilen.

»Was ist los?«, herrschte er sie an.

»Tja«, sagte Bella bedächtig. »Zuallererst mal hast du mich und Cormia zu Tode erschreckt. Und dann hat Tim Gunn den Designern eine Deadline gesetzt, und ich bekomme schon wieder Hunger, weshalb ich Fritz anrufen und um ein Omelett bitten werde. Speck und Cheddar. Mit Kartoffelbrei. Und Saft.«

Der Bruder sah sich um, als erwartete er, ein paar *Lesser* hinter den Vorhängen versteckt zu finden. »Phury hat gesagt, du fühlst dich nicht gut.«

»Ich war müde. Er hat mir die Treppe hochgeholfen und Cormia gebeten, den Babysitter zu spielen. Aber jetzt bleibt sie, glaube ich, weil sie sich amüsiert, oder? Zumindest bis eben gerade.«

Cormia nickte, wandte den Blick aber nicht von dem Bruder ab. Wegen seines vernarbten Gesichts und dem hünenhaften Körper hatte sie sich von Anfang an in seiner Gegenwart unwohl gefühlt – nicht, weil er hässlich gewesen wäre, sondern, weil er so grimmig wirkte.

Zsadist sah sie an, und dann passierte etwas sehr Seltsames: Er sprach mit erschütternd freundlicher Stimme und hob die Hand, wie um sie zu besänftigen.

»Ganz ruhig. Entschuldige bitte, dass ich dich erschreckt habe.« Allmählich wurden seine Augen gelb, seine Miene weicher. »Ich war nur in Sorge um meine *Shellan*. Ich werde dir natürlich nichts tun.«

Cormia spürte die Anspannung in sich nachlassen. Nun verstand sie besser, warum Bella mit ihm zusammen war. Mit einer Verbeugung gab sie zurück: »Selbstverständlich, Euer Gnaden. Selbstverständlich seid Ihr in Sorge um sie.«

»Geht es dir gut?«, erkundigte Bella sich mit Blick auf die schwarz verschmierten Kleider ihres *Hellren*. »Sind alle Familienmitglieder in Ordnung?«

»Den Brüdern geht es gut.« Er trat zu seiner *Shellan* und berührte mit einer zitternden Hand ihr Gesicht. »Ich möchte, dass Jane nach dir sieht.«

»Wenn dich das beruhigt, dann ruf sie, unbedingt. Ich glaube zwar nicht, dass etwas nicht in Ordnung ist, aber du sollst dir keine Sorgen machen müssen.«

»Hast du wieder Blutungen?« Bella gab keine Antwort. »Ich gehe sie holen –«

»Nur ganz leicht, und auch nicht anders als vorher schon. Es wäre bestimmt nicht schlecht, Jane zu holen, obwohl ich bezweifle, dass sie viel tun kann.« Bellas Lippen berührten seine Handfläche. »Aber zuerst erzähl bitte, was heute Nacht passiert ist.«

Zsadist schüttelte den Kopf, und Bella schloss die Augen, als wäre sie daran gewöhnt, schlechte Neuigkeiten zu bekommen … als hätte es bereits so viele gegeben, dass Worte über diese spezielle Situation überflüssig waren. Sprache konnte ihre oder seine Traurigkeit nicht mehr vergrößern. Ebenso wenig konnte sie ihre Gefühle ändern.

Zsadist senkte den Kopf und küsste seine Frau. Als ihre Blicke sich trafen, war die Liebe zwischen ihnen so intensiv, dass eine Aura von Wärme geschaffen wurde, die Cormia bis in die Ecke, in der sie stand, zu spüren glaubte.

Diese Art von Verbundenheit hatte Bella mit dem Primal nie gezeigt. Niemals.

Und er auch nicht mit ihr. Obwohl er das vielleicht nur aus Diskretion vermied.

Zsadist sagte ein paar leise Worte und schlich dann davon wie eine Raubkatze auf der Jagd, die Augenbrauen herabgezogen, die schweren Schultern so breit wie Dachbalken.

Cormia räusperte sich. »Soll ich Fritz holen? Oder dir eine Mahlzeit bestellen?«

»Ich glaube, ich warte lieber noch, falls die Ärztin mich

untersuchen will.« Bellas Hand legte sich auf ihren Bauch und beschrieb träge Kreise. »Möchtest du vielleicht später zurückkommen und den Rest der Sendung mit mir ansehen?«

»Wenn du möchtest –«

»Auf jeden Fall. Deine Gesellschaft ist sehr angenehm.«

»Wirklich?«

Bellas Augen blickten sie unglaublich freundlich an. »Ja, sehr. In deiner Gegenwart fühle ich mich ruhig.«

»Dann werde ich deine Geburtsgefährtin sein. Wo ich herkomme, hat eine schwangere Schwester immer eine Geburtsgefährtin.«

»Danke ... vielen Dank.« Bella wandte das Gesicht ab, als ihr Tränen der Furcht in die Augen stiegen. »Ich nehme jede Hilfe, die ich bekommen kann.«

»Wenn ich fragen darf«, murmelte Cormia. »Was besorgt dich am meisten?«

»Er. Ich habe Angst um Z.« Nun sah Bella sie wieder an. »Und um das Kleine mache ich mir natürlich auch große Sorgen. Es ist wirklich seltsam: um mich selbst ängstige ich mich gar nicht so sehr.«

»Du bist sehr tapfer.«

»Ach, du erlebst mich nicht mitten am Tag, wenn es dunkel ist. Ich heule ausgiebig, das kannst du mir glauben.«

»Trotzdem finde ich dich tapfer.« Cormia legte sich die Hand auf den flachen Bauch. »Ich bezweifle, dass ich so mutig sein könnte.«

Bella lächelte. »Da täuschst du dich, glaube ich. Ich habe dich in den vergangenen Monaten beobachtet, und du hast eine unglaubliche Kraft in dir.«

Da war Cormia sich nicht so sicher. »Ich hoffe sehr, dass die Untersuchung gut verläuft, und komme dann später zurück –«

»Du glaubst doch nicht im Ernst, dass es einfach ist, zu sein, was du bist? Unter dieser Art von Druck zu leben, wie er auf den Auserwählten lastet? Ich kann mir gar nicht vorstellen, wie du das aushältst, und ich habe den allergrößten Respekt vor dir.«

Cormia konnte nur blinzeln. »Stimmt das?«

Bella nickte. »O ja. Und soll ich dir noch was sagen? Phury hat großes Glück, dich zu haben. Ich bete nur, dass er das früher oder später auch selbst merkt.«

Gütigste Jungfrau der Schrift, so etwas hätte Cormia nie zu hören erwartet, erst recht nicht von Bella. Ihr Schock musste ihr deutlich anzusehen sein, denn die Vampirin lachte.

»Entschuldige, jetzt habe ich dich verlegen gemacht. Aber ich wollte euch beiden das schon seit Ewigkeiten mal sagen.« Bellas Augen wanderten Richtung Badezimmer, und sie holte tief Luft. »Und jetzt solltest du wohl besser gehen, damit ich mich auf Jane und ihr Gepieke vorbereiten kann. Ich liebe diese Frau, ganz ehrlich, aber Mannomann, wie ich es hasse, wenn sie ihre Gummihandschuhe anzieht.«

Cormia verabschiedete sich und schlug tief in Gedanken den Weg zu ihrem Zimmer ein.

Als sie neben Wraths Arbeitszimmer um die Ecke bog, blieb sie stehen. Wie gerufen stand der Primal am oberen Absatz der großen Freitreppe. Er wirkte erschöpft.

Und sah sie unverwandt an.

Natürlich, dachte sie, er musste begierig auf Nachricht von Bella sein. »Es geht ihr besser, aber ich glaube, sie verbirgt etwas. Ihr *Hellren* holt gerade die Ärztin Jane.«

»Gut, da bin ich froh. Danke, dass du auf sie aufgepasst hast.«

»Das habe ich gern getan. Sie ist wunderbar.«

Der Primal nickte, dann wanderte sein Blick von ihrem

hochgesteckten Haar bis hinab zu ihren bloßen Füßen. Es war beinahe, als machte er sich wieder neu mit ihr vertraut, als hätte er sie schon ewig nicht mehr betrachtet.

»Was für Abscheulichkeiten habt Ihr erleben müssen, seit ihr fortgingt?«, wisperte sie.

»Warum fragst du das?«

»Ihr starrt mich an, als hättet Ihr mich viele Wochen nicht gesehen. Was habt Ihr erlebt?«

»Du kennst mich gut.«

»Ungefähr so gut, wie Ihr meiner Frage ausweicht.«

Er lächelte. »Das wäre dann also sehr gut.«

»Ihr müsst nicht davon sprechen –«

»Ich habe noch mehr Tod gesehen. Vermeidbaren Tod. Was für eine Verschwendung. Dieser Krieg ist grausam.«

»Ja. Ja, das ist er.«« Sie wollte seine Hand nehmen, sagte aber nur: »Würdet Ihr … mich in den Garten begleiten? Ich wollte ein wenig zwischen den Rosen spazierengehen, bevor die Sonne aufgeht.«

Er zögerte, schüttelte dann den Kopf. »Ich kann leider nicht. Tut mir leid.«

»Natürlich.« Sie verneigte sich, um seinem Blick auszuweichen. »Euer Gnaden.«

»Sei vorsichtig.«

»Das werde ich.« Sie raffte ihr Gewand und lief schnell zu der Treppe, die er gerade hinaufgekommen war.

»Cormia.«

»Ja?«

Als sie sich über die Schulter blickte, sah er sie durchdringend an, seine Augen brannten auf eine Art, die sie zurück auf den Fußboden seines Zimmers versetzte. Ihr Herz schlug bis zum Hals.

Doch dann schüttelte er nur den Kopf. »Nichts. Pass einfach nur auf dich auf.«

Als Cormia die Stufen hinunterstieg, ging Phury in den Flur mit den Statuen und steuerte auf das erstbeste Fenster zu, das den Garten überblickte.

Sie zu den Rosen zu begleiten, kam nicht in Frage. Im Moment war er zu angegriffen, sein Inneres lag blank. Jedes Mal, wenn er die Augen schloss, sah er die Leichen auf dem Korridor der Klinik liegen, die verängstigten Gesichter in der Arzneimittelkammer, die Tapferkeit jener, die eigentlich nicht um ihr Leben kämpfen müssen sollten.

Hätte er Bella nicht die Treppe hinaufgetragen und dann erst nach Zsadist gesucht, hätten diese Leute vielleicht gerettet werden können. Mit Sicherheit wäre er nicht als Verstärkung gerufen worden, weil er kein Bruder mehr war.

Unter dem Fenster trat Cormia auf die Terrasse hinaus, ihre weiße Robe leuchtete vor den dunkelgrauen Steinplatten. Sie schlenderte zu den Rosen hinüber und beugte sich herunter, um an den Blüten zu schnuppern. Er konnte beinahe hören, wie sie die Luft einsog und selig seufzte, als der Duft in ihre Nase stieg.

Seine Gedanken schweiften von der Hässlichkeit des Krieges zur Schönheit der weiblichen Gestalt.

Und zu dem, was Männer mit Frauen zwischen Seidenlaken taten.

O ja, es kam definitiv im Moment nicht in Frage, sich in Cormias Nähe aufzuhalten. Er wollte den Tod und das Leiden, das er heute mit angesehen hatte, durch etwas anderes ersetzen – etwas Lebendiges und Warmes, etwas, das ausschließlich mit dem Körper zu tun hatte, nichts mit dem Kopf. Während er seine Erste Partnerin dabei beobachtete, wie sie die Rosenbüsche mit Aufmerksamkeiten überschüttete, wollte er sie nackt und sich räkelnd und glänzend vor Schweiß unter sich liegen haben.

Ah ... aber sie war ja gar nicht länger seine Erste Partnerin.

Verdammt.

Die Stimme des Zauberers trieb durch seinen Kopf. *Mal ganz ehrlich – hättest du sie denn so behandeln können, wie es ihr zusteht? Sie glücklich machen können? Sie beschützen können? Du verbringst satte zwölf Stunden jeden Tag mit Rauchen. Könntest du einen Joint nach dem anderen vor ihr anzünden und sie zuschauen lassen, wie du aufs Kissen fällst und einschläfst? Soll sie das mit ansehen?*

Willst du, dass sie dich bei Tagesanbruch zurück ins Haus schleppt, wie du damals deinen Vater?

Würdest du sie aus Frustration auch eines Tages schlagen?

»Nein!«, sagte er laut.

Ach, wirklich nicht? Das hat dein Vater auch zu dir gesagt. Stimmt doch, mein Freund. Hat dir hoch und heilig versprochen, dich nie wieder zu schlagen.

Das Blöde an der Sache ist nur, dass das Wort eines Süchtigen genau das ist: Ein Wort. Mehr nicht.

Phury rieb sich die Augen und wandte sich vom Fenster ab.

Um eine Aufgabe zu haben – irgendeine Aufgabe – machte er sich auf den Weg in Wraths Arbeitszimmer. Er war zwar kein Mitglied der Bruderschaft mehr, aber der König würde trotzdem erfahren wollen, was in der Klinik passiert war. Da Z mit Jane und Bella beschäftigt war, und die anderen Brüder sich in der Behelfsklinik nützlich machten, konnte ebenso gut er einen inoffiziellen Bericht abliefern. Außerdem wollte er Wrath den Grund erklären, warum er überhaupt dort gewesen war, und ihm versichern, dass er seinen blauen Brief nicht einfach ignorierte.

Und dann war da ja auch noch die ganze Angelegenheit mit Lash.

Der Junge wurde vermisst.

Die Bestandsaufnahme in der Behelfsklinik und die Zählung der Leichen in der alten hatten nur eine einzige Entführung zutage gefördert, und das war Lash. Das Personal war sich sicher, dass er zum Zeitpunkt des Überfalls noch am Leben gewesen war, da er nach dem Zusammenbruch seiner Vitalfunktionen wiederbelebt worden war. Was für eine Tragödie. Der Junge mochte ja ein kleiner Penner gewesen sein, aber niemand wünschte ihm, den *Lessern* in die Hände zu fallen. Wenn er Glück hatte, starb er auf dem Weg nach wohin auch immer sie ihn brachten, und in Anbetracht seines Zustands standen seine Chancen darauf wenigstens nicht schlecht.

Phury klopfte an Wraths Tür. »Wrath? Wrath, bist du da?«
Keine Antwort. Also probierte er es erneut.

Wieder keine Reaktion, also wandte er sich ab und steuerte auf sein Zimmer zu. Er wusste verdammt gut, dass er sich dort einen Joint anzünden und rauchen und wieder einmal seinen Platz im trostlosen Reich des Zauberers einnehmen würde.

Als könntest du dich sonst irgendwo aufhalten, spottete die tiefe Stimme in seinem Kopf.

Am anderen Ende der Stadt, in Blays Elternhaus, wurde Qhuinn durch den Dienstboteneingang, den die *Doggen* benutzten, ins Haus geschmuggelt.

Nachdem Blay sein Zimmer verlassen hatte, um seinen Eltern vorzulügen, wo er gewesen war, übernahm John die Wache. Qhuinn ließ sich ohne seine übliche Ungezwungenheit auf das Bett seines Freundes fallen; und das nicht nur, weil er sich fühlte wie ein Boxsack.

Blays Familie hatte das nicht verdient. Sie waren immer gut zu Qhuinn gewesen. Es gab haufenweise Eltern, die ihre Kinder nicht einmal in seine Nähe gelassen hätten, aber die von Blay waren von Anfang an cool gewesen. Und jetzt gefährdeten sie – ohne es zu wissen – ihre eigene Position in der *Glymera*, indem sie eine verstoßene, flüchtige *Persona non grata* beherbergten.

Allein bei dem Gedanken hätte Qhuinn sich am liebsten aus dem Staub gemacht, aber sein Körper hatte andere Pläne. Sobald er sich aufsetzte, durchfuhr ihn ein scharfer Schmerz, als hätte seine Leber mit Pfeil und Bogen auf seine Nieren gezielt. Stöhnend legte er sich wieder hin.

Versuch, still zu liegen, sagte John.

»Aye, aye ... wird gemacht.«

Johns Telefon klingelte, und er zog es aus der Tasche seiner Jeans. Dabei musste Qhuinn an ihren Ausflug ins Einkaufszentrum denken, als er die Geschäftsführerin bei Abercrombie gevögelt hatte.

Seitdem hatte sich alles verändert. Die ganze Welt war anders.

Er fühlte sich Jahre älter, nicht nur Tage.

John sah stirnrunzelnd auf. *Sie wollen, dass ich nach Hause komme. Irgendwas ist los.*

»Dann hau ruhig ab ... mir geht's gut hier.«

Ich komme zurück, sobald ich kann.

»Mach dir keinen Stress. Blay hält dich auf dem Laufenden.«

Als John weg war, sah Qhuinn sich um und erinnerte sich an all die Stunden, die er hier im Zimmer auf diesem Bett liegend verbracht hatte. Blay hatte ein nettes Reich. Die Wände waren mit Kirschholz vertäfelt, wodurch der Raum aussah wie ein Arbeitszimmer, und die Möbel waren modern und lässig, nicht dieses übliche Antiquitätenzeug, auf das die *Glymera* so abfuhr. Auf dem Doppelbett lagen eine schwarze Decke und genug Kissen, um es sich gemütlich zu machen, ohne mädchenhaft rüberzukommen. Vor dem Plasmafernseher standen eine Xbox 360, eine Wii und eine

PS3 auf dem Fußboden, und der Schreibtisch, an dem Blay seine Hausaufgaben machte, war so aufgeräumt und ordentlich wie die ganzen Spielerkarten. Links an der Wand waren ein kleiner Kühlschrank, ein hoher schwarzer Mülleimer, der ehrlich gesagt irgendwie an einen Pimmel erinnerte, und eine orangefarbene Tonne für Flaschen aufgereiht.

Blay hatte sich vor einiger Zeit zum Öko gewandelt und war nun ganz groß im Recyceln und Wiederverwerten. Was so typisch für ihn war. Er spendete jeden Monat für PETA, aß nur Fleisch und Geflügel aus Freilandhaltung und stand auf Bioessen.

Hätte es eine Vampir-UN gegeben, bei denen er ein Praktikum machen konnte, oder eine Möglichkeit, ehrenamtlich im Refugium zu arbeiten – er hätte es auf der Stelle getan.

Blay war ein Engel – oder zumindest kam er dem in Qhuinns Augen näher als irgendjemand sonst.

Verfluchter Mist. Er musste hier weg, bevor sein Vater dafür sorgte, dass Blays gesamte Familie aus der *Glymera* ausgestoßen wurde.

Vorsichtig verlagerte er sein Gewicht, um den unteren Rücken zu entlasten, wobei er feststellte, dass es nicht nur seine inneren Verletzungen waren, die seine Bewegungen beschwerten: Der Umschlag, den der *Doggen* seines Vaters ihm gegeben hatte, steckte immer noch in seinem Hosenbund.

Er wollte den Inhalt nicht mehr sehen, aber irgendwie hielt er ihn plötzlich doch in den schmutzigen, blutverschmierten Händen.

Trotz seiner verschwommenen Sicht und dem Ganzkörperschmerz konzentrierte er sich auf das Pergament. Es war der fünf Generationen umfassende Stammbaum seiner Familie, seine Geburtsurkunde sozusagen, und er betrachtete die drei Namen auf der untersten Ebene. Seiner stand ganz links, weit entfernt von dem seines älteren Bruders und seiner Schwester. Sein Eintrag war durch ein fettes X ausgestrichen, und unter der Auflistung seiner Eltern und Geschwister fanden sich ihre Unterschriften in derselben dunklen Tinte.

Ihn aus der Familie zu entfernen, machte eine Menge Papierkram erforderlich. Die Geburtsurkunden seiner Geschwister mussten auf dieselbe Art und Weise abgeändert werden, und auch das Vereinigungsdokument seiner Eltern musste korrigiert werden.

Außerdem müsste der Rat der *Princeps* eine Enterbungs-Erklärung, den Verzicht auf Elternschaft sowie ein Bittgesuch um Ausschluss erhalten. Nachdem Qhuinns Name sowohl aus der Mitgliedsliste der *Glymera*, als auch aus dem umfangreichen genealogischen Archiv des Adels getilgt worden war, würde der *Leahdyre* schließlich ein Sendschreiben aufsetzen, das allen Familien der *Glymera* zuginge und offiziell das Exil verkündete.

Jeder, in dessen Haushalt sich eine verfügbare Vampirin im heiratsfähigen Alter befand, musste selbstverständlich gewarnt werden.

Es war alles so lächerlich. Als ob er mit seinen unterschiedlichfarbigen Augen sich sonst den Namen einer Aristokratin in den Rücken hätte ritzen dürfen.

Qhuinn faltete die Geburtsurkunde zusammen und steckte sie zurück in den Umschlag. Er fühlte sich, als zerquetschte ihm jemand den Brustkorb. Ganz allein auf der Welt zu sein, selbst als Erwachsener, war furchterregend.

Aber jene in den Schmutz zu ziehen, die gut zu ihm gewesen waren, war noch viel schlimmer.

Blay kam mit einem Tablett voller Essen durch die Tür. »Ich wusste nicht, ob du Hunger hast –«

»Ich muss gehen.«

Sein Freund stellte das Tablett auf dem Schreibtisch ab. »Das halte ich für keine gute Idee.«

»Hilf mir auf. Ich komm schon –«

»Blödsinn«, ertönte da eine weibliche Stimme.

Die Privatärztin der Bruderschaft tauchte aus dem Nichts auf, unmittelbar vor ihnen. Ihre Arzttasche war von der altmodischen Sorte, eckig und mit zwei Griffen oben. Ihr Kittel war weiß, genau wie man ihn im Krankenhaus trug. Dass sie ein Gespenst war, machte überhaupt nichts aus: Sobald sie ankam, wurde alles an ihr – von den Klamotten und der Tasche über Haar und Parfüm – greifbar und fest, als wäre sie vollkommen normal.

»Danke, dass du gekommen bist«, begrüßte Blay sie, ganz der gute Gastgeber.

»Hallo, Doc«, murmelte Qhuinn.

»Was haben wir denn da.« Jane setzte sich zu ihm auf die Bettkante. Sie fasste ihn nicht an, musterte ihn nur von oben bis unten mit dem durchdringenden Blick der Ärztin.

»Nicht gerade ein Kandidat für die *Playgirl*, was?«, meinte er verlegen.

»Wie viele waren es?« Ihrem Tonfall zufolge war sie nicht in der Stimmung, Witze zu reißen.

»Achtzehn. Hundert.«

»Vier«, schaltete sich Blay ein. »Eine Ehrengarde von vier Männern.«

»Ehrengarde?«, Sie schüttelte den Kopf, als könnte sie im Augenblick die Sitten und Gebräuche der Vampire nicht nachvollziehen. »Für Lash?«

»Nein, aus Qhuinns eigener Familie«, sagte Blay. »Und sie durften ihn eigentlich nicht töten.«

Das entwickelte sich allmählich zu seiner Erkennungsmelodie, dachte Qhuinn.

Jane öffnete ihre Tasche. »Na gut, dann sehen wir mal, was so unter deinen Klamotten los ist.«

Sie war wie immer völlig sachlich, als sie ihm das Shirt aufschnitt, seinen Herzschlag abhörte und den Blutdruck maß. Er vertrieb sich unterdessen die Zeit, indem er die Wand anstarrte, den leeren Fernsehbildschirm, ihre Tasche.

»Schicke Tasche … die du da hast«, knurrte er, als ihre Hände seinen Unterleib abtasteten und eine empfindliche Stelle trafen.

»So eine wollte ich schon immer haben. Gehört zu meinem *Dr Marcus Welby*-Fetisch.«

»Bitte was?«

»Tut das auch weh?« Sein Keuchen, als sie noch einmal in dieselbe Stelle piekte, beantwortete die Frage zur Genüge, also beließ er es dabei.

Jane zog ihm die Hose aus, und da er unten ohne unterwegs war, zog er sich rasch ein Laken über die Weichteile. Ungerührt schob sie es beiseite, betrachtete ihn mit professionellem Blick von vorne und hinten und bat ihn dann, seine Arme und Beine zu bewegen. Nachdem sie noch ein paar besonders eindrucksvolle blaue Flecken in Augenschein genommen hatte, deckte sie ihn wieder zu.

»Womit haben sie dich bearbeitet? Diese Blutergüsse auf deinen Oberschenkeln sind ernst.«

»Brecheisen. Fette, massive –«

Wieder ging Blay dazwischen. »Knüppel. Müssen diese schwarzen Zeremonienknüppel sein.«

»Das würde zu den Verletzungen passen.« Jane schwieg einen Moment, als wäre sie ein Computer, der eine Informationsanfrage bearbeitet. »Also gut, es sieht folgendermaßen aus. Deine Beine fühlen sich mit Sicherheit nicht besonders gut an, aber die Prellungen sollten von allein abheilen. Du hast keine offenen Verletzungen, und obwohl du offenbar mit einem Messer in der Handfläche verletzt wurdest, nehme ich an, dass das etwas früher passiert ist, denn die Wunde schließt sich bereits. Gebrochen scheint auch nichts zu sein, was ein Wunder ist.«

Außer seinem Herzen natürlich. Von seinem eigenen Bruder so zugerichtet zu werden –

Klappe, du Weichei, beschimpfte er sich selbst.

»Wie lange warst du bewusstlos?«

Er runzelte die Stirn; diese Vision aus dem Schleier schwebte plötzlich aus seinem Gedächtnis herab wie eine schwarze Krähe. Mein Gott ... war er gestorben?

»Äh ... keine Ahnung. Und ich habe auch nichts gesehen, während ich weg war. Da war einfach nur Schwärze ...« Auf gar keinen Fall würde er über diesen kleinen, irren Trip sprechen. »Aber mir geht's prima, wirklich –«

»Da muss ich dir leider widersprechen. Dein Puls ist hoch und dein Blutdruck niedrig, und dein Bauch gefällt mir überhaupt nicht.«

»Der ist nur ein bisschen wund.«

»Ich habe Angst, dass ein Organ verletzt ist.«

Na super. »Ich werd schon wieder.«

»Und wo hast du nochmal deinen Doktor gemacht?« Jane lächelte, und er lachte kurz. »Ich würde gern einen Ultraschall machen, aber Havers' Klinik wurde heute Nacht angegriffen.«

»*Was?*«

»*Was?*«, fragten Qhuinn und Blay wie aus einem Munde.

»Ich dachte, ihr wisst davon.«

»Gab es Überlebende?«, wollte Blay wissen.

»Lash ist verschwunden.«

Während die beiden diese Nachricht auf sich wirken ließen, wühlte Jane in ihrer Tasche und zog eine Einwegspritze sowie eine Ampulle mit Gummideckel heraus. »Ich gebe dir etwas gegen die Schmerzen. Und keine Sorge«, sagte sie trocken, »es ist kein Demerol.«

»Warum, ist Demerol schlecht?«

»Für Vampire?« Sie verdrehte die Augen. »Das kannst du mir glauben.«

»Was immer du für richtig hältst.«

Als sie ihm das Mittel gespritzt hatte, sagte sie: »Das sollte ein paar Stunden vorhalten, aber ich möchte auf jeden Fall vorher nochmal wiederkommen.«

»Es muss bald Morgen sein.«

»Genau, deshalb müssen wir uns beeilen. Es gibt eine Behelfsklinik für den –«

»Dahin kann ich nicht gehen«, sagte er. »Das geht nicht ... das wäre keine so gute Idee.«

Blay nickte. »Fürs Erste müssen wir seinen Aufenthaltsort unter Verschluss halten. Im Augenblick ist er nirgendwo sicher.«

Jane verengte die Augen. Schließlich sagte sie: »Na gut. Dann mache ich mich schlau, wo ich dir das, was du brauchst, in einem etwas privateren Umfeld organisieren kann. In der Zwischenzeit rührst du dich hier nicht vom Fleck. Und nichts essen oder trinken, falls ich dich aufmachen muss.«

Während die Ärztin ihre Marcus-wer-auch-immer-Tasche packte, zählte Qhuinn im Geiste die Leute, die nicht einmal in seine Nähe gekommen wären, geschweige denn seine Verletzungen behandelt hätten.

»Danke«, sagte er schüchtern.

»War mir ein Vergnügen.« Sie legte ihm eine Hand auf die Schulter und drückte kurz. »Ich krieg dich schon wieder hin. Verlass dich drauf.«

In diesem Moment, als er ihr in die dunkelgrünen Augen sah, glaubte er aufrichtig, sie könnte die ganze weite

Welt wieder hinkriegen. Die Welle der Erleichterung, die ihn überspülte, fühlte sich an, als würde man von einer weichen Decke umhüllt. Ob das jetzt das Wissen war, dass sein Leben in fähigen Händen lag, oder ob es die Folge der Spritze war, die sie ihm gegeben hatte, war ihm im Prinzip egal. Er nahm, was er kriegen konnte, Hauptsache, es ging ihm besser.

»Ich bin müde.«

»Das war mein Plan.«

Jane ging zu Blay und flüsterte ihm etwas zu ... und obwohl er sich alle Mühe gab, seine Reaktion zu verbergen, weiteten sich seine Augen.

Also saß er bis zum Hals in der Tinte, dachte Qhuinn.

Nachdem die Ärztin gegangen war, fragte er gar nicht erst, was sie gesagt hatte, denn Blay würde es ihm auf gar keinen Fall erzählen. Seine Miene war so verschlossen wie ein Banktresor.

Trotzdem gab es noch reichlich zu besprechen, nach dem ganzen Gewitter, das sich über ihnen entladen hatte. »Was hast du deinen Eltern erzählt?«, erkundigte sich Qhuinn.

»Darum brauchst du dir keine Gedanken zu machen.«

Trotz seiner heftigen Erschöpfung schüttelte er den Kopf. »Sag es mir.«

»Du –«

»Raus damit ... sonst stehe ich auf und fange an, Pilates-Übungen zu machen.«

»Von mir aus. Aber du hast doch immer gesagt, das ist was für Warmduscher.«

»Dann eben Jiu-Jitsu. Sprich, bevor ich einpenne, wärst du so gut?«

Blay holte ein Corona aus dem Kühlschrank. »Meine Eltern hatten sich schon gedacht, dass wir das waren, die da gekommen sind. Sie sind gerade von der großen Party der

Glymera nach Hause gekommen. Also müssen Lashs Leute es inzwischen auch erfahren haben.«

Verdammt. »Hast du ihnen ... von mir erzählt?«

»Ja, und sie möchten, dass du bleibst.« Das Bier machte ein seufzendes Geräusch, als er es öffnete. »Wir sagen einfach zu niemandem ein Wort. Natürlich wird es Spekulationen geben, wo du bist, aber die *Glymera* wird schon nicht gleich eine Riesenhausdurchsuchung veranstalten, und unsere *Doggen* sind diskret.«

»Ich bleibe nur heute hier.«

»Hör mal, meine Eltern lieben dich, und sie würden dich niemals vor die Tür setzen. Sie wissen genau, wie Lash war, und sie kennen auch deine Eltern.« Blay ging nicht weiter ins Detail, aber sein Tonfall ergänzte diverse Adjektive.

Herzlos, engstirnig, grausam ...

»Ich falle niemandem zur Last.« Qhuinn zog ein finsteres Gesicht. »Dir nicht und sonst niemandem.«

»Aber das ist doch keine Last.« Blay senkte den Blick zu Boden. »Ich habe doch nur meine Eltern. Zu wem, glaubst du, würde ich gehen, wenn mir was Schlimmes passieren würde?« John und du, ihr seid außer meinen Eltern das Einzige, was ich auf der Welt habe. Ihr beide seid meine Familie.«

»Blay, ich komme in den Knast.«

»Wir haben keinen Knast, also wirst du einen Ort brauchen, an dem du deinen Hausarrest absitzen kannst.«

»Und du glaubst, das kommt nicht an die Öffentlichkeit? Glaubst du, ich muss nicht preisgeben, wo ich bin?«

Blay leerte die halbe Flasche in einem Zug, holte sein Handy heraus und begann, eine SMS einzutippen. »Kannst du mal aufhören, das Haar in der Suppe zu suchen? Wir haben schon genug Probleme, ohne dass du noch weiter nach neuen wühlst. Wir finden schon einen Weg, damit du hierbleiben kannst, okay?«

Ein Piepen ertönte.

»Siehst du? John ist meiner Meinung.« Blay hielt ihm den kleinen Bildschirm unter die Nase, auf dem SUPER IDEE stand. Dann leerte er sein Bier mit der zufriedenen Miene eines Mannes, der sowohl Keller als auch Garage ausgemistet hat. »Alles kommt wieder in Ordnung.«

Qhuinn beäugte seinen Freund unter Lidern hervor, die schwer wie Dachziegel geworden waren. »Klar.«

Als er das Bewusstsein verlor, war sein letzter Gedanke, dass bestimmt alles klappen würde … nur nicht so, wie Blay es plante.

22

Lash, Sohn des Omega, wurde mit einem Schrei wiedergeboren.

In wahnwitziger Verstörung kehrte er in die Welt zurück, wie er vor fünfundzwanzig Jahren erstmals in ihr angekommen war: nackt, atemlos und blutverschmiert. Nur, dass dieses Mal sein Körper der eines ausgewachsenen Mannes war, nicht der eines Säuglings.

Ein kurzer Moment wachen Bewusstseins verstrich rasch, und dann litt er Schmerzen, seine Adern füllten sich mit Säure, jeder Zentimeter seines Körpers verätzte von innen heraus. Er presste die Hände auf den Bauch, krümmte sich zur Seite und erbrach schwarze Galle auf einen ausgetretenen Holzfußboden. Zu beschäftigt mit Würgen, fragte er sich gar nicht, wo er eigentlich war oder was geschehen war, oder warum er etwas ausspuckte, das aussah wie Altöl.

Mitten im Wirbel der Orientierungslosigkeit und der quälenden Krämpfe und einer blinden Panik, die er nicht kontrollieren konnte, reichte ihm ein Retter die Hand. Er spürte ein Streicheln auf dem Rücken, wieder und wieder. Die warme Hand fand einen Rhythmus, der seinen rasenden Herzschlag verlangsamte, seinen Kopf beruhigte und seine Übelkeit linderte. Als es ihm endlich möglich war, drehte er sich zurück auf den Rücken.

Eine schwarze, durchscheinende Gestalt schob sich in sein verschwommenes Gesichtsfeld. Ihr Gesicht war ätherisch, eine Vision männlicher Schönheit in der Blüte ihrer Jugend. Doch die Bösartigkeit hinter den umschatteten Augen machte das Antlitz dennoch grauenhaft.

Omega. Das musste Omega sein.

Das war das Böse, das seine Religion, die Überlieferung seines Volkes und seine Ausbildung ihn hatten fürchten lassen.

Erneut begann Lash zu schreien, doch die Schattenhand kam näher und berührte sanft seinen Arm. Er wurde ruhig.

Zu Hause, dachte Lash. *Ich bin zu Hause.*

Sein Kopf flimmerte vor Hysterie. Er war nicht zu Hause. Er war ... diesen verwahrlosten Raum hatte er doch mit Sicherheit noch nie gesehen.

Wo zum Henker war er?

»Sei unbesorgt«, murmelte Omega. »Dir wird alles wieder einfallen.«

Und das tat es auch, in einer einzigen Bilderwoge. Er sah den Umkleideraum im Trainingszentrum ... und John, diesen armseligen Wicht, der total durchdrehte, als sein schmutziges kleines Geheimnis ans Licht kam. Dann prügelten sie sich, bis ... Qhuinn ... Qhuinn hatte ihm die Kehle aufgeschlitzt.

Verfluchte Scheiße ... er konnte buchstäblich spüren, wie er in der Dusche zu Boden ging, auf den harten, nassen Fliesen auftraf. Noch einmal durchlebte er den kalten Schock, erinnerte sich, die Hände auf den Hals gelegt und nach

Luft gerungen zu haben, spürte den erstickenden Druck, der seine Brust zusammenpresste ... sein Blut ... er war in seinem eigenen Blut ertrunken ... doch dann hatten sie ihn zugenäht und in die Klinik gebracht, wo ...

Er war gestorben, oder? Der Arzt hatte ihn zurückgeholt, aber er war definitiv gestorben.

»Weshalb ich dich gefunden habe«, murmelte Omega. »Dein Tod war das Leuchtfeuer.«

Aber warum sollte das Böse ihn haben wollen?

»Weil du mein Sohn bist«, sagte Omega mit vor Ehrfurcht verzerrter Stimme.

Sohn? *Sohn?*

Langsam schüttelte Lash den Kopf. »Nein ... nein ...«

»Sieh mir in die Augen.«

Als die Verbindung hergestellt war, wurden ihm noch weitere Szenen gezeigt, wie umgeblätterte Seiten in einem Bilderbuch. Bei der Geschichte, die sich in den Visionen enthüllte, krümmte er sich und atmete gleichzeitig leichter. Er war der Sohn des Bösen. Geboren von einer Vampirin, die vor über zwei Jahrzehnten gegen ihren Willen in diesem Bauernhaus festgehalten worden war. Nach seiner Geburt hatte man ihn an einem Versammlungsort der Vampire ausgesetzt. Man hatte ihn gefunden und in Havers' Klinik gebracht ... wo er später von seiner Familie in einem heimlichen Austausch, von dem nicht einmal er etwas wusste, adoptiert worden war.

Und nun, da er erwachsen war, kehrte er zu seinem Erzeuger zurück.

Nach Hause.

Während Lash noch mit der Tragweite dieser Information zu kämpfen hatte, machte sich Hunger in seinem Bauch breit, und seine Fänge schoben sich in seinen Mund.

Omega lächelte und blickte sich über die Schulter. In der

hinteren Ecke des verwahrlosten Zimmers stand ein *Lesser*, der ungefähr so groß war wie ein Vierzehnjähriger. Seine Rattenaugen klebten an Lash, sein kleiner Körper war so angespannt wie eine Schlange kurz vor dem Angriff.

»Und jetzt zu dem Dienst, den du mir leisten wirst«, sagte Omega zu dem Jäger.

Das Böse streckte seine Schattenhand aus und winkte den Kerl zu sich.

Es war kein Laufen, was der *Lesser* tat; eher konnte man sagen, er bewegte sich wie ein Klotz, als wären seine Arme und Beine gelähmt und sein Körper würde hochgehoben und aufrecht über den Boden getragen. Blasse Augen traten hervor und rollten vor Panik in den Höhlen herum, doch Lash hatte anderes im Kopf als die Furcht des Mannes, der ihm dargereicht wurde.

Als er den süßlichen Duft des *Lesser* aufschnappte, setzte er sich auf und fletschte die Fänge.

»Du wirst meinen Sohn nähren«, sagte Omega zu dem Jäger.

Lash wartete nicht auf dessen Einwilligung. Er packte den kleinen Mistkerl im Nacken und zerrte ihn an seine Reißzähne. Dann biss er hart zu und saugte fest, das Blut war süß wie Sirup und ebenso zähflüssig.

Es schmeckte anders als alles, was er kannte, aber es füllte seinen Bauch und gab ihm Kraft, und allein darum ging es.

Während er noch trank, fing Omega an zu lachen, zunächst leise, dann immer lauter, bis das ganze Haus unter der Wucht seiner wahnsinnigen, mörderischen Freude erbebte.

Phury klopfte seinen Joint am Aschenbecher ab und inspizierte das, was er mit seiner Feder angestellt hatte. Die Zeichnung war schockierend, und das nicht nur wegen des Motivs.

Denn sie war außerdem eine der besten Arbeiten, die er je zu Papier gebracht hatte.

Die weibliche Gestalt vor dem cremeweißen Hintergrund lag rücklings auf einem Bett aus Seide, Kissen stützten ihre Schultern und den Nacken. Ein Arm lag über dem Kopf, die Finger in das lange Haar verflochten. Die andere lag an ihrer Seite, und die Hand ruhte an der Stelle, wo ihre Schenkel sich trafen. Ihre Brüste waren straff, die kleinen Brustwarzen steil für einen Mund aufgerichtet, und die Lippen einladend geöffnet – genau wie ihre Beine. Ein Knie war abgewinkelt, der Fuß gewölbt, die Zehen fest gekrümmt, als erwartete sie etwas Köstliches.

Ihr Blick war aus dem Blatt gerichtet, direkt auf ihn.

Die Zeichnung war auch nicht achtlos aufs Papier geworfen; sie war voll ausgeführt, gewissenhaft schraffiert, perfekt schattiert, um den Reiz der Frau genau darzustellen. Das Ergebnis war dreidimensional personifizierter Sex, ein Orgasmus an der Schwelle seiner Verwirklichung, alles, was sich ein Mann von einer sinnlichen Partnerin wünschen konnte.

Als er wieder einen Zug nahm, versuchte er, sich einzureden, dass das da nicht Cormia war.

Nein, das war nicht Cormia ... das war einfach nur irgendeine Frau, nur eine Zusammensetzung aus all den Dingen, auf die er bislang dank seines Zölibats verzichtet hatte. Das war das weibliche Ideal, das er sich für sein erstes Mal gewünscht hätte. Das war die Frau, von der er so gern in all diesen Jahren getrunken hätte. Das war seine Fantasiegeliebte – abwechselnd gebend und nehmend, manchmal weich und willig, dann wieder gierig und unanständig.

Sie war nicht real.

Und sie war nicht Cormia.

Fluchend stieß er den Rauch aus, schob den harten

Schwanz in seiner Pyjamahose zurecht, und drückte den Joint aus.

Er verzapfte ja so einen Müll. Ab-so-lu-ten Müll. Das war definitiv Cormia.

Er warf einen Blick auf das Amulett, das über seinem Sekretär hing, dachte an sein Gespräch mit der Directrix, und fluchte nochmal. Großartig. Jetzt, wo Cormia nicht mehr seine Erste Partnerin war, hatte er beschlossen, sie zu begehren. Das war ja mal wieder typisch.

»Verdammt.«

Er beugte sich zum Nachttisch vor, drehte sich die nächste Tüte und zündete sie an. Mit der Selbstgedrehten zwischen den Lippen begann er, den Efeu zu zeichnen, angefangen bei ihren wunderhübschen, gekrümmten Zehen. Während er Blatt um Blatt hinzufügte und ihr Bild damit verhüllte, war ihm, als strichen seine Hände über ihre glatten Beine und den Bauch und weiter hinauf zu ihren straffen, hohen Brüsten.

Er war so abgelenkt davon, sie im Geist zu liebkosen, dass das Gefühl des Erstickens, das er sonst immer verspürte, wenn er eine Zeichnung mit Efeu überdeckte, erst aufstieg, als er ihr Gesicht erreichte.

Er hielt inne. Das war ganz und gar Cormia, und nicht nur halb, wie es das Bild von Bella neulich Nacht gewesen war. Cormias Züge waren deutlich zu erkennen, von der Neigung ihrer Augen über die volle Unterlippe bis hin zu ihrem üppigen Haar.

Und sie sah ihn an. Begehrte ihn.

O gütige Jungfrau ...

Rasch übermalte er ihr Gesicht mit Efeu und betrachtete dann die ruinierte Zeichnung. Das Grünzeug überwucherte sie vollständig, es ragte sogar über die Konturen ihres Körpers hinaus, begrub sie, ohne sie in der Erde zu versenken.

Vor seinem geistigen Auge blitzte das Bild des Gartens in seinem Elternhaus auf, so wie er ihn beim letzten Mal gesehen hatte, als er zurückgekehrt war, um Vater und Mutter zu beerdigen.

Mein Gott, er erinnerte sich mit solcher Klarheit an diese Nacht. Besonders an den Geruch der Überreste des Feuers.

Das Grab, das er ausgehoben hatte, lag seitlich am Rand, das Loch klaffte wie eine frische Wunde im dicken Efeu des Gartens. Er hatte beide hineingebettet, Mutter und Vater, doch es war nur ein Körper zu begraben gewesen. Die Überreste seiner Mutter hatte er verbrennen müssen. Als er sie auf ihrem Bett fand, war ihre Verwesung bereits so weit fortgeschritten, dass er sie nicht aus dem Keller tragen konnte. Das, was noch von ihr übrig war, steckte er dort, wo sie lag, in Brand und sprach dazu heilige Worte, bis er vor lauter Rauch nicht mehr atmen konnte und flüchten musste.

Während das Feuer in ihrem steinernen Raum wütete, hatte er seinen Vater hochgehoben und ihn hinaus zu dem Grab getragen. Nachdem die Flammen dann alles verschlungen hatten, was sie im Keller erreichen konnten, hatte Phury die Asche in eine große Bronzeurne gefüllt. Es war viel gewesen, da die Matratze und das Bettzeug mit ihr verbrannt waren.

Die Urne stellte er neben den Kopf seines Vaters, dann schaufelte er lockere Erde auf beide.

Am Ende hatte er das ganze Haus niedergebrannt. Bis nichts mehr übrig war. Es war verflucht, und ganz bestimmt hatten selbst die hohen Temperaturen der Flammen nicht ausgereicht, um den Ort von der Infizierung durch das Unglück zu reinigen.

Sein letzter Gedanke, bevor er fortging, war, dass es nicht lange dauern würde, bis der Efeu alles überwuchert hätte.

Du hast alles verbrannt, das schon, sagte der Zauberer in seinem Kopf. *Aber du hattest Recht – den Fluch konntest du damit nicht beseitigen. All diese Flammen haben weder deine Eltern noch dich gereinigt, so ist es doch, mein Freund. Haben dich nur noch zusätzlich zum Brandstifter gemacht.*

Phury drückte den Joint aus, knüllte die Zeichnung zusammen, schnallte die Prothese an und ging zur Tür.

Du kannst vor mir und vor deiner Vergangenheit nicht weglaufen, murmelte der Hexer. Wir sind wie der Efeu auf dem Grundstück, wir sind immer bei dir, hüllen dich ein, decken den Fluch zu, der auf dir liegt.

Im Vorbeigehen warf Phury die Zeichnung in den Müll und verließ sein Zimmer. Er hatte plötzlich Angst, allein zu sein.

Als er in den Flur trat, rannte er beinahe Fritz über den Haufen. Der Butler konnte gerade noch zurückspringen und eine Schüssel ... Erbsen retten? Erbsen in Wasser?

Cormias Modellbau, dachte Phury, während der Inhalt der Schüssel hin und her schwappte.

Fritz lächelte trotz des Beinahe-Zusammenpralls, sein faltiges Gesicht verzog sich zu einem fröhlichen Grinsen. »Wenn Ihr auf der Suche nach der Auserwählten Cormia seid: Sie ist in der Küche und nimmt ihr Mahl mit Zsadist ein.«

Z? Was zum Teufel trieb sie mit Z? »Sie essen zusammen?«

»Ich glaube, der Herr wünschte, unter vier Augen mit ihr über Bella zu sprechen. Deshalb erledige ich gerade einige andere Dinge im Haus.« Fritz runzelte die Stirn. »Seid Ihr wohlauf, Herr? Kann ich Euch etwas bringen?«

Wie wäre es mit einem neuen Kopf? »Nein, danke.«

Der *Doggen* verbeugte sich und ging in Cormias Zimmer. Im selben Moment wehten Stimmen aus der Eingangshalle herauf. Phury ging zur Brüstung und lehnte sich über das mit Blattgold überzogene Geländer.

Wrath und Doc Jane standen am Fuße der Treppe, und Janes Geistermiene war genauso herausfordernd wie ihre Stimme.

»… Ultraschall. Hör mal, ich weiß ja, dass das nicht ideal ist, weil du nicht gern Leute auf dem Anwesen hast. Aber wir haben keine Wahl. Ich war in der Klinik, und dort weigern sie sich nicht nur, ihn aufzunehmen – sie wollten auch noch unbedingt von mir wissen, wo er sich aufhält.«

Wrath schüttelte den Kopf. »Aber wir können ihn nicht einfach hierher –«

»Doch, das können wir. Fritz kann ihn abholen. Und bevor du dagegen Einspruch einlegst: Seit letztem Dezember lässt du jeden Tag die Trainingsschüler hier aufs Anwesen kommen. Er wird keine Ahnung haben, wo er ist. Und was diesen ganzen *Glymera*-Quatsch betrifft, niemand braucht zu wissen, dass er hier ist. Er könnte sonst sterben, Wrath. Und ich will nicht, dass das auf Johns Gewissen lastet. Du etwa?«

Der König fluchte leise und ausgiebig und sah sich um, als bräuchten seine Augen etwas zu tun, während er im Kopf die Lage abwog. »Na schön. Dann regle das mit Fritz. Der Junge kann hier untersucht und operiert werden, falls es nötig sein sollte. Aber danach muss er schleunigst wieder zurückgebracht werden. Die Meinung der *Glymera* ist mir scheißegal. Aber ich will keinen Präzedenzfall schaffen. Wir können hier kein Hotel aufmachen.«

»Verstanden. Und noch was: Ich möchte Havers unter die Arme greifen. Die neue Klinik einzurichten und sich gleichzeitig um die Patienten zu kümmern, wird zu viel für ihn. Das heißt aber auch, dass ich ein paar Tage weg sein werde.«

»Ist Vishous einverstanden mit dem Sicherheitsrisiko?«

»Das hat er nicht zu entscheiden. Und dir gebe ich auch nur aus Höflichkeit Bescheid.« Die Frau lachte trocken.

»Schau mich nicht so an. Ich bin schon tot. Die *Lesser* können mich ja schlecht nochmal umbringen.«

»Das ist überhaupt nicht komisch.«

»Galgenhumor gehört dazu, wenn man eine Ärztin im Haus hat. Gewöhn dich dran.«

Wrath lachte bellend. »Du bist ganz schön hart drauf. Kein Wunder, dass V sich in dich verliebt hat.« Dann wurde der König wieder ernst. »Aber eins muss glasklar sein: Hart drauf oder nicht, ich bin hier der Boss. Dieses Anwesen und jeder, der sich hier aufhält, sind mein Zuständigkeitsbereich.«

Die Frau lächelte. »Mein Gott, du erinnerst mich so an Manny.«

»Wen?«

»Meinen alten Chef im St. Francis. Ihr beiden würdet euch prächtig verstehen. Oder ... vielleicht auch nicht.« Jane legte ihre durchsichtige Hand auf den massigen, tätowierten Unterarm des Königs. Sobald der Kontakt hergestellt war, wurde sie von Kopf bis Fuß fest. »Wrath, ich bin nicht dumm, und ich werde nichts Überstürztes tun. Du und ich, wir wollen dasselbe, nämlich Sicherheit für alle – und das schließt auch Angehörige eures Volkes ein, die nicht hier wohnen. Ich werde niemals für dich oder für sonst jemanden arbeiten, weil das nicht meinem Wesen entspricht. Aber ich bin wild entschlossen, mit dir *zusammen*zuarbeiten, okay?«

Wraths Lächeln drückte Respekt aus, und er nickte einmal kurz, was quasi die Königs-Version einer Verneigung war. »Damit kann ich leben.«

Als Jane sich auf den Weg in den unterirdischen Gang gemacht hatte, blickte Wrath zu Phury auf.

Er sagte kein Wort.

»War das Lash, über den ihr gesprochen habt?«, fragte

Phury in der Hoffnung, der Junge wäre vielleicht gefunden worden.

»Nein.«

Phury wartete auf einen Namen. Als der König sich einfach umdrehte und mit langen Schritten, immer zwei Stufen auf einmal nehmend, die Treppe hochlief, wurde allerdings unmissverständlich klar, dass das Gespräch beendet war.

Bruderschaftsangelegenheiten, dachte Phury.

Was früher mal auch deine waren, wie der Zauberer freundlicherweise betonte. *Bis du übergeschnappt bist.*

»Ich war auf der Suche nach dir«, log Phury und lief seinem König nach. Inzwischen war ein inoffizieller Bericht über die Vorfälle in der Klinik ganz offensichtlich überflüssig. »Es werden ein paar Auserwählte hier vorbeischauen. Sie kommen zu mir.«

Die Augenbrauen des Königs verschwanden hinter der Sonnenbrille. »Dann hast du also die Zeremonie mit Cormia vollendet. Solltest du die Frauen nicht auf der Anderen Seite treffen?«

»Das werde ich bald.« Ja, klar.

Wrath verschränkte die Arme vor der schweren Brust. »Ich hörte, du hast dich heute Nacht in der Klinik gut geschlagen. Danke dafür.«

Phury schluckte.

Als er noch ein Bruder war, hat der König ihm nie für etwas gedankt, das er getan hatte, weil er einfach seine Pflicht und seinen Job und sein Geburtsrecht erfüllt hatte. Es gab vielleicht mal ein Lob oder eine verlegene Testosteron-Geste der Zuneigung, wenn er verletzt wurde … aber nie Dank.

Phury räusperte sich. Er bekam das »Bitte« einfach nicht über die Lippen, also murmelte er nur: »Z hatte alles im Griff … genau wie Rehv, der zufällig auch da war.«

»Ja, bei Rehvenge wollte ich mich auch noch bedanken.« Wrath wandte sich seinem Arbeitszimmer zu. »Dieser Symphath erweist sich allmählich als nützlich.«

Wrath ließ die Flügeltüre langsam zufallen und versperrte Phury so den Blick auf den blassblauen Raum.

Als er sich seinerseits umdrehte, fiel sein Blick auf das majestätische Deckengemälde der Halle, diese stolzen und wahrhaftigen Krieger.

Jetzt war er ein Liebhaber, kein Kämpfer mehr.

Ganz recht, sagte der Zauberer. Und ich möchte wetten, dass du beim Sex genauso mies abschneidest. Und jetzt lauf zu Cormia und erzähl ihr, dass du sie so lieb hast, dass du sie auswechselst und auf die Bank schickst. Sieh ihr in die Augen und sag ihr, dass du ihre Schwestern bumsen wirst. Alle. Jede Einzelne.

Außer ihr.

Und rede dir selbst ein, dass du das Richtige tust, während du ihr das Herz brichst. Denn das ist doch genau der Grund, warum du wegläufst. Du hast gesehen, wie sie dich anschaut, und du weißt, dass sie dich liebt, und du bist ein Feigling.

Erzähl's ihr. Erzähl ihr alles.

Zu der Litanei des Zauberers lief Phury hinunter ins Erdgeschoss, ging ins Billardzimmer und schnappte sich eine Flasche Martini Vermouth und eine Flasche Beefeater Gin. Dann noch ein Glas Oliven, ein Martiniglas und …

Die Zahnstocher erinnerten ihn an Cormia.

Auf dem Rückweg in sein Zimmer hatte er immer noch Angst, allein zu sein, aber genauso viel Angst hatte er davor, jemanden um sich zu haben.

Er wusste nur eins: dass es eine todsichere Methode gab, den Zauberer zum Schweigen zu bringen, und die würde er systematisch anwenden.

Bis er verdammt nochmal bewusstlos wurde.

23

Normalerweise schlief Rehv nicht gern in dem Studio hinter seinem Büro im *ZeroSum*. Nach einer Nacht wie dieser allerdings fühlte er sich einfach nicht in der Lage, aus der Stadt in das Haus zu fahren, in dem seine Mutter wohnte, und sein Penthouse im *Commodore* mit der Glasfront ging heute gar nicht.

Xhex hatte ihn von der Klinik abgeholt, und auf dem Weg zurück in den Club hatte sie ihn ziemlich klein zusammengefaltet, warum er sie nicht für den Kampf zu Hilfe gerufen hatte. Ach komm schon, hatte er zu ihr gesagt, noch ein halber Symphath in dem Gewühl?

Schon klar. Außerdem machten Krankenhäuser sie höllisch nervös.

Nachdem er ihr ausführlich von dem Überfall berichtet hatte, hatte er gelogen und behauptet, Havers habe ihn untersucht und ihm ein paar Medikamente verschrieben. Sie hatte gewusst, dass er totalen Müll verzapfte, aber es war zu kurz vor Morgengrauen, um noch handgreiflich zu werden.

Klar, sie hätte bleiben und sich weiter mit ihm streiten können, aber Xhex musste immer nach Hause. Immer.

Und zwar so unbedingt, dass er sich allmählich fragte, was genau dort auf sie wartete. Oder wer.

Er ging ins Badezimmer, behielt aber den Zobel an, obwohl der Thermostat ungefähr auf »Kaminfeuer« gestellt war. Dann stellte er das heiße Wasser in der Dusche an und dachte an das, was in der Klinik passiert war. Er musste feststellen, dass ihn das auf tragische Weise belebt hatte. Kämpfen war für ihn wie ein Anzug von Tom Ford: Passte ihm perfekt und erfüllte ihn mit Stolz. Und die gute Nachricht war, dass er seine Symphathen-Seite unter Kontrolle gehabt hatte, trotz der Verlockungen durch das ganze vergossene *Lesser*-Blut.

Fazit? Es ging ihm bestens. Absolut.

Als er von dichtem Dampf umgeben war, zwang er sich, den Pelzmantel, den Versace-Anzug und das rosafarbene Hemd auszuziehen. Die Klamotten waren total im Eimer, und sein Zobel sah auch nicht viel besser aus. Er warf alles auf einen Haufen, um es reinigen und ausbessern zu lassen.

Auf dem Weg in die Dusche kam er an dem langen Spiegel über den Waschbecken vorbei und blieb stehen. Er fuhr sich mit der Hand über die roten, fünfzackigen Sterne auf seiner Brust. Dann wanderte er tiefer und nahm seinen Schwanz in die Hand.

Wäre nett gewesen, nach dem ganzen Trubel ein bisschen Sex zu haben, oder sich zumindest einen bis drei runterzuholen.

Sein Blick fiel auf seinen Unterarm. Nach all den Injektionen sah er aus, als hätte man ihn durch den Fleischwolf gedreht.

Ätzende Nebenwirkungen.

Er trat unter den Wasserstrahl und merkte nur, dass er

heiß war, weil die Luft um ihn herum milchig und schwül war und seine Körpertemperatur einen Seufzer der Erleichterung ausstieß. Seine Haut aber informierte ihn über gar nichts – weder, wie hart der Strahl auf seine Schultern prasselte, noch dass die Seife weich und glitschig war, noch dass seine Handfläche, die den Schaum abwischte, breit und warm war.

Er dehnte das Einseifen länger aus als nötig. Zum einen konnte er es im Augenblick einfach nicht ertragen, ins Bett zu gehen, solange noch irgendwelcher Dreck an ihm hing; hauptsächlich suchte er aber nach einer Ausrede, um länger unter der Dusche zu bleiben. Das war einer der wenigen Momente in seinem Leben, wenn ihm warm genug war, und der Schock, in die Kälte hinaus zu treten, war immer grausam.

Zehn Minuten später lag er nackt in seinem breiten Bett und hatte sich die dicke Nerzdecke bis zum Kinn hochgezogen wie ein Kind. Als das innere Frösteln vom Abtrocknen allmählich nachließ, schloss er die Augen und ließ mit seinem Willen das Licht ausgehen.

Sein Club jenseits der mit Stahl verkleideten Wände würde inzwischen leer sein. Seine Mädchen wären zu Hause, da die meisten von ihnen Kinder hatten. Seine Barkeeper und Buchmacher würden irgendwo einen Happen essen und ein bisschen abschalten. Seine Angestellten aus dem Hinterzimmer sahen sich alte Star-Trek-Folgen an. Und die zwanzigköpfige Putzkolonne wäre fertig mit Fußböden und Tischen und Toiletten und zöge sich die Uniformen aus, um sich auf den Weg zu ihrem nächsten Job zu machen.

Ihm gefiel die Vorstellung, ganz alleine hier zu sein. Das kam nicht besonders oft vor.

Das Klingeln seines Handys erinnerte ihn unsanft daran, dass selbst wenn er mal allein war, immer irgendein Vollidiot etwas von ihm wollte.

Er streckte den Arm unter der Decke hervor und hob ab. »Xhex, wenn du weiterstreiten willst, lass uns das auf morgen vertagen —«

»Hier ist nicht Xhex, Symphath.« Zsadists Stimme war gepresst wie eine Faust. »Und ich rufe wegen deiner Schwester an.«

Mit einem Ruck setzte Rehv sich auf, ohne sich darum zu kümmern, dass die Decke herunterrutschte. »Was ist?«

Als er das Gespräch mit Zsadist beendet hatte, legte er sich wieder hin. So musste man sich fühlen, wenn man glaubte, einen Herzinfarkt zu haben, der sich dann aber als simple Magenverstimmung entpuppte: erleichtert, aber trotzdem miserabel.

Bella ging es so weit gut. Im Augenblick. Der Bruder hatte angerufen, weil er sich an die Abmachung hielt, die sie beide getroffen hatten: Rehv hatte versprochen, sich nicht einzumischen, aber er wollte jederzeit über ihren Zustand auf dem Laufenden sein.

Mann, diese Schwangerschaft war furchtbar.

Er zog sich erneut die Decke unters Kinn. Eigentlich hätte er seine Mutter anrufen und ihr den letzten Stand durchgeben müssen, aber das konnte warten. Sie würde gerade zu Bett gehen, und es gab keinen Anlass, sie den ganzen Tag über in Sorge zu versetzen.

Bei der Jungfrau, Bella ... seine liebste Bella, jetzt nicht mehr seine kleine Schwester, sondern die *Shellan* eines Black-Dagger-Bruders.

Sie beide hatten immer ein inniges, kompliziertes Verhältnis gehabt. Zum Teil lag es an ihren Persönlichkeiten, zum Teil aber auch daran, dass Bella keine Ahnung hatte, was er war. Auch keinen Schimmer von der Vergangenheit ihrer Mutter oder was seinen Vater umgebracht hatte.

Besser gesagt: wer.

Rehv hatte gemordet, um seine Schwester zu beschützen, und er würde es ohne Zögern wieder tun. Solange er sich erinnern konnte, war Bella das einzig Unschuldige in seinem Leben gewesen, das einzig Reine. Er hatte gewollt, dass sie das für immer und ewig blieb. Doch das Leben hatte andere Pläne gehabt.

Um nicht an ihre Entführung durch die *Lesser* zu denken, an der er sich immer noch die Schuld gab, rief er sich eine seiner lebhaftesten Erinnerungen von ihr ins Gedächtnis. Es war ungefähr ein Jahr, nachdem er den Vorsitz über die Familie übernommen und ihren Vater unter die Erde gebracht hatte. Sie war damals sieben.

Rehv war in die Küche gekommen, wo sie über eine Schüssel Frosties gebeugt saß, die Füße von einem der Erwachsenenstühle baumelnd, auf dem sie saß. Sie trug rosa Hausschuhe – die sie nicht mochte, aber anziehen musste, wenn ihre Lieblingsschlappen, die marineblauen, in der Wäsche waren – und ein Flanellnachthemd mit gelben Rosen.

Sie hatte so niedlich ausgesehen, mit ihren langen braunen Haaren und diesen rosa Hausschuhen und der gerunzelten Stirn, während sie die letzten Flocken mit einem Löffel durch die Milch scheuchte.

»Warum starrst du mich so an, du Gockel?«, hatte sie gekräht, die Füße unter dem Stuhl vor und zurück schwingend.

Er hatte lächeln müssen. Auch damals schon trug er den Irokesenschnitt, und sie war die Einzige, die sich traute, ihm dafür einen frechen Spitznamen zu geben. Und selbstverständlich liebte er sie deshalb noch mehr. »Einfach so.«

Was natürlich gelogen war. Wie sie so in der Milch herumfischte, hatte er sich gedacht, dass dieser ruhige, stille Moment das ganze Blut, das an seinen Hände klebte, wert war. Mehr als wert.

Seufzend hatte sie ihren Blick der Frosties-Schachtel, die

gegenüber auf der Arbeitsfläche stand, zugewandt. Ihre Füße hatten das Zappeln eingestellt, das leise *ffft, ffft, ffft* der Schlappen auf der unteren Sprosse des Stuhls war verklungen.

»Was siehst du an, Prinzessin?« Als sie nicht sofort antwortete, schielte er zu Tony, dem Tiger, hinüber. Erinnerungen an ihren Vater blitzten durch seinen Kopf, und er hätte wetten mögen, dass sie dasselbe vor sich sah.

Zaghaft hatte sie gesagt: »Ich darf mehr haben, wenn ich will. Vielleicht.«

Ihr Tonfall war zögerlich gewesen, als tauchte sie die Zehen in einen Teich, in dem möglicherweise Blutegel waren.

»Ja, Bella. Du darfst so viel haben, wie du willst.«

Sie war nicht vom Stuhl aufgesprungen. Sondern hatte sich still verhalten, wie Kinder und Tiere es tun – einfach atmen, mit den Sinnen die Umgebung abtasten, Gefahren auskundschaften.

Rehv hatte sich nicht gerührt. Obwohl er ihr die Schachtel so gern gebracht hätte, wusste er auch, dass sie selbst den glänzenden kirschroten Fußboden in ihren Hausschuhen überqueren und Tony, den Tiger, holen musste. Ihre eigenen Hände mussten es sein, die die Schachtel hielten und eine neue Portion Flocken in die inzwischen warme Milch schütteten. Sie allein musste den Löffel nehmen und weiter essen.

Sie musste selbst erfahren, dass es niemanden im Haus gab, der sie dafür tadeln würde, noch hungrig zu sein.

Auf so etwas war ihr Vater spezialisiert gewesen. Wie viele Männer seiner Generation hatte dieser blöde Wichser geglaubt, dass Frauen der *Glymera* auf ihre gute Figur achten mussten. Wie er nicht müde wurde zu wiederholen, war Fett am Körper einer weiblichen Aristokratin das Äquivalent zu Staub, der sich auf einer kostbaren Statue sammelt.

Ihre Mutter hatte er noch viel härter angepackt.

Schweigend hatte Bella in ihre Milch gestarrt und mit dem Löffel Wellen darin gezogen.

Sie würde es nicht tun, hatte Rehv noch gedacht und ihren verfluchten Erzeuger am liebsten nochmal umgebracht. Sie hatte immer noch Angst.

Doch dann hatte sie den Löffel auf den Teller unter der Schüssel gelegt, war vom Stuhl gerutscht und in ihrem Nachthemdchen durch die Küche getapst. Sie sah ihn nicht an. Sah auch an Tonys Zeichentrickgesicht vorbei, als sie die Schachtel aufhob.

Sie zitterte vor Furcht. Sie war mutig. Sie war winzig, aber sie war entschlossen.

In diesem Moment war ihm rot vor Augen geworden, aber nicht, weil seine böse Seite hervorbrach. Als sie sich die zweite Portion Frosties in die Schüssel schüttete, hatte er gehen müssen. Hatte etwas nichtssagend Fröhliches gemurmelt, war schnell in die Gästetoilette gegangen und hatte sich eingeschlossen.

Seine blutigen Tränen hatte er allein geweint.

Dieser Augenblick in der Küche mit Tony, dem Tiger, und Bellas Hausschuhen hatte ihm bewiesen, dass er das Richtige getan hatte: Die Billigung des Mordes, den er begangen hatte, lag darin, dass die Frosties-Schachtel von seiner geliebten kleinen Schwester durch die Küche getragen wurde.

Er kehrte in die Gegenwart zurück und dachte an die Bella von heute: Eine erwachsene Frau mit einem starken Partner und einem Baby in ihrem Bauch.

Gegen die Dämonen, mit denen sie nun zu kämpfen hatte, konnte ihr großer, böser Bruder ihr nicht helfen. Es gab kein offenes Grab, in das er die zerschlagenen, blutigen Überreste des Schicksals werfen konnte. Vor diesem speziellen Monster konnte er sie nicht retten.

Die Zukunft würde es zeigen. Man konnte nur abwarten.

Bis zu ihrer Entführung hatte er nie auch nur in Betracht gezogen, dass sie vor ihm sterben könnte. Während dieser grauenhaften sechs Wochen, in denen dieser *Lesser* sie in der Erde gefangen gehalten hatte, war die Reihenfolge der Tode in seiner Familie das Einzige gewesen, woran er denken konnte. Er hatte immer angenommen, dass ihre Mutter zuerst gehen würde, und tatsächlich begann bei ihr gerade jetzt der rasche Verfall, der Vampire ans Ende ihres Lebens führte. Für ihn war sonnenklar gewesen, dass er als Nächster an der Reihe wäre, da früher oder später eines von zwei Dingen passieren würde: Entweder würde jemand herausfinden, dass er ein Symphath war, und er würde gejagt und in die Kolonie geschickt; oder seine Erpresserin würde sein Ableben nach Symphathen-Art inszenieren.

Sollte heißen: aus heiterem Himmel und brutal kreativ ...

Wie auf Stichwort ließ sein Handy einen Akkord erklingen. Der Klang wiederholte sich. Und noch mal.

Er wusste sofort, wer das war. Aber so waren die Verbindungen zwischen Symphathen nun mal.

Wenn man vom Teufel spricht, dachte er und nahm den Anruf seiner Erpresserin entgegen.

Als er auflegte, hatte er eine Verabredung mit der Prinzessin für den kommenden Abend.

Was war er doch für ein Glückspilz.

Qhuinn hatte einen langen, schrägen Traum, in dem er in Disney World war und in einer Achterbahn saß, die endlos auf und ab fuhr. Was merkwürdig war, weil er so was bisher nur aus dem Fernsehen kannte, da man ja schlecht mit der Big Thunder Mountain fahren konnte, wenn man keine Sonne vertrug.

Als diese seltsame Bahnfahrt endete, schlug er die Augen

auf und entdeckte, dass er im Erste-Hilfe-Raum des Trainingszentrums der Bruderschaft lag.

Danke, lieber Gott.

Offenbar hatte er beim Sparring im Unterricht einen auf die Zwölf gekriegt, und dieser ganze Scheiß mit Lash und seiner Familie und seinem Bruder und der Ehrengarde war nur ein Alptraum gewesen. Mann, was für eine Erleichterung –

Doc Janes Gesicht tauchte vor ihm auf. »Hallo, da bist ja wieder.«

Qhuinn blinzelte und hustete. »Wo ... war ich?«

»Du hast ein Schläfchen gehalten. Damit ich dir die Milz entfernen konnte.«

Shit. Also doch keine Hallus. Sondern die neue Realität. »Bin ich ... okay?«

Jane legte ihm die Hand auf die Schulter, sie war warm und schwer, obwohl der Rest von ihr durchsichtig war. »Du hast dich sehr gut gehalten.«

»Bauch tut noch weh.« Er hob den Kopf und sah an seiner nackten Brust herab auf die Binde um seine Taille.

»Es wäre beunruhigend, wenn es anders wäre. Aber es wird dich freuen zu hören, dass du in einer Stunde zurück zu Blay kannst. Die Operation ist absolut reibungslos verlaufen, und du heilst jetzt schon gut. Mir macht Tageslicht nichts aus, also kann ich jederzeit kommen, wenn du mich brauchen solltest. Blay weiß, worauf er achten muss, und ich habe ihm ein paar Medikamente für dich gegeben.«

Qhuinn schloss die Augen, plötzlich von einer schweren Traurigkeit niedergedrückt.

Während er versuchte, sich zu entspannen, hörte er Jane sagen: »Blay, möchtest du mal herkommen –«

Qhuinn schüttelte den Kopf und wandte sich dann ab. »Ich muss einen Moment allein sein.«

»Bist du sicher?«

»Ja.«

Als die Tür sich leise schloss, legte er sich eine zitternde Hand aufs Gesicht. Allein ... ja, allein war er. Und nicht nur, weil niemand bei ihm im Raum war.

Der Gedanke, die vergangenen zwölf Stunden nur geträumt zu haben, war wirklich schön gewesen.

Gott, was zum Henker sollte er mit dem Rest seines Lebens anstellen?

Wieder blitzte die Erinnerung an die Vision, die er gehabt hatte, als er sich dem Schleier näherte, vor ihm auf. Vielleicht hätte er einfach durch diese Tür gehen sollen, ungeachtet dessen, was er gesehen hatte. Jedenfalls hätte es alles unter Garantie einfacher gemacht.

Er sammelte sich einen Augenblick. Beziehungsweise ungefähr eine halbe Stunde. Dann rief er mit so kräftiger Stimme, wie er aufbrachte: »Ich bin soweit. Wir können los.«

24

Als sechzehn Stunden später die Nacht hereinbrach, stand Lash am Fuße der Rasenfläche, die zu einer ausladenden Villa im Tudor-Stil hinaufführte … und drehte den Ring, den Omega ihm gegeben hatte, herum und herum.

Hier war er aufgewachsen, dachte er. War hier als Kind geliebt und gefüttert und ins Bett gebracht worden. Als Halbwüchsiger dann war er hier lange aufgeblieben und hatte schmutzige Filme gesehen und unanständige Bücher gelesen, hatte im Netz gesurft und Junkfood gegessen.

Dort oben in seinem Zimmer im zweiten Stock war er durch seine Wandlung gegangen und hatte zum ersten Mal Sex gehabt.

»Brauchen Sie Hilfe?«

Er drehte sich zu dem *Lesser* um, der am Steuer des Ford Focus saß. Es war der Kleine, von dem er getrunken hatte. Der Bursche hatte so helle Haare wie Bo aus *Ein Duke kommt selten allein*, die sich unter seinem Cowboyhut kringelten. Seine Augen hatten das blasse Blau einer Kornblume, woraus man schließen konnte, dass er vor seiner Einführung in die Gesellschaft ein amerikanischer Bilderbuchbursche aus dem Mittleren Westen gewesen war.

Mit Omegas Hilfe hatte der Kerl das Nähren überlebt, und Lash musste zugeben, dass er froh darüber war. Er brauchte Hilfe, um zu begreifen, wo er stand, und von Mr D fühlte er sich nicht bedroht.

»Hallo?«, sagte der *Lesser*. »Alles okay bei Ihnen?«

»Du bleibst im Auto.« Es fühlte sich gut an, das zu sagen und zu wissen, dass es keine Diskussion geben würde. »Dauert nicht lange.«

»Jawohl, Sir.«

Lash drehte sich wieder zu dem Tudor-Palast um. Gelbes Licht strahlte durch diamantverglaste Fenster, und das Haus wurde vom Boden her beleuchtet wie eine Schönheitskönigin auf einer Bühne. Im Inneren liefen Leute herum, er erkannte sie an ihren Umrissen und den Zimmern, in denen sie sich aufhielten.

Auf der linken Seite, im Wohnzimmer, waren die beiden, die ihn wie ihr eigen Fleisch und Blut aufzogen hatten. Der mit den breiten Schultern war sein Vater, und er wanderte auf und ab, die Hand hob sich immer wieder an sein Gesicht, als würde er etwas trinken. Seine Mutter saß auf der Couch, mit ihrem kunstvollen Haarknoten und dem schlanken Hals sah sie aus wie eine Puppe. Immer wieder tastete sie nach ihrer Frisur, als wollte sie sich vergewissern, dass sie noch richtig saß, obwohl vor lauter Haarspray mit Sicherheit alles so fest saß wie ein Sturzhelm.

Rechts, im Küchenflügel, huschten einige *Doggen* vom Herd zum Schrank zum Kühlschrank zur Arbeitsfläche und zurück zum Herd.

Lash konnte das Essen beinahe riechen, und seine Augen wurden feucht.

Inzwischen mussten seine Eltern erfahren haben, was im Trainingszentrum und danach in der Klinik passiert war. Man musste sie informiert haben. Sie waren am vergangenen Abend auf dem Ball der *Glymera* gewesen, aber den ganzen Tag hatten sie zu Hause verbracht, und beide wirkten aufgewühlt.

Er blickte zu den sieben Fenstern im dritten Stock hinauf, die zu seinem Zimmer gehörten.

»Gehen Sie rein?«, fragte der *Lesser*, wodurch Lash sich fühlte wie ein Schlappschwanz.

»Halt gefälligst die Klappe, sonst schneide ich dir die Zunge raus.«

Lash zog das Jagdmesser, das an seinem Gürtel hing, und lief über den gemähten Rasen. Das Gras fühlte sich weich an unter den neuen Springerstiefeln, die er trug.

Er hatte sich von dem kleinen *Lesser* Klamotten besorgen lassen müssen, aber was er trug, gefiel ihm nicht. Alles aus dem Kaufhaus. Billig.

Als er die Eingangstür des Hauses erreichte, legte er die Hand auf die Tastatur der Alarmanlage … zögerte aber, bevor er den Code eintippte.

Sein Hund war vor einem Jahr an Altersschwäche gestorben.

Es war ein reinrassiger Rottweiler gewesen, und seine Eltern hatten ihn ihm geschenkt, als er elf Jahre alt war. Mit der Rasse waren sie nicht einverstanden gewesen, aber Lash hatte nicht nachgegeben, bis sie ein etwa ein Jahr altes Tier zu sich geholt hatten. Gleich in der allerersten Nacht hatte Lash versucht, dem Rottweiler eine Sicherheitsnadel durchs Ohr zu stechen. King hatte ihn so fest gebissen, dass seine Reißzähne durch den Arm durchgegangen und auf der anderen Seite wieder herausgekommen waren.

Danach waren sie unzertrennlich gewesen. Und als dieser böse alte Hund den Löffel abgab, hatte Lash geweint wie ein Mädchen.

Jetzt tippte er den Code ein und legte die linke Hand auf die Klinke. Das Licht über der Tür blitzte auf der Klinge seines Messers.

Er wünschte, sein Hund wäre noch am Leben. Es wäre schön gewesen, etwas aus seinem alten Leben mit in sein neues mitzunehmen.

Er ging ins Haus und schlug den Weg zum Wohnzimmer ein.

Als John Matthew vor der Tür zu Wraths Arbeitszimmer ankam, war er ungefähr so entspannt wie ein Golfer bei Gewitter, und der Anblick des Königs machte ihn noch nervöser. Der Vampir saß hinter seinem filigranen Schreibtisch, Stirn gerunzelt, Finger auf das Holz trommelnd, den Blick aufs Telefon geheftet, als hätte er gerade schlechte Neuigkeiten bekommen. Schon wieder.

John klemmte sich das, was er in der Hand hielt, unter den Arm und klopfte leise auf den Türrahmen. Wrath blickte nicht auf. »Was ist los, mein Sohn?«

John wartete, bis der König den Blick hob, und zeigte dann bedächtig: *Qhuinns Familie hat ihn rausgeschmissen.*

»Ja, und wie ich hörte, wurde er mit ihrer freundlichen Genehmigung von einer Ehrengarde zusammengeschlagen.« Wrath lehnte sich in dem schlanken Stuhl zurück, der vernehmlich ächzte. »Sein Vater ist ... typisch *Glymera*.«

Der Tonfall ließ vermuten, dass das in etwa so ein Kompliment war wie *blöder Wichser*.

Er kann nicht für immer bei Blay bleiben, und er weiß nicht, wohin.

Der König schüttelte den Kopf. »Ich versteh schon, worauf du hinaus willst, aber die Antwort lautet nein. Selbst wenn das hier ein ganz normaler Haushalt wäre, was er nicht ist, hat Qhuinn einen Trainingsschüler getötet, und mir ist scheißegal, was Lash deiner Ansicht nach getan hat, um das zu verdienen. Ich weiß, dass du mit Rhage gesprochen und ihm erzählt hast, was passiert ist. Dein Kumpel ist nicht nur aus dem Programm geflogen, er wird auch angeklagt werden.« Wrath beugte sich zur Seite und sah um John herum. »Hast du Phury schon aus dem Bett geholt?«

John sah sich über die Schulter. Vishous stand im Türrahmen.

Der Bruder nickte. »Er zieht sich gerade an. Genau wie Z. Bist du sicher, dass ich das nicht erledigen soll?«

»Die beiden waren Lashs Lehrer, und Z war Zeuge der Vorfälle in der Klinik. Lashs Eltern wollen mit den beiden sprechen, und nur mit ihnen, und ich habe versprochen, dass sie so schnell wie möglich dort auftauchen.«

»Alles klar. Halt mich auf dem Laufenden.«

Der Bruder machte sich auf die Socken, und Wrath stützte die Ellbogen auf den Schreibtisch. »Hör mal, John, ich weiß, dass Qhuinn ein guter Freund von dir ist, und mir tut ehrlich leid, was bei ihm zu Hause abgeht. Ich wünschte, ich könnte ihm helfen, aber das kann ich nicht.«

John gab nicht auf, er hoffte, er müsste nicht zu seinem letzten Mittel greifen. *Was ist mit dem Refugium?*

»Die Frauen dort fühlen sich in Gegenwart von Männern nicht wohl, und das aus gutem Grund. Besonders die mit Missbrauchsvergangenheit.«

Aber er ist mein Freund. Ich kann nicht einfach dasitzen und nichts tun, wenn er kein Zuhause hat, kein Geld, keinen Job –

»Das alles wird keine Rolle spielen, John.« Das Wort *Haftstrafe* hing unausgesprochen in der Luft. »Du hast es selbst gesagt. Er hat sich mit einer tödlichen Waffe in einen ganz normalen Streit zwischen zwei hitzköpfigen Jungs eingemischt. Die richtige Reaktion wäre gewesen, dich und Lash zu trennen. Nicht ein Messer zu ziehen und seinem Cousin die Kehle aufzuschlitzen. Hat Lash dich mit einer tödlichen Waffe bedroht? Nein. Könntest du ehrlich behaupten, der Junge wollte dich umbringen? Nein. Qhuinns Gewaltausbruch war unangemessen, und Lash Eltern plädieren auf gefährliche Körperverletzung mit Tötungsabsicht und zurechenbaren Mord nach dem Alten Gesetz.«

Zurechenbarer Mord?

»Die Angestellten der Klinik schwören Stein und Bein, dass Lash schon wiederbelebt worden war, als dieser Überfall stattfand. Seine Eltern rechnen aber nicht damit, dass er seine Gefangenschaft bei den *Lesse*rn überlebt und pochen auf objektive Zurechnung: Hätte Qhuinn Lash nicht angegriffen, wäre der nicht in der Klinik gewesen und hätte dementsprechend nicht entführt werden können. Demzufolge ist es ein zurechenbarer Mord.«

Aber Lash hat dort gearbeitet. Also hätte er auch ohne Qhuinns Aktion in der Nacht dort sein können.

»Nur, dass er dann nicht als Patient im Bett gelegen hätte, richtig?« Wraths Pranken trommelten auf den zarten Schreibtisch. »Das ist starker Tobak hier, John. Lash war der einzige Sohn seiner Eltern, die beide aus den Gründerfamilien stammen. Für Qhuinn wird das nicht gut ausgehen. Diese Ehrengarde ist im Augenblick noch sein geringstes Problem.«

Es folgte ein ausgedehntes Schweigen, währenddessen sich Johns Lungen zusammenzogen. Er hatte von Anfang an gewusst, dass sie in dieser Sackgasse landen würden, dass die Version der Geschichte, die er Rhage aufgetischt hatte, nicht ausreichen würde, um seinen Freund zu retten. Und natürlich hätte er alles getan, um das hier zu vermeiden; trotzdem war er vorbereitet.

Bedächtig lief John zurück zur Flügeltüre und schloss sie. Dann trat er vor den Schreibtisch. Seine Hand zitterte, als er die Mappe unter seiner Achsel hervorzog und seine Trumpfkarte zückte.

»Was ist das?«

Johns Magen benutzte seinen Beckenboden als Hüpfburg, während er dem König zögerlich seine Krankenakte über die Schreibplatte schob.

Das bin ich. Was du wissen musst, steht auf der ersten Seite.

Wrath runzelte die Stirn und nahm die Lupe, ohne die er nicht lesen konnte, zur Hand. Dann schlug er die Mappe auf und beugte sich über den Bericht, der Johns Therapiesitzung in Havers' Klinik beschrieb. Es war deutlich zu erkennen, wann er den spannenden Teil erreichte, denn die schweren Schultern des Vampirs verspannten sich unter dem schwarzen T-Shirt.

O Gott ..., dachte John. *Gleich muss ich kotzen.*

Nach einer Weile klappte der König den Ordner wieder zu und legte die Lupe hin. Schweigend schob er die beiden Gegenstände auf der Schreibtischplatte herum, bis sie nebeneinander und im rechten Winkel lagen. Der Elfenbeingriff der Lupe bildete eine exakte Verlängerung der unteren Kante der Mappe. Als Wrath endlich den Blick hob, wich John ihm nicht aus, obwohl er das Gefühl hatte, vor Schmutz nur so zu triefen. *Deshalb hat Qhuinn das getan. Lash hatte meine Krankenakte gelesen, als er bei Havers gearbeitet hat, und er wollte es überall herumposaunen. Überall. Deshalb war es keineswegs ein ganz normaler Streit zwischen zwei Hitzköpfen.*

Wrath schob die Sonnenbrille hoch und rieb sich die Augen. »Himmel, ich kann gut nachvollziehen, dass du nicht besonders heiß darauf warst, damit rauszurücken.« Er schüttelte den Kopf. »John ... es tut mir so leid, was dir pass–«

John stampfte mit dem Fuß auf, damit Wrath den Kopf hob. *Ich erzähle dir das ausschließlich wegen Qhuinn. Ich will nicht darüber reden.*

Und dann flogen seine Hände fieberhaft durch die Luft, um die ganze Sache bloß schnell hinter sich zu bringen: *Als Qhuinn das Messer zog, hatte Lash mich an die Duschwand gedrückt und wollte mir die Hose runterziehen. Mein Freund hat das nicht nur getan, um Lash am Reden zu hindern – verstehst du mich? Ich ... ich war wie erstarrt ... ich konnte mich nicht ...*

»Schon gut, mein Sohn, schon gut ... du musst nicht mehr sagen.«

John schlang die Arme um sich und presste sich die zitternden Hände in die Seiten. Er kniff die Augen fest zu, um Wraths Gesicht nicht sehen zu müssen.

»John?«, sagte der König nach einer kurzen Pause. »Junge, sieh mich an.«

Es kostete John fast übermächtige Anstrengung, die Augen aufzumachen. Wrath war so männlich, so stark – der Führer ihres gesamten Volkes. So jemandem gegenüber zuzugeben, dass diese schmachvolle, brutale Sache passiert war, war beinahe so schlimm, wie sie zu erleben.

Wrath klopfte auf die Mappe. »Das hier ändert alles.« Er nahm den Telefonhörer in die Hand. »Fritz? Hallo, alter Freund. Hör mal, ich möchte, dass du Qhuinn bei Blaylock abholst und ihn zu mir bringst. Sag ihm, er hat vor dem König zu erscheinen.«

Als er aufgelegt hatte, fingen Johns Augen an zu brennen, als würde er gleich in Tränen ausbrechen. In Panik schnappte er sich die Mappe, wirbelte herum und rannte praktisch zur Tür.

»John? Junge? Bitte geh noch nicht.«

John blieb nicht stehen. Er konnte einfach nicht. Den Kopf heftig schüttelnd rannte er aus dem Arbeitszimmer und in sein Zimmer. Sobald er die Tür hinter sich zugeschlagen und abgeschlossen hatte, stürzte er ins Badezimmer, kniete sich vor die Toilettenschüssel und übergab sich.

Qhuinn fühlte sich wie ein Schuft, als er über Blays schlafende Gestalt gebeugt dastand. Der Kerl schlief immer noch wie früher als Kind: den Kopf in ein Laken gewickelt, die Decke bis unter die Nase gezogen. Inzwischen allerdings war sein riesiger Körper ein Berg, der sich von der ebenen Fläche des Bettes erhob, nicht mehr der kleine Maulwurfshügel des Prätrans – aber die Haltung war noch die gleiche.

Sie hatten so viel zusammen erlebt ... alle wichtigen ersten Male, vom Trinken übers Autofahren und Rauchen bis hin zu Transition und Sex. Es gab nichts, was sie nicht voneinander wussten, keinen geheimen Gedanken, den sie nicht auf die ein oder andere Art und Weise geteilt hatten.

Wobei das nicht ganz der Wahrheit entsprach. Qhuinn wusste ein paar Dinge, die Blay nicht zugeben wollte.

Sich nicht zu verabschieden, kam ihm beinahe wie ein Verbrechen vor, aber es musste so sein. Wohin er ging, konnte Blay nicht folgen.

Es gab eine Vampirgemeinschaft im Westen des Landes; er hatte auf einer der Infoseiten im Netz darüber gelesen. Eine Splittergruppe, die sich vor ungefähr zweihundert Jahren vom Hauptteil der Vampirkultur abgespalten und eine Enklave weit weg vom Stammsitz des Volkes in Caldwell gegründet hatte.

Dort gab es keine *Glymera*-Typen. Im Gegenteil – die meisten von ihnen waren Outlaws.

Er hatte sich überlegt, dass er es in einer Nacht dorthin schaffen könnte, wenn er sich immer ein paar hundert Kilometer am Stück dematerialisierte. Er wäre bestimmt völlig am Ende, wenn er ankäme, aber wenigstens unter seinesgleichen. Ausgestoßene. Rowdys. Deserteure.

Früher oder später würden ihn die Gesetze seines Volkes einholen, aber er konnte nur gewinnen, indem er den Mächtigen die Suche nach ihm erschwerte. Er war sowieso schon in jeder Hinsicht in Ungnade gefallen, und die Anschuldigungen, die man gegen ihn erheben würde, konnten kaum noch schlimmer werden. Deshalb konnte er genauso gut endlich die Luft der Freiheit schnuppern, bevor er verpackt und ins Gefängnis geschickt wurde.

Das Einzige, worum er sich Sorgen machte, war Blay. Für seinen Freund wäre es hart, hier zurückzubleiben, aber wenigstens wäre John für ihn da. Und John war schwer in Ordnung.

Qhuinn wandte sich von seinem Freund ab, warf sich die Tasche über die Schulter und schlich leise zur Tür. Seine Heilung war super verlaufen, die schnelle Genesung war das einzige Vermächtnis, das seine Familie ihm nicht nehmen konnte. Von der Operation war außer einer Naht an der Seite nichts mehr zu sehen, und die Blutergüsse waren weitgehend verschwunden – selbst auf seinen Beinen. Er fühlte sich stark, und obwohl er sich bald nähren müsste, war er startklar.

Blays Elternhaus war zwar uralt, aber die Einrichtung hatte auch moderne Elemente, was bedeutete, dass der Flur bis zur Hintertreppe mit Teppich ausgelegt war – Gott sei Dank. Lautlos erreichte Qhuinn den Keller, in dem der Eingang zum unterirdischen Tunnel lag.

Das Untergeschoss war blitzsauber und roch aus irgendeinem Grund immer nach Chardonnay. Vielleicht war das die übliche Tünche auf alten Gemäuern?

Der verborgene Zugang zum Fluchttunnel lag ganz hinten in der rechten Ecke und wurde von Bücherregalen verdeckt, die auf Schienen montiert waren. Man musste nur den Band *Sir Gawain und der grüne Ritter* herausziehen, und ein Riegel löste sich, woraufhin die Wand zur Seite glitt und den Weg –

»Du bist so ein Schwachkopf.«

Qhuinn machte einen Satz wie ein Olympionike. Dort im

Tunnel, in einem Liegestuhl, als sonnte er sich, saß Blay. Er hatte ein Buch auf dem Schoß, eine Taschenlampe auf einem kleinen Tischchen liegen und eine Decke über den Beinen.

Seelenruhig prostete er ihm mit einem Glas Orangensaft zu und nahm dann einen Schluck. »Halli Hallo.«

»Was soll der Scheiß? Hast du mir hier aufgelauert oder was?«

»Exakt.«

»Was war in deinem Bett?«

»Ein paar Kissen und meine Decke. Hab's mir hier schön gemütlich gemacht. Gutes Buch übrigens.« Er hielt ihm den Umschlag von *Eine Zeit des Fegefeuers* vor die Nase. »Ich mag Dominick Dunne. Guter Autor. Super Brille.«

Qhuinn blickte an seinem Freund vorbei in den schwach beleuchteten Tunnel, der sich in scheinbar endloser dunkler Ferne verlor. Sozusagen wie die Zukunft, dachte er.

»Blay, du weißt, dass ich verschwinden muss.«

Blay hob das Handy hoch. »Falsch, du *kannst* nicht. Habe gerade eine SMS von John bekommen. Wrath will dich sehen, und Fritz sitzt in dieser Sekunde im Auto, um dich abzuholen.«

»Verfluchter Mist. Ich kann nicht dorthin –«

»Das ist keine Bitte. Der König befiehlt dir, vor ihm zu erscheinen. Wenn du jetzt abhaust, bist du nicht nur auf der Flucht vor der *Glymera*, sondern du stehst auch auf der Abschussliste des Königs. Was bedeutet, dass die Brüder hinter dir her sein werden.«

Das wären sie sowieso. »Kapier doch, die Sache mit Lash kommt vor ein königliches Tribunal. Darum geht es in Johns SMS. Und sie werden mich irgendwo wegsperren. Für lange, lange Zeit. Ich verzieh mich nur für eine Weile.«

Übersetzung: *So lange ich mich verstecken kann.*

»Du willst dich dem König widersetzen?«

»Ja, genau das will ich. Ich habe doch nichts zu verlieren, und vielleicht dauert es Jahre, bis man mich findet.«

Blay schob die Decke von seinen Beinen und stand auf. Er trug Jeans und einen Pulli, sah aber trotzdem aus, als hätte er einen Frack an. So war Blay: formell selbst noch im Schlafanzug.

»Wenn du abhaust, komm ich mit.«

»Das will ich aber nicht.«

»Pech gehabt.«

Qhuinn sah das Land der Outlaws, das er ansteuerte, vor seinem geistigen Auge, und spürte einen wachsenden Druck in der Brust. Sein Freund war so beständig, so aufrichtig, so ehrenhaft und rein. Er hatte immer noch eine essenzielle, optimistische Unschuld an sich, obwohl er inzwischen ein erwachsener Mann war.

Qhuinn holte tief Luft und stieß zwischen den Zähnen hervor: »Ich will nicht, dass du weißt, wo ich hingehe. Und ich will dich nicht wiedersehen.«

»Das kann nicht dein Ernst sein.«

»Ich weiß ...« Qhuinn räusperte sich und zwang sich, weiterzusprechen. »Ich weiß genau, wie du mich immer beobachtest. Ich habe bemerkt, wie du mich ansiehst ... zum Beispiel, als ich mit der Braut bei Abercrombie in der Umkleidekabine war: Du hast nicht sie angestarrt, sondern mich, und zwar weil du scharf auf mich bist. Stimmt doch.« Blay taumelte einen Schritt zurück, und wie in einem Faustkampf nutzte Quinn das aus, um noch härter nachzulegen. »Du bist schon verdammt lange hinter mir her, und du glaubst, ich hätte das nicht gemerkt. Hab ich aber. Also lauf mir bloß nicht nach. Dieser Mist zwischen uns hat hier und jetzt ein Ende.«

Damit drehte Qhuinn sich um und ging weg, ließ seinen besten Freund, den Mann, der ihm am meisten auf der Welt bedeutete – mehr noch als John – in diesem kalten Tunnel zurück. Allein.

Es war der einzige Weg, um sein Leben zu retten. Blay war genau der Typ edler Idiot, der denen, die er liebte, noch von der Brooklyn Bridge hinterherspringen würde. Und da man ihm nie etwas ausreden konnte, musste er ihn dazu zwingen, ihn in Ruhe zu lassen.

Qhuinn lief schneller und noch schneller, weg vom Licht. Als der Tunnel eine Rechtsbiegung machte, verloren sich Blay und die aus dem Keller in den Tunnel strahlende Helligkeit, und er war allein in diesem trüben Stahlkäfig weit unter der Erde.

Die ganze Zeit sah er Blays Gesicht klar und deutlich vor sich. Bei jedem Schritt war die erschütterte Miene seines Freundes das Leuchtfeuer, dem er folgte.

Sie würde ihn begleiten. Bis in alle Ewigkeit.

Als er schließlich das Ende des Tunnels erreicht hatte, den Code eintippte und die Tür zu einem Gartenschuppen etwa zwei Kilometer vom Haus entfernt aufdrückte, erkannte er, dass er doch etwas zu verlieren hatte … und dass er noch tiefer sinken konnte, als er geglaubt hatte: Er hatte Blays Herz zerfetzt und unter seinen Stiefeln zermalmt, und das Bedauern und der Schmerz, den er spürte, waren beinahe mehr, als er ertragen konnte.

Er trat hinaus in eine Fliederhecke, und seine Perspektive veränderte sich. Er durchlebte einen Sinneswandel. Ja, er war durch seine Geburt und seine Umstände benachteiligt. Aber er musste alles nicht noch schlimmer machen.

Er zog sein Handy heraus, das nur noch einen Balken Akku anzeigte, und simste John, wo er war. Er war nicht sicher, ob sein Anschluss überhaupt noch –

John schrieb sofort zurück.

Fritz wäre in zehn Minuten bei ihm.

25

Weit im Norden in den Adirondacks, unmittelbar bevor der Morgen über dem Saddleback Mountain graute, pirschte sich der Vampir, der in der Nacht zuvor einen Hirsch gefangen hatte, an einen weiteren an. Langsam und unkoordiniert wie er war, wusste er, dass die Jägerrolle, die er da spielte, ein Witz war. Die Kraft, die er aus dem Tierblut zog, reichte nicht mehr aus. Heute Nacht war er beim Verlassen seiner Höhle so schwach gewesen, dass er nicht sicher war, ob er sich überhaupt dematerialisieren könnte.

Was bedeutete, er käme wahrscheinlich nicht nahe genug an seine Beute heran. Was wiederum bedeutete, er könnte sich nicht nähren. Was wiederum bedeutete … die Zeit war endlich gekommen. Es war so eigenartig. Früher hatte er manchmal überlegt – wie es vermutlich jeder von Zeit zu Zeit tat –, wie genau er einmal sterben würde. Unter was für Umständen? Würde es wehtun? Wie lange würde es dauern? In Anbetracht seiner täglichen Arbeit hatte er angenommen, dass es im Kampf geschähe.

Doch stattdessen würde es hier in diesem stillen Wald von der Hand der brennenden Herrlichkeit des Morgengrauens passieren.

Überraschung.

Vor ihm hob der Hirsch sein schweres Geweih und machte Anstalten, davonzuspringen. Der Vampir nahm das bisschen Kraft, das er noch in sich hatte, zusammen, konzentrierte sich darauf, den Abstand zwischen ihren beiden Körpern zu überwinden … und nichts geschah. Seine leibliche Gestalt flackerte in der Luft, blinkte auf und verblasste wieder, als würde jemand einen Lichtschalter an- und ausknipsen, aber er wechselte seine Position nicht. Der Hirsch stob von dannen, sein weißer Schwanz leuchtete durch das Unterholz.

Der Vampir ließ sich auf den Hintern fallen. Er blickte in den Himmel hinauf, und bereute vieles und aufrichtig, das meiste davon die Toten betreffend. Doch nicht alles. Nicht alles.

Wenn er auch ungeduldig auf das Wiedersehen wartete, das er im Schleier zu finden hoffte; wenn er auch nach der Umarmung derer hungerte, die er vor so kurzer Zeit verloren hatte, so wusste er doch, dass er einen Teil von sich selbst hier auf der Erde zurückließ.

Es ließ sich nun mal nicht ändern. Das Zurücklassen musste sein.

Sein einziger Trost war, dass sein Sohn in guten Händen war. Den besten. Seine Brüder würden auf ihn aufpassen, wie es sich für eine Familie gehörte.

Er hätte sich allerdings verabschieden sollen.

Er hätte so einiges tun sollen.

Aber das war jetzt alles vorbei.

Eingedenk der Selbstmordlegende machte der Vampir einige schwache Versuche, aufzustehen. Als sie scheiterten, versuchte er sogar, den Ballast seines Körpers in seine Höhle zuzuschleppen. Er kam nicht weit, und ein Anflug von Freude durchzuckte sein finsteres Herz, als er sich schließlich gestattete, kraftlos auf die Kiefernnadeln und abgestorbenen Blätter zu sinken.

Mit dem Gesicht nach unten lag er dort, das kühle, taufeuchte Waldbett erfüllte seine Nase mit Gerüchen, die so sauber und frisch waren, obschon sie der Erde entsprangen.

Die ersten Strahlen der Sonne krochen hinter ihm über den Berg, und dann spürte er die Hitzewelle. Das Ende war gekommen, und er hieß es mit offenen Armen und mit vor Erleichterung geschlossenen Augen willkommen.

Seine letzte Empfindung, bevor er starb, war die Befreiung von aller Erdenschwere; sein gebrochener Körper wurde ins helle Licht emporgezogen, hinauf zu dem Wiedersehen, auf das er acht furchtbare Monate lang gewartet hatte.

26

Ein Haus kann leer sein, auch wenn es voller Leute ist. Und das war doch ein Glück.

Ungefähr eine Stunde vor Morgengrauen torkelte Phury in einem der zahllosen Winkel des riesigen Hauses herum und musste sich mit einer Hand an der Wand abstützen.

Er war allerdings auch nicht ganz bei sich, musste man sagen. Boo, der schwarze Kater, tapste neben ihm her und passte auf ihn auf. Ach was – eigentlich hatte das Tier hier das Kommando, denn irgendwann unterwegs hatte Phury angefangen, Boo zu folgen, statt umgekehrt.

Vorauszugehen war im Augenblick einfach nicht besonders empfehlenswert. Phurys Alkoholpegel überschritt sämtliche gesetzlich zulässigen Grenzwerte, außer vielleicht dem fürs Zähneputzen. Und das war ohne den Sack roten Rauch gerechnet, den er dazu gequalmt hatte. Wie viele Joints waren das gewesen? Wie viel Sprit?

Jetzt war es jedenfalls ... Er hatte keinen blassen Schimmer, wie spät es war. Musste aber kurz vor Morgengrauen sein.

Auch egal. Seinen Bedröhnungsinput durchzukalkulieren, wäre sowieso nur Zeitverschwendung gewesen. So breit, wie er war, bezweifelte er, dass er weit genug zählen konnte. Er wusste nur, dass er sein Zimmer verlassen hatte, als die Flasche Gin leer war. Ursprünglich war sein Plan gewesen, sich Nachschub zu besorgen, doch dann hatte er sich Boo angeschlossen und war einfach herumgewandert.

Nach allen Regeln der Biologie müsste er bewusstlos auf seinem Bett liegen. Vergiftet genug war er, um das Licht auszuknipsen, und immerhin war das ja auch sein Ziel gewesen. Das Problem war nur, dass ihn trotz seiner Selbstmedikation vier Dinge nachhaltig fertigmachten: Cormias Situation. Die Verantwortung für die Auserwählten. Der Überfall auf Havers' Klinik. Und Bellas Schwangerschaft.

Wenigstens hielt der Zauberer mehr oder weniger die Klappe.

Phury drückte irgendeine beliebige Tür auf und versuchte, sich zu orientieren. Wohin hatte die Katze ihn geführt? *Ah, genau.* Hier entlang käme er ins *Doggen*-Territorium, den weitläufigen Flügel, in dem die Angestellten wohnten. Was auf jeden Fall für Ärger sorgen würde. Denn wenn Fritz ihn hier entdeckte, bekäme er auf der Stelle Herzrhythmusstörungen, weil er annehmen würde, dass die Dienstboten ihre Pflichten nicht anständig erfüllt hatten.

Also wandte er sich nach rechts, während gleichzeitig sein Gehirn Notsignale an diverse Synapsen abfeuerte, dass er dringend Rauch nachtanken musste. Schon wollte er beidrehen, als er Geräusche von der Hintertreppe des zweiten Stocks aufschnappte. Jemand war im Kino ... was bedeutete, dass er sich wirklich schleunigst aus dem Staub machen sollte, denn jetzt einem seiner Brüder in die Arme zu laufen, wäre nicht so clever.

Da erhaschte er den Duft von Jasmin.

Phury erstarrte. *Cormia* …

Cormia war da oben.

Kraftlos ließ er sich gegen die Wand fallen, rieb sich über dass Gesicht und dachte an das erotische Bild, das er gezeichnet hatte. Und den Ständer, den er dabei gehabt hatte.

Boo miaute und lief schnurstracks auf die Tür des Kinos zu. Als die Katze sich über die Schulter blickte, schienen ihre grünen Augen zu sagen: *Mach schon, schieb deinen Hintern hier rüber, Freundchen.*

»Ich kann nicht.« Wohl eher *sollte nicht.*

Das kaufte ihm Boo nicht ab. Er setzte sich hin und schlug mit dem Schwanz, als wartete er ungeduldig darauf, dass Phury endlich in die Gänge kam.

Phury und das Tier starrten einander an.

Er – nicht etwa Boo – musste zuerst blinzeln und den Kopf wegdrehen.

Phury gab auf und fuhr sich mit der Hand durch das dicke Haar. Strich sein schwarzes Seidenhemd glatt. Zog die cremefarbene Hose hoch. Er mochte ja total abgefüllt sein, aber wenigstens sah er aus wie ein Gentleman.

Offensichtlich zufrieden mit der Entschlossenheit, die er vor sich sah, trabte Boo von der Tür weg und strich an Phurys Bein entlang, als wollte er sagen: *So ist es brav.*

Dann lief die Katze weg, und Phury öffnete die Tür und stellte einen Gucci-Schuh auf die erste Stufe. Erklomm die nächste. Und die nächste Stufe. Er hielt sich an dem Messinggeländer fest, um nicht umzukippen, und bemühte sich gleichzeitig, vor sich selbst zu rechtfertigen, was er da vorhatte. Was ihm nicht gelang. Wenn man kaum noch in der Verfassung war, Zahnpasta zu benutzen, sollte man sich tunlichst fernhalten von der Auserwählten, die offiziell gar nicht mehr zu einem gehörte, die man aber trotzdem so begehrte, dass einem der Schwanz wehtat.

Besonders in Anbetracht der Neuigkeiten, die er für sie hatte.

Cormia saß ganz vorn, ihr weißes Auserwählten-Gewand hing etwas über die Lehne. Die Bilder auf der Leinwand flackerten blitzschnell vorbei. Sie spulte eine Szene zurück.

Gütiger, sie roch gut. Obwohl ihr Jasminduft heute Nacht aus irgendeinem Grund besonders stark war.

Der Suchlauf endete, und Phury wandte den Blick der riesigen Leinwand zu –

Ach du großer Gott. Es war ... eine Liebesszene. Patrick Swayze und diese Jennifer mit der Nase bearbeiteten sich gegenseitig auf einem Bett. *Dirty Dancing.*

Cormia rutschte ganz vorn auf die Sesselkante, ihr Gesicht kam in Sicht. Gebannt verfolgte sie die Szene vor sich, die Lippen leicht geöffnet, eine Hand auf ihre Kehle gelegt. Langes blondes Haar fiel ihr über die Schulter und streifte ihr Knie.

Phurys Körper wurde hart, seine Erektion bauschte die Hose vorn zu einem Zelt auf, vernichtete die sorgfältigen Bügelfalten.

Durch den Nebel des roten Rauchs hindurch brüllte sein Geschlecht auf, wenn auch nicht wegen der Bilder auf der Leinwand. Cormia war der Auslöser.

Vor seinem geistigen Auge blitzte die Szene auf, als sie an seinem Hals getrunken und unter ihm gelegen hatte, und sein innerer Mistkerl wies darauf hin, dass er immerhin der Primal aller Auserwählten war und ergo die Regeln aufstellte. Obwohl er sich mit der Directrix darauf geeinigt hatten, eine andere zur Ersten Partnerin zu wählen, konnte er trotzdem mit Cormia zusammen sein, wenn er es wollte und sie ihn nicht abwies – es hätte eben nur nicht mehr dasselbe Gewicht im Hinblick auf die Zeremonie.

Ja ... auch wenn er die Primals-Initiation mit einer anderen vollenden würde, konnte er trotzdem die flachen Stufen hinuntersteigen, vor Cormia auf die Knie gehen und ihr das Gewand bis zu den Hüften hochschieben. Er konnte die Hände auf ihre Oberschenkel legen, sie mit seinen Händen spreizen und seinen Kopf dazwischen stecken. Und nachdem er sie mit dem Mund schön feucht gemacht hätte, könnte er …

Phury stöhnte. Okay, diese Art von Aufmunterung half ihm keinen Meter weiter. Außerdem hatte er noch nie eine Frau geleckt, also wusste er gar nicht genau, wie das ging …

Wobei, dachte er, wenn er ein Eis aus der Waffel essen konnte, dann könnte er den Leck- und Saugvorgang bestimmt ganz brauchbar übertragen.

Genau wie das sanfte Knabbern.

Verdammt.

Einfach wieder zu gehen war das einzig Anständige, das er in dieser Situation tun konnte. Also drehte er sich um. Wenn er bliebe, könnte er unmöglich die Finger von ihr lassen.

»Euer Gnaden?«

Beim Klang von Cormias Stimme stockte Phury der Atem. Und sein Schwanz machte Klimmzüge.

Anstandshalber erinnerte er sein Geschlecht daran, dass ihre zwei Worte keine Einladung waren, seine nicht jugendfreien auf-die-Knie-Fantasien auszuleben.

Verdammt, verdammt, verdammt.

Das Kino fühlte sich plötzlich so klein wie eine Schuhschachtel an, als sie sagte: »Euer Gnaden … braucht Ihr etwas?«

Nicht umdrehen.

Phury sah sich über die Schulter, seine Augen warfen ein gelbes Licht auf die Sessellehnen. Auch Cormia wurde von seinem leuchtenden Blick beschienen; ihr Haar fing die Strahlen, die sein Verlangen, in ihr zu kommen, hervorbrachte, auf und hielt sie fest.

»Euer Gnaden …«, hauchte sie jetzt.

»Was siehst du dir an?«, fragte er leise, obwohl er ganz genau wusste, was da gelaufen war.

»Äh … John hat den Film ausgesucht.« Sie nestelte an der Fernbedienung herum, drückte Knöpfe, bis das Bild stoppte.

»Nicht der Film, Cormia, ich meine die Szene.«

»Ach so …«

»Diese Szene hast du ausgesucht … du hast sie dir immer wieder angesehen. Ist es nicht so?«

Ihre Antwort klang heiser. »Ja … das stimmt.«

Mein Gott, sie war so wunderbar, wie sie sich in ihrem Sessel umdrehte, um ihn anzusehen … nur Augen und Mund, überall ihr helles Haar, der Duft von Jasmin in der Luft zwischen ihnen.

Sie war erregt; deshalb war ihr natürlicher Duft so stark.

»Warum diese Szene?«, fragte er. »Warum hast du genau diese gewählt?«

Während er auf ihre Antwort wartete, war sein ganzer Körper angespannt, seine Erektion pochte im Rhythmus seines Herzschlags. Was da durch sein Blut rauschte, hatte nichts mit Ritualen oder Verpflichtungen oder Verantwortung zu tun. Es ging um kompromisslosen, knallharten Sex, von der Sorte, bei der beide hinterher erschöpft und verschwitzt und zerzaust und wahrscheinlich ein bisschen zerschrammt wären. Und zu seiner Schande kümmerte es ihn nicht, dass sie nur wegen des Films erregt war. Es war ihm egal, dass es nicht um ihn ging. Er wollte, dass sie ihn benutzte … ihn benutzte, bis er völlig ausgelaugt und leer, bis jeder Zentimeter seines Körpers erschlafft war, selbst sein neuerdings allzeit bereiter Schwanz.

»Warum hast du diese Szene ausgesucht, Cormia?«

Ihre anmutige Hand legte sich wieder auf ihre Kehle. »Weil ... ich dabei an Euch denken muss.«

Phury stieß ein Knurren aus. Mit dieser Antwort hatte er überhaupt nicht gerechnet. Pflicht war das eine, aber im Augenblick sah sie nicht aus wie eine Frau, die sich Gedanken um die Einhaltung von Traditionen machte. Sie wollte Sex. Vielleicht brauchte sie ihn sogar. Genau wie er.

Und sie wollte den Sex mit ihm.

Wie in Zeitlupe drehte er sich zu ihr um, seine Körperkoordination funktionierte plötzlich wieder ausgezeichnet, der Nebel des roten Rauchs und des ganzen Alkohols war wie weggeblasen. Er würde sie nehmen. Hier. Jetzt.

Phury stieg die flachen Stufen hinunter, bereit, Anspruch auf seine Frau zu erheben.

Im gleißenden Licht, das aus den Augen des Primals fiel, erhob Cormia sich von ihrem Sessel. Er kam als riesiger Schatten auf sie zu, seine langen Schritte verschlangen immer zwei der flachen Stufen auf einmal. Auf Armeslänge blieb er vor ihr stehen, sie roch diesen köstlichen rauchigen Duft an ihm und auch eine Art dunkler Gewürze.

»Du siehst dir diese Szene an, weil du dabei an mich denken musst«, sagte er mit tiefer, rauer Stimme.

»Ja ...«

Er streckte die Hand aus und berührte ihr Gesicht. »Und woran genau denkst du?«

Sie nahm ihren ganzen Mut zusammen, Worte sprudelten aus ihrem Mund, die keinen Sinn ergaben. »Ich denke daran, dass ich ... gewisse Gefühle für Euch hege.«

Sein erotisches Lachen war wie ein dunkler Schauer, der sie überlief. »Gefühle ... und wo genau sitzen diese Gefühle?« Seine Fingerspitzen wanderten von ihrem Gesicht über den Hals bis hinunter zum Schlüsselbein. »Hier?«

Sie schluckte, bevor sie jedoch antworten konnte, bewegte sich seine Hand über die Schulter auf ihren Arm hinab. »Hier vielleicht?« Kurz drückte er ihr Handgelenk, unmittelbar über dem Puls, dann glitten die Finger auf ihre Taille und legten sich um die Wirbelsäule, zogen sie heran. »Sag, ist es hier?«

Unvermittelt umschloss er ihre Hüften mit beiden Händen, beugte sich zu ihrem Ohr herunter und flüsterte: »Oder vielleicht noch tiefer?«

In ihrem Herzen breitete sich etwas aus, etwas Warmes – so warm wie das Licht in seinen Augen.

»Ja«, stieß sie atemlos hervor. »Aber auch hier. Vor allem ... hier.« Sie legte seine Hand auf ihre Brust, genau über dem Herzen.

Er erstarrte zu Stein, sie spürte den Wandel in ihm, die heiße Strömung in seinem Blut kühlte ab, die Flamme verlosch.

Ah, ja, dachte sie. Indem sie sich offenbarte, hatte sie auch seine Wahrheit enthüllt.

Die allerdings die ganze Zeit offensichtlich gewesen war.

Der Primal trat zurück und fuhr sich mit der Hand durch das sündhaft schöne Haar. »Cormia ...«

So würdevoll sie vermochte, straffte sie die Schultern. »Sagt – was beliebt Ihr mit den Auserwählten zu tun? Oder bin es einzig ich, mit der Ihr Euch nicht zu vereinigen wünscht?«

Er trat um sie herum und lief vor der Leinwand auf und ab. Das Standbild von Johnny und Baby ganz dicht aneinander gedrängt umspielte seinen Körper, und sie wünschte, sie wüsste, wie man den Film abstellte. Der Anblick von Babys Bein hoch auf Johnnys Hüfte, seine Hand fest um ihren Oberschenkel geschlossen, während er sich an ihr rieb, war überhaupt nicht das, was sie gerade sehen wollte.

»Ich will mit niemandem zusammen sein«, sagte der Primal.

»*Lügner.*« Als er ihr überrascht das Gesicht zuwandte, stellte sie fest, dass die Auswirkungen ihrer Freimütigkeit sie nicht mehr kümmerten. »Ihr wusstet von Anfang an, dass Ihr bei keiner von uns liegen wolltet. So ist es doch? Ihr wusstet es, und doch habt Ihr vor der Jungfrau der Schrift an der Zeremonie teilgenommen – obwohl Ihr Bella geliebt habt und noch liebt, und den Gedanken nicht ertragen konntet, je eine andere zu nehmen. Ihr habt die Hoffnungen von vierzig ehrbaren Frauen durch eine *Lüge* geschürt –«

»Ich habe mich mit der Directrix getroffen. Gestern.«

Cormias Knie gaben nach, aber ihre Stimme blieb fest. »Habt Ihr das. Und was habt Ihr gemeinsam beschlossen?«

»Ich ... werde dich entlassen. Aus deiner Rolle als Erste Partnerin.«

Cormia umklammerte ihre Robe so fest, dass man ein leises Reißen vernahm. »Ihr werdet oder habt mich bereits entlassen?«

»Habe bereits.«

Sie schluckte heftig und ließ sich zurück auf ihren Sessel sinken.

»Cormia, bitte, es liegt nicht an dir.« Er kam zu ihr und kniete vor ihr nieder. »Du bist wunderschön –«

»Doch, es liegt an mir«, widersprach sie. »Es liegt nicht daran, dass Ihr Euch nicht mit einer anderen vereinigen könnt. Mich wollt Ihr nicht.«

»Ich möchte einfach nur, dass du frei von all dem bist –«

»Lügt mich nicht an«, fauchte sie jetzt ohne jede geheuchelte Höflichkeit. »Ich habe Euch von Anfang an gesagt, dass ich Euch in mir aufnehmen würde. Ich habe weder etwas gesagt noch getan, um Euch zu entmutigen. Wenn Ihr mich also von Euch weist, dann nur, weil Ihr mich nicht wollt –«

Der Primal ergriff ihre Hand und drückte sie zwischen seine Beine. Als sie bei der Berührung aufkeuchte, wölbten sich seine Hüften und stießen ihr etwas Langes, Hartes in die Handfläche. »Das Wollen ist *nicht* das Problem.«

Cormias Lippen teilten sich. »Euer Gnaden …«

Ihre Blicke trafen sich. Sein Mund öffnete sich leicht, als bekäme er keine Luft, wodurch sie genug Mut fasste, um ihre Hand sanft um sein steifes Geschlecht zu legen.

Sein gewaltiger Körper zitterte, er ließ ihr Handgelenk los. »Es geht nicht um die Vereinigung«, sagte er heiser. »Du wurdest zu dieser Sache gezwungen.«

Das stimmte. Anfangs schon. Aber jetzt … ihre Gefühle für ihn hatten nicht das Geringste mit Zwang zu tun.

Sie sah ihm in die Augen und verspürte eine eigenartige Erleichterung. Wenn sie nicht seine Erste Partnerin war, dann zählte all das hier nicht, oder? In Augenblicken wie diesem, mit ihm gemeinsam – waren sie einfach nur zwei Körper, keine Gefäße von immenser Bedeutsamkeit. Nur er und sie. Ein Mann und eine Frau.

Aber was war mit den anderen?, musste sie sich fragen. Was war mit all ihren Schwestern? Er würde bei ihnen liegen; sie konnte es in seinen Augen lesen. In seinem gelben Blick lag Entschlossenheit. Und doch – als der Primal erschauernd ausatmete, schob sie all das von sich fort. Sie würde ihn niemals wahrlich für sich selbst besitzen … aber sie hatte ihn in diesem Moment ganz für sich allein.

»Ich werde nicht mehr gezwungen«, flüsterte sie und lehnte sich an seine Brust. Das Kinn zur Seite geneigt, bot sie ihm dar, was er haben wollte. »Ich möchte es.«

Er sah sie unverwandt an, dann sprach er kehlige Worte, die unsinnig klangen. »Ich bin nicht gut genug für dich.«

»Das ist nicht wahr. Ihr seid die Kraft unseres Volkes. Ihr seid unsere Tugend und unsere Macht.«

Er schüttelte den Kopf. »Wenn du das glaubst, dann bin ich überhaupt nicht der, für den du mich hältst.«

»Doch, das seid Ihr.«

»Ich bin nicht –«

Sie brachte ihn mit ihrem Mund zum Schweigen, dann zog sie den Kopf zurück. »Ihr könnt nicht ändern, was ich von Euch denke.«

Zart strich er ihr mit dem Daumen über die Unterlippe. »Wenn du mich wirklich kennen würdest, dann würde sich alles verändern, was du glaubst.«

»Euer Herz wäre dasselbe. Und das ist es, was ich liebe.«

Bei diesem Wort flackerten sein Augen auf, also küsste sie ihn erneut, um ihn am Denken zu hindern, und offensichtlich funktionierte es. Er stöhnte und übernahm die Führung, streichelte ihren Mund mit seinen weichen, weichen Lippen, bis sie keine Luft mehr bekam und ihr das ganz und gar gleichgültig war. Als seine Zunge an ihr leckte, sog sie sie instinktiv ein und spürte seinen Körper zucken und sich an sie pressen.

Das Küssen hörte nicht auf. Es schien unendlich viele Formen, immer neue Empfindungen des Streichelns und Ziehens und Stoßen und Saugens zu geben, und es war nicht nur ihr Mund, der beteiligt war ... ihr gesamter Körper vibrierte bei dem, was sie taten, und seiner Hitze und seinem Drängen nach zu urteilen, ging es ihm ebenso.

Und sie wollte sogar noch mehr von ihm. Sie hob und senkte den Arm, rieb sein Geschlecht.

Heftig zog er sich zurück. »Damit solltest du lieber vorsichtig sein.«

»Womit?« Als sie ihn wieder durch die Hose hindurch streichelte, warf er den Kopf in den Nacken und zischte ... also machte sie weiter, bis er sich mit den langen Fängen auf die Unterlippe biss und seine Halsmuskeln hervortraten.

»Warum sollte ich vorsichtig sein, Euer Gnaden?«

Er hob den Kopf wieder und legte ihr die Lippen ans Ohr. »Wenn du so weitermachst, komme ich.«

Cormia spürte etwas Warmes zwischen ihren Schenkeln. »War es das, was Ihr damals in Eurem Bett getan habt? Am ersten Tag?«

»Ja …« Er dehnte das Wort in die Länge und ließ das A verhallen.

Einem seltsamen, zielstrebigen Trieb gehorchend, merkte sie, dass sie das wiederholen wollte. Er sollte – nein, er musste es noch einmal tun.

Sie hob das Kinn hoch, um ihm ins Ohr wispern zu können. »Dann kommt. Tut es für mich. Tut es jetzt.«

Der Primal knurrte tief in der Brust. Merkwürdig; hätte ein anderer diesen Laut von sich gegeben, wäre sie zu Tode erschrocken. Bei ihm jedoch, in diesem Moment, war sie selig: Seine beherrschte Kraft lag in ihrer Hand. Buchstäblich. Und sie war die Herrin der Lage.

Dieses eine Mal in ihrem gottverlassenen Leben war sie Herrin der Lage.

Obwohl er die Hüften in ihre Handfläche stieß, sagte er: »Ich glaube, wir sollten das nicht –«

Da drückte sie fest zu, und er stöhnte vor Lust. »Verwehrt mir das nicht«, raunte sie ihm zu. »Wagt es nicht, mir das zu verwehren.«

Einer Eingebung – woher sie kam, wusste die Jungfrau der Schrift allein – folgend, biss sie ihn ins Ohrläppchen. Die Reaktion kam umgehend. Er stieß einen bellenden Fluch aus und bäumte sich auf, drückte sie in den Sessel, bestieg sie halb vor Verlangen.

Doch sie schreckte nicht zurück, nein, sie presste die Hand weiter auf sein Geschlecht, spielte das Gegengewicht zu den Stößen seines Unterleibs. Er schien sich an der Reibung zu ergötzen, also machte sie selbst dann weiter, als er ihr Kinn zwischen zwei Finger nahm und ihr Gesicht zu sich drehte.

»Lass mich deine Augen sehen«, keuchte er. »Ich will in deine Augen sehen, wenn ich –«

Ein wildes Stöhnen befreite sich aus seiner Kehle, und sein gesamter Körper straffte sich. Die Hüften ruckten einmal ... zweimal ... dreimal, jedes Zucken von einem Seufzen begleitet.

Das verzückte Gesicht des Primals, seine angespannten Arme, während er seiner Lust Ausdruck verlieh, waren das Schönste, was Cormia jemals erblickt hatte. Als er schließlich zur Ruhe kam, schluckte er und löste sich nicht von ihr. Durch das feine Wollgewebe seiner Hose spürte sie Feuchtigkeit auf der Hand.

»Es gefällt mir, wenn Ihr das tut«, sagte sie.

Er lachte kurz auf. »Mir gefällt es, wenn du das mit mir machst.«

Sie wollte ihn schon fragen, ob er es noch einmal probieren wollte, als er ihr sanft das Haar von der Wange strich. »Cormia?«

»Ja ...« Komisch, sie dehnte das Wort ganz genau wie er vorhin.

»Darf ich dich auch ein wenig anfassen?« Er blickte an ihrem Körper herab. »Ich kann dir nichts versprechen. Ich bin nicht ... also, ich kann dir nicht dasselbe versprechen, was du mir geschenkt hast. Aber ich würde dich so gern berühren. Nur ein wenig.«

Eine ungeduldige Erregung trieb ihr die Luft aus den Lungen und ersetzte sie durch Feuer. »Ja ...«

Der Primal schloss die Augen, er schien sich innerlich zu sammeln. Dann beugte er sich herab und drückte ihr die Lippen seitlich auf den Hals. »Ich finde dich wunderschön, daran darfst du niemals zweifeln. So schön ...«

Als seine Hände sich zum Ausschnitt ihrer Robe tasteten, wurden die Spitzen ihrer Brüste so hart, dass sie sich unter ihm wand.

»Ich kann aufhören«, sagte er zögernd. »Jetzt noch –«

»Nein.« Sie packte seine Schultern und hielt ihn fest. Was als nächstes passieren würde, wusste sie nicht, aber sie brauchte es, was immer es sein mochte.

Seine Lippen wanderten an ihrem Hals empor, verweilten auf dem Kiefer. Im selben Moment, als er seinen Mund auf ihren presste, fühlte sie ein federleichtes Streicheln ... auf einer ihrer Brüste.

Fordernd drängte sie sich ihm entgegen, ihr Nippel drückte sich in seine Hand, und beide stöhnten sie auf.

»Großer Gott ...« Der Primal rückte ein Stückchen von ihr ab und zog ihr vorsichtig, ehrfürchtig den Stoff von der Brust. »Cormia ...« Sein tiefer, beifälliger Tonfall war wie eine Liebkosung, beinahe greifbar und überall auf ihrem Körper.

»Darf ich dich hier küssen?«, flüsterte er atemlos, mit dem Finger ihre Brustwarze umkreisend. »*Bitte.*«

»Gütige Jungfrau, ja ...«

Sein Kopf senkte sich und sein Mund bedeckte sie, warm und feucht, sanft ziehend, saugend.

Cormia warf den Kopf zurück und vergrub die Hände tief in seinem Haar, ihre Beine spreizten sich – ohne Grund und mit allem Grund. Sie wollte ihn an ihrem Geschlecht spüren, auf jede erdenkliche Weise, die er –

»Herr?«

Beide schreckten auf, als sie Fritz, der respektvoll hinten an der Tür stehen geblieben war, hörten. Rasch richtete sich der Primal auf und bedeckte Cormia, obwohl der breite Sessel den Blick auf sie versperrte.

»Was zum Teufel ist los?«, fragte der Primal.

»Verzeiht, aber die Auserwählte Amalya ist gekommen, um Euch zu sprechen, zusammen mit der Auserwählten Selena.«

Eine eisige Woge durchspülte Cormia, gefror die Hitze in ihrem Blut zu Eis. Die Directrix. Und ihre Schwester. Hier, um ihn zu sprechen. Wie perfekt.

Der Primal kam auf die Füße, stieß ein schreckliches Wort hervor, das Cormia unwillkürlich im Geiste wiederholen musste, und entließ Fritz mit einer knappen Handbewegung. »Ich bin in fünf Minuten da.«

»Ja, Herr.«

Als der *Doggen* weg war, schüttelte der Primal den Kopf. »Es tut mir –«

»Geht und tut, was Ihr tun müsst.« Da er noch zögerte, ergänzte sie: »Geht. Ich möchte allein sein.«

»Wir können uns später unterhalten.«

Nein, das können wir nicht, dachte sie. Reden würde auch nichts helfen.

»Geht einfach.« Sie blendete aus, was er sonst noch sagte.

Als sie schließlich wieder allein war, starrte sie das eingefrorene Bild auf der Leinwand an, bis es urplötzlich von einer schwarzen Fläche und den hier und dort aufblitzenden Buchstaben *Sony* abgelöst wurde.

Sie fühlte sich elend, innerlich wie äußerlich. Neben dem Schmerz in ihrer Brust litt ihr Körper an einem stechenden Hunger, als wäre ihm eine Mahlzeit verwehrt oder eine Ader verschlossen geblieben.

Doch es war nicht Nahrung, die sie brauchte.

Was sie brauchte, war gerade durch die Tür entschwunden.

In die Arme ihrer Schwester.

J. R. Wards
BLACK DAGGER
wird fortgesetzt in:

Vampirträume

Leseprobe

Phury materialisierte sich im Garten hinter dem Haus der Bruderschaft, weil er keine Lust hatte, jemandem zu begegnen. So, wie er gerade drauf war, wollte er nicht riskieren, durch den Vordereingang –

Seine Füße stockten, sein Herzschlag stockte, sein Atem stockte.

Cormia stieg aus dem Schwimmbecken, von ihrer herrlichen weiblichen Gestalt tropfte das Wasser herunter ... während drei frisch gewandelte Vampire ungefähr drei Meter von ihr entfernt mit bis zum Bauchnabel herunterhängenden Zungen auf dem Rasen standen.

O ... zum Henker ... nein.

Der gebundene Vampir in ihm brach sich Bahn wie eine wilde Bestie, befreite sich gewaltsam aus den Lügen, die er sich selbst über seine Gefühle eingeredet hatte, brüllte aus der Höhle seines Herzens heraus, beraubte ihn jeder zivilisierten Faser im Leib.

Er wusste nur noch, dass seine Frau nackt war und fremde, begehrliche Blick auf sich zog. Alles andere war egal.

Bevor er noch selbst kapierte, was eigentlich vorging, stieß Phury ein Knurren aus, das durch die Luft hallte wie ein Donnerschlag. Die Augen von John Matthew und seinen Freunden schnellten zu ihm herum, und dann zogen sich alle drei synchron zurück. Und zwar mit Höchstgeschwindigkeit. Als stünde der Pool in Flammen.

Cormia hingegen sah gar nicht in seine Richtung. Sie beeilte sich auch nicht, sich zu bedecken. Sondern hob in aller Seelenruhe ihre Robe auf und streifte sie mit trotziger Miene über die Schultern.

Was ihn erst recht zur Raserei trieb. »Komm ins Haus«, befahl er ihr. »Sofort.«

Ihre Stimme war so gleichmütig wie ihr Blick. »Und wenn ich nicht möchte?«

»Dann werfe ich dich über die Schulter und trage dich rein.« Phury wandte sich an die Jungs. »Das ist privat. Geht euch nichts an. Also verzieht euch, wenn ihr wisst, was gut für euch ist. *Hopp.*«

Das Trio zögerte noch, bis Cormia schließlich sagte: »Ist schon in Ordnung. Macht euch keine Sorgen.«

Sie drehten sich um; dennoch hatte Phury das Gefühl, sie würden nicht weit weg gehen. Aber Cormia musste nicht beschützt werden. Gebundene Vampire stellten eine tödliche Gefahr für jeden dar – außer für ihre Partnerin. Er war außer Kontrolle, das schon, aber sie hielt dennoch die Fernbedienung in der Hand.

Und er hatte so eine Vermutung, dass sie das wusste.

Gemächlich wrang Cormia sich die Haare aus. »Warum wollt Ihr, dass ich ins Haus gehe?«

»Gehst du allein oder willst du getragen werden?«

»Ich habe gefragt, warum.«

»Weil du in mein Schlafzimmer gehst.« Die Worte verließen seine Lippen mit einem zischenden Atemzug.

»Euer Schlafzimmer? Meint Ihr nicht etwa meines? Denn aus Eurem habt Ihr mich vor fünf Monaten fortgeschickt.«

Sein Schwanz brüllte wie eine Bestie, schrie danach, herausgelassen zu werden, um in sie einzudringen. Seine Erregung war nicht zu leugnen: Sein Zug stand auf dem Gleis. Das Ticket war abgestempelt. Die Fahrt hatte schon begonnen.

Und für Cormia war es nicht anders.

Phury trat näher an sie heran. Ihr Körper brodelte vor Hitze, er konnte es auf seiner eigenen Haut spüren, und ihr Jasmin-Duft war so schwer wie sein Blut.

Er zeigte ihr seine Fänge und fauchte wie eine Katze. »Wir gehen in mein Zimmer.«

»Aber ich habe keinen Grund, in Euer Zimmer zu gehen.«

»O doch. Und wie du den hast.«

Sie warf ihren Zopf lässig über die Schulter. »Nein, ich fürchte nicht.«

Damit wandte sie ihm den Rücken zu und schlenderte ins Haus.

Er folgte ihr wie einer Beute, heftete sich an ihre Fersen, ging ihr durch die Bibliothek über die große Freitreppe bis zu ihrem Zimmer nach.

Sie öffnete die Tür einen Spalt und schlüpfte hinein.

Doch bevor sie ihn aussperren konnte, knallte er seine Hand auf das Holz und drängte sich mit hinein. Er war derjenige, der die Tür zumachte. Und verschloss.

»Zieh deine Robe aus.«

»Warum?«

»Weil ich sie sonst in Fetzen reiße.«

Sie hob das Kinn, ließ aber gleichzeitig die Lider sinken, so dass sie – obwohl sie zu ihm aufblicken musste – trotzdem auf ihn herabsah. »Warum sollte ich mich entkleiden?«

Im Brustton seines geballten Revierinstinktes knurrte er: »Ich werde dich kennzeichnen.«

»Ach ja? Aber Euch ist doch bewusst, dass das grundlos wäre.«

»Ganz im Gegenteil.«

»Ihr wolltet mich bisher nicht.«

»Blödsinn.«

»Ihr habt mich mit der anderen Frau verglichen, mit der Ihr vergeblich versucht habt, zusammen zu sein.«

»Und du hast mich nicht ausreden lassen. Sie war eine Hure, die ich nur aus einem einzigen Grund gekauft habe – um mich entjungfern zu lassen. Das war keine Frau, die ich begehrte. Es war ganz anders als bei dir.« Er atmete ihren Duft ein und stieß ihn mit einem Schnurren wieder aus. »Sie war nicht du.«

»Und doch habt Ihr Euch für Layla entschieden, oder etwa nicht?« Als er keine Antwort gab, spazierte sie ins Badezimmer und stellte die Dusche an. »Genau so war es doch. Für Layla als Erste Partnerin.«

»Es geht hier nicht um sie«, sagte er.

»Wie kann es nicht um sie gehen? Die Auserwählten sind ein Ganzes, und ich bin immer noch eine von ihnen.« Cormia wandte sich zu ihm um und ließ die Robe fallen. »Oder etwa nicht?«

Phurys Schwanz knallte von innen gegen den Reißverschluss. Ihr Körper leuchtete förmlich unter dem Deckenlicht, ihre Brüste waren straff und spitz, die Oberschenkel leicht gespreizt.

Sie stieg in die Dusche, und er beobachtete, wie ihr Rücken sich durchbog, während sie sich die Haare wusch. Mit jeder ihrer Bewegungen kam ihm noch mehr von dem kläglichen verbliebenen Rest zivilisierter Tünche abhanden. Irgendwo ganz tief in seinem Kopf wusste er, dass er besser gehen sollte, weil er im Begriff stand, eine ohnehin komplizierte Situation absolut unhaltbar zu machen. Doch sein Körper hatte die Nahrung gefunden, die er zum Überleben brauchte.

Und in der Sekunde, in der sie aus dieser verfluchten Dusche kam, würde er sie mit Haut und Haaren verschlingen.

Lesen Sie weiter in:
J. R. Ward: VAMPIRTRÄUME